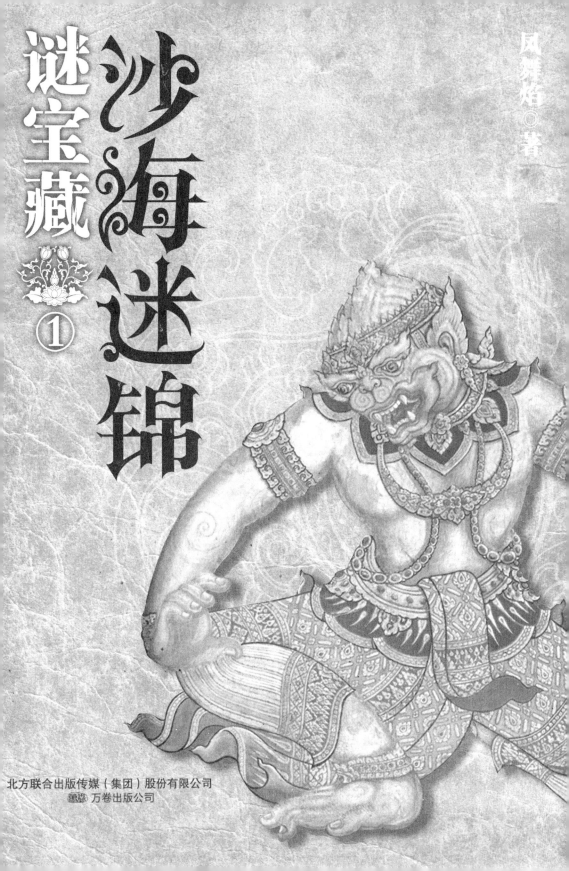

谜宝藏 ①

沙海迷锦

凤舞焰 著

北方联合出版传媒（集团）股份有限公司
万卷出版公司

沙海迷锦

目录
CONTENTS

第 〇 章　引子 / 001

第 一 章　包子 / 003

第 二 章　血棺部落 / 008

第 三 章　黑狼岩 / 015

第 四 章　不归路 / 024

第 五 章　第七副船棺 / 032

第 六 章　九死一生 / 039

第 七 章　死文字 / 045

第 八 章　书呆子吕方阳 / 055

第 九 章　精绝木牍 / 062

第 十 章　死亡森林 / 068

第 十一 章　魔鬼的复仇 / 075

第 十二 章　古城还是鬼城 / 084

第 十三 章　地下土城 / 092

第 十四 章　　尸腹中的秘密 / 099

第 十五 章　　死里逃生 / 105

第 十六 章　　死亡沙尘暴 / 111

第 十七 章　　鬼魅魔都 / 121

第 十八 章　　沙漠羊皮卷 / 129

第 十九 章　　五星齐聚 / 136

第 二十 章　　藤蔓流沙 / 142

第二十一章　　沙雾 / 148

第二十二章　　险象环生 / 155

第二十三章　　朱雀之谜 / 161

第二十四章　　新的探险 / 169

第二十五章　　独目人之谜 / 175

第二十六章　　进入无人区 / 187

第二十七章　　野驴杀亲 / 195

第二十八章　　库木库里沙漠 / 203

第二十九章　　魔鬼谷 / 211

第 三 十 章　　地下暗流 / 218

第三十一章　　屠宰场 / 225

第三十二章　　天猎 / 233

第三十三章　　遗失的记忆（一）/ 241

第三十四章　　遗失的记忆（二）/ 247

第三十五章　　织锦图的真相 / 253

引子

　　我坐在断崖上，大口喘着粗气，浑身力气都被耗干了，只能背靠着一个小土包，茫然望着天空发呆。前面没有路了，身后的石门也已经关闭，包子和杨Sir被关在了石门的另一边，生死未卜。只留下我一个人，在孤独的断崖上苟延残喘。

　　这里是阿尔泰山中段，估计再往前翻过两个山头就到蒙古国的地界了。阿尔泰山是典型的断块山，一条西北走向的断裂带将连绵起伏的山脉拦腰斩断，秋冬季节，凛冽的寒风从山谷中刮过，整个山脉就像一只被斩断的困兽，在天地间发出无奈的闷吼。不过，也有人说，那是山神发出的警告，警告那些无知的闯入者，这里是神圣不可侵犯的领地。

　　阿尔泰山，蒙古语译为金山。如果有傻子认为，金山就是用黄金堆成的山，那我就是这个傻子。当然，我不是唯一一个傻子，不过，我也许是唯一活到现在的傻子。半年前，杨Sir找到我和包子，一起来寻找传说中阿尔泰山里的黄金。从此以后，我们踏上了漫长而曲折的旅途。现在，我们的探险即将结束，谜底似乎就在触手可及的地方，我们却先一步走上了穷途末路。

　　包子大名包小康，是个厨子，半年前跟着我一起来到新疆。他喜欢叫我boss，却因为发音不准，老是叫我波斯，我每次听到心里都不舒服，波斯，波斯，好像我是他的猫。包子长得贼眉鼠眼，个头也不高，但他做得一手好菜，心地也还算善良。至于缺点……算了，都混到这份上了，多想点儿人家的好吧！

　　杨Sir告诉我，他叫杨慕之，一个挺文绉绉的名字。不过，我不知道这是不是他的真名。别的我不知道，他骗人绝对一流。人家是杀人不眨眼，他是骗人不眨眼。愣是哄着我和包子历尽千辛万苦从塔克拉玛干沙漠赶到和田，又从和田赶到库车，最后还跟着他到了这个鬼地方。到现在，他生死未卜，我这个上当受骗的人反而一边喝着冷风一边怀念他。

还有吕方阳——吕教授，他是个文人加学者，头脑却比谁都单纯，平时看上去文质彬彬，可书生意气一上来，那狠劲儿和土匪有得一拼。

人在困境中总是喜欢回忆，我扭头看了看背包，这个黑色尼龙包现在是我唯一的行李。背包里有汉代的织锦图、唐朝的名师真迹，还有一个纳骨器，它属于一个早已消失的宗教。这些东西，明眼人一看就知道是无价之宝，可对我来说分文不值，因为我的包里唯独没有食物和水。没有这些东西，我恐怕活不了多久。一时间，我想起了探险电影里那些经典的桥段。主角们找到宝藏，发现铺满黄金的地面上散落着许多白骨，虽然白骨被璀璨的光芒镀上了一层金，但这有什么意思？

我不禁怀念起自己的小商贩生涯，开饭馆儿虽然收入不高，但每个月的稀饭钱还是有的，总不至于饿死。

风又大了些，土包上唯一一棵小树苗在大风中左摇右晃。这个山顶我再熟悉不过了，因为我曾在录像带里看到过这个地方。对了，如果没有那盘该死的录像带，我也不会上杨Sir的当，走到今天这步田地。

天空中飘过一团沉重的乌云，乌云中还夹杂着隐隐的红光，似乎是在提醒我：停止回忆的时候到了。我深呼吸一口气，慢慢站起来，一步步朝前走去，眼前是一个看不见底的深渊。我即将踏上另一个世界，至于这个世界是传说中的黄金之地还是冥国，我就不得而知了。我唯一清楚的是：如果杨Sir和包子没有机会走下去，至少我要替他们走完接下来的路，就算那是条死路。

头开始发晕，双腿一软，我的身体不自觉地向前倾斜，跳下悬崖，下坠引起的失重感非常难受，但很快就过去了。在我失去知觉前的最后一个念头是：也许，传说根本就不可能成真吧……

第一章　包子

　　我叫宋方舟，诺亚方舟的方舟，按理说，我应该很喜欢水，不过事实正相反，我对沙漠特别感兴趣。读初中时，我暗恋一个女孩儿，女孩儿喜欢三毛的《撒哈拉沙漠》，为了和她有共同语言，我愣是熬了三个通宵，把这本书读完了。结果，她关心的是荷西和三毛，我关心的是撒哈拉，我们最终还是没找到共同话题，女孩儿没看上我，倒培养了我对沙漠的爱好。

　　所有沙漠里，我最向往塔克拉玛干，虽说面积比不上撒哈拉，可毕竟是咱们国字牌儿的。当时的我想法很单纯，听说沙漠里有石油，所以一心想长大以后去做地质勘探，为祖国作贡献。

　　事实证明，理想和现实之间的差距是巨大的。成绩不好的我，大学没考上，只好在家乡开了一家小饭馆儿，糊涂度日，包子是我聘请的大厨。

　　包子和我同岁，他家里很穷，初中没毕业就跟着亲戚外出打工，做过学徒，跑过传销，后来还跟着几个亡命徒跑去盗墓，最后九死一生逃了出来，从此沉下心学了门做菜的手艺。包小康是他长大后给自己改的名字，意思是脱贫致富奔小康，他说他这辈子穷怕了，一定要想办法挣钱，给自己谋个落脚的地方。

　　饭馆儿总共只有三十平方米，生意不好也不坏，平时闲得很，就中午比较忙。一年下来，我除了对"中午"这个词特别敏感外，基本没别的长进。有时候想起来，自己也觉得心里憋屈，想我一个大好青年，二十出头就在家里开饭馆儿，像个女人一样。时间长了，我心里就像窝着一团火，总想找包子套磁，让他把当年那段盗墓的经历说出来，可是包子打死不说，只是告诉我：那不是人干的事儿。

　　闲来无聊，我也经常上网，谈过几次网恋，最后都不了了之。到后来，我彻底灰了心，干脆连聊天室都不去了，在各种网站间瞎转悠。按理说，像我这种人，和探险毫不沾边，但命运就是奇怪的东西，总会在不经意间改变一个人的未来。当我们历经艰辛，到了走投无路的地步才突然发现，原来所有的必然只是来自于当初一瞬间的冲动。

这天，一个普通的网站成了改变我命运的导火索。

这是一个自驾游网站，浏览量不算大，里面的会员大都是些喜好旅游的人，他们自称驴子，背着一个包就能走遍天下。这群人有的是朋友，有的互不相识，为了一个共同的目标临时组织起来。一个人发出邀请，有意向的人就回应，大家约好时间地点，到时候一起出发，组织松散却零而不乱，遇到困难互相帮扶着走，是名副其实的探险爱好者。

网站首页有一条醒目的Logo：塔克拉玛干沙漠探险，寻找传说中失落的小河文明。

这个标题一下子把我吸引住了，我赶忙点开页面，上面写着：

塔克拉玛干，维吾尔语意为"进去就出不来的地方"。但也有人说，塔克拉玛干沙漠孕育了无数辉煌灿烂的文明，是一个遍地宝藏的地方，赫赫有名的小河墓地就是其中之一。

小河墓地位于孔雀河下游河谷南约60公里的罗布沙漠里，面积约2500平方米，是一处规模庞大的墓葬群。1934年，瑞典探险家贝格曼首次揭开了小河墓地的神秘面纱。小河墓地规模庞大，据传里面有上千口棺材，大部分是船型棺。但非常奇怪的是，小河墓地里的棺木并不是平行放置的，而是上下累叠在一起，至少在三层以上，这种墓葬形式极其少见。考古学家挖掘了其中一部分，发现墓地中的陪葬物属于两种文化：一种是楼兰土著，距今约三千多年；一种则是身着丝绸的上层人士。据考古学者推测：位于孔雀河和塔里木河之间的小河文明，很可能就是楼兰土著真正的发源地。

小河墓地的发现令世界震惊，却也留下了诸多谜团：为什么墓葬会层层叠压在一起？为什么插在古墓上的胡杨木柱会被涂成红色？古人大都有随墓而居的习惯，可为什么，墓地周围没有任何人类生存过的痕迹？只有一条小河，从古墓旁蜿蜒流过，即便是这条小河，如今也只剩下干枯的河床。

诸多谜团，使小河墓地被称为塔克拉玛干最神秘难解的墓葬。

有学者推测：古人之所以在小河旁修建古墓，是因为他们世代生活在水边，所以希望逝者如生，这是古人对祖辈的尊敬。后来，小河因为某种原因断流了，居住在附近的人不得不寻找另一条小河。他们不会因为一条河流的消失而放弃祖辈留下的传统，他们不会放弃小河，不会放弃这种独特的墓葬。所以，小河墓地并不孤独，只是它的姐妹藏在一个未经发现的地方。在那里，有着和小河墓地一样的胡杨木柱，一样蜿蜒曲折的古河床。

我们可以想象，如果能在孔雀河沿岸找到另一条干涸的古河床，是不是就有可能发现另一座小河墓地呢？因为在几千年前的交通条件下，古人就算迁徙，也不会走得太远，他们大都会选择沿自己熟悉的水流迁徙，也就是塔里木河和孔雀河之间的区域。

那么，如果我们沿孔雀河一路南下，有没有可能找到另一座小河墓地？如果你和我有一样的想法，请在聊天室里留言，让我们结伴同行，一起寻找传说中失落的文明。

这个帖子对久居斗室、无聊透顶的我来说，无疑具有非常大的诱惑力。我一直对漫漫黄沙下掩埋的神秘古墓充满好奇，对鼎鼎大名的小河墓地也早有耳闻，一直希望有机会能去一探究竟。另外，孔雀河位于塔克拉玛干东北边缘，相比起沙漠腹地要安全许多，对我这个菜鸟来说，是个不错的选择。

我很快在帖子下方留言报名，然后进入聊天室，发起人就在线上，他问我过去有没有徒步沙漠的经验。我怕他不让我去，就撒谎说有，都去过好几次了。

"进沙漠不是闹着玩儿的，去过就是去过，你不要骗我。"他的语气非常严肃。

"我真的去过。"我也不示弱。

对话框那头有片刻的沉默，就在我以为他会继续追问下去时，发起人却发来消息，告诉我："做好准备，旅行时间定在四月十二号，我们在尉犁碰头，加上你，现在一共有五个人报名。这次去探险，行装尽量从简，每人负重不要超过二十五公斤。对了，我叫杨慕之，大家都觉得绕口，喜欢叫我杨Sir。"

我长长松了一口气，压制住心头的兴奋，问出了自己最关心的问题："这次进去，找到古墓的机会有多大？"

杨Sir发来一个故作神秘的QQ表情："不清楚，可能很大，也可能为零。"

虽然心中还有很多疑问，但我终于如愿以偿地加入了探险队，心里的高兴劲儿就别提了。

接下来的几天，我开始按照杨Sir的建议准备沙漠旅行用具。其实，需要带去的东西不多，导航仪和对讲机杨Sir会带去，我只准备了指南针、急救药包、防潮垫、睡袋等简单的物品。至于食物和水，打算到了尉犁再买。说实话，我这次去只是想体验体验，没真正想要找什么古墓。本来嘛，如果我们这种菜鸟能发现古墓，也就没那些吃倒斗饭的什么事了。

心里有了期待，我的心情也不知不觉好了起来，不再像过去那样牢骚满腹，出出进进时还经常哼点儿小曲儿。包子觉得我有些不对劲，一开始以为我谈恋爱了，绕着弯儿来问我，我索性告诉他：“我宋方舟要去做一回沙漠里的方舟。”

包子一听，赶忙问：“你去沙漠干吗？”

我说：“我报名参加了一个旅行团，自发组织的那种，要去沙漠里寻找失落的小河墓地。小河墓地啊！那可是西域最神秘的古墓葬，就算找不到，能体会探索的过程，对我来说也是非常难得的。”

“哦。”包子对我的探险之旅并不感兴趣，转身炒回锅肉去了。

可是第二天，包子突然跑来找我，满脸渴望地说：“波斯，带上我一块儿去吧！”

“你也去？那店里生意还做不做了？”

“店里生意本来就不怎么的，如果你觉得亏，大不了我这个月工钱不要了。”包子态度挺坚决。我一听包子把话说到了这份儿上，心里有些过意不去，索性答应了他。

出发的日子终于来到了，我和包子背上行李，满怀激动地踏上沙漠之旅。路线很简单，先乘火车去乌鲁木齐，然后转车去尉犁，和杨Sir等人碰头，直奔孔雀河。

四月十二日，我准时赶到尉犁，给杨Sir去个电话。杨Sir比我早到一天，他让我去城西的一家饭馆儿，大家好好聊聊。

我说好，正巧我肚子也饿了。于是挂断电话，和包子一起，匆匆赶到约定地点。还没进门，我远远就看见正对大门的方向摆着一张圆桌，桌边坐着几个人。正中那人头戴太阳帽，脸型瘦长，皮肤黝黑。我估计，他就是杨Sir。

果然，刚踏进饭馆儿大门，那人就冲我俩挥挥手。探险的人想要辨认自己的同类很简单，因为他们多半会背着一个大容量背包，就是这个背包让杨Sir认出了我和包子。他走过来，笑着问：“你就是宋方舟？”

我点点头，突然不敢迎上杨Sir的眼睛，因为我总觉得他会看穿我的谎言。由于长时间蜗居家里，我的皮肤很白，用包子的话讲，就我这皮肤，女人都羡慕，如果在往常，我一定不以为然，可是现在，我突然意识到，经常徒步旅行的人不会有我这样的肤色。

果然，杨Sir将我打量一番，突然面色一变，我的心提到了嗓子眼儿，正考虑该如何解释，杨Sir的视线却从我的肩头掠过，盯着我身后的包子。包子背上背着一个黑色大背包，他个头矮，又瘦得皮包骨头，背包压下来，晃眼一看，还以为是一个长了腿的大背包。

包子显然也很惊讶，只是惊讶中还带着几分尴尬。

几秒钟后，杨Sir突然哈哈大笑起来："看来我这次还邀请了一位贵客啊！"

我不明所以，正要发问，杨Sir指了指桌子，请我们坐下。

圆桌前一共坐了七个人，除了杨Sir外，两女两男。女人个子都不高，清一色短发。一个叫姜小梅，一个叫何雅莉。杨Sir介绍说，别看她俩是女人，做驴子的资历是这群人中最老的。姜小梅还徒步横穿过罗布泊。

两个男人各有特色：黄辉来自广东佛山，瘦高个儿，皮肤黝黑，吃饭的时候，他的话最多，也很幽默，一口广式普通话，把两位女士逗得呵呵直乐；张锦康是四川人，比黄辉矮了半个头，胃口却很好，黄辉说话的时候，他一直在闷头吃东西，很快就消灭了一份拌面。

杨Sir是这次旅行的牵头人，他品位不俗，一坐下就掏出包里的古董打火机和金色烟夹，抽出一支万宝路点上，那姿势那气质，和旅行爱好者丝毫不沾边儿，倒更像是个古董商人。烟夹上刻着奇怪的人头像，有一点磨损，可见是杨Sir的随身之物。

"我给大家介绍一下，这位是宋方舟，另一位叫包小康。"

我微微一愣，怎么杨Sir和包子认识？我过去可没听包子提到过。包子已经卸下背包，坐到座位上，他始终保持着微笑，微弓着背，露出两颗大龅牙，那模样，也不知道是猥琐中带着卑微，还是卑微中夹了些许猥琐。当初他来我店里应聘的时候，我犹豫了好久，就是因为他这副尊容实在对不起观众。

吃完饭，我们约定第二天一早出发，当天晚上在尉犁住一晚。我和包子住一个房间，正准备拎上包去宾馆，包子突然冲上来，把我拉到一边，一脸神秘地凑到我跟前。

第二章　血棺部落

我以为他要解释什么，谁知包子却指了指自己脚下的厚棉靴，然后指指我脚上的轻便运动鞋说："波斯，你赶快去买双鞋吧，现在是四月份，塔克拉玛干已经提前进入了夏季，白天沙表温度在四十五度以上，不能穿单薄的皮鞋或旅游鞋，必须穿皮质的厚棉靴，这样可以隔热，也能防止沙子进鞋。"

我一听，心头咯噔一声，没准儿刚才杨Sir已经看出我没有沙漠探险的经验，放着肤色不谈，单看我脚上这双鞋就能判断出来。

现在想来，如果不是包子和杨Sir认识，我也许刚一进门就会被杨Sir请走，理论上讲我该感谢他。但我总觉得包子不该瞒着我，所以心里还是憋屈着一口气，于是问："你小子什么时候和杨Sir认识的，怎么没听你提起过？"

包子苦笑，小声说："别提了，还不是过去盗墓的时候。真他妈不是人干的事儿！"说这话时，他虽然还是一副痞相，我却分明看到他的眼角闪过一丝苦涩。虽然他什么也没告诉过我，但我隐隐感到，过去盗墓的经历一定给他留下了很深的伤痛。

"如果觉得为难，你就回去吧！"我试探着说。

包子摇摇头："波斯，我实话实说了吧，你爸爸知道你喜欢沙漠，所以一定要让我跟着来看看，还多给我发了两个月工资。至于能不能找到第二座小河墓地，说实话我一点儿也不感兴趣。"

原来绕来绕去，这小子是我爸派来做我的贴身保姆的。我爸就我这一个儿子，他在家里专制得很，为这次出门的事，我没少和他吵，最后他妥协了，没想到来这么一招。

不过，既然事已至此，我也没有别的办法，包子的经验貌似比我丰富，就暂时听他一回算了，我无奈地叹了口气，回房放好行李，然后上街置办行头和食物去

了。

晚上，大家闲来无事，就集中到杨Sir的房间里聊天。杨Sir取出两个GPS导航仪，自己留着一个，另一个给了黄辉。然后取出七部对讲机，分给我们每个人。

"明天就要出发了，有些话我还要重复说一遍。"杨Sir说，"大家都知道，每年的三到九月是塔克拉玛干的沙尘季节，在这段时间，沙漠里就只有三种气候：沙尘天气、扬沙天气，还有沙尘暴。前两种比较温和，不过要注意，塔克拉玛干和其他沙漠不同，沙子非常细腻，还夹杂着大量粉尘，大风刮过，沙子很快沉淀，粉尘却始终悬浮在空中，有人说，在塔克拉玛干，一天要吸二两沙，当然这个说法比较夸张，漫天沙尘却是不假。所以，如果有人要带摄像机、手机或者手表，最好做好思想准备，这些东西全都容易进沙，说不定一趟沙漠之旅下来，就再也不能用了。如果遇到强烈的沙尘暴，必须就地寻找掩蔽物，例如断墙、砂岩等什么都可以。"

"再说食物，我们按照七天的计划，每人带20瓶600毫升矿泉水，4个400克的馕，相信大家都已经买了。顺便提醒一句，方便面太费水，不适合沙漠旅行食用，就不要带了。"

"最后说说编队，我们一共七个人，包小康、我和宋方舟一组，其余四人一组。虽然我们每个人的速度不同，但大家注意，组与组之间的距离不能超过五米，组员之间的距离不能超过两米。为了保持体力，节约水分，沙漠里尽量不要大喊大叫，有事就用对讲机联系。不过，沙子对电磁波有吸收作用，在我们几乎看不到对方的时候，对讲机就没什么用处。所以，这个编制一定不能乱，关键时候大家可以互相帮忙。"

包子动了动嘴巴，想说什么，杨Sir却先一步站起身来，说："如果没什么问题，大家就早点儿回去吧，我也要洗个澡，好好休息一下。"

回到房间，我躺在床上睡不着，一时间，我想到一个细节：黄辉看到杨Sir抽烟，就递了一支给他，可杨Sir回绝了，他只抽自己的烟。这种人一看就不像是个进沙漠吃苦的主，怎么会和我们凑到一块儿来？

我心里纳闷儿，正想问问包子，扭头一看，这小子已经睡着了。

第二天，我起了个大早，换上昨天在巴扎买的厚皮靴，在小腿处绑了个结实。在沙漠里，一旦靴子里进了沙，很快就会磨破脚，最后寸步难行。这点常识我还是知道的。

包子依旧背着他那只大包，也不知道里头装了些什么东西。我们一干人在门口会合，杨Sir找来一辆越野车，说是先载我们一程。

出了尉犁县，两旁全是茂盛的胡杨林，我原本以为可以沿河前行，好好看看传说中碧绿见底的孔雀河，结果车一直沿着胡杨林的外围开。虽然郁郁葱葱，被人工打理得非常好，却总觉得少了几分乐趣。

一路上，大家的情绪都很高，除了我，所有人都或多或少来过沙漠，共同话题也很多，但他们今天聊得最多的，就是有关沙漠宝藏的传说。

"你们说，第二座小河墓地真的存在吗？"何雅莉问。

杨Sir神秘地笑笑："这次组队旅行，我已经在网上说得很清楚，目的就是要寻找消失已久的小河文明，知道吗，在罗布沙漠里，另一个小河墓地是真实存在的。"

说到这里，他取出一张破旧的地图，这是一张手绘地图，上面清晰标注了小河墓地、太阳墓地、古墓沟遗址的所在地，太阳墓地和楼兰古国之间的某个地方画了一个半圆形，半圆形被涂成红色，非常醒目，半圆旁边有几条蜿蜒的曲线，应该是指代干涸的古河道，其中一条距离孔雀河很近，河道和孔雀河呈三十度斜角，源头部分画着一个黑点儿，旁边标注了地名：黑狼岩。

包子看到这张地图，一脸的不以为然。

杨Sir继续说："这张地图，是我几年前无意中得到的，上面标注的地点应该就是古墓的位置。我还听到一个当地的传说，在沙漠深处，有一片魔鬼岩石，岩壁中露出犀利的缝隙，就像被刀切开一样，缝隙中渗着丝丝寒气，里面隐隐透出一具具重叠在一起的棺材，棺材上还绷着牛皮。有人说，那就是几千年前小河墓地的延续，为了躲避战乱，原本生活在小河附近的沙漠住民迁徙到了那里，然后将岩石凿空，以石为馆，岩石形成天然屏障。没人知道入口在哪儿，那些棺木就这样保存了下来，直到现在。"

"真有这样的地方？"我的好奇心立即被勾了起来。

"别想得太天真了。"包子声音突然冷了许多，"传说那地方非常怪异，明明阴凉潮湿的地方是蛇蝎鼠蚁最理想的聚居地，可那里面居然没有任何生物迹象。还有人说，几年前来，棺材上的牛皮一直在往外渗血，也不知道这么长时间了，哪儿来的血。时间长了，岩石群的传说越传越神秘，有人给那里取了个挺阴森的名字——血棺部落。"

血棺部落？我忍不住浑身一震。杨Sir赶忙笑着说："那不过是个传说，谁也没去过不是吗？不过，有了这张地图，我们真的有可能找到那里。"

虽然我被这个名字吓了一跳，但毕竟是个热血青年，听到如此古怪有趣的事，

当然不可能无动于衷。于是想也不想就说："那大家一起去看看吧！"

车开了近一个小时，胡杨林渐渐稀疏，明显没有之前规整，在各种野生杂草间或其间，包子还看到一只沙鼠正在打洞，非常好玩儿。司机在前方停下来，告诉我们，接下来的路，我们得步行了。

孔雀河又叫饮马河，据传班超出使西域时，曾在这里饮过马。孔雀河是罕见的无支流水系，这也是当地特殊的地理环境所决定的。因为塔里木盆地西高东低，水流大多从西北流向东南，而孔雀河位于盆地地势较低的东方，水流又正好呈东南走向，顺应了地势，所以没有支流。但是，孔雀河和塔里木河之间有几条不知名的古河道，其中一条就流经著名的小河墓地。

我们沿着河，一路朝南走，右边是空寂的荒漠，其间点缀着零星的泥瓦屋舍，显得非常寂寥。左边却是郁郁葱葱的胡杨树林，树林里夹杂了许多芦苇和红柳，这些低矮植被填补了树之间的缝隙，就像一道天然屏障，把我们和孔雀河隔成了两个世界。虽然我很想提议从河边穿过，不过杨Sir说，走外围更容易找到线索。

我多少有些失望，不过心情还算轻松。只是没过多久，我就体会到了徒步的艰辛。首先是无处不在的沙尘，比面粉还要细腻的尘埃漂浮在空中，钻进我们的眼耳口鼻，简直就是无孔不入，虽然对能见度没有影响，却让我们觉得很不舒服。尤其是我，因为没有经验，几次喝水都差点儿呛到。都说人倒霉的时候，喝杯凉水都会硌牙，可在这里，不管倒不倒霉，喝水都会硌牙。好在我们沿河走，气温不是很低，空气还算比较湿润，不至于太难受。

我们保持着昨天杨Sir交代的队形，他和包子走在最前头，把我一个人甩在后面，也不知道在说些什么。第二组两男两女，俗话说，男女搭配，干活儿不累。黄辉和张锦康简直就是一对活宝，一个说川普，一个说广普，愣是把姜小梅逗得笑声不断。

我有些无聊，突然发现前方草丛中传来唰唰的轻响声，不知道草丛里是不是藏着什么动物。我的好奇心上来了，冲上前去，想拨开草丛看看，杨Sir一把把我拉住，对我说："水草茂盛的地方最好不要去，沙漠里的动物大都聚集在沿河潮湿的地方，会很危险。"

我点点头，继续朝前走去，大约前行了半公里，一团深灰色的东西从前方的芦苇丛中一闪而过，速度奇快。我以为自己眼花了，所以没介意。谁知半个时辰后，我又在一片红柳丛中看到了同样的深灰色。这一次，我警觉了许多，忍不住拉拉杨Sir的衣服，示意他看看那片红柳丛。杨Sir斜晃一眼，低声告诉我，我们好像被跟踪了。

"是什么？"我问。

"现在还不清楚，对方离我们还比较远，而且速度很快。不过你要当心，沙漠里的物种虽然比丛林里少很多，但都是些千锤百炼的捕猎高手。由于食物缺乏，它们尤其懂得 市致命的重要性。"

我不禁一愣，原本轻松的心情也悬了起来。

身后，黄辉还在大声说着笑话，丝毫没把昨天杨Sir要求大家保持体力，避免大声说话的建议放在心里。看得出，他们是真抱着远足旅游的心态来的。其实我也一样，但不知为什么，自从听说血棺部落后，我的心态发生了微妙的变化，总觉得这次来除了体念沙漠之旅，还有一个明确的目的，如果不能达到目的，这趟旅行就不算完整。

杨Sir让我静观其变。因为现在离入夜还早，所以我们不需要太担心，也许那些草丛中的动物跟踪一段距离就放弃了也不一定。

接下来的三个小时里，那团灰色每隔一段距离就会出现在草丛里，只是它似乎非常谨慎，总是和我们保持着二十米左右的距离，而且总出现在我左侧四十五度角的地方。我曾在兵书上读到过，对敌对双方来说，这个位置非常理想，既可以给对方形成足够的威胁，也方便逃跑。说不定，古人得出的这个结论就是从动物身上总结出来的。

正是这个角度距离问题，让我毫不怀疑，我们的确是被跟踪了。

可是，那团灰色的东西似乎并不打算一直跟踪我们，下午三点左右，它突然消失了，来无踪去无影，就好像之前出现在我面前的只是一段幻觉。我非常奇怪，把自己的发现告诉了杨Sir，他也注意到了这一点，但表情丝毫没有轻松："那东西跟踪了我们整整四个小时，这时候突然放弃，只有两个可能，要么是发现了比我们更可口的食物，要么……"他皱皱眉头，突然想起了什么，于是掏出对讲机，通知大家去前面会合，要开个临时碰头会。

我们很快又聚集到了一起。杨Sir说："现在是下午三点，我们必须开始寻找野营地点了。"说到这里，他指了指前方的一块粪便，我们顺着他手指的方向看去，粪便呈条状，很新鲜，里面还夹杂着一些柔软的绒毛和骨头渣，一看就知道是肉食动物的粪便。

"我们好像被什么东西跟踪了。"杨Sir继续说，"因为沙漠里气候干燥，动物们大都喜欢集中在河流两旁的植被里，所以，河岸并不比沙漠更安全。我建议，

改朝南走，离开河岸。"

"你想往沙漠里冲？"张锦康皱皱眉头，如果离开河岸朝南走，我们明天就可以到达罗布沙漠。

我们互相对望了一眼，大家都清楚，沙漠不比荒漠，一旦进入沙漠，这次旅行的重头戏就要开场了。只有包子看了看杨Sir，表情非常不快。

杨Sir点点头说："由于今天没有真正进入沙漠地区，我们走的路况还算好，但我们不能一直走这条线，一天下来，我不止一次看到有动物跟踪，这是一个非常危险的信号。离开河岸，我们要么打道回府，要么就只能进沙漠。"

"可刚才那东西已经走了。"我赶忙说。

杨Sir冷哼了一声，意味深长地望了我一眼："走了，是因为我们已经进入了它的领地，所以它没有跟踪的必要了。"

我顿时无语。

"其实也不用太担心啦！"黄辉依旧保持着他一贯的笑容，"我们找个没粪便的地方不就行了。"

没有人再反驳，大家都知道，杨Sir说得有道理，虽然离开河岸，意味着空气会越来越干燥，人也会越来越不舒服，但总好过被危险的东西跟踪，更可怕的是，我们都不知道那一路尾随着我们的动物是什么。

意见统一后，我们立即转朝南行，打算在天黑前找一个有遮蔽物的地方休息。眼前的景致越来越荒芜，我几乎能听到风吹沙粒发出的轻响。天色渐渐暗下来，终于，杨Sir指着前方一片黑色岩石说："今天就在那里露营。"

走进细看，其实岩石并不是纯黑色，而是黑红色，这是覆盖在岩石上的荒漠漆，由岩石矿物在微生物、水分和尘埃等元素参与下发生的化学沉淀，虽然很普通，却为岩石蒙上了一层神秘的色彩。在寂寥荒芜的空旷地带，一片黑色巨石从地面突兀而起，的确有些怪异。

定下地点，各组马上开始搭帐篷。黄雅莉迫不及待地走到姜小梅面前，两人有说有笑，还请黄辉和张锦康帮忙搭帐篷。两位男士不好推辞，先帮女孩儿们搭好，再开始忙自己的。到后来，我们都生火做饭了，他俩还在搭帐篷。

我和杨Sir一起搭好帐篷，缩在里头互望了一眼，心里都有点儿别扭。毕竟大家不熟，而且杨Sir的性格似乎不太容易接近。我当然更想和包子住一个帐篷，正想着，包子乐呵呵地走过来，对我说："波斯，今天晚上我和你们挤一下行不？"

"别波斯了，现在你是我Boss行不？"我学着他的语气回答。杨Sir没有说话，撩开帐篷，上外头抽烟去了。

包子摇摇头，指了指杨Sir，低声对我说："这位爷不好相处吧？"

"不好处也要处，大家都是一个团队的。这可是我第一次出远门，我可不想闹什么内讧。"我赶忙表明立场，别看包子一副痞相，关键时候还是会站出来替我抱不平的，这一点我绝对相信。

"对了包子，你说，那些东西会不会已经跟来了？"我不放心地看了看外面。

包子指了指天，意思是：天知道。

"你不是来过沙漠吗？连这都不清楚？"

"我当时年龄小，什么都不懂，就知道跟在别人屁股后头当跟班。"包子故意压低了声音，语气里满是嘲讽。别人倒斗出来后，都喜欢四处炫耀自己的探险历程，可包子出来后，整个人变得特自卑，问他原因又不说，弄得我一直瞎猜。

我正想说两句圆场的话，杨Sir抽完烟走进来，重新将地图摆在地上："包小康，我们再确认一下路线好吗？照目前的速度，我们明天就可以进入罗布沙漠，到时候应该怎么走，我有些拿不准。"

"拿不准就算了。我说过，不去有棺材的地方，大家这趟就是纯娱乐，我这一路都在劝你，你怎么就不听？"

我这才知道，原来白天我们忙着赶路的时候，包子一直在和杨Sir争论。包子认为我们应该一直沿河走，直奔罗布泊，出博斯腾湖，经尉犁，沿孔雀河到罗布泊是一条旅游路线，沿途经常能看到旅行团和地质队的沙漠越野车。走这条线，既能体验沙漠旅行的乐趣，也十分安全。可杨Sir不愿意，一定要离开河岸去罗布沙漠。

第三章　黑狼岩

杨Sir摇摇头："既然大家大老远来了，当然要有一个明确的目的，如果走旅游路线，和找旅行社有什么分别？"

"这张地图上的路线是不是能走，我们都不知道，这样下去十分危险，"包子又皱皱眉头，突然指着地图上的那个小黑点儿问杨Sir，"我们今天晚上的驻扎点就是这儿吧，叫什么黑狼岩。"

杨Sir点点头。

经包子一指，我这才注意到那里，顿时心生疑惑：这个地方叫黑狼岩，难道指的就是狼的聚集地？莫非杨Sir带我们离开孔雀河，并不是要避开动物的追踪，而是把我们领进了狼窝？现在想来，罗布沙漠周缘的确有野狼出没。一些去罗布泊探险旅游的人突然失踪，估计就和狼有关系。

也许是看出了我突变的脸色，杨Sir赶忙说："你别误会，我们露营的地方的确就是黑狼岩，但孔雀河沿岸的荒漠戈壁全部都是狼的活动范围，不管我们沿河走还是朝沙漠方向走，今天都没办法甩掉它们。不过别担心，我已经让黄辉他们收集了很多树枝，只要有火，狼就不敢靠近。"

夜幕降临，黄辉和张锦康果然堆起了一个木柴垛。这附近有很多枯死的胡杨树，胡杨是沙漠里最顽强的植物，素有神树之称。胡杨原本属于地中海植物，在国外被称为幼发拉底杨，这是一种非常古老的物种，大约有三万年到六万年的历史。胡杨生长缓慢，一百年只能生长三十公分，曾经守护了塔里木盆地几千年悠远的历史文化，现在枯死了，它们的残枝还成了沙漠中最好的燃火材料。

大家闲来无事，坐在篝火前聊天，黄辉讲起了他徒步穿越罗布泊的经历，姜小梅也说了她攀登慕士塔格山的过程，气氛还算热烈。也不知道是现场气氛太好，还是这堆旺火壮了我的胆，我居然把这附近有狼群出没的事忘了个彻底。风又大了些，大风夹杂着沙尘，在天空中发出呜呜的轻响。没有人想到，正是这场风，成就了一次自然界血腥的杀戮。

不知过了多久，大家聊累了，开始分配晚上的工作。因为篝火不能熄，必须有人负责加柴。就在这时，黄雅莉突然叫了起来，我们回头一看，原本堆在旁边的枯树枝竟然少了许多。

这是一个非常严重的问题，没有木柴，我们的篝火就撑不到天亮，火一灭，潜伏在四周的野兽就会一拥而上。我们面面相觑，猜测刚才谁中途离开过，一时间，我们的脸上都露出惊讶的表情——包子不见了。

这个发现让我突然有些心慌，赶忙四下找起来。还好，黑狼岩就这么大片地儿，我很快在一块岩石后找到了包子，这小子也不知道在乐什么，独自举着个望远镜，瞅着前方笑个不停。

"黑灯瞎火的，你小子举着望远镜看什么看？"

包子把食指放在唇边说："嘘！小声点儿，我在看热闹。"

他把望远镜递给我，告诉我这是杨Sir的。我一看才知道，这是一个带望远功能的夜视镜。杨Sir的行李最多，我一直好奇里头装了些什么东西，没想到居然会有夜视镜。

包子指了指前方一片黑暗处，脸上还挂着笑。我顺着他手指的地方看去，一颗心突然漏跳了半拍。

距离我们不到十米的地方，正进行着一场激烈的战斗。

首先进入眼帘的居然是一群野狗，大概四五只。野狗也叫豺狗，虽然身形很瘦，动作却异常矫捷。他们的前方有一只狼，相比起野狗，狼的体型明显强壮许多，却是形单影只；狼很明显意识到自己的劣势，站在原地，警惕地望着四周的野狗，不敢轻举妄动。尽管如此，它的背上还是被咬出了几道触目惊心的口子，鲜血直流。仗着数量多，几只狗配合得非常出色，一只狗从正面发起攻击，另一只立即会从侧面扑上，一口咬住狼的脖子，狼拼命甩开，狗也不坚持，马上松口离开，但与此同时，另一只狗又会冲上去，专门攻击狼刚刚被撕开的伤口，直咬得狼皮开肉绽才松开，几轮下来，狼已经筋疲力尽，四肢开始颤抖，依旧努力支撑着不倒下，眼中闪现出绝望的神情。

要在平时，狗见了狼多半会躲起来，当然有时候也会互相合作，所谓豺狼，指的就是豺狗和狼。可如今它们以众欺少，居然和狼打起来了，这绝对超出了我的认

知范围。

"它们在干吗啊？打个你死我活的。"我小声问。

"还能干吗，抢食吃呗！"包子笑着回答。

"可我没看到什么食物啊。"

"你是真不明白还是假不明白，它们抢的就是我们。"包子的语气依旧平淡，我不觉一愣，再朝远处看去，顿时倒吸了一口冷气。

远处，无数双眼睛闪烁着冰冷的暗光，在黑夜中游走，那是一个野狗群落，数量不下二十只，再远处，身形更为庞大的狼群还在暗中潜伏，想来这只正在战斗的野狼是来探路的。狼是一种非常狡猾的动物，为了不被野狗发觉，它们故意选择迎风面，让大风吹走身上的气息，然后静静潜伏起来，完全无视正身处劣势的同伴。这幕场景看得我心里发怵，长这么大，别说野狼和野狗，就连家狗我都不敢招惹。

包子完全无视我害怕的表情，还当起了解说："你看啊！这群狼之所以现在不进攻，就是怕惊扰了我们，所以宁愿牺牲同伴，等我们注意到这里的野狗群，肯定会跑来赶走野狗，那不就离火堆越来越远吗？野狼等的就是这个机会。不过不用担心，只要我们的柴火够烧，野狼就不敢靠近。"

我一听，一时连哭都哭不出来："包子，柴火少了，撑不到天亮了。"

"什么？"包子微微一愣，立即和我一起回到篝火旁。这才一会儿工夫，我发现柴火又少了许多，不远处还留着几根残余树枝。我举起夜视镜，顺着树枝方向看去，果然看到两只狼正叼着树枝飞奔而去。

"靠！野狼居然把树枝给偷走了，这狼得多聪明啊！"这回，连包子也发怵了。

情况紧急，如果火一灭，狼和狗铁定会马上休战，一致将目标对准我们。姜小梅和黄雅莉忙着将剩下的树枝收拢好。杨Sir三步并两步走回帐篷，变魔术般提出两把霰弹枪和几支火把，将其中一把枪扔给包子，然后把火把分给其余的人。大家将火把点着火，有了可以移动的火光，所有人的心里都稍稍踏实了些。

我嚷嚷起来："我也要枪！"

谁知杨Sir淡淡地对我说："小孩子一边儿玩儿去！"

我知道他已经看出我在网上欺骗了他，顿时觉得非常尴尬。

杨Sir看了看我，掏出自己的随身匕首扔过来，指着篝火说："扔柴火！"

我看了看匕首，这是一把直柄刀，刀身非常轻便，上面刻着一排奇怪的文字，就像是一群火柴棍儿似的小人在跳舞，如果换成别人，也一定会以为这是舞蹈，但我一眼就认出,这是文字。记得小时候,爷爷经常和我玩儿这种类似舞蹈的文字,他会用剪纸剪出许多不同姿势的小人,然后告诉我,这是个什么字。

匕首上这群舞蹈小人儿代表着三个字:我等你!

我真没想到,这个世界上除了爷爷,还有人喜欢玩儿这种舞蹈文字的游戏。于是问杨Sir:"这刀是你女朋友送的?"

"什么送的?这是Strider MT海豹六队专用战术直刀,花了我六十大元。"

"就这破刀还六千?"我握了握刀柄,除了线条简洁点儿,刀锋锋利点儿,我也没觉得和别的匕首有什么不同,"上面写着'我等你',我还以为是你女朋友送的。"

杨Sir顿时一愣,斜眼瞪着我问:"你说什么?"

"我说这破刀还六千……"

"不是这句,后面儿的,你说这刀上写的什么字?"杨Sir蹲下来,两只眼睛死死盯着我,那眼神,和外头那些狼差不多。

"我,我等你……"我低声回答。

有一瞬间,杨Sir似乎凝固了。

"你们两个别说了!"黄雅莉打断了我们的谈话,看得出,她现在紧张得不行。

杨Sir不再说话,虽然看不清表情,但我仿佛看到他的脸上划过一丝诡谲的笑容。

我的左侧,黄辉和张锦康掏出随身匕首,紧紧握在手里,顺便将两个女生护在身后。黄雅莉和姜小梅也不是千金小姐,她们掏出一捆绳子,做了两个绳套。黄雅莉还从背包里摸出两个老鼠夹子,扔在篝火旁,也不知道这玩意儿管用不管用。大家都沉住气,做好临战的准备。

我尽量控制着自己的呼吸,将为数不多的几根胡杨树枝一一扔进火里,看着树枝越来越少,我觉得自己的生命也在随着树枝的燃烧慢慢消失。

狗群又近了些,那只孤狼还在做最后的挣扎,我们都能听到它绝望的惨叫声。但没有一个同伴冲上去,野狼们全都潜藏在距离野狗十米外的地方,冷冷望着我们。狗群明显有些得意忘形,它们不再隐藏,而是大摇大摆在我们前面四五米的地方走来走去。

篝火越来越小,几只狗开始试探性地发起攻击。其中一只冲过来,一脚踩到了老鼠夹,顿时疼得呜呜直叫,赶忙又退回去。

　　孤狼突然发出一声惨叫，再也没有站起来。与此同时，包子走到我面前，右手拿枪，左手握着一块石头，有节奏地抛上又接住。他凑到我身前，突然用半生不熟的秦腔唱道："不在沉默中爆发，就在沉默中死亡。"

　　我微微一愣，等反应过来包子要干什么时，已经太晚了。包子举起手，使劲将手中的石头抛了出去。顿时，暗处的狼群中传来一阵骚动，狗群顿时呆住，反应快的几只狗已经发出了惶恐的悲鸣。狼群暴露了，只得发起进攻。谁知野狗也配合得很好，它们很快分成三组，前面一组径直冲向离篝火最远的黄雅莉，殿后一组则形成一道围栏，将中间的狗群夹在中间。我在书上读到过，豺狗群的聚居方式非常特殊，整个种群只有一公一母两只狗负责繁衍，其他狗则主动充当护卫和猎手，所有狗都会负责抚养幼犬，幼犬在种群中就像贵族一样。

　　我看了看中间的狗群，体型明显比其他两组要小，看样子是初次参加狩猎的小狗。有人做过统计，初次狩猎的小狗中有一半会丧命，看来这次的情况更糟。

　　黄雅莉有些不知所措，虽然她是徒步旅行的行家，但这种场面还是第一次经历，野狗虽然体型比狼小，但凶狠程度不相上下。看见狗群冲上来，她急急后退，很快就靠到了岩石上，再无可退。与此同时，离她最近的黄辉快步上前，用力挥舞着火把，狗群立即退去，但只后退了几小步，火把一拿开，它们又会冲上来，速度一次比一次快。突然，一声响亮的枪响从我耳边滑过，响声回荡在空旷的天地间，苍凉而震撼。一只狗应声倒下，狗群和狼群同时躁动起来，纷纷后退。

　　不远处，狼群的先头部队已经冲向了狗群的第二组，殊死搏杀就此展开，也许是饿昏了头，也许是不甘心到手的食物被狼抢走，狗群这次居然没有撤离，反而选择放手一搏。如果狗群集中起来，未必会很快被打败，但它们分成了三组，后防力量就薄弱了许多，看得出来，后防的野狗并不打算和狼硬拼，只是想拖延时间，等第一组成功抓捕到食物后就撤退。毕竟，相比起狼群斩尽杀绝的野心来，狗群的要求要简单许多，能分到一杯羹就不错了。

　　只是狼群似乎并不想给狗群这个机会，它们猛扑上来，几只野狗立即被按倒在地，虽然双方的气势都不弱，但狗群明显落了下风，后防野狗们很快被狼撕扯得血肉模糊。中间的小狗只能无助地在原地打转，根本无计可施。

　　我们现在也没空可怜那些小狗，因为另一群狼已经冲了过来，这一次，它们直奔杨Sir。杨Sir的动作很快，一枪就解决掉一只，虽然光线不好，但从狼瞬间就倒地可以看出，杨Sir这一枪直中了它的要害。荒漠里的三种生物都在以自己的方式争取生存下去的机会，这是你死我活的战争，不管哪一方松懈，最后的结果都可能是全

军覆没。

就在这时，张锦康突然指着前面一块空当说："快看，那边没狼，赶快逃出去！"说完，他率先举着火把冲过去。

我赶忙跟上，包子一把拉住我，然后冲张锦康大喊："不要去，那是陷阱！"

我愣住了，可惜张锦康根本没听清包子说的话，径直冲过去，很快就消失在夜色里，不出一分钟，我们就听到前方的黑暗中传来一声声惨叫和救命声。包子和杨Sir互看一眼，赶忙冲过去救人，突然，黄辉大吼一声："谁也不要过去！"

我回头一看，由于张锦康突然离开队伍，包子和杨Sir又冲出七八米开外，我们原本的队形已经完全散开。最可怕的是，黄雅莉和姜小梅两个女孩儿现在完全暴露在狗群的视线下，黄辉虽然在她们身边，但他手上的火把已经熄灭，眼前的篝火也已经小到让动物不会惧怕的程度，情况非常不妙。

张锦康的惨叫声不绝于耳，无情震撼着我们每个人的心。但我们都清楚，现在分散开来只会被一一消灭。突然，姜小梅发出一声尖叫，女人的尖叫永远比男人的惨叫高出几个分贝，声音在瞬间便盖过了张锦康的呼救，一只野狗咬住了姜小梅的手臂。我干涩地咽下一口唾沫，心想自己虽然第一次进沙漠，好歹也是个男人，怎么能看着同伴被咬死，于是三步并两步冲过去，也不知道哪儿来的勇气，举起杨Sir那把匕首，猛地朝野狗插下去。这一刀居然刺中了狗的颈动脉，鲜血立即喷涌而出，滚烫的血液喷了我满头满脸。我也顾不上那么多，拔出来又是一刀，野狗终于松开了姜小梅的胳臂。这时，包子和杨Sir也冲过来帮忙，消灭了身边的狼和狗，每个人都忙得不可开交，我们又恢复了刚才的队形，只可惜这次少了一个人。

包子和杨Sir虽然话不投机，这次居然配合得不错。由于霰弹枪一次只能装五发子弹，他们每开几枪就必须加子弹，包子加的时候杨Sir会掩护，杨Sir加的时候包子也会冲到他的前面。

篝火终于全部熄灭了，这是群狼发起总攻的信号。

不远处，张锦康的惨叫声已经消失，我们都不愿去想，因为他的遭遇很快就会在我们身上重演，我们不得不爬到岩石的顶端。狗群在一阵顽强抵抗后，终于带着残兵败将离开了，撤退的时候，数量只有来时的三分之一。

岩石四周已经完全成了狼的天下，它们跨过同伴的尸体，踩着地上的碎石，发出令人毛骨悚然的细碎声响。

姜小梅哭了，她刚才在篝火旁还告诉我们，即便在攀登慕士塔格峰的时候，她也没有哭过。我顿觉悲伤，脸颊潮湿了不少，难道是姜小梅的眼泪滴到我的脸上了？我很奇怪，用手一抹，脸上居然有细细的水珠。我不禁苦笑，整年干旱的塔里木盆地居然下雨了，也许老天爷也可怜我们的遭遇吧。

"不好！"包子低声说，"沙漠里下雨可不是好兆头，沙尘暴马上就要来了！"

风向似乎改变了，我能感觉到自己的左后背湿了一块，可能是东南风。这种细微的变化被我有意忽略了，我紧了紧手中的匕首，暗暗下定决心，即便自杀，也好过被狼杀死。就在这时，我仿佛听到身后有人发出一声怪异的尖叫。这种明显属于女人的尖叫声中却混杂着男人特有的沙哑嗓音，似乎那人正极力掩盖这内心极端的情绪，只是这种情绪不像是恐惧，反而更像是一种难以名状的兴奋。

漆黑的夜色下，这种叫声让我毛骨悚然，我下意识回过头，与此同时，有人不合时宜地划燃了一根火柴。借着火柴微弱的光芒，我分明看到一个高大身影僵直站立着，嘴角咧开成一个弧度，像是在笑，眼睛里却闪现出狼一般嗜血的渴望。

这个人，是杨Sir。

我不禁浑身一震，杨Sir一手拿枪，一手拿烟，他决定领头冲出去，至于能不能顺利突围，就只能自安天命了。

狼群中传出些许异常的叫声，这群荒漠住民很明显比我们更明白沙尘暴的可怕。

很快，岩石下细碎的声音变得杂乱，狼群似乎并没有攻上来，反倒是风大了许多。黄雅莉个子娇小，她又冷又怕，不得不抓住黄辉，哆嗦个不停。

突然，远处传来一声枪响。我们同时心头一动，赶忙朝枪响的方向望去，只可惜杨Sir的夜视镜已经在刚才的混乱中丢失，所以我们只看到无边的黑暗。不过，单听声音，枪声距离我们不超过一百米。

包子灵机一动，他取出自己的防风打火机，脱下T恤，将衣服点着。我赶忙学着他脱衣服，擦了把脸上的血，然后点上。只要有一线生机，就值得尽全力去争取。

雨点并没有持续多长时间，短短的十几分钟后，荒漠重又恢复了一如既往的干燥。风却并没有因为雨停而减弱，反而越来越大。

衣服燃起的火焰非常明显。我们举起手，用力挥舞着火的衣服，其余人大声呼救，狼群顿时慌乱起来。几只狼开始爬上岩石，包子打死领头那只，狼中了枪，立即滚落下去，连带压下了后面几只狼。

远处的枪声又响了起来，而且比刚才密集了许多，我们能听到狼群中发出一声接一声的惨叫。发动机的声音随即传来，车灯也越来越亮，突然间，车里有人扔出几个火球，火球是用燃烧的汽油瓶制作而成，落在狼群当中，野狼立即发出惊恐的叫声。这些狼原本就惧怕即将到来的沙尘暴，现在又遭遇火球和猎枪，顿时作鸟兽散，瞬间就消失在无边的黑夜里。

两辆车径直开进狼群，这是两部沙漠越野车，车窗里探出几把枪，虽然枪声密集，但大多数都朝着天上开，真正被打伤的狼很少。

我们长长松了口气，杨Sir从裤兜里掏出烟夹，抽出一支烟点上，我还真佩服他，这么混乱的情况下，他的打火机和烟夹居然没有丢。至此，这两样东西给我留下了非常深刻的印象，这之后的很长一段时间里，只要一想起杨Sir，我的第一反应就是他的打火机和烟夹。

车门打开了，从里面走出来两个人，他们自称是地质队的人，归营途中听到前面有枪响，就过来看看，没想到居然碰上一群狼在围攻人，所以就用枪吓唬吓唬那些野生动物。不过，野狼在沙漠里也快成珍惜物种了，所以非到万不得已，还是不要伤害它们的好。

我真是哭笑不得。心想：如果他们处在我们刚才的境地，恐怕就说不出这么轻松的话了。我们一一从岩石上下来，杨Sir说："我们还有个人，应该在前面，能不能去找找？"

那两人点头答应，让我们全都上车。狼群已经彻底散开，但还有几只始终在车的周围徘徊。

我们在前方发现一行血迹，顺着血迹开出五十多米，终于找到了张锦康，他趴在一根枯死的胡杨树上，身上到处是触目尽心的伤痕，已经晕厥过去。杨Sir和包子赶忙下车，把张锦康从树上放下来，一探鼻息，居然还有气。

"这前不挨村后不沾店的，他居然能找到一棵树，也是命不该绝。"杨Sir感叹一声。

"不过情况不乐观，必须赶快送回去抢救。"黄辉很焦急，这一路上，就属他和张锦康关系最好。

事不宜迟，我们赶快上路，张锦康和姜小梅是伤患，坐在前面一辆车，同车还有黄雅莉、黄辉；我，包子，杨Sir坐在后一辆车上。

风更大了，黄沙飞卷而起，在天地间发出呼呼的怒吼，刚才被扔到地上的火球很快就消失了踪影，我甚至看到一米多长的枯枝从窗外一闪而过，速度就像飞出的子弹。我很庆幸自己坐在车里，如果还在黑狼岩上，恐怕没等狼爬上来，我们先要被这些大自然制造的暗器给射死了。

前面一辆车先开走了，我们这辆刚启动，发动机就出现异常。由于风沙太大，小刘不敢下车，只好无奈地告诉我们，大家暂时先待在车上，等天亮了再想办法。

　　车上的电子钟指向凌晨三点，离天亮还有几个小时。我胡乱套上小刘给的衣服，斜靠在椅背上打起盹儿来。人一松懈，我顿时觉得浑身酸痛，没一会儿就睡着了。

　　不知过了多久，我在一阵剧烈的晃动中惊醒，抬眼一看，包子正扶着我的肩膀猛摇。

　　"干什么你？"我没好气地问。

　　包子凑到我耳边，小声说："走，赶紧走！"

　　"去哪儿？"

　　包子没回答，只是指了指外面，风已经停了，杨Sir和小刘居然都不在座位上。

　　我迷迷糊糊跟着包子下了车，天色已经蒙蒙亮了，借着昏暗的光亮，我看见包子头也不回地向前走去，正想叫他等一下，突然有人把我拉住，我不禁一惊，回过头去，拉我的人居然是杨Sir。

　　他凑到我的耳边，指着包子的背影小声说："你发现没有？他有些不对劲。"

第四章　不归路

我忍不住浑身一激灵，整个人顿时清醒过来。仔细看去，包子的确有些不对劲，他的背不驼了，在荒漠里行走就像逛大街，没有一点儿紧张感，更重要的是，他似乎非常熟悉这里，熟悉到，就像回到了自己的家。

这个想法让我有些毛骨悚然，杨Sir继续说："这荒漠里什么东西都有，我看包小康多半是中了什么道，你悄悄走过去，拍一下他的肩膀，记住，不能说话，只能拍。"

我机械地点点头，慢慢跟过去。包子居然一点儿没察觉，依旧大摇大摆向前走。我越发觉得不对劲，因为包子的背影似乎比平时高大了些，步伐却轻盈无比，没有在沙地上留下任何脚印。我颤抖着伸出手，又缩回来，扭头去看杨Sir，杨Sir居然不见了。

我干涩地咽下一口唾沫，对着包子的肩膀猛拍过去。包子顿时一愣，我立即听到一声尖厉的怪叫，紧接着，包子慢慢转过脸来。就在这时，我突然感到有人在拍我的肩膀……

睁开眼睛，包子的两颗大龅牙出现在我眼前，他咧开嘴，冲我笑了笑，低声说："波斯，我们走吧！"

我使劲揉揉眼睛，人算是清醒了，一颗心依旧悬着，原来刚才只是一场梦，只不过这场梦太过怪异，以至于我有些分不清梦境和现实。

杨Sir和小刘睡得正熟，天色已经蒙蒙亮了，风小了许多，只是漫天的沙尘依旧不肯退去，严重影响可视度。

包子先下车，他见我缩在座位上没动静，赶紧朝我作了个揖，然后用祈求的眼神望着我。我最讨厌他这种眼神，非但不能让人觉得他可怜，反而让人浑身不自

在。如果要在世界上评选出一个最不适合装可怜的人，这个人绝对是包子。

为了不再继续看到这样的眼神，我下了车。

包子掏出两套防沙眼罩和口罩，递给我一套，自己也赶紧佩戴好。然后凑过来说："走吧，现在离开还来得及。"

"为什么？等小刘的车修好，我们一起回去不就行了。"我不明白。

包子摇摇头说："我不想和杨慕之在一块儿！"

我犹豫了，包子跟杨Sir面和心不和，这一点任谁都看得出来。

"那好吧，我可以跟着你悄悄离队，不过我有个条件。"我伸出一根手指头，"你和杨Sir过去到底发生了什么事？"

包子面色一沉，低声说："这个你别问，我打死也不说。"

"那就换一个。"我早料到包子会这样回答，于是凑到他耳边，小声说，"带我去找血棺部落。"

"波斯，那地方可不是随便谁都能去的，你可要想清楚。"包子听后，立即面露惊恐之色。

"你别劝我了，我看过地图，血棺部落离黑狼岩并不远，你就带我去看看，满足一下我的好奇心就行。"我笑了笑，"再说了，就算我们不去，杨Sir肯定也会去，不如我们抢在前头，说不定还能有意外的收获。"

我的话又让包子想起过去盗墓的经历，他忍不住皱起眉头。

"你真想去？"

"那当然。"我想也不想就回答。

包子叹息一声，眉宇间闪过一丝痛苦："也罢，这也许就是天意！"

我见包子话中有话，赶忙问："此话怎讲？"

"这一百年来，沙漠里大部分墓葬和古城都被盗过，可唯独血棺部落保存完好，知道为什么吗？"包子有意压低了声音。

"为什么？"这么深奥的问题我想都没想过，当然不知道。

"罗布沙漠以东北风和西北风为主。可奇怪的是，血棺部落必须要在刮东南风的时候才会出现，这可是非常难得一见的。可就在昨天晚上，我们还真经历了一场东南风。"

"东南风？"我突然明白过来，为什么杨Sir在黑狼岩上会露出那种兴奋异常的表情，原来他是感觉到了风向的变化，知道沙尘暴后，血棺部落就会显露出来。

"怪就怪在这个东南风上。"包子继续说，"有人说，每当沙漠上空刮起东南风的时候，伊比利斯就会回到血棺部落。虽然岩石群显露出来了，却是活人无法靠近的禁地。历史上，凡是去寻宝的人，要么一无所获，要么就生不见人，死不见尸。"

伊比利斯，罗布语中译为魔鬼。这是沙漠驻民们最不愿提起，也最不敢忘记的神灵。对他们来说，遍地黄沙就是伊比利斯的使者，所以它无处不在，无所不能，是沙漠中一切罪恶的根源。

说到这里，包子的眼中闪过一丝惶恐。但他越是这样说，我的好奇心就越重，非要让包子带我去看看不可。经过一番软磨硬泡，包子终于心不甘情不愿地点点头，带我踏上寻找血棺部落的旅途。不，应该说，带我踏上了一条不归路，尽管那时我还没有意识到，自己已经回不去了。

一路上，包子叮嘱我多捡些枯树枝，晚上生火用，他自己却沉默了许多，和之前大不相同。包子背着那个对他来说太过硕大的背包，始终弓着腰，我连他的脸都看不清楚。尽管我不住地告诉自己，包子是我店里的厨师，是我值得信赖的朋友，但昨晚那个奇怪的梦总是会不经意跳出来，在我脑子里转上一圈，惹得我浑身一激灵，就连天空恶毒的日头也快感受不到了。

我们的运气不错，包子早就把地图上的内容背得滚瓜烂熟，根据地图上的指引，我们还真找到了一条古河床，不过这条河床很窄，而且延伸一段距离就会消失一截，然后又出现，所以跟踪起来有些费工夫。

尽管如此，河床始终没有离开我们的视线。只是沙漠里干燥的空气的确超出了我的想象。昨天还好，大半时候都沿着河走，可今天就不同了，我们直插沙漠腹地。进入午后，我的鼻孔和眼睛越来越干涩，那些以顽强著称的旱生植物却越来越少，直到傍晚时分，斑驳的土地已经完全被黄沙代替，我终于知道，自己是真的进入沙漠了。

真实的沙漠远没有照片里那么浪漫，先不说比面粉还细的飞尘，酷热难当的烈日，单是走过一座座小沙丘就非常耗费体力。别看这些沙丘的坡度只有三四度，走上去两步就会倒退一步，速度非常慢。还好我听从包子的建议，买了双皮靴，要不然双脚早就被沙子磨破了。

当天夜里，我们在沙漠里露宿，沙漠里昼夜温差很大，白天的地表温度超过四十五度，可一到晚上，温度就骤降到了十度以下。包子搭了一个简易帐篷，我从包里取出馕和矿泉水，由于在包里捂了两天，馕饼又冷又硬。我问包子有没有打火机，包子嗯了一声，从手里变出一根黑色的金属棍。

他拿起金属棍，从包里翻出两张旧报纸，然后用小刀摩擦金属棍，棍子上很快迸射出火花，火花掉落到报纸上，报纸立即燃烧起来。紧接着，他将燃烧的报纸小心放在地上，把事先准备好的枯枝慢慢放上去，红色的火焰顺着枯枝迅速燃烧，一个小火堆就弄好了。

"这是什么东西？"我拿起金属棒好奇地问。

"打火石。"包子心不在焉地回答。

"打火石不是石头吗？"

"那是过去，现在的打火石都是用镁金属做的。燃点低，温度却很高。"包子虽然在回答我的问题，眼神却有些涣散。

"你怎么了？"我忍不住问。

包子摇摇头，突然冒出一句："波斯，我们还是回去吧！自从来到这里，我总觉得有古怪，就是说不出来。"

"别多想了，能有什么古怪。"我顿时又想起了那个奇怪的梦。虽然心里多少有些发怵，但这点儿小情绪战胜不了我的好奇心。

包子叹了口气，不再说话。他让我先睡，然后一个人坐在火堆旁添加柴火。入夜很晚后，我还看到他独自坐在火堆前，细瘦的背影在火光映衬下，愈发显得孤独和悲伤。

第二天，我们早早赶路。包子一边走，一边四下观察。突然，他一把拉住我，大声说："不对啊！"

"怎么了？"我赶忙问。

"按照地图上的标注，应该就在这里了。"包子指了指自己脚下，"你看，河床在这里彻底消失了，血棺部落应该就在河床尽头，可为什么我们什么都没看见？"

我低头一看，河床果然失去了踪迹，可眼前依旧是茫茫黄沙。

"你没记错？"

"绝对没有。"包子摇摇头，叹了口气说，"看来，我们和血棺部落还是没缘分啊，趁现在还来得及，赶快回去吧！"

我见包子又要打退堂鼓，忍不住想，会不会这小子故意引错了路，好让我死了这条心？就在这时，我突然看到前方隐隐显出几块岩石，岩石突兀矗立在低矮的沙地上，显得非常不自然。只是隔得太远，我看不清岩石的形状。

包子也看到了那些岩石，不禁面色一惊。

我的好奇心又上来了，于是想也不想就往前冲。包子在后面叫我，我假装没听见，反正他一定又会说些阻拦我的话。包子无奈，只好跟在我身后，于是，我俩追逐着前方的沙漠怪石，在烈日下往沙漠深处走去，由于加快了速度，只半天，我就喝光了剩下的水。可那些岩石依旧在我的前方，似乎永远也触摸不到。我只觉得脑袋发晕，眼前的沙丘渐渐变成了重影，不知过了多久，光线似乎变暗了些，我正想问包子几点了，身边突然传来噗一声闷响，包子摔倒在沙地上，额头直冒虚汗，他中暑了。

　　在沙漠里，中暑和脱水是最可怕的两大威胁，发病速度很快，即便是旅行经验丰富的人也很容易忽略初期轻微的不适，等意识到自己不行已经为时太晚。一些沙漠旅行者死去的时候，尸体距离储存水只有几十米，他们之所以没有及时补水，多半就是因为忽视了身体的脱水程度，以为自己还可以再坚持一会儿，所以一旦倒地，就再也爬不起来了。

　　我暗叫一声不好，包子现在的中暑症状明显很严重，而我也已经出现了脱水症状。情况非常不妙，必须赶紧回去。我费了吃奶的劲儿，想把包子扶起来，眼前突然吹过一阵风，风不大，却轻易掀起了漫天沙尘。朦胧中，我的前方隐约显出一片奇形怪状的岩石轮廓，有的像奔驰的野马，有的像巨大的华盖，伴随着这些轮廓的出现，似乎还有一丝清凉蒙上我的眼睛。只可惜，这种感觉并没有让我好受些，不仅没有，我的大脑反而越加混沌，很快，轮廓和漫漫黄沙融为了一体，就像和稀泥一样，再也难分彼此。我只觉得天旋地转，一头栽倒在沙地上，滚烫的沙子炙烤着我的脸和手，我却连抬头的力气都没有，就在我失去意识的前一刻，隐隐听到发动机的声音，似乎有车辆经过。

　　醒来时，我躺在一张白色的病床上，包子就在我旁边，虽然还没醒过来，脸色已经比晕倒时好看了很多，呼吸也平顺了。我长长松了口气，不管怎么样，我俩的命算是保住了。突然，一张女人的脸凑到我面前，把我吓了一跳。

　　"太好了，你终于醒了！感觉还舒服吗？心跳平不平稳？你们怎么会在那种地方？"女人张口就是一堆问题。我之所以会被她吓到，一是因为她出现得突然，二是因为她那张脸就像刷墙似的刷了一层粉，惨白惨白的。凭直觉，我知道她是我最讨厌的那一类型，我的直觉一向很准。不过，再讨厌也是我的救命恩人。我只好回答她：现在感觉很正常，没什么不舒服了。

　　突然，我在最后一个问题上停了下来，听口气，似乎她在我晕倒那地方发现了什么，于是我接着说："那地方我们是第一次去，你知道那是什么地方吗？"

女人笑了笑："我哪儿知道，我是电视台的，去沙漠里拍些录像，打算拿回去做一期节目。"说到这儿，她伸出食指指着我，眼神中闪过一丝怪异，"对了，你怎么会一直这样？"

"怎样？"我没反应过来。

"就是这样。"女人用食指戳了戳我的脑门儿，"你当时一直指着前面，人晕过去了，手还死死指着那个方向，就好像被人点了穴道。"

"有吗？"我惊出了一身冷汗，现在想来，似乎我真的在晕倒时指了指前方的岩石群。

女人点点头，不待我回答，接着说："就在你们昏迷这段时间里，我们摄影师已经去了趟你手指的地方，居然在那里发现了一个砂岩群。那些砂岩可奇怪了，中间的缝隙就像刀劈一样，里面还有些湿答答的东西，他用手一摸，居然是血。你老实说，你们俩是不是杀了人准备跑路？"

我心头一动，心想那个古墓穴终于找着了，但转念又一想，不禁有些哭笑不得，这女人多半是港台片儿看多了。不行，我得赶快解释，再怎么也得给自己弄个正儿八经的身份，要不然，再这样任由她自说自话下去，非得把警察招来。说我是饭馆儿老板她多半不会信，说包子是厨师更离谱，哪儿有厨子昏倒在沙漠里的？

想到这里，我急中生智，一脸委屈地撒了个谎："大姐，你见过我这样跑路的吗？那是一个奇特的地质现象。我是大学里的老师，来塔克拉玛干勘察地质，想为国家多贡献点儿石油。"说完，我掏出一个某大学的工作牌，然后指了指旁边的包子。

一年前，包子在北京一所大学做过三个月的临时火夫，为了出入校园方便，行政处特意给他发了一个工作证，上面只有姓名、照片和身份证号码，没有工种。这次进沙漠，我把包子的工作牌带在身上，也是为了以防万一，没想过真拿出来骗人。可现在也管不了那么多了。

女人一见工作牌，立即大呼小叫起来："怎么你们是专家啊！太厉害了！这样吧，反正我们要一路采风，干脆就去拍拍那个地方，顺便请两位专家解释解释，石缝里渗血到底是怎么回事。"

我眉头一皱："那不行，太危险！"

"有什么好危险的，大白天还会遇见鬼不成？"

这女人，果然是我最讨厌的类型，一点儿商量的余地都没有。

就这样，我和包子糊里糊涂在医院里待了一天，然后糊里糊涂地被女人请到宾馆休息。第二天，我俩又糊里糊涂上了她的沙漠越野车，直奔那片怪异的砂岩群。当然，我一直没告诉她那里也许就是我要寻找的血棺部落，要是说了，她非得让我们出示古墓挖掘许可证不可。

其实，我俩也不是没想过偷偷溜走，但那女人把包子的工作牌拿走了，上面有他的照片和身份证号码，如果我们跑了，她打电话去学校里确认，发现我骗了她，说不定我和包子真的会变成杀人潜逃的通缉犯。另外，包子坚决不准我说出我俩昏迷在沙漠里的真正原因。我就奇怪了，包子要我隐瞒他曾是盗墓贼的事还情有可原，可他居然连受杨Sir邀请组队旅行的事也不让我说，宁愿把这个骗局进行到底。我俩商量了半天，最后决定把戏演完，到时候随机应变。

女人姓姜，姜梦虞，她让我们叫她小姜。和她同行的还有一个司机，一个摄影师，摄影师姓董，是个两百多斤的胖子。一路上，他没少找我们聊天儿，一会儿问我们是怎么找到那地方的，一会儿又问我们砂岩里渗血是怎么回事。

我一直含糊其辞，勉强应付着。包子更干脆，直接说他不舒服，靠在椅背上睡着了。

赶到目的地已经中午了，中午这个词我和包子最敏感，要在过去，现在早该生火起灶了。可是现在，好好的探险活动演变成这样，我简直郁闷得不行。

六个小时后，我们终于回到了我和包子昏迷的地方。这是沙漠里典型的红砂岩，最高不过三米，成堆的砂岩在地面上围成一个圈，形成阴凉区域，将阳光完全拦在外面。没有了阳光，这里的温度至少低了十五度，光亮也昏暗不少，走进砂岩群，我们就像进入了另一个世界。

砂岩中间露出许多裂缝，缝隙非常犀利整齐，就像被人拿刀劈开的一样，里面还透出丝丝凉气。手电的光亮照进去，可以看到许多风干的牛皮，牛皮绷在棺材上，表面是潮湿的，用手一摸，居然是血。

"包子，你说这都几千年了，哪儿来的血啊？"我将沾了血的手指在岩壁上擦干净，声音还有些发抖。其实我们有一个共同的猜测，只是都不想说出来，那就是：这血是从棺材里渗出来的。

仔细看去，四周的砂岩壁全都一样，透着一股子阴森的气息。绷着牛皮的棺材层层累叠在一起，封在砂岩里，我们俩就像被一座用棺材堆砌的房子给包围了。就算用脚趾头想，我们也知道现在的情况有些不对劲。这里，果然就是我们苦苦寻找的血棺部落。

就在这时，一个极不协调的声音从我俩身后传来："两位专家转个头，摆个

Pose！"

我和包子同时皱皱眉头，虽然砂岩群十分瘆人，但真正让我们感到不自在的，却是身后的那部摄像机。从我们踏进砂岩群后，这部老式摄像机就一路尾随拍摄，摄影师董胖子一脸的轻松，一边拍还一边哼着"达坂城的姑娘"，好像他不是来拍墓地，而是来拍人家蜜月旅行的。

我看看那部老式摄像机，再看看四周渗血的岩壁，目光游到包子脸上，不禁叹了口气。天气再闷，闷不过包子的脸。我知道，他压根儿就没想要找到这个鬼地方。现在不仅来了，还变成了现场直播。这对有着一段阴暗过去的包子来说，只能用哭笑不得来形容。

另一边，小姜还在认真地化妆，砂岩群里温度不高，是个补妆的好地方。但我真的不想看到她继续擦粉，于是催促说："还要等多久？"

"别急，还有一个专家。"小姜一边描眉一边说。

"还有专家？"我和包子同时叫了起来。

"对啊，听说还是从北京来的。"小姜头也不抬一下。

我暗自叫苦，一拳头砸在石壁上，石壁内立即传出一阵阴沉的怪叫。声音不大，但足够我和包子听得一清二楚。我吓了一大跳，慌忙后退。包子睁大了眼睛，低声说："难道是起尸了？"

"什，什么起尸，这还什么都没看到呢？"我的声音都结巴了。

包子不回答，围着身前的岩石走了一圈，突然在一个凸起前停下来。告诉我，这块石头是松的。

我俩会意地点点头，包子正准备按下去，一只手突然紧紧握住他的手腕。与此同时，我又听到了那个非常熟悉的声音："干吗这么心急？"

这个人，居然是杨Sir。

第五章　第七副船棺

　　杨Sir的语气并不友善，就好像从来没见过我们似的。包子的眉间闪过一丝慌张，他的表情没有逃过杨Sir的眼睛。杨Sir冲他冷笑一声说："我们的账，待会儿再算。"

　　"什么账？"我又犯糊涂了。

　　杨Sir把我从头到脚打量一遍，没有回答。他转过身，笑着对小姜说："对不起，我来晚了。"看他那表情，就像换了个人。

　　"不晚不晚，杨教授，这两位和你一样是大学专家。今天能请到你们三位是我们电视台的荣幸。这个地方还没有曝光过，虽然我也想过通知有关部门，但到时候赶来的媒体一定很多，我已经和台长沟通了，他要我无论如何争取到首发的机会，所以我们暂时对外封锁了消息，请三位不要见怪。"小姜满脸堆笑，看得出，她对杨Sir挺有好感。

　　"怎么会呢？"杨Sir一副无所谓的样子。

　　董胖子和杨Sir打了个招呼，大声说："我准备好了，你们给个手势，我就开拍。"

　　小董看看杨Sir，后者冲她点点头。她立即对董胖子做了一个OK的手势，完全忽略了我和包子。

　　"各位观众，欢迎收看《沙漠未解之谜》节目。一百年来，罗布沙漠一直是西域考古学家们关注的焦点，在这片神秘的沙漠里，我们先后发现了楼兰古城遗址、神秘的小河墓地、古墓沟墓地和太阳墓地。每一处遗址都充满了未解之谜。今天，我们再次带您走进神秘的罗布沙漠，体会激动人心的探险之旅。相信大家都注意到了我身后的岩石。表面上看去，这里不过是普通的砂岩群，但仔细观察，大家会有

惊人的发现。原来所有岩石都是空心的，里面累叠填放着许多棺木。对这一奇特的墓葬形式，我们请专家解释一下。"

我和包子面面相觑，我们这两个假专家，如今碰到了真专家，还赶上现场直播，真不知该如何收场。

杨Sir面对镜头微笑着说："我刚才观察过了，所有棺木都绷着牛皮，层层累叠在一起。这种墓葬结构虽然奇怪，却并不是唯一的。爱好考古的朋友们都听说过小河墓地。小河墓地是一个大型墓葬群，距离这里不到四十公里。那里的棺木外同样绷着牛皮，层层累叠在一起。小河墓地留给我们许多疑团，比如说，既然这是一种独特的墓葬风俗，为什么在距今一千多年前就终止了，而没有延续下去？整个沙漠里独此一座，周围方圆五公里内没有任何人类居住的痕迹，这绝对有悖古人随墓而居的传统习俗。所以，考古界一直有一个猜测——小河墓地也许并不是独此一座。"

"今天，我们又在这里看到了同样的墓葬形式。当然，这里没有凸出的土包，地势比小河墓地更加低矮，棺木也不是埋藏在泥土里，而是放置在砂岩中。这让我想起了七十多年前一件非常奇怪的事。1934年，瑞典探险家沃尔克·贝格曼发现了小河墓地，当时担任向导的人，就是被喻为沙漠预言家的罗布人奥尔德克。奥尔德克曾协助斯文·赫定发现了楼兰古城，从此名留史册。斯文·赫定是贝格曼的老师，他向贝格曼建议重新起用奥尔德克做向导，当时的奥尔德克已经是一位七十二岁的老人了。"

"根据奥尔德克指定的方向，墓地应该在库姆河以南的地区，但渡过库姆河后，贝格曼却发现那里就像一个巨大的迷魂阵，到处布满雅丹、沙丘和柽柳墩。一行人走了大半天，居然又回到之前去过的地方。当天夜里，奥尔德克突然在睡梦中惊醒，他告诉贝格曼，那座小山似的坟墓已经消失在新形成的湖泊中，再也找不到了。那是一个有伊比利斯守候的地方，任何靠近它的人都要遭受灭顶之灾。"

"贝格曼开始怀疑自己走错了路，于是拐向了库姆河的一个支流，这是一条没有名字的河，贝格曼将它称作小河。"

"著名的小河墓地就是在那里被发现的。人们不禁奇怪——奥尔德克所说的坟墓山真的就是小河墓地吗？有没有可能，奥尔德克口中的坟墓真的消失在了湖泊中，那是一个由伊比利斯守候的地方，任何接近的人都会遭遇不幸？"

"现在，我们站在库姆河以南一片未知的土地上，这里有累叠的棺木，有阴暗潮湿的岩石群。也许，我们可以做一个大胆的推测，这个地方才是奥尔德克真正要寻找的坟墓山，一座消失在黄沙下的墓葬群。"

听了杨Sir的话，我和包子同时惊呆了，没想到血棺部落还有如此传神的典故。但转念一想，这一切不过是推测，小河墓地里的棺木虽然奇怪，好歹还埋在土里面。可这里的棺材全都放在凿空的岩石里，要把两者扯到一起，还是牵强了些。

小姜明显被杨Sir的故事吸引了，她不无感慨地说："没想到，这个地方还有这样的传奇背景，如果杨教授的推测成立，那我们今天的直播不是可以载入史册了？"

"绝对可以！"杨Sir依旧带着自信的微笑，"不过，这里毕竟不比小河墓地，相比起来，这个墓穴群更加奇怪，大家一定要小心。"

说到这里，杨Sir收起笑容，径直朝那块凸起的石头走去，他看了看石头，突然小声说："这里头有古怪。"

我赶忙问："什么古怪？"

杨Sir指着石头说："这块石头好像被人动过。"

我们仔细一看，石头边缘露出明显的缝隙，缝隙中隐隐渗出一行鲜血，血液半凝固在缝隙外，和岩石的颜色混为一体，不仔细看还真容易被忽略。

我惊呆了，仿佛自己身体中的血液也跟着凝固住。

不断渗血的石壁，还有棺木里传出的离奇怪叫，这些被岩石包裹住的坟墓里，到底藏着什么？

杨Sir的表情明显没有之前那么轻松，他试着推了一下，石块果然是松动的，应该是进出的机关。就在他准备一口气推开石块的时候，董胖子突然冲上来，一把按住杨Sir的手。

"慢点儿，我要拍个特写！"

他的一句话，差点儿没让我鲠过气去。

石块终于被按下，随着一阵尖厉刺耳的摩擦声，一扇椭圆形石门缓缓开启。石门内，一间小型石室出现在我们面前，石室里光线昏暗，一排排累叠起来的棺木静静出现在我们面前。这些棺木用胡杨木做成，清一色船棺式样，棺木表面紧绷着一层牛皮。奇怪的是，牛皮表面非但不干燥，摸上去反而有些湿润。

第一个冲进去的人不是杨Sir，而是董胖子，他挎着笨重的摄像机，将原本准备打头阵的杨Sir挤到一边。

杨Sir 尴尬地笑了笑，继续说："这是古代小河驻民典型的墓葬形式，牛皮被整块剥下，然后覆盖在棺木上，由于气候干燥，牛皮的水分很快蒸发，皮革就会越缩

越紧，将棺木包裹得严严实实。"说完，他也一头钻进了石室，身后跟着小姜。

我正要往里冲，包子一把拉住我，从包里掏出一个防毒面具，让我戴上："波斯，这里头有古怪，小心点儿好。"

"这么多人都进去了，戴什么面具？"我正想说包子多事，石室内突然传出一声刺耳的尖叫。我把面具往包子胸前一推，快步冲进去。顿时，一股腐臭的血腥味扑鼻而来。

"这味道也太难闻了！"尖叫的人是小姜，她被难闻的气味逼得连连后退。

董胖子似乎很兴奋，他和杨Sir合力，将其中一具棺木搬下来，一边用小刀割开棺木表面的牛皮，一边嘟哝说："这回可以报个独家，今年的奖金一定少不了！"

和董胖子的急功近利不同，进入石室后，杨Sir的表情始终很严肃。见我进来，他张开嘴想说什么，突然瞅见我身后的包子，赶忙又闭上嘴。

棺木被打开了。董胖子将摄像机放在一旁，调整好焦距，然后慢慢揭开棺盖。我正要凑过去看，冷不防看见杨Sir的表情更加阴沉，就像染了一层霜。

船棺里躺着一具干尸，但奇怪的是，尸体只有身体，头颅却用一块木头代替。木头经过雕琢，能够隐隐看出五官，只是这副五官的表情非常痛苦，嘴巴大张着，眉眼拧成了一块，似乎雕琢者想要极力表现出死者死亡瞬间的面目。

"这是怎么回事啊？"小姜的好奇心被勾了起来，她捏着鼻子走过来，顿时尖声说，"妈呀，这张脸怎么这么瘆人啊？"

"真正怪的东西还没出来。"杨Sir皱皱眉头，对董胖子说，"我想要证明自己的猜测，你来帮我一下。"

董胖子不明所以，懵懂地点点头。两个人又搬下来五副棺木，打开一看，全部和第一副一样，干尸只有身体，而头颅用木头代替，木头的表情同样异常痛苦。

"我明白了。"杨Sir说，"这里不是普通墓穴，而是一个祭祀坑。所有死亡的人都是祭品，他们被割去脑袋，然后有专人用木头雕刻了他们死前的模样，代替头颅入葬。"

我倒吸了一口冷气："怎么会有这么奇怪的仪式？那这些人的脑袋都去哪儿了？"

杨Sir说："这里一共有七间石室，棺材又被累叠成七层，好像祭司对七这个数字很敏感。如果我没猜度，之前六个人的脑袋都应该装在第七副船棺里。"

第七副船棺压在最下面，也是七层里唯一没有绷牛皮的一副，只在棺盖上钉了几个木销。

董胖子快步走过去，飞快地用刀子撬开盖板，因为刚才已经开过几副棺木，他现在轻车熟路，开棺盖就像开罐头一样。

"不要开！"杨Sir上前阻止，无奈胖子吨位太大，杨Sir用力拉了一把，居然没拉动。转眼间，棺盖已经被撬开一半。董胖子探头去看，一件沉重的东西突然从天而降，正好砸在他的后背上。

董胖子大声咒骂一句，还没反应过来，小姜又发出了刺耳的尖叫。她的叫声将我们所有人的心拧到半空，就连董胖子也被气氛感染，忍不住哆嗦了一下。

砸在他身上的东西，是一具尸体。

不是古尸，而是血淋淋的现代男尸。

尸体身材魁梧，穿着长统皮靴和美军M65六色迷彩夹克套装，腰间别着一个很特别的皮质刀鞘。他的尸体被卡在旁边一摞棺木的最上层，由于石室里光线昏暗，尸体又被放得很高，所以我们刚才一直没注意。尸体胸前被捅出了几个窟窿，鲜血顺着棺木留下来，将牛皮染成一片血红。想来，刚才岩石缝隙里的血迹应该也是他的。

我们面面相觑，大家脑子里都有同样的结论：有人已经捷足先登了。

董胖子骂了一声："晦气！"赶忙将尸体掀翻在地。顿时，我们全都惊呆了。

尸体的脸颊已经浮肿，看不清面目。显然死去不止一两个时辰，但最令我们毛骨悚然地是：尸体居然在笑。它肿胀的嘴巴咧开一条缝，笑容非常诡异。

一时间，我们的好奇心全被惊诧代替。

"怎么会这样！"小姜已经退到了门口，正好撞上包子的肩膀。

"妈的，这什么鬼地方？"董胖子低声咒骂起来。由于太过紧张，他忘了关摄像机，这部老式三星摄像机依旧忠实履行着自己的职责，将我们眼前的一切全部记录下来。

"不对！"杨Sir围着石室走了一圈，用手轻轻摸过那些包裹棺木的牛皮，"这里一定发生了很激烈的打斗，很多牛皮都是湿润的。如果我没猜错，牛皮应该浸过盐水，盐分可以吸水，所以吸收血液后变得湿润。你们看，这里还有很多湿润的地方，说明周围曾经溅了很多血。"

我这人虽然好奇心重，但是天生胆小，杨Sir的一番话说得我寒毛倒竖，双脚也忍不住朝门边移去。随即，我碰上一块硬邦邦的东西，回头一看，居然是包子。

包子就站在我身旁，是我们当中唯一戴了防毒面罩的人，显得格格不入。他的整张脸都藏在防毒面具下，我看不清他的表情，只是觉得他的身体僵硬了许多，和往常有些不同。现在想来，自从进石室以后，包子就一直是这个姿势，始终没有变过。

就在这时，包子身后传出一声怪叫，叫声和我刚才在石壁外听到的声音一模一样。

所有人都浑身一震。杨Sir拿着手电筒走过来，很快在角落里发现了另一具尸体，比起刚才那具，这具尸体更显得怪异：它同样穿着M65迷彩夹克，身体缩成了一小团，嘴巴大张着，虽然整张脸已经肿胀变形，我们却依旧能分辨出他极度恐惧的表情。尸体胸前布满伤痕，正当心口的位置还插着一把刀。

"这个人好像是自杀的。"杨Sir走过去，简单搜寻一番，很快从尸体的上衣口袋里取出一部电话。怪叫声适时响起，原来是手机的短信铃声。

我们全都松了一口气。

杨Sir打开手机看了看，面色一愣，赶忙关上手机，放进自己的包里。

就在这时，一直站在原地的包子突然扯了扯我的衣服，我刚想问他要干什么，董胖子突然瞪大眼望着我，眼神非常慌乱。

另一边，小姜下意识朝后退了两步，但她没有冲出石室，而是死死靠在一排棺材上，牛皮上的血迹染红了她的衣服，她却浑然不觉。

我发现大家都不对劲了，正想问杨Sir，冷不防看见包子从衣袖里变出一把匕首，飞快朝杨Sir刺去。

我惊呆了，还没反应过来，董胖子一把抓住我的手就往外冲，他的另一只手拧着摄像机，一边跑一边说："邪了，真他妈邪了！"

我们快步冲出这片古怪的墓穴群。也不知道跑了多远，我一个趔趄摔倒在沙地上，立即啃了一嘴沙，黄沙一进嘴就满口钻，害我吐了老半天也吐不干净。我下意识用手去擦嘴，突然发现手上有一股腥味，定神一看，居然是血。

一时间，我又是一震，转身看去，董胖子不见了，站在我面前的人居然是杨Sir，他的手上还拧着那部摄像机。

"怎么是你？"一连串的怪事害我没法正常思考，脑子里就像塞进了一团乱麻。

"你还说，如果刚才我没有把你拉出来，说不定你早就跟那两具尸体一样了。"杨Sir一边说，一边将摄像机递给我，"你自己看吧！"

我按下播放键，刚才在石室里发生的经过立即显现出来。

一时间，我有些不知所措，录像记录的内容居然和我看到的大不相同：董胖子率先进入石室后，被眼前的景象惊呆了，所以一直站在靠墙的位置。包子主动上前，和杨Sir一起抬下了六具棺材，然后一一剥开棺木上覆盖的牛皮。小姜站在旁边，始终一言不发。很快，我们发现了第一具尸体。就在这时，最令我毛骨悚然的一幕，出现了。

第六章　九死一生

　　一个头戴防毒面具的人走了进来，这个人身材瘦小，穿着美军M65六色迷彩夹克套衫，和地上那具尸体身穿的衣服一模一样。他走进来，一直站在我的身边。由于进石室前包子曾建议我带上防毒面具，所以我一直以为站在那里的人是包子。

　　石室里突然多出了一个人，这个人就像幽灵一样，悠然自得地站在我们面前，我们却浑然不觉。更可怕的是，这个人一直站在我身边。

　　紧接着，第二具尸体被发现，屏幕里的我开始大叫，董胖子满脸惊诧地望着我，包子突然从背包里掏出一把尖刀，径直朝小姜冲过去，杨Sir快步上前，一个掣肘将包子打晕在地，然后拉上我冲了出来。

　　"看到了吧？这才是石室里真实发生的事。"杨Sir一边说，一边掏出烟夹和打火机，抽出一支烟点上，神态还挺轻松。

　　"到底发生什么事了？"我的脑袋一团糨糊，什么也想不到了。

　　"这是幻象，古代西域曾流传过一种名叫迷魂香的东西。据说闻过迷魂香的气味后，人会产生幻觉，可惜，迷魂香虽然出现在许多文字记载里，却没有人真正见过。现在想来，石室里已经放了大量的迷魂香。那两个人会死在里面，多半是中了迷魂香后神志不清，先是互相残杀，最后剩下那人承受不住心理压力，自杀了。不过，这种幻象并不是无法克服，我发觉不对劲后，赶紧刺了自己一刀。然后趁着自己稍微清醒了一点儿，把你拉了出来。"

　　我这才发现，杨Sir的左手衣袖里有一些血迹，我手上的血应该就是他刚才抓住我时留下的。一时间，我真不知道是该感谢他救了我，还是该怪他没有早点提醒我们。

　　"那是不是我们每个人看到的幻象都不一样？"我好奇地问。

"当然了。俗话说，相由心生，我们每个人的经历不同，看到的东西也不一样。"说到这里，杨Sir的眼中突然闪过一丝恐惧，但这些许的异样很快就被他遮掩了，"不过，幻象和个人的意志力有关，意志越坚强的人，就越容易清醒过来。我拉你出来的时候，顺便踢了董胖子一脚，让他带小姜逃出来，因为我发现他始终皱着眉头，恐怕也发现里头不对劲。说不定他现在就跟在我后面。至于为什么要打晕包小康，我刚才就说过，要找他算账。"

"算什么账？"

"你是真不明白还是假不明白？"望着呆若木鸡的我，杨Sir开始不耐烦了，"我从来不会在别人的车上睡得像死猪一样，可那天你和包小康悄悄离开的时候，我居然睡得那么死，你应该知道为什么吧？"

"难道包子给你和小刘下了药？"我这才醒悟过来，难怪那天我们俩可以很顺利地离开，原来是包子做了手脚。

"那还用说，我醒过来以后，和小刘一起开车回到尉犁，居然听说你和包小康进了医院，又听说你们答应什么电视台做采访，所以就跟过来了。"杨Sir无奈地摇摇头，"你们两个做事还真不靠谱。盗墓盗成了现场直播？"

"我们没想过要盗墓。"我赶忙解释，"这不过是个意外。"

就在这时，董胖子拉着小姜赶过来，两人都气喘吁吁。我见包子没跟上，赶忙往回冲。杨Sir一把拉住我，神情严肃地说："你有没有发现周围很奇怪？"

"自从到了这个鬼地方，我就没有对劲过！"我急忙甩开杨Sir，一根筋地朝前跑。包子是我的好兄弟，我不能眼看着他一个人被留在那个鬼地方。

杨Sir叹息一声说："我怎么就碰上你这种死脑筋了？"

话虽这样说，他还是跟着我往回跑。还没跑到一半，我就明白杨Sir口中的奇怪指的是什么了。

风吹沙发出的呜呜声从我耳边刮过，黄沙在空气中酝酿着不安和焦躁。不远处的天空已经被染成了酱色，狂沙在大风的肆掠下席卷而来，将沙漠生生隔出了两个世界。一个在混沌中翻滚，另一个在寂静中等待死亡的降临。

茫茫狂沙下，我们就像可怜的蝼蚁，在大自然的侵袭下无可奈何。

董胖子赶了过来，一只手还拎着他那个老式摄像机："要不我们回墓穴吧，说不定那里边还安全点儿。"

"不行，那里地势太低，风沙过后，铁定会被埋。"杨Sir回答道。

我惊呆了，心想包子不是死定了？于是顾不上危险，依旧拼死了往回冲。

这一次，杨Sir连叹气的时间都没有了，他赶忙招呼董胖子和小姜回车上待着去。然后跟着我往回跑。我对杨Sir了解不深，但凭感觉，我知道他是个非常精明的人，可他明知道我现在的行为是去送死，居然还要跟上来，这倒真出乎我的预料。我不懂他到底在想什么，也懒得去想。

沙尘暴越来越近，我是逆风前进，身边没有任何防沙工具，只能任凭狂沙吹打在脸上，火辣辣的疼，根本睁不开眼睛，连呼吸都非常困难，但我最后还是摸着爬回到了墓穴群。杨Sir一直跟在我后面，我能感觉到他不时拉一下我的衣服，矫正方位，我虽然看不见，但估计他带了防护镜，能勉强睁开眼睛。

我背靠一块岩石坐下，有了遮蔽物，我承受的风沙小了许多。终于可以睁开眼，眼前的景象却让我的心凉了半截：不到半个小时，墓穴群已经不是我们刚来时的模样，黄沙将岩石掩盖了大半，只露出不到三分之一的部分。这里地势低矮，如果不是几天前一场逆势的东南风，墓穴群也许很难显露出来。杨Sir用手势示意我原地不动，他自己则凭借记忆，跑回到我们刚才进入的那间石室。很快，他又跑了回来，对我摊摊手，意思是：什么也没有。

我急了，包子虽然缺点颇多，却是个靠得住的兄弟，不管怎么样，我一定要找到他，就算死，好歹得把他的尸首弄回去。想到这里，我身子一侧，冲出岩石，与此同时，大量黄沙翻滚而来，就像成千上万脱缰的野马，瞬间就把我掀翻在地。我只觉得一股巨大的力量猛扑过来，瞬间就将我刮到一块岩石上，顿时，我的背部传来一阵剧痛。狂沙使我无法睁眼，也无法呼吸，胸口就像憋闷了一团火，要将整个胸膛燃烧殆尽。我的意识开始模糊，恍惚中，我似乎感觉有人在拉我的手，但我已经使不上任何力气，就这样陷入了沉沉的昏迷。

再次醒来，我觉得自己似乎悬在半空中，身体被沙子紧紧包裹着，只在胸部以上有一小块空间，因为我的头正好卡在两块砂岩之间的小缝隙里，形成了一个小三角的空当。托这个空当的福，我现在还能勉强呼吸。大脑充血胀痛，呼吸也非常沉重，眼前只剩下一片黑暗，只有背部的阵阵疼痛告诉我：我还活着。

我的左腿无法动弹，右腿勉强可以挪动一点空间，似乎整个人被卡住了。意识依旧很模糊，我甚至分不清自己的头是朝上还是朝下。就在这时，一只手摸索着抓住我，应该是杨Sir，他和我一样九死一生。虽然我俩都还活着，身体却都不能自由动弹。

杨Sir的情况比我糟糕，他在我的后背位置，一只手像抓住救命稻草一样紧紧捏住我的大腿，这是人的生存本能，我能清晰感受到那只手里传递出的绝望和恐惧。

一时间，我的大脑清醒了许多，我告诉自己：不能就这样活埋等死，本能促使我不断挣扎，虽然鼻不能闻，眼不能看；但我还有触觉，双手也还算灵便。

剩下的，就是判断自己的头朝着哪个方向，我灵机一动，吐出一口唾沫，唾沫立即落到我的脸上，说明我现在头朝下，应该往自己腿的方向挖。

时间紧迫，我的呼吸越来越困难，杨Sir的情况肯定更不乐观。还好我的双手能动，于是从腰间摸出一把匕首，这是杨Sir那把Strider MT海豹六队专用战术直刀，外形是标准的矛形设计，可以做格斗刀使用，但不知道用来求生怎么样。

我试着用刀去钻上面的一小块沙土，果不出所料，沙土非常松散，我很快就刨开了一片空间，握刀的手几乎可以探出地面。我的心中一阵惊喜，就在这时，一只有力的手一把将我握住。

紧接着，一个熟悉的声音从上方传来："你等着，我马上救你出来！"

这是包子的声音。

如果我的脸没有被泥沙覆盖，也许可以感觉到眼眶一阵湿润。包子没有死，不但没有死，他现在反倒来救我，成了我活下去的希望。

刨开沙土并不费劲，包子不像我，他没有受伤，四肢也很灵活，不一会儿就把我拉了上来。与此同时，董胖子和小姜乘坐越野车赶了过来，大家七手八脚，将杨Sir拖出地面。我这才发现，杨Sir一直靠着我身后的一块岩石，他的背抵着我的背，将我托到接近地面的位置，否则我不会那么幸运，正好卡在两块砂岩的顶端缝隙处。而他自己只能蜷缩成一团，硬是用身体和一块倾斜的岩石隔出小块空间，凭着空间里有限的空气，撑到了现在。

杨Sir和我一样，满嘴满脸都是沙，但他的情况比我糟糕，我一出来就是一通猛咳，他却憋了好半天才缓过气。我看见他的一只手握个松软的拳头，朝我挥了挥，我知道，如果他有力气，肯定会一拳头砸过来。一时间，我的心里充满感激，不管杨Sir这样做的目的是什么，总归是救了我一命。

和我不同，包子却不怎么领情，他不时摸摸自己还在隐隐发痛的后脑勺，嘴里嘟哝着："这小子，该该被沙埋。"

说起来，包子也算因祸得福，他被杨Sir打晕后一直倒在石室里，石室成了最好的遮蔽场所，沙尘暴过后，虽然所有砂岩群都被掩埋了，石室里却保留了空间。包子醒过来后，沙尘暴也过去了一大半，他就顺着岩壁爬出了沙堆，虽然模样狼狈了点儿，但还算完好无损。

我的面前，血棺部落已经彻底消失了，眼前只剩下茫茫黄沙。小姜取出车里的矿泉水，让我和杨Sir简单清洗了一下，清水入口，我的五脏六腑顿时浸入一股凉气，说不出的舒服。

"看来，我只能回去再报警了，这地方可是凶杀现场。"董胖子惊魂未定地说，"对了，杨Sir，你当时怎么想到让我们逃出来的？是不是预测到了这场沙尘暴？"

我苦笑一声说："看来你们也不清楚发生了什么事，看看摄像机就知道了。"

小姜拿过董胖子的摄像机，按动播放键，却没有任何显示。

"该死的摄像机，比我的年龄还大，早该淘汰了。"小姜一边自言自语，一边举起摄像机猛摇了几下，摄像机里立即流出一行细沙。

董胖子赶快抢过摄像机，认真检查起来："完了，进沙子了，说不定镜头都报废了。"

我顿时失语，不能看录像，他们就不知道究竟发生了什么事，我也无法问他们有没有注意到那个多出来的人，因为他们并不知道自己刚才看到的只是幻象。想到这里，我看了看杨Sir，他之前说自己的神志很清醒，那就一定注意到了这个人。

"杨Sir，你还记得墓室里那个戴着防毒面具的人吗？"

"有印象，不过当时情况紧急，所以没有太在意。"杨Sir回答说，"不过，这个人知道戴面具，就肯定知道石室里有迷魂香，知道这种东西会让人产生幻觉。而且他的穿着和两具尸体一样，应该是他们的同伴。"

我点点头说："是啊，刚进这里我就发现不对劲，好像岩石群四周的沙子被清理过，不然我们也不可能那么快就找到入口。"

"你们说什么，什么多出来的人？"包子不明所以，他刚才被杨Sir打得够呛，现在头还晕晕乎乎的。

我把录像里的内容简单说了一遍，小姜倒吸了一口冷气，惊呼道："天啦！怎么会这样？我根本就没看到什么戴面具的人。"

"我倒是看到了，不过我一直以为那人是宋方舟。从进石室后我就觉得里头不太对，就是不知道为什么。"董胖子也跟着低声嘟哝。

杨Sir清理完口里的泥沙，一口气喝光半瓶矿泉水，然后长长松了口气说："不管怎么样，我们这次算是活着出来了。"

回去的路上，我们全都像泄了气的皮球。小姜和董胖子早没了刚来时的兴致，比任何人都沉默。反倒是杨Sir从包里掏出一个草编小篓，在我和包子面前晃了一晃。

"这是什么？"包子的好奇心果然被勾了起来。

"这是用红柳枝做的小篓，属于典型的古墓陪葬品，罗布沙漠里发现的所有古墓中，几乎都有这样的小篓。不过，有钱人家的草篓和穷人家的草篓不一样，根据年代不同，编织手法和工艺也不同。你们看这个。"他将小篓举起来，方便我们看到，"这个小篓非常简陋，没有任何着色，里面的种粒也早就干成了碎子。它的编织工艺简单实用，没有任何多余的花式，线条简陋。第一说明当时的生产条件低下，第二说明那时还没有着色工艺。小河墓地被发现时，坟包上插着许多胡杨木柱，木柱根部还保留着红色的颜料，而墓里的古尸，部分已经有3800年的历史，这就说明，至少在3800年前，古人已经有了着色工艺，这说明什么？"

"说明这个草编小篓的历史在3800年以上！"我惊呆了，没想到杨Sir居然还顺手牵羊从古墓里带出了一件宝贝。

杨Sir继续说："可惜古墓群又被黄沙遮掩起来了，只能带出这件古董做纪念。我会把它交给当地的文物管理部门，也算是为西域考古作了一份贡献。"

前排的小姜立即对杨Sir投来赞赏的微笑。包子原本想说什么，一听杨Sir要将小篓捐献给国家，马上把话又咽了回去。

我们在库尔勒分了手，在我的调解下，包子终于在分别时和杨Sir来了个临别拥抱。他告诉我，他并没有原谅杨Sir，只是感谢杨Sir救了我一命。

我把匕首还给杨Sir，他笑着说不用了，就留给我做纪念。我本来就是个重感情的人，杨Sir这么一说，我顿时觉得千言万语涌上心头。这一路走过来，虽然时间不长，但如果没有杨Sir，我多半是走不出那片魔鬼沙漠的。

杨Sir见我一副百感交集的模样，笑着拍拍我的肩膀，突然意味深长地凑到我耳边，小声说："我们会再见面的，很快！"

没待我反应过来，杨Sir已经走上了长途车。他最后那句话就像一泼冷水，瞬间就浇熄了我心头涌上的万千感慨。杨Sir最后这句话，到底是什么意思？

第七章　死文字

　　回到家乡，我和包子又开始经营饭馆儿，生意和过去一样，不好不坏。这期间，我也给小姜去过电话，问她报案的事怎么样了，小姜说："说起来真是撞鬼了，我领着警察在那里绕了好几圈儿，根本连砂岩群的影子都没看到。看样子，这个古墓群被黄沙给盖了个干净，也不知道猴年马月才能再露出来。"

　　血棺部落又失去了踪迹，连带无数解不开的秘密，一起被埋藏在茫茫沙海之下。古墓群是不是奥尔德克口中真正的棺材山，里面那些死者是什么身份，为什么会身首异处，奇怪的迷魂香用了什么配料，还有那个多出来的人，他到底是谁？所有这一切，都已经被大自然掩埋，几千年来，无数的谜团就是以这样的方式不断累积，使沙漠变成了神秘而令人向往的所在。

　　这一天，我闲着没事，突然想起录像带里包子用匕首刺向小姜的事，于是将包子拉到一边，好奇地问："你当时看到了什么？差点儿把人家小姜给杀了。"

　　"别提了，太可怕了！"包子啃了一口卤猪蹄，"我看到棺材里那具干尸站了起来，脖子上还顶着一颗木头脑袋。我当时就吓傻了，心想这下算是完了，这么多干尸，我们铁定没活路了，于是想也不想，提着刀就冲过去，谁知没冲到一半，就被杨Sir给揍晕过去了。"

　　听了包子的话，我真是哭笑不得。杨Sir说得对，相由心生，迷魂香只能催眠人的心智，但无法改变人的性格和经历，包子过去做过盗墓贼，所以看到僵尸起死回生。我这人没什么阅历，基本上白纸一张，所以看到的景象最接近现实。有人说孩子能开天眼，看到凡人看不见的东西，这个说法虽然迷信，但也不是全无道理，因为孩子心智单纯，没有杂念，所以可以看到众生轮回。

　　"想什么呢？"包子见我独自发呆，碰了碰我的胳膊，一脸神秘地说，"不说这个，波斯，告诉你一件好事。"

"什么好事？"

"还记得那件草编小篓吗？就是杨Sir给你我看过的那件？"

"当然记得，那可是价值连城的古董。"

包子一听乐了，忍不住噗一声笑出了声，模样就像个恶作剧得逞的小孩儿："波斯，那个小篓，被我偷了。"

"偷！"我叫了起来。

"没错，知道我为什么要和杨Sir来个临别拥抱吗？就是为了偷那个小篓。"包子不无得意地回答，"什么古董，他杨慕之把我打晕了扔墓穴里头，自己顺手牵了个宝贝出来，还愣要冲好人，上缴国家。我就看不惯这种人，不偷他偷谁？"

"话不能这么说，杨Sir好歹也救了我。"我很是替杨Sir叫屈。

"是啊，他救了你，差点儿杀了我。"包子很是不屑，"波斯，我知道你心眼儿实在，要不这样，这个小篓我已经送朋友那儿去了，打算卖个好价钱。你想做善人，可以用这笔钱盖几座希望小学。我呢，也可以脱贫致富。那不比上缴国家强多了？"

我顿时无语，包子穷怕了，过去又做过倒斗的勾当，思维方式和我不同，一时半会儿想要他端正思想还真的很难。

见我不回答，包子继续说："对了，那个小篓下面还写着一排小字，可惜看上去很模糊，听说有文字的古董更值钱，我已经让朋友拿去找专家鉴定了，等鉴定结果一出来，铁定有买家排着队来找我。"

我很反感包子这种行为，于是问："包子，你不是说不干盗墓倒斗的勾当了，怎么又拿人家杨Sir的东西？"

"我只是不倒斗了，没说过不偷啊！更何况是他杨慕之，被偷多少回都活该！"包子努努嘴，就在这时，他的手机响了，包子掏出电话一看，顿时乐开了花，"你看，说曹操曹操到，我朋友来的电话。"

我冷冷地看了他一眼，真希望杨Sir突然出现，再给这小子来上一棍子，让他从发财梦里醒过来。不过，棍子虽然没出现，包子还真的很快清醒过来。

"喂，喂，赵叔啊，对对，就那个小篓下面的字，鉴定完了吗？"包子一脸幸福的憧憬，下一秒，他的笑容突然凝固住，"什么？Made in China！"

这一次，我俩同时呆住了，空气中有片刻的寂静，几秒钟后，我和包子同时叫了起来："杨Sir这个骗子！"

包子的脸色顿时难看了许多，我不用想也能猜到，那个叫赵叔的人一定在电话那头把包子好好奚落了一番。挂断电话，包子一脸的沮丧，我安慰他说："其实没关系，杨Sir这个玩笑虽然开得过分，我们也没有实质上的损失不是吗？"

"实质上的损失？"包子忽然瞪大眼睛望着我，"对啊，这没好处的事，杨慕之为什么要做？他不像个喜欢恶作剧的人吧？"

一时间，我们俩都感觉到了些许怪异。我一直觉得杨Sir是个琢磨不透的人，说他聪明，他居然在明知我要送死的情况下还跟着我冲回砂岩群，最后差点儿陪着我被活埋；说他笨，他又明显是个经验老到的探险高手。可他为什么要在分开后又重回沙漠找我们？他应该知道我是个菜鸟，只会拖后腿。要去探险的话，他一个人恐怕更安全。

现在想来，杨Sir所作的每一件事都透着古怪。不觉间，我又回想起杨Sir对我说过的那句话：我们会再见的，很快……

之后的两天，我一直过得心神不宁。包子的状态倒还好，依旧大大咧咧，手脚利索，直到这一天，包子又接了一通电话。

这通电话就像一颗定时炸弹，将包子炸得七荤八素。

"请问是包小康教授吗？"

"我是。"包子马上听出是小姜的声音，因为只有小姜叫他包教授。

"是这样的，包教授，昨天杨教授告诉我，他把那只草编小篓借给你了，还说你承诺会代替他将草篓捐献给博物馆。我想请问一下，您捐到哪家博物馆去了？"

"什么哪家？"包子简直不相信自己的耳朵，"杨Sir根本就没给过我什么草篓。"

"别开玩笑了。"小姜的声音听上去很不快，很显然，比起贼眉鼠眼的包子，她更相信相貌堂堂的杨Sir，"杨教授对我说过，你一定会拿着小篓找人鉴定。不管白道黑道，在西域文物方面，你们那儿有名的专家只有两三个，我一问就能问出来。"

包子的心立即悬了起来，他的确有让人拿着小篓去找专家鉴定。在古物鉴定方面，我们这里有名的专家还真就只有两三个，小姜如果要较真，一准儿能问出来。

包子顿时语塞，如果一口否定，小姜有办法揭穿他的谎言；如果承认，那就等于他私吞古董，拒不上缴。小姜作为媒体，要是把事情一曝光，他就再别想出来混了。可如果上缴，博物馆很快会鉴定出小篓是假货，从而怀疑包子调了包，私藏真品，同样会找他的麻烦。

一时间，包子应也不是，不应也不是，弄得左右为难。最后，他只好告诉小姜：自己头疼得厉害，要去看医生，晚点儿再联系。

我们这才知道，原来那天在越野车上，杨Sir是故意当着小姜的面取出小篓来显摆的。小姜作为媒体，对这种事肯定很敏感。更何况她对杨Sir印象不错，不论外形还是谈吐，杨Sir都比包子强。所以，从一开始，包子的可信度就处于劣势。

那天，杨Sir主动表示要将文物捐献国家，小姜自然会关注草篓的去向。在这种情况下，草篓转移到了包子这里，不管他最后有没有捐献给博物馆，对小姜来说都是一条独家新闻，她铁定会一追到底，而包子自然就成了有嘴说不清的倒霉蛋。

挂断电话，包子就像泄了气的皮球。他蹲在地上，垂头丧气地说："我这小康没奔成，说不定快成阶下囚了。"

"你打算怎么办？"我问他。

"还能怎么办，草篓是假货，我不可能变个真货出来。只好实话实说了呗！"

我赶忙摆摆手说："那不行，万一小姜真报了警，警察说不定把你的老底都给查出来。"

包子最怕被人揭穿他盗墓倒斗的过去，听我这么一说，他顿时紧张起来："波斯，那你说怎么办？"

"形势比人强，我看你就低一回头，给杨Sir去个电话道歉算了。反正他也知道小篓是你偷的。"我见包子一脸的不高兴，于是接着说，"虽然杨Sir用假货骗了我们，但如果你不偷，也不会上他的当不是吗？"

包子站起来，斩钉截铁地说："不行，不蒸包子挣口气，我包小康就算真栽了，也不说矮话！"

我无奈地叹了口气，真不知道该说他什么才好。

包子果然没有给杨Sir去电话，杨Sir却主动打了过来。这一次，接电话的人是我，我原本以为杨Sir想要借题发挥，奚落包子一番，谁知他却告诉我一个意想不到的消息。

董胖子失踪了。

杨Sir说："董胖子失踪前没有任何迹象，只是有些非常奇怪的举动。具体情况电话里说不清，你和包小康能来一趟吗？"说完，他告诉我一个电视台的地址。

"他失踪和我们又没关系，就算我们来了也帮不上忙吧？"我赶忙推辞，只去了一趟沙漠就惹下这么多麻烦，我现在只想和杨Sir划清界限。

"不，你们一定帮得上忙。准确地说，是你宋方舟，一定帮得上忙。"杨Sir的

声音一如既往的冷漠，却带着不容否定的执拗。

我微微一愣，忍不住问："你凭什么这么肯定？"

"要想知道我凭什么，你们就必须来一趟，还有……"杨Sir意味深长地说，"听说包小康最近惹了麻烦，要不要我帮忙化解？"

我一听，顿时语塞，杨Sir这句话里带了些许胁迫的味道，似乎如果我们不去，包子偷草篓这件事就会朝不好的方向发展。

包子是我的好兄弟，我不能眼看着他深陷麻烦而置之不理，另外，我也很好奇杨Sir葫芦里到底卖的什么药。于是和他约好时间，在电视台门口碰头。

我预订了一天后的火车票，然后故意将这件事告诉包子，整整一天，包子显得异常沉默。虽然没有说话，但我从他的眼神中看出，他之所以不愿再和杨Sir打交道，绝不仅仅是因为顾虑自己可怜的自尊。

一天后，我请父亲帮忙照看几天饭馆儿，然后简单整理好行李，踏上了前往桐城的火车，杨Sir的预言终于应验了，我和他分别不到十天，马上就要再次重逢。只不过，这次我的心情已不像上次那么轻松。冥冥中，一种不祥的预感始终缠绕着我，逼迫我不去思考，因为只有这样，我才能快乐一些。

上了火车，我在自己的座位上坐定，对面是一个身材细瘦的男子，他一个人横躺在座位上，占据了三个人的座位，一件灰色外套罩在他的头上。我不禁想起了包子，他一定知道我这次去桐城见杨Sir是因为他，所以躲着不肯来送我吧。

餐车开始卖午餐，我点了一份，当乘务员将盒饭交到我手上的时候，火车突然晃动了一下，菜汤从饭盒里泼溅出来，正好滴在男子腿上。也许是被烫到了，男子大叫一声，猛地坐起，外套滑落下来，我立即看到了那两颗熟悉的大龅牙。

我真是哭笑不得，虽然和包子熟得不能再熟，可不知为什么，每次我出行，总会在一个意想不到的地方见到他，然后因为意外的重逢而大吃一惊。

包子冲我露出讨好的笑容，低声说："波斯，我想好了，还是跟你一块儿去。不过我们说好了，我这回只向你爸请了三天假，三天以后，我一定要回去。"

我无奈地点点头。包子故意加强了"一定"两个字的语气，也许他和我一样，内心里有一种不祥的预感，这种预感越是强烈，他就越是想尽快龟缩回自己原来的生活，太太平平地过日子。

第二天下午，我们赶到桐城，杨Sir在当地电视台门口等我们。再次见到他，我的心情非常复杂。在火车上时，我和包子商量了很多应对的办法，最后得出一个共识，那就是速战速决。不管杨Sir说什么，我们只管道歉认错，然后把他的要求全都推辞掉，尽快回家。可我们没有想到，接下来发生的事，已经大大超出了我们的预料。

相比起我和包子，杨Sir显得随意许多，他和我们亲切地打招呼，然后领着我们去了电视台的接待室，他看上去对电视台非常熟悉，就好像这里是他的地盘儿。

一入座，杨Sir就非常客气地说："我已经订好了宾馆，两位今晚就在这儿住下，费用算我的。"

"不用了，我们谈正事。"包子一脸的局促。

杨Sir佯装不解："什么正事？"

"还能有什么事？"我没好气地回答。

"那件事啊！"杨Sir恍然大悟，"其实没什么，我有事想请二位帮忙，所以不得已才想了这么一个办法。"

我明白了，原来杨Sir之所以用假货诓我们，是为了让包子落下把柄，今天能来找他。想明白了这一层，我有些不快："想让我们来，用不着耍手段。明着说不就好了。"

"如果明着说，你们会来吗？"杨Sir笑了。

听了他的话，包子的脸颊一阵发烫。杨Sir说得对，如果不是包子贼心不改，大家也没有"再续前缘"的机会。

就在这时，小姜匆匆走进来。她的视线从包子身上扫过，然后快速集中到我身上："宋教授，杨Sir说你有找到董胖子的线索，是真的吗？"

"什么线索？"我根本就摸不清头脑。

"先别急。"杨Sir对小姜说，"董胖子失踪前有什么异常的举动，你能跟他们说说吗？"

小姜点点头："这个月，我们奉台长的命令，要制作一期有关新疆建设兵团优秀事迹的节目。董胖子也有跟踪录制，他失踪的头一天，我让他把录好的内容整理一下，当天下午，他一直坐在座位上整理录像带，然后……"

"然后什么？"我和包子异口同声地问。

"开头还挺顺利，可是突然，董胖子似乎发现一段录像有些不对劲。"小姜皱起了眉头，"他一直盯着那段录像，翻来覆去地看，至少看了不下五十遍。"

我一听，赶忙让小姜把录像拿出来瞧瞧。

小姜把我们领到董胖子的座位旁，取出一盘录像带插进播放器里，立即，电视屏幕上出现了一段画面。画面非常简单：只是一个普通的山崖，山崖面积很小，顶多二十个平方，显得很荒芜，连棵草都没有，只在靠后的位置有一块凸起的岩石，岩石旁立着一棵小树，微风吹过，小树随风飘摇。镜头从山崖的左侧转移到右侧，总共只有十一秒的时间。在这十一秒里，画面上没有出现任何人和动物，只有一个随处可见的山崖，和山崖上那颗随时可能被吹倒的树。

"你们很难想象吧，董胖子居然反复看了这段录像五十遍。"小姜继续回忆说，"当时，我也在他旁边，亲眼看到他眼珠子都不转一下，反复按动重播键，就这样看了一遍又一遍，看得我心里直发毛。你们说，就这么个破山头，有什么好看的？"

"没准儿里头会爬出个女鬼。"包子不经意地冒了一句。

这个冷笑话一点儿也不好笑，至少我没被逗乐，因为我完全能体会小姜此刻的感受，一段十一秒的录像被反复看了五十遍，有那么好看吗？

杨Sir紧皱着眉头，始终一言不发。等我们看完了，包子说："这件事看上去的确很奇怪，但和我们没关系，对不起了杨Sir，没帮上你的忙。"说完他就往门口走。

"等等。"杨Sir把包子叫住，从包里取出一个笔记本，翻到其中一页，递到我面前说，"别着急，我叫你们来，当然是有原因的。宋方舟，你知道上面写着什么，不是吗？"

我一看，忍不住又是一惊。笔记本上画着一行跳舞的火柴棍小人，和杨Sir那把刀柄上刻的小人儿完全一样，火柴棍小人摆出各种奇特的舞姿造型，如果编排成舞蹈，也许是世界上最难看也最奇怪的舞。外人也许真会以为这是一种舞蹈，类似于原始人的山崖壁画，但我一眼就认出，这是一种文字。

包子赶忙凑过来，瞪大眼睛问我："波斯，你真知道这些鬼画符是什么意思？"

我机械地点点头，说："救救我！上面的文字翻译过来只有三个字——救救我……"

小姜和杨Sir同时瞪大了眼睛。杨Sir看我的表情，和我那天翻译出刀柄文字时的表情一模一样。惊诧中带着莫名的兴奋。

一时间，空气似乎凝固住，寂静中透着几分压抑。

几秒钟后，杨Sir率先打破了沉默："这就是董胖子失踪前留下的线索。宋方舟，你知道你刚才解读的是什么文字吗？"

我愣愣地回答："我哪儿知道？"

"这是一种早已失传的文字。大约在远古的青铜时代，新疆极北的阿尔泰山脉生活着一支神秘的部落，名叫秃顶人部落，顾名思义，秃顶人全都没有头发，下颚浑圆，有明显的蒙古人特征。阿尔泰山，在蒙古语意中翻译为'金山'，山中藏有大量黄金，秃顶人就是黄金守护人。他们用黄金制作面具和武器，拥有奇特的黄金文明。这种文字，就是失传已久的秃顶人文字，由于几千年来一直没有人研习和解读，秃顶文已经成了没人能看懂的死文字。你怎么能读懂这样的文字？"

我不禁局促起来："我也不知道，是我爷爷教我的。小时候，爷爷经常跟我做游戏，让我猜他画的小人儿是什么意思。时间一长，我就认识了这种字。我一直以为这是一种游戏专用的文字。"

杨Sir赶忙问："你爷爷是谁？"

我尴尬地笑笑："说了你们也不认识，爷爷自己都不知道自己的真名，他小时候是个流浪汉，二十八岁做了奶奶家的上门女婿。"

"不是在说董胖子失踪吗？怎么扯到人家爷爷身上去了？"和涉世未深的我不同，包子对杨Sir一直很有戒心。

杨Sir尴尬地轻咳两声，继续说："这个笔记本是董胖子留下的，上面的文字又是早已失传的秃顶文。秃顶族是阿尔泰山黄金的守护人，所以我猜测，他的失踪，也许和阿尔泰山里的黄金有关系。"

"你知道我能解读这种文字，所以想让我跟着你一起去找董胖子是不是？"我终于明白杨Sir的意思，"不过，单凭一排字就做出这样的猜测，未免也太草率了。我看，你还是多找些证据再说吧！"

我一口回绝。本来嘛，有人失踪应该去报警，就凭我们几个人，茫茫人海，上哪儿找董胖子去？

像是早就猜到了我的回答，杨Sir笑着说："先别急着下结论，你和包小康再商量商量，我和小姜有事出去一下。"说完，他领着小姜离开了。

包子看着杨Sir和小姜的背影，很是不屑地说："这两个人是不是有一腿？"

我无心去管包子，虽然已经被我一口拒绝，但杨Sir那副势在必得的样子让我非常介意。包子见我心事重重，故作轻松地说："别管他，我早就把杨慕之这人给看穿了，表面上找人，其实还不是为了找黄金。要找让他一个人找去。阿尔泰山产黄金我们都知道，但也不是谁都能去挖的，名字叫金山就一定能找到黄金啊？只有傻子才信。"

我摇摇头，心里说不出的不对劲。

董胖子一个人一间办公室，四周安静得出奇。包子闲着也是闲着，随手翻看着董胖子的录像带。董胖子是个摄影师，抽屉里装满了录像带，别看他性格大大咧咧，对待工作倒挺认真，每盘录像带上都编了号，而且全部是连号的。突然，包子发现编号八和编号十之间空缺了两盘，出于好奇心，他抽出八号录像带，插进了播放机。接下来的画面，让我们惊呆了。

这是一盘有关街头市井的录像内容，菜市场上熙来攘往，家庭主妇们纷纷挎着菜篮去买菜，地上摆满了各种青翠欲滴的蔬菜瓜果，好不热闹。就在这时，镜头在一个细瘦的身影上停了下来，这个人不是别人，正是包子。

包子一手挎着菜篮子，腰上还系了个围裙，正为了两块五的胡萝卜和一个小贩讨价还价，包子砍价从不手软，菜贩子也不松口，程度很激烈。

录像在这里结束了。我和包子同时傻了眼，一看录像日期，正好是我们加入自助旅行团的头一天。

在小姜和董胖子面前，我和包子一直自称是某大学的专家。如果董胖子发现包专家居然跑去菜市场上买菜，而且还自称是某小饭馆儿的大厨，一定会大跌眼镜，发现自己上了当，揭穿我和包子的身份。更可怕的是，编号八以后的两盘录像带不见了。整个抽屉里，就只有这一个地方出现了缺号。那两盘失踪的录像上，会不会也有包子的光辉形象？难道董胖子已经发现了包子的身份，所以故意拿走了录像带，打算找机会曝光？

一时间，我和包子再没了回家的心思，一心就想着那两盘录像带的下落。如果包子的身份被揭穿，小姜知道自己被骗，就更有理由相信，包子已经把草编小篓调了包，将真货据为己有了。这件事可小可大，万一小姜和董胖子往大处闹，告我们俩一个诈骗罪，我们这后半辈子就只能在监狱里度过了。

"这死胖子录什么不好，非要录菜市场，真他妈倒霉。"半晌，包子首先从震惊中清醒过来，"不行，一定得把录像带找回来。还有死胖子，非得让他封口不可！"

我不禁苦笑："这么说，我们只能跟着杨Sir？"

包子正要回答，杨Sir走了进来，面带微笑地问："二位有没有改变注意？"

我们俩同时沉默了。

"对不起，隔壁有监视器，你们刚才的表现我全都看到了。"杨Sir望着包子，有意压低了声音，"其实，我已经有董胖子的下落了。包小康，你不是一直想要脱贫致富吗？阿尔泰山的黄金我志在必得，如果二位愿意合作，我们不光能找到董胖子，还能得到价值连城的黄金。何乐而不为呢？"

"为什么是我们？"我和包子互相看了一眼，心情都很复杂。

"如果要找西域考古的专家，我有很多选择，但唯独你宋方舟，才可以辨认已经失传的秃顶族文字。"杨Sir一边说，一边伸出手说，"预祝我们合作愉快。"

我和包子犹豫了很久，终于伸出手，和杨Sir握了一下。

第八章　书呆子吕方阳

经过了一番心理挣扎，我们终于和杨Sir一起，踏上了寻找董胖子的旅途。生活总是充满各种意想不到的戏剧性，如果爷爷没有教我辨认这种古怪的文字，杨Sir就不会找到我。也许，我今天的命运在很小的时候就已经被决定了，我经常这样想。

当天晚上，我和包子住在杨Sir安排好的宾馆。包子躺在床上，翻来覆去睡不着："波斯，你说，杨Sir想找的人是你，干吗要给我下套？"

"还不是因为你贼心不改，容易钻空子！"我叹了口气，"算了，往好处想，看来董胖子也是个藏得很深的人，说不定咱们这回还真能找到黄金。"

一提到钱，包子的状态好了许多，他翻身坐起来，对我说："也只能这么想了，说不定因祸得福。不过，也不知道杨慕之从哪儿打听到董胖子的消息，明天一定得抽空问问他。"

这天夜里，我做了一个梦，在梦中，慈祥的爷爷把我领到一堵山崖前，山崖上写满了秃顶族的文字，无数火柴棍儿小人整齐排列在一起，舞出各种奇怪的姿势。爷爷告诉我，崖壁上写的字是我们宋家祖传的秘密，一定要牢记心中，切记，切记……

我牵着爷爷布满硬茧的手，听话地点点头，然后使劲去记住崖壁上的文字。渐渐地，一种奇怪的声音涌入我的耳中，像是诵经时的低吟，又像是无数蜜蜂扇动着翅膀，也不管我愿不愿意，强行将怪异的声音灌注进我的头脑中。我只觉得大脑一阵肿胀，疼痛迫使我终止记忆。我捂住脑袋，蜷缩成一团，想要阻止这种怪声，声音却越来越大，越来越响亮，穿透了我的灵魂，无情地震荡着我的五脏六腑。

我在一片混沌中醒来，身上早已惊出一身冷汗，我的身边，包子鼾声正响，脸上还挂着一丝微笑，不知道他梦到了什么。我深吸一口气，起床换了身衣裳，这才重新躺下，只是，我的思绪总是被那个奇怪的梦纠缠着，怎么也睡不着。

第二天，我们始终没有机会问杨sir打听董胖子消息的来源是什么，事实上，就算我问了，估计他也不会说真话。一大早，杨Sir交给我们两张机票，通知我们马上出发去和田，他的一个朋友告诉他，董胖子在民丰文物馆出现过。

我问："消息可靠吗？"

"当然可靠！"杨Sir从烟夹里掏出一支烟点上，"但愿我们不会去得太晚。"

我们乘坐当天上午的飞机，先去乌鲁木齐，然后转飞和田，再换乘短途车，沿315国道赶到民丰。民丰位于昆仑山北麓，塔克拉玛干沙漠南缘，是一个具有七千年文化历史的古县城，来自昆仑山的水源源不断流经这里，形成尼雅河、其其汗河、叶亦克河、牙通古斯河、安迪尔河五条河流。其中尼雅河就是古代西域三十六国之一——精绝国的母亲河，曾哺育了一方灿烂的文化。

到达民丰时，已经是傍晚了，我们在当地宾馆休息一夜，第二天一早就赶到民丰文物馆。文物馆刚开门，工作人员正忙着打扫，刚走到大门口，我就看到馆内站着一个身材高瘦的男子，男子大约三十岁，面色苍白，他的背脊很直，身上套着一件休闲西装，也许是太过消瘦，衣服套在他身上显得空落落的。

"居然有人比我们还早？"包子忍不住感慨一句。

文物馆不大，两旁的展柜里摆放着许多来自汉晋时期的文物——做工精湛的红泥陶罐、用兽皮制作的弓袋、刀鞘和剑箙，还有精绝古城复原图，为我们生动展现出古代精绝人生活狩猎的场景。我和包子边走边看，不时发两句感慨。杨Sir则去找管理员，询问董胖子的下落。

走到一个展柜前，包子突然指着一个奇形怪状的东西问我："这是什么？"

这是一个菱形木块，木块上有斑驳的印记，显然年代久远。木块的左侧细长，右侧中间刻了一个凹槽，凹槽中间还钻了个小孔，有点儿像现代机械上的零配件。我看了半天，还是看不到这是个什么东西，于是对包子摇了摇头。

"这是捕鼠器。"刚才那个男子走来，他和包子同样消瘦，只是背脊太过笔挺，显得有些不自然，和包子略微弓起着的背形成鲜明对比。

"捕鼠器？"我不明所以。

男子继续解释说："这是古代精绝人的重要发明之一，很长时间，精绝一直为鼠害困扰，所以当地人发明了这种捕鼠器。这种技术一直沿用至今，如果要评选出西域四大发明，这个捕鼠器绝对应该算是其中之一。"

我和包子无比佩服地点点头。

就在这时，杨Sir和一个管理员走了过来，管理员指着墙上悬挂的一张织锦说："就是这张织锦。"

这是一张蓝底白边的丝质织锦，织锦图颜色鲜艳，上面分布着五颜六色的弧线型纹路和动物图案，显得炫目多彩却不失贵气，五彩图案中间差分布着八个字——五星出东方利中国。我不禁心生疑惑，难道早在一千多年前，古人就做出了如此精确的预言。

管理员继续说："那个胖子来了以后，问我这张织锦是在什么地方发现的。"

男子一听，噗一声笑了起来，用嘲讽地语气说："还能是哪儿，和田的丝织厂呗！"

"丝织厂？"我更加不解，这么重要的文物怎么会来自丝织厂？

"这是仿冒品。"男子冷冷地说，"真正的织锦图放在新疆文物研究所里。"

管理员点点头，突然不无遗憾地说："可惜啊，大约一年前，这张织锦图被盗了，直到现在还没有找回来。"

"被盗！"我和包子同时叫了起来。

"胖子为什么要问起这个？"杨Sir考虑的问题明显和我们不同，"难道他要去精绝遗址，寻找织锦图的下落？"董胖子到文物馆后，只做了短暂停留，很快就离开了。他在这里唯一关注的东西，就是这张五星出东方织锦图。但我们不明白，董胖子为什么会对一件失踪的国宝如此感兴趣。

包子厚脸皮地走到那男子面前，说："看样子，你对这玩意儿挺熟悉的，能不能跟我们讲讲它的来历。"

男子望着墙上的织锦图，慢条斯理地说："'五星出东方利中国'织锦图是国家一级文物。1995年，考古学家在考察汉精绝王廷N14遗址的途中偶然发现一处墓地，其中八号墓主人的左手护臂上绑着一张织锦，上面写着'五星出东方利中国'八个字，这样的发现实属罕见。织锦图里，宝蓝色底上显示出了五颗星，象征金木水火土五星齐聚中原，其下还有朱雀、青龙、白虎等瑞兽图案，五星齐聚是多年难得一见的天象，因而被古代占星家视为祥瑞之兆，统治者也时常利用这一天文现象制造舆论，作为征战前最好的精神武器。西汉时，就曾有求功心切的将军利用这一现象，借天子之命对老将赵充国施压，使他陷入进退两难的境地。"

"这之后，考古学家又在八号墓众多的丝织残片中，找到了另一件锦片，上面写着'讨南羌'三个字。"杨Sir继续说，"所以，拼合起来，完整的文字应该是'五星出东方利中国讨南羌'。两汉时期，西部的南羌、北胡是中原统治王朝的心腹大患，也是汉王朝通西域的主要威胁，东汉王朝为了取得征讨南羌的胜利，曾征用过属下西域城邦的军事力量。八号墓中的精绝王可能就曾率兵参与过相关战役。作为荣耀的显示，他将这张特殊的护臂带入了墓穴。"

"怎么你也对考古感兴趣？"男子对杨Sir投去赞许的目光，他走过去，伸出手说，"鄙人吕方阳，双口吕。"

"你就是西域考古专家吕方阳？"杨Sir有瞬间的诧异，但他很快反应过来，和吕方阳握了握手说，"久仰大名，我叫杨慕之，大家觉得这个名字太绕口，都叫我杨Sir。他们俩是我的朋友。"杨Sir把我和包子介绍了一遍。

吕方阳笑着摇摇头说："什么专家，我现在连工作都没了。"

"怎么了？"

"前段时间遇到一些事情，不提也罢！"吕方阳摆摆手，眼神有瞬间的恍惚，他又转向墙上那张仿造的织锦图，遗憾地叹了口气，"可惜啊！织锦图的真品被盗，我们也只能来看看仿冒品了。"

杨Sir听了，赶忙笑着说："看得出，吕教授对国宝的感情很深啊。正好，我们要去寻访精绝故地，说不定能发现有用的线索，吕教授有没有兴趣一起去？"

我和包子同时睁大了眼睛，杨Sir和吕方阳才第一次见面，怎么就想拉他入伙？

吕方阳先是一愣，惊讶地说："怎么你也看出织锦图上另有玄机？"

"什么玄机？"这回换杨Sir发愣了。我知道，杨Sir虽然精明，但充其量是个百事通，门门都懂一些，但没有一门精通，就他这水平，要是能从织锦图上看出什么玄机来，那才是怪事。

吕方阳摆摆手，指着织锦图说："我研究过古精绝的绘画编织风格，汉晋时期，精绝国的雕刻艺术品多沿用西传的健陀罗风格，编织品大量沿袭古希腊罗马的矩形符号或流线型花式，这些艺术品有一个普遍的特点，就是杂而不乱，所有内容都被描绘在固定区域，显得中规中矩，鲜有艺术灵光。但你看这幅织锦图，图案上的线条迂回蜿蜒，不同颜色错综交杂，上面的瑞兽图案和象征五星的原点分布凌乱，丝毫没有传统编织物的特点，倒更像是一幅晦涩难懂的抽象画，这绝对有悖当时精绝人的审美情趣。"

"你的意思是？"杨Sir还是没有明白。

"你想，这幅织锦图是作为精绝王的护臂下葬的，这位精绝王很可能应汉王朝的命令，出兵迎战南羌的敌人。织锦图被用在战场上，当然不可能只是一件装饰品，有没有可能，它是为了某一个特殊目的而专门织造的？我们再来看图上的内

容，这些蜿蜒曲折的线条像什么？"

我说："像河流，无数条河流交织在一起。"

"没错，就是水流。俗话说，打仗打的是后援。在沙漠里打仗，最重要的就是水，如果有谁能掌握塔克拉玛干所有地下水脉的位置，就好比掌握了战争的主动权。正因为织锦图如此重要，所以精绝王致死也要把它带入地下。"

"可这些线条怎么是五颜六色的？"包子问。

"颜色代表五种元素，绛红代表火，明黄代表金，白色是水，草绿是木，浅酱色是土。五行孕育而生，相生相克，互相融合，正好是五星出东方利中国的绝好象征。"

"原来是这样。"我们终于知道了董胖子对织锦图感兴趣的原因，顿时恍然大悟。杨Sir说："既然吕教授看出了织锦图另有蹊跷，就更应该知道它的价值。其实，我和吕教授一样，想为寻找国宝尽自己的一份力。"杨Sir看出吕教授有几分动摇，接着说，"如果我们真的有幸找到织锦图，吕教授只需要帮忙辨认一下真伪，我想这点小忙，吕教授不会推辞的。再说，您一定很想看一看真正的织锦图，验证自己的猜测是否正确，如果假设成立，在学术界一定会引起轰动的。"

也许是杨Sir的一番话激起了吕方阳的书生意气，片刻犹豫后，吕方阳终于握住杨Sir伸出的手："好，我和你们一起去！什么时候出发？"

杨Sir笑着说："很快。"

就这样，我们的探险队伍又多了一个人。杨Sir在没有和我们商量的情况下，自作主张邀请吕方阳入了伙。我和包子对这位权威一点儿好感都没有，因为不管横看竖看，这个人和我们根本就不是一类人。

我急了，当下将杨Sir拉到一边，低声说："你做事也太不靠谱了吧？找谁不好，找来这么一位？他要是知道自己跟三个骗子在一块儿，非上公安局去举报不可。"

"我可不是骗子。"杨Sir赶忙回答，"董胖子打听过织锦图的事，八成他的去向和这张织锦图有关。再说了，在考古方面，我是半桶水，你和包子就更别提了，人家吕教授才是真正的专家，拉他入伙对我们只有好处。"

听了杨Sir的话，我一时语塞。他说得似乎也有些道理，不过，我还是觉得不妥当。就在这时，包子也凑了过来："算了算了，依我看，这位爷是个一根筋的主，不用怕，万一到时候情况不对，把他扔沙漠里头不就得了。"

我斜了包子一眼，这小子，怎么就不想点儿好的？放着阳光大道不走，专往死胡同里钻，被杨Sir摆了一道还不吸取教训，这样发展下去还得了？

杨Sir倒不介意包子的意见，对我说："现在是二比一，少数服从多数。吕教授现在是我们的成员了，和他谈话的时候，我总觉得他受了什么打击，状态不是很好，大家都对他好点儿。"

我犹豫着点点头，包子满脸谁笨地和吕方阳握了握手说："吕教授，以后就麻烦你多照顾了。"

我们一行四人回到城里，杨Sir让我们四处逛逛，他要去准备些探险设备，我们明天出发。

杨Sir一走，我们三个顿时冷了场。尤其包子，他不知道该说点儿什么，索性保持沉默，左瞧瞧右逛逛，表现得到还算随意。吕方阳显然也意识到了现场的尴尬，于是主动提出上另一条街去走走，让我们随便逛。我求之不得，赶忙说好，然后又和他重复了一遍我们住的宾馆地点。

吕方阳笑着点点头，转身离开了，一张报纸从他的包里掉了出来，我捡起报纸，随便翻了翻。这居然是张两个月前的《桐城晚报》，报纸第二版有一条醒目的标题：

二月十三日，著名考古专家吕方阳教授在罗布泊被人发现。吕教授是专门研究西域考古学的青年专家，曾荣获众多奖项，在学术界拥有举足轻重的地位。被发现时，吕教授全身赤裸，神志不清，有严重脱水症状。经抢救，吕教授已经脱离生命危险，他记得自己去年四月启程前往若羌，但完全不知道自己为什么会在八个月后出现在罗布泊，似乎丧失了这一段记忆。目前，吕教授正在接受康复治疗。希望不久的将来，他可以亲口揭开这个不解之谜。

罗布泊素有东方百慕大之称，这里曾发生过许多难以解释的神秘事件：

1949年，从重庆飞往乌鲁木齐的一架飞机，在鄯善县上空神秘失踪，1958年却在罗布泊东部被发现，机上全部成员死亡。令人费解的是，该飞机本来是西北方向飞行，为什么会突然改变航线飞往南方？

1950年，解放军剿匪部队一名警卫员失踪，事隔三十多年后，地质队在远离出事地点百余公里的罗布泊南岸发现了他的遗体。

1980年6月，著名科学家彭加木在罗布泊考察时失踪，国家出动飞机、军队、警犬进行地毯式搜寻，却一无所获。

1990年，哈密有七人乘一辆客货小汽车去罗布泊寻找水晶矿，一去不返，两年后，人们在斜坡下发现三具尸体，汽车距离死者三十公里，其他人下落不明。

1995年，米兰农场职工三人乘一辆北京吉普去罗布泊探宝失踪，探险家在距离楼兰十七公里处发现其中两人的尸体，死因不明，另一人失踪，令人不可思议的是：他们的汽车完好，水和汽油都非常充足。

1996年6月，中国探险家余纯顺在罗布泊孤身徒步探险时突然死亡，遗体被发现时已经死去五天，距离他自己掩埋的水源地点只有一百多米，死因不明。

第九章　精绝木牍

　　看完这篇报道，我不禁呆住了，难道刚刚加入我们队伍的吕方阳，就是报纸上那个神秘失踪后又被找到的吕教授？

　　我想把他叫住问个清楚，定神一看，哪儿还有他的踪影。

　　包子闲来无事，拉着我往热闹的地方钻。我转念一想：反正待会儿能见着，到时候再问个清楚也不迟，索性跟着包子在大街上瞎逛。今天是赶巴扎的日子，小商贩们大声吆喝着买卖，妇女们裹着色彩各异的头巾，和商贩们讨价还价，挑选自己喜爱的货物，人群熙来攘往，好不热闹。

　　这时，我突然被地摊上一截雕花木头吸引了。木条本身很普通，长条形，两旁有不规则的断痕，但木条上的雕花工艺非常精湛，线条复杂却不失流畅，一排规则矩形中雕刻着华端庄的花朵，花开七瓣，其间累叠成两层，端庄华丽，和蒲团上的花纹有几分相似。

　　摊主见我对这截木头感兴趣，马上拿起来，用半生不熟的普通话说："你好眼光啊，这是楼兰遗址里找到的文物，当年我爷爷跟着斯文·赫定进沙漠挖古董，爷爷偷偷留了一箱子，这截木头就是房屋的横梁。"

　　"这是典型的健陀罗风格吧！"我接过木条，健陀罗是佛教造像的起源地之一，位于今天巴基斯坦、阿富汗交接处，由于该地曾被亚历山大征服过，因此刻像风格受到希腊文化的影响，形成了独特的健陀罗风格。两汉时期，佛教渐渐流入西域，西域三十六国尊奉大乘佛教，具有健陀罗风格的艺术雕刻随着佛教流传进来，被这些沙漠小国广泛采用。

　　"是啊，斯文·赫定回瑞典后，把从楼兰挖掘的文物捐赠了一部分给国家。二十世纪八十年代初，瑞典斯德哥尔摩郊区建了一座民俗博物馆，里面的镇馆之宝

就是来自楼兰的木雕。我这块木条就是和那些木雕同批出土的。"摊主不无得意地说。

包子凑过来，仔细瞧了瞧，认为这块木头除了花纹好看点儿，没什么特别的，于是蹲下来看其他的东西。

我问："老板，这块木头卖多少钱？"

"这东西可是无价之宝，只卖有缘人。"摊主凑到我跟前，小声说，"年轻人，我看你是个识货的，就给你报个实价，十万。"

"这么贵啊！"我叫了起来。

"健陀罗风格是不假，不过这块木条陈色不错，是昨天刚做出来的吧？"一个金发碧眼的外国男子出现在我旁边，他说着一口标准普通话，如果不是尾音稍微上扬，他的普通话水平绝对可以去做主持人。

我没想到这个小地方也能看到外国人，不禁打量了一番。男子一米八的高挑个头，一脸的络腮胡须，他穿着一件蓝色套衫，腰间别着一个皮质刀鞘。我总觉得这个刀鞘很眼熟，似乎在什么地方见到过，可一时又想不起来。

"你一个外国人懂什么？这块雕花梁木是我看家的宝贝，过去二十年，很多人出高价要买，我都没卖，只是最近手头紧，急需钱用，我才拿出来的。"摊主一脸不屑地斜瞟了外国人一眼。

那人也不生气，从我手中接过木条，只看了一眼断痕处，就笑了起来："年轻人，你来看，这块木条的年轮比较稀疏，显然树木的生长环境非常好，水量充足，所以长得很快。可是精绝人用来建房的胡杨木生长在沙漠腹地，那里常年干旱少雨，水量奇缺，所以年轮非常密集。你这块木条，用的应该不是胡杨木吧？"

"你，你说什么？"摊主的眼神顿时慌乱起来。

外国人继续说："更何况，价值十万的古董，没有人会摆在地摊上卖。"

我没想到一个外国人居然会对中国的古物如此熟悉，不禁心生敬佩，于是感激地说："谢谢你今天给我上了一课。"

"不用谢。"他伸出手来，"我叫布朗克，法国人，交个朋友。"

"我姓宋，宋方舟。"我和他握了握手。包子突然站起来，手上拿着一块木牌，木牌上写着几排歪歪扭扭的小字，字体非常奇怪，笔画很像蝌蚪，字与字之间没有间隔，密密麻麻地写在木牌上。

"波斯，有文字的古董是不是都比较值钱？"包子问。

我又想起了那个草编小篓，扬扬眉毛说："那也得能分清真假才行。"

布朗克见了，赶忙说："能给我看看吗？"

包子把木牌递给他，布朗克仔细瞧了瞧，问摊主："这块木牌多少钱？"

"这可是古人写字用的木牌，三千块！"摊主开出价格时，明显有些底气不足。

"二千？"布朗克皱皱眉头。

"那，两千也行，不能再少了。"

"一千！"

"一千六！"

"成交！"布朗克说完，立即从包里数出一摞现金，递给摊主，"其实，你这里还是有些好东西，只要你诚心做买卖，我以后还会来光顾的。"

摊主数完钱，皱着眉头说："你小子捡到便宜喽，拿回国肯定能卖个好价钱。"

我对古董一窍不通，但凭感觉，我知道布朗克一定清楚这块木牌的价值。不禁问："这真的是古董吗？会不会又是赝品？"

"是不是我不知道，不过，你可以问问别人。至于我为什么愿意花一千六买下这块木牌，是因为上面的文字。"布朗克继续说，"这是佉卢文，一种早已失传的文字。中国有一位非常著名的国学大师——季羡林先生，他就是研究佉卢文的专家，只可惜，他已经去世了。现在中国能辨认佉卢文的人少之又少。在这个世界上，要找到遗存的死文字并不难，难的是找到可以辨认这些文字的人。我不能识别佉卢文，不过，我认识一个叫吕方阳的教授，他可以解读佉卢文，但是很遗憾，他遭遇了一些变故，说不定现在还在医院里疗养。"

"吕方阳？双口吕？"我要确认自己没有听错。

"对，双口吕。吕教授是一位研究西域考古的权威专家，他不光精通塔克拉玛干的历史，而且可以辨认佉卢文和吐火罗文。"

包子一听吕方阳这么了不起，不禁也来了兴趣："你说他遇到变故，是怎么回事？"

"具体我也不是很清楚。"布朗克说，"听说他失踪了大半年，然后突然在罗布泊被人发现，就连他自己也弄不清楚是怎么回事。对了，这件事还上了新闻，报纸上有登，你们也可以上网去搜一下。"

包子瞪大了眼睛："真有这样的事？吕方阳现在正……"

"那就太遗憾了。"我赶紧打断包子的话，对布朗克说，"今天真是谢谢你，

我们还有事，先走了。"

"好吧。"布朗克不无遗憾地叹了口气，"可惜啊，要是能找到解读佉卢文的人该多好。"

听了布朗克的感慨，我不禁想起不久前杨Sir对我说过的话，他说：要找一个研究历史的专家并不难，难的是寻找能解读死文字的人。而这个，就是他必须邀请我一起寻找宝藏的原因。

布朗克的话多少有些触动了我，于是，我转身对他说："其实我有个朋友会解读佉卢文，不过他暂时不在，我只有晚些时候才能见到他。"

"真的？"布朗克非常高兴，"如果真是这样，那这块木牌也算是找到了知音。宋先生，这块木牌我送给你。"

"这怎么行？"我赶忙拒绝，"这是你的东西，再说了，不就是认出上面写的字吗？对我朋友来说是举手之劳。"

"我也很想见见你的朋友，不过我现在还有事，马上就要离开民丰。这样吧，如果你坚持不收，我就暂时把木牌寄放在你那里，你把电话号码留给我，我回去以后和你联系，你再把木牌邮寄给我。"

"那也行，到时候，我会告诉你上面写的什么内容。"说完，我把自己的电话号码告诉了布朗克。

告别布朗克，包子跟在我后头，想说什么。我能猜到他的意思，于是非常坚决地告诉他："想都别想！这是人家的东西。"

下午，我们回到宾馆，杨Sir的房间里已经堆满了设备：从帐篷、睡袋、户外灯具、卫星电话、GPS导航仪到军用皮靴、防沙装备、野外生存刀具，还有很多我叫不出名字的东西。

我忍不住感慨道："真是豪华啊！"

包子瞅了一眼地上的东西，瘪瘪嘴说："这算什么，我还是喜欢我的东西，可惜没带来。"

"你的东西也有。"杨Sir指了指身旁的一个黑色背包，"看看，有没有少什么？"

包子拉开背包链子，从里面取出几件东西：洛阳铲、煤油灯、钢丝网、铁钩子，还有一个罗盘。包子认真清理每样东西，最后又小心放回去，这才满意地点点头。

杨Sir说："我们从这里出发，先坐沙漠越野车去距离民丰县最远的小镇卡巴克·阿斯卡尔，再在那里换成骆驼。我请了一个叫扎伊尔的当地向导，租了八匹骆驼。深入沙漠腹地，越野车就用不上了。硬件带得多，吃的东西就尽量从简，我这里有些压缩食品和罐头，每人再准备十几张馕，应该够应付十天半个月。"

包子忍不住问："这么短的时间，你是怎么准备齐这么多东西的？"

杨Sir冲他神秘地笑笑："来民丰以前，我就估计大家有进沙漠的可能，所以早准备好了设备，在我们出发前两天发货过来的。"

"这个精绝遗址危险吗？"包子又问。

杨Sir思考一下，淡淡地说："其实也没什么，要经过一片死亡森林，有人曾在里面迷过路，不过不要担心，我请了最好的向导。"

"死亡森林？"包子的声音明显有些发怵。

我寻思着要不要把吕方阳的事告诉杨Sir，门口有人敲门，我开门一看，来者正是吕教授。虽然只是分开了几个小时，但得知了吕教授那段神秘往事后，我突然觉得他陌生了不少。

刚见面的时候，我并没有仔细观察他，现在留神去看，我才发现吕方阳的脸色一直很苍白，有时说话，脸颊会突然变红，显得情绪不稳定，的确有些病态。

我不禁有些担心，吕方阳这样的状态，在这里还好，要是进了沙漠，会不会有什么麻烦？

我将吕方阳让进房间，他看到满屋的设备，不禁感慨说："没想到，我又要进沙漠了。"

"吕教授，你过去进过沙漠？"我试探着问。

"是啊，之前进去过两次，而且……"吕方阳欲言又止，"算了，不说了，杨Sir，我们明天出发吗？"

"是的。"杨Sir说，"你看看还缺什么，我去准备。"

"装备是没问题了，不过，你最好和民丰的有关部门联系一下，作好应急准备。现在是塔克拉玛干的风季，会发生什么事情谁也不知道，后勤保障是很必要的。"

杨Sir笑了笑说："这个不用担心，我们有很好的后勤保障。"

"还有，去遗址的时间要估算好，不要太长。沙漠里的环境非常恶劣，而且四周除了沙包就是雅丹，人在那种地方待久了，情绪上会有影响。所以，加上来回的时间，全部旅行不要超过十天。"吕教授又补充说。

包子无比佩服地看了看杨Sir，认为杨Sir拉吕教授入伙的确是个非常聪明的决

定。

　　杨Sir将吕教授的建议一一记下，问我们还有没有问题，没有的话，就各自回房间休息，明天一早出发。

　　我赶忙掏出那块木牌，交给吕方阳。吕方阳一看，顿时两眼放光："这东西是从哪儿来的？"

　　"一个朋友在巴扎上买的。"我说，"吕教授，你给看看，这木牌是个什么东西？"

　　"难得啊，在巴扎上还能买到真正的佉卢文木牍。"吕方阳不无感慨地说，"迄今为止，精绝遗址里总共发现的佉卢文有1091件，除了25件书写在羊皮上，其余全部书写在木简和木牍上。木牍的形式很多，主要有楔形、矩形，也有些是条形和椭圆形，外形的差异主要由用途决定。比如说，过往的敕谕都用楔形，买卖契券、信函都用矩形，其他形式则用来记账或杂用。你这块木牍就是楔形，上面的内容应该和王室有关。只可惜……"

第十章　死亡森林

"可惜什么？"我赶紧问。

"可惜木牍并不齐全。完整的木牍由封牍和底牍组成，先从底牍正面右上角写起，向左横行，如果底板正面写不完，就接着写在封牍的底面。书写完成，将封牍和底牍叠合，用三道细绳通过牍板绳槽捆绑结实，绳扣放在封牍正面中部的方形封泥槽里。最后填塞封泥，最后在封泥上加盖印记。封泥右旁写收件人的姓名，左旁写'奉达'两个字。这样才算是一封完整的简牍。这种木牍形式模仿自汉王朝的简牍制度。你这块木牍只是一个底牍，上面的内容是精绝王接待大宛王使者、大月氏使者时的座次安排名单。座次关系到地位轻重，身份高低，所以由汉王朝接待部门决定，然后下达给精绝王室，是非常重要的史料证明。"

我点点头说："原来是这样，看来我那朋友花一千六买下这块木牍，也算物有所值。"

"是啊。"吕教授仔细把玩着木牍，"你那位朋友也算有眼光，这样的木牍已经非常少见了。"

这块木牍让吕教授的心情好了许多，杨Sir请他讲一讲西域历史，吕教授也不推辞，索性坐下来，一讲就是三个小时。我见他们兴致都很高，就没有把吕方阳那段神秘的过去说出来。

第二天一早，我们整理好行装，乘坐四驱沙漠越野车，出县城，沿着尼雅河一路北上。

尼雅河源于昆仑山中的吕什塔格冰川，冰川海拔6000多米，傲然矗立，不断阻截着来自2000多公里外的印度洋北上水汽，将它们转化成晶莹的冰凌，再慢慢融化，哺育沙漠里干渴的芸芸众生。

精绝国正是依靠这条河流，才能在沙漠中生存繁衍。不止是精绝，根据自然地理形势，塔克拉玛干沙漠南缘的古代绿洲王国全部依靠源自昆仑山冰川的内陆河而生存。比如和田河、克里雅河、尼雅河、车尔臣河。吕方阳告诉我们：在沙漠里，如果离开了河流，人类就无法生存。所以，沙漠国家一定建在内陆河的边缘。这个观点在《后汉书》中可以找到证据，《后汉书·西域传》中说：丝绸之路南道当年行走的路线，是"出玉门，经鄯善、且末、精绝，三千余里至拘弥"。汉代鄯善王国的政治中心就在阿尔金山脚下，若羌河畔的若羌绿洲，势力范围在罗布卓尔，而且末王国位于车尔臣河流域，拘弥位于今天的克里雅河。如此排比下去，"且末"和"拘弥"之间的精绝，就只可能在尼雅河水系里去寻找。所以，精绝遗址也被称作尼雅遗址。

　　历史上第一个提出这一假说的人是法国学者格伦纳，但真正付诸实际的人是斯坦因，他进入尼雅的第一天，就找到了两百多件珍贵的佉卢文木牍。根据木牍中的记录，遗址名叫"凯度多（Cadeta）"，汉代所称的"精绝"，应该就是"凯度多"的音译。汉朝学者之所以将"凯度多"翻译成"精绝"，其中暗含了汉王朝对精绝国的赞许，"精"的意思是"惟精惟一，允执厥中"，寓意这个国家精心一意，虔心服从汉王朝。加上"绝"字，更是有赞誉这个绿洲国家的美好已经臻于绝顶的意味。

　　由于之前有了一次沙漠探险的经验，这一回我从容了许多。杨Sir提供的装备不错，TACTICAL的排汗长袖T恤，AXE运动太阳镜，美国军方指定使用的CAMELBAK水袋背包。除此以外，他还非常细心地送给我一个刀鞘，这是那把MT战术直刀的原配刀鞘。上一次他只送给我一把刀，现在好事做到底，把刀鞘一起送给我。我原本非常感激他，但一想到他只是利用我破解秃顶族的文字，心里就有一种说不出的滋味。

　　虽然尼雅河全年的水流量只有1.8亿方，加上沿河溢出的泉水，总水量也只有2亿方左右，算不得充沛，但这条河流不愧是沙漠中的生命河。从民丰县出发，尼雅河沿途长着坚韧的胡杨树。现在是胡杨开花的季节，胡杨的开花期很短，沙漠干燥的空气会让它的花快速枯萎。它们利用这宝贵的时间，将一个冬天积蓄的水分和养料供应给枝头，在树枝上开出难得一见的红色花蕾。雌树和雄树开出的花不同，雄花干爽轻盈，花粉很容易随风飘散，雌花滋润有黏性，可以粘住花粉。我们沿河而过，空气中四处飘散着肉眼看不见的花粉。包子说他对花粉过敏，赶忙把车窗全部关上。

沙漠沿岸充满生命的气息让我暂时忘记了自己此行的目的。四周全都是茫茫黄沙，唯独这条小河蜿蜒流淌，孕育了一方充满生命气息的绿色走廊，此情此景，很难不让人心生感慨。

从民丰县迈入尼雅废墟，要沿尼雅河谷北行120多公里。在离开民丰县60公里的范围内，尼雅河水还在静静的流淌，60公里后，沿途地表水越来越少。一些河段甚至完全没有水，只露出白色的淤泥，但稍过一段距离后，水又突然冒出来，继续向北流淌，直到最后完全消失在茫茫大漠之中。

越野车前行90公里后，我们来到本次北行的中转站——卡巴克·阿斯卡尔。

卡巴克·阿斯卡尔，汉语意思是"倒挂的葫芦"。葫芦是盛水的用具，人们在沙漠边缘劳动、生活。离家出门时，总会随身带上水葫芦，回家后，又将葫芦倒挂在门前的树杈上，形成本地一道独特的风景。卡巴克·阿斯卡尔是尼雅河水系里最接近沙漠边缘的一个村寨，其实，尼雅河水已经流不到这里了，当地人全靠井水维持生活。

我们在这里见到了向导扎伊尔和他的骆驼。扎伊尔大约五十岁，他是民丰本地人，留着一脸浓密的络腮胡，岁月在他黑红色的皮肤上刻下沧桑，使得他的年龄比看上去大出许多。扎伊尔家世代从事向导工作，爷爷曾是著名向导伊不拉欣的好朋友，会说一口流利的汉语，还会一点英语。伊不拉欣原本是个磨房主，一个偶然的机会，英国探险家斯坦因发现他从沙漠里找到的木牍，于是请伊不拉欣做向导，揭开了精绝古城的神秘面纱。发现遗址后，斯坦因雇佣了大量当地人挖掘遗迹，曾先后三次将大量珍贵的文物偷运出中国。扎伊尔的爷爷就是雇佣者之一。斯坦因满载而归后，西方国家掀起了一股西域考古热潮，越来越多的探险者涌入新疆，扎伊尔一家从此变成了专职向导，直到现在。

我们各骑一匹骆驼，另外三匹驮运装备。又前行了五公里，来到大麻扎。大麻扎在整个中亚都非常有名，全称伊玛目·伽法尔·萨迪克玛扎，是伊斯兰圣人的墓地。每年的古尔邦节、肉孜节，远近的信徒都会前来参拜，沿途人流不绝。它坐落在一道高高耸起的冈梁上，冈梁下是郁郁葱葱的胡杨林，丛林深处有一座土建的清真寺。

杨Sir让大家在这里休息一下，因为过了这里，我们就要真正进入遍地黄沙的沙漠了，那里没有水源，没有绿色，只有一片荒凉的沙丘和土包。

我们走进清真寺，寺院后面有一洼池塘，池塘不大，靠泉水补给，在沙漠绿洲上看到这样一处清澄的池塘，很容易让人忘记四周漫无边际的黄沙，心情也随之沉

静下来。

吕方阳让我们在外面等一会儿，他要进去参拜，为一位长眠地下的故人祈福。杨Sir和他一起进去。我和包子没有什么信仰，就在清真寺门口等候。

就在这时，我突然看见一个熟悉的身影。布朗克正站在距离我十米开外的地方，一边津津有味地吃着冰淇淋，一边冲我挥手。他的身后立着两匹骆驼，其中一匹的背上驮着两个奇怪的方形木箱。

我和包子走过去，布朗克打开其中一个木箱，从里面取出两只冰淇淋，递给我和包子："这是沙漠居民保存冰块的土方法。在院子里挖出一个4乘3.25米的方形沙穴，四边用枋木支撑，其间再用横木加固，冬天把冰块放进去，上面盖上树叶和枯草，再用木板将沙穴密封起来，隔绝空气对流，冰块就不会化。我这箱冰淇淋是在卡巴克·阿斯卡尔的小集市上买的，当地人就是用了这种沙穴冰窖。1600多年前，古老的精绝国就已经开始流行这种土造方法，一直沿用至今，真是个神奇的发明啊！"

"有这种事？"包子明显对布朗克有些好感，干燥酷热的沙漠里，可以品尝到冰淇淋，的确是一大享受。

"你们不是要去精绝遗址吗？那里到现在还保留着冰窖的遗迹。"

我好奇地问："你怎么知道我们要去精绝遗址？"

"沿尼雅河往北走，经民丰过大麻扎，是去精绝遗址的必经之路。到这里来的人，只有两个目的：第一是朝圣；第二就是路经此地去沙漠腹地，寻找精绝古城。看样子，二位不像是来朝圣的吧？再说，看你们的装备，应该不是简单的观光。"布朗克指着我们背上的迷彩水袋，若有所思地说。

"你说得没错，我们……"我正要回答，杨Sir突然打断了我的话，他的身旁跟着面色铁青的吕方阳。

"宋方舟！你们怎么跟他在一起？"吕教授一改往日的温文尔雅，他是个不善于控制感情的人，一生气，情绪就会写在脸上。

"我们偶尔碰上的。"我不明所以，"吕教授，你和布朗克认识？"

"岂止认识，我们是老朋友。"布朗克露出我从没见过的深邃笑容。

"我不和学术流氓做朋友。"吕方阳真是出人意料的直白。

"学术流氓？"我没反应过来。

杨Sir见现场的气氛有点儿僵，赶忙说："算了算了，宋方舟，包小康，我们走吧！"说完，他催促扎伊尔赶紧启程。

吕方阳警惕地望着布朗克，我以为他要撸袖子开骂，没想到吕教授毕竟是个有学问的人，他站了足有两分钟，只冷冷哼了一声，转身骑骆驼去了。

我和包子赶忙跟上，就在我从布朗克身边擦肩而过时，我又注意到了他腰上的皮质刀鞘，这个刀鞘式样非常特别，可以同时装下两把直刀和一把折刀。这一次，我终于想起来了，在血棺部落里，我曾在一具腐烂肿胀的尸体腰上看到过同样的刀鞘。一时间，我又想起那个带着防毒面具的神秘人，这个人是谁，会不会和布朗克有关系？

一想到当时的恐怖经历，我就忍不住浑身哆嗦，有那么一瞬间，我竟然忘记了沙漠的干燥酷热。怎么会这样？我赶忙将自己从回忆中拉出来，这一切，也许只是巧合吧！

我们骑上骆驼，继续北行，走出老远，我忍不住回头张望，看见布朗克正微笑着冲我挥手告别。

"到底怎么回事？我看他人也不坏啊！"我不解地问。

吕方阳又冷哼了一声，说："你别被他的外表骗了，斯文·赫定自称是玄奘的信徒，最后还不是盗取了西域大量的文物，带回瑞典。1981年，瑞典斯德哥尔摩市近郊建起一家民族博物馆，里面的镇馆之宝居然是来自楼兰的木雕和木简。自从上世纪初斯文·赫定和斯坦因发现了楼兰和尼雅遗址，西方就掀起了西域考古热潮，这股热潮一直持续到现在，只不过转为了地下。塔克拉玛干里还有太多没有被发觉的遗址，这些遗址就是他们的目标。"

"布朗克是个学术流氓，他宣称文物世界论，用他的观点来说：文物是属于全人类的，而不应该属于某一个国家专有，只有做到大范围的文物"共享"，人类才会真正了解自己的历史。"

"简直是屁话！"吕教授说得激动，额头青筋暴现。

听了他的话，我对布朗克的好感顿时消失得无影无踪。同时也多了些许顾虑：从民丰到大麻扎，我两次见到布朗克，这绝不是好兆头。

"对了，波斯，你那个木牍不就是布朗克的吗？咱们要不要和他划清界限，把木牍还给他？"包子提醒我。

"什么？木牍是他的？"吕方阳叫了起来，"不行！这是我们中国的东西，凭什么还给他！"

我哦了一声，不禁觉得奇怪，布朗克把木牍交给我，真的只是想知道上面的内容吗？

严酷的环境并没有留给我太多的思考时间。接下来的路途没有了蜿蜒的尼雅河和胡杨树，我们的眼前只剩下漫漫黄沙。没有树的保护，风沙愈发肆无忌惮。接下来的三十公里路程，我们遭遇了两次沙尘暴，沙尘暴来临时，扎伊尔让我们将骆驼迁到迎风面，然后缩在骆驼身后。尽管如此，每次大风沙来临时，我还是能听到身边鬼哭狼嚎般的风声，别说呼啸而过的风沙，单是这种可怕的声音就足够让人窒息。尽管见多了世面，骆驼们依旧在每次风暴来临前表现得急躁不安，扎伊尔不得不让我们将骆驼的四肢捆住，防止它们逃跑。

扎伊尔告诉我们：按理说，沙漠考察的最佳时节在十月到次年的四月，五月到九月是风季，并不适合进入沙漠。但我们只要按照他所说的做，就不会有危险。

这三十公里走得非常艰苦，但我们最终还是冲破风沙的阻碍，来到尼雅废墟南面的胡杨林。

精绝遗址地处塔克拉玛干沙漠腹地，虽然现在那里已经完全变成了沙漠，1700年前却是非常美丽的绿洲。遗址分散在南北延伸二十公里，东西布展五至七公里古绿洲上。就像一条沙漠履带。近年来，随着考古工作的继续深入，遗址又向北推移了几十公里，有大片尚未得及挖掘考察的地方。没有人知道漫漫黄沙下隐藏着怎样的秘密，但也正因为此，昔日被喻为魔鬼般的沙漠遗迹被镀上了一层浪漫色彩，这片早已枯死的胡杨树林就是其中之一。

走进胡杨林边缘，我立即被眼前一望无际的胡杨枯木惊呆了，树林里没有一丝生命的气息。胡杨是一种神奇的植物，生长一千年，死后一千年不倒，倒下一千年不腐。虽然已经死去，却依旧保持着生前的模样，它们摆出各种怪异的造型，彰显死亡的威力。这些曾被誉为生命象征的树木，死后终于难逃死神的魔爪，它们静静矗立在沙地上，以各种可怕的姿势警告路人，不要擅入这片神秘的死亡森林。

扎伊尔从骆驼上下来，面对胡杨林铺开一张白布，然后从怀里掏出一副特质木牌，木牌一共两块，每块的正反面都刻着奇怪的符号。他将木牌抛向天空，木牌落在白布上，扎伊尔一看，皱皱眉头，又抛了一次，面色更加阴沉。最后一次，他只看了一眼，就赶忙将白布收起来，告诉杨Sir，今天有魔鬼驻守在森林里，我们不能进去，只能在森林外面驻扎。

"什么狗屁玩意儿？"包子不信这一套，"我们大老远跑来，不是看你抛木头玩儿。"

杨Sir也觉得不妥："扎伊尔，现在已经接近傍晚了，我们很可能还会遇到沙尘暴，如果在森林外面驻扎，白天还好说，可晚上肯定会有危险。这些胡杨树虽然已经死了，里面好歹还有土包，可以遮蔽一些风沙。"

杨Sir口中的土包，是胡杨沙包，胡杨枯死后，庞大的地下根系依旧死死缠绕着泥沙，将这一部分泥沙固定住，时间一长，树木旁边的沙土都被风刮走，唯独被胡杨根系盘绕的泥沙保留下来，形成一个个土包。这些土包非常坚固，可以在风暴到来时做遮蔽物。

"不行！"扎伊尔的态度非常坚决，"上天告诉我，这个森林已经被魔鬼盘踞了，如果现在进去，一定会遇到危险。"

包子不耐烦了，转身对杨Sir说："你请的这是什么向导啊？我不管，我今天就是要进去，看看到底有什么东西跳出来吃了我！"

扎伊尔求助般望向吕方阳，想让他说句公道话。一行人中，就属他学问最大。

谁知吕教授也不是个稳健派，居然跟在包子后头往里冲，比我还快，一只手还握着根地上捡来的枯树枝。

扎伊尔真是哭笑不得，杨Sir无奈地耸耸肩："现在是四比一，少数服从多数。我虽然没有你熟悉沙漠，但还是个讲民主的人。放心，如果真遇上危险，我们会保护你的。"

扎伊尔犹豫很久，只好点点头。

就这样，我们五个人，八匹骆驼，小心翼翼地踏入了这片死亡树林。让我们所有人都始料未及的是，进去以后不久，怪事就真的发生了。

第十一章　魔鬼的复仇

时针指向下午六点，杨Sir让我们在树林里搭建帐篷。枯树林里有许多凹凸不平的土包，每个土包上都矗立着一根干枯的胡杨树，虽然已经死去，胡杨树根依旧死死盘踞在泥沙中，形成一个个形状怪异的土包，这些土包都很牢固，风沙到来时，可以做理想的遮蔽物。

我们选了几个大土包，将帐篷搭建在土包下，顿时觉得风小了许多，眼前这些奇形怪状的枯树虽然可怕，但只要善加利用，也是一处遮挡风沙的理想场所。

夜幕降临，我们取出随身携带的馕饼，在火上烤了烤，原本又干又硬的馕顿时松软可口。馕在新疆是一种非常普遍的食物，携带方便，晒干后很轻，但只要放在火上烤烤，或是放进水里浸泡，立即就会变成可口的食物。

闲来无事，包子讲起自己过去在荒原上打野兔的经历。他说，野兔是非常狡猾的动物，很难找到它们的巢穴，但它们的行动是有规律的，一般只会沿着几条熟悉的路走，所以，只要在一个地方发现兔子跑过的痕迹，周围又有新鲜粪便，在这些地方设圈套准没错，因为兔子在自己熟悉的地方容易麻痹大意，放松警惕。

打到兔肉后，烹饪也有讲究，电视里演的那些人，逮到兔子后直接扒皮串起来烤，这是不对的。你烤来试试，保管你吃不下。兔子身上有一股臊味儿，必须得烹一层料酒，还要用胡椒和盐码一会儿，这样烤出来的肉才好吃。如果有白糖就更好了，快烤好时在兔子身上洒一层糖，糖一沾火就化，变成焦糖，焦糖在兔子身上裹一层，和烤肉店里那些烤肉一个颜色，又好吃又好看，这个原理和做酱猪蹄儿是一样的。

只要一讲到自己的烹饪老本行，包子的话匣子就关不住了，听得我们直流口水。尽管如此，我们还保持着起码的理智，知道在这个鬼地方，找不着兔子比找着了好，因为只要有动物的地方，就一定有一条食物链，什么危险都有可能遇到。

不知不觉间，天色越来越暗，吕教授早早进帐篷睡觉去了。扎伊尔和骆驼们在一起，进入枯树林后，他的状态一直不好，还不时对着骆驼低声自语，也不知道在说些什么。

我，包子和杨Sir准备轮流守夜。包子知道我是个野外旅行的菜鸟，做事又经常一根筋，于是自告奋勇守上半夜，催我赶快去休息。

我见包子状态不错，一边添柴火一边哼着家乡小调，看样子挺轻松，于是一头钻进帐篷里准备休息。屁股还没坐稳，就听见杨Sir冷冰冰地问："你还好吧？"

"当然好啦！"我满脸的不以为然，"我的适应能力很快的。"

"那就好，我还一直担心你会吵着要回家呢。"

"怎么可能！"我叫了起来，虽然我知道自己没什么经验，但我绝不允许别人这样看扁我。

杨Sir摇摇头，沉默片刻，突然话题一转说："宋方舟，你再跟我说说你的爷爷吧！"

"说什么？不都告诉你了吗？"

"你不觉得奇怪吗？秃顶族文字已经失传了上千年，就像天书一样，你爷爷怎么能识别？"杨Sir若有所思地问。

我想了想，回答说："我也不知道，自打我懂事起，爷爷就在不停地教我这些文字，一直到我十四岁爷爷过世。起初，我以为他在和我做游戏，反正那些火柴棍儿小人看上去也挺有趣，记就记呗！可时间长了，爷爷对我的要求越来越高，不光记忆，还要能写出来。不过，这些文字好像没有读音，看样子是真的失传了。"

"除了让你记，他还和你说过什么吗？"杨Sir又问。

"好像…没有了。"我抓抓后脑勺，"如果有，也是在梦里，我经常做一些奇怪的梦，在梦里，爷爷反复告诉我，一定要记住这些文字，总有一天会派上大用场。"

"梦里？"杨Sir似乎想到了什么，"这些梦境，会不会是你遗失的记忆？"

"遗失？你以为我和吕方阳一样？"我脱口而出，"他连自己做过什么都不记得，那才叫真的失忆。"

说完，我把那张报纸拿出来，交给杨Sir。杨Sir读完以后，忍不住倒吸一口冷气："我只知道他是西域考古的权威，没想到他身上居然发生过这样的事。"

"那可不。"我拉开睡袋拉链，躺了进去。沙漠里昼夜温差很大，白天只穿一件T恤还汗流浃背，到了晚上，加件防风抓绒的外套还觉得冷，缩在睡袋里就暖和多了。

杨Sir轻叹一声，自言自语说："你也好，吕方阳也好，都是难解的谜团啊！"

我假装没听见，侧身睡着了。朦胧中，我又做了一个梦，梦见一位风姿卓越的女子，她身穿兽皮缝制的紧袖长裙，翩翩起舞，她的舞姿美妙绝伦，脸上还带着美丽的笑容。很快，我发现她在重复同一段舞姿，而这些舞姿的内容记录下来，就是一段秃顶族的文字。意思是：在那遥远的高山深处，有一位美丽的姑娘，她在等待自己的心上人，他是丛林的猎手，是草原的勇士，在陌生的他乡迷失了方向……

我看得入了迷，竟有些分不清梦境和现实，姑娘拉住我的手，脸上依旧带着笑容，眼中却满含泪水。突然间，天色骤变，浓重的乌云遮住了天空，姑娘放开我的手，望着天空，发出一声刺耳的尖叫，她的声音沙哑而怪异，不像女子，倒更像是男人充满恐惧的呼救。

我猛地睁开眼睛，看见杨Sir非常敏捷地跑出帐篷。叫声还在继续，那是包子的声音。我暗叫一声不好，赶忙钻出睡袋，连外套也来不及穿就冲了出去。

土包下，吕方阳和杨Sir都站在包子身边，空气中回荡着咯咯的轻响，像是什么东西在其间快速摆动。毫无生命气息的枯树林里，这种声音显得异常古怪。包子满面惧色，指着头顶的枯树枝："看，看那是什么？"

借助火光的照映，我顺着他的目光望去，干枯的树枝上，一行鲜血沿着树干蜿蜒流下，树干上方挂着一条血肉模糊的胳膊，胳膊旁盘踞着一条蛇。这是一条成年响尾蛇，体长大约一米五，由于光线昏暗，我们看不清是黑色还是棕色，但能清晰辨认出它背上浅色的菱形花纹，花纹在火光映衬下忽闪着冷酷的光芒，冰冷却不失妖冶。我的心忍不住微微一颤，响尾蛇警惕地望着我们，发出咯咯的响声。

"这是西部菱斑响尾蛇。"杨Sir生怕惊扰了这条毒蛇，有意压低了声音，"菱斑响尾蛇是响尾蛇中毒性最强的一种。看样子，这条蛇刚吃饱了东西，不想进攻我们，所以摇动尾尖，警告我们不要过去。"

杨Sir说到"吃饱"两个字时，我们所有人都不约而同看了看那只血肉模糊的胳膊，胳膊的后半截已经变成了红白相间的骨头，只有前面的手掌保持完整。在这条自然界的生物链中，所有生物都只有一个用途，那就是食物。

胳膊的出现透露给我们一个信息：树林里还有其他人，而且不久前刚遭遇了不测。

"奇怪啊！"吕教授皱着眉头说，"虽然西部菱斑响尾蛇生活在干旱半干旱地区，但大都分布在南美洲，塔克拉玛干里应该没有这个物种才对啊！"

吕方阳话音刚落，一旁的扎伊尔已经跪倒在地上，对着前方的胡杨枯木一个劲儿磕头，嘴里还念念有词。他说的应该是当地方言，我们没人听得懂。我觉得扎伊尔表现得太夸张，于是走过去扶他，可不管我怎么拉，他就是不起来，脑袋死死抵在沙地上，似乎想用头在地上钻出一个洞来。

就在这时，咯咯的响动声突然停了，响尾蛇一动不动地盘绕在树枝上，两只眼睛冷冷盯着我们，就像看着几具尸体。

四周突然恢复了死寂，就连火堆偶尔发出的噗噗声都变得那么震撼。杨Sir和包子下意识朝火堆靠拢了些，表情同时紧张起来，就连我这个菜鸟也能看出来，情况不对劲了。

十几秒钟的沉寂后，响声突然重新响起来，只是这一次声音大了许多，而且不是一只，而是有许多尾尖在同时快速摆动。寂静的森林里，这可怕的声音越来越大，穿透我们的耳膜，无情震撼着每个人的神经。

"不好，我们被包围了！"吕方阳叫了起来。

"大家不要动，围着火堆，蛇不敢过来！"杨Sir一边说，一边冲回帐篷里拿武器，刚一撩开布帘，一只响尾蛇大张着嘴，闪电般射出，直冲杨Sir而去，幸好杨Sir身手敏捷，下意识往旁边一闪，响尾蛇一口咬住了他手上的木柴。

帐篷是不敢进了，杨Sir退回到我们身边，让我们围着火堆站好，千万不要轻举妄动。不远处，数十条响尾蛇正朝这边爬来，它们的爬行姿势就像水波一样，在沙地上留下奇怪的痕迹，与此同时，可怕的咯咯声越来越近，让人毛骨悚然。

这一次，我们全都围着火堆，不敢向前迈出一步，但这样一来，我们也无法取来柴火添加。火堆虽然还算旺盛，但失去了燃火的媒介，熄灭是迟早的事。不远处，一些响尾蛇已经显露了身形，但真正可怕的却是那些依旧隐藏在黑暗中的猎手。不明数量的响尾蛇耐心地潜伏起来，等待火堆熄灭的那一刻。

夜晚是蛇捕猎的最佳时机，阴冷黑暗的地方对它们来说尤其有利。这些响尾蛇异常活跃地窜来窜去，在我们面前高唱胜利的凯歌。突然，那只早已失去生命的手臂从树枝上落了下来，血淋淋的手正好搭在我的肩膀上，我忍不住叫了起来，包子立即替我把手弄下来。

"不行，不能这么坐以待毙！"包子率先镇定下来，"这些蛇想用摇尾巴引开我们的注意力，必须想办法冲出去。再这样等下去，我们迟早被围个里三层外三层。"

包子话音刚落，旁边的几匹骆驼发出了刺耳的惨叫，我们用手电筒一照，顿时惊得寒毛倒竖：无数条响尾蛇爬到骆驼身上，骆驼的四肢都被捆了起来，无法逃跑，只能徒劳地挣扎，想将响尾蛇甩下来。骆驼的旁边，扎伊尔依旧保持着刚才的姿势。杨Sir眼见着几只响尾蛇已经在他身边停住，赶忙冲过去拉他。扎伊尔也许是被吓傻了，怎么拉也拉不起来。两条响尾蛇已经爬上扎伊尔的肩膀，伺机进攻。包子看不下去了，箭步冲过去，手拿一根树枝，将蛇挑开。响尾蛇被激怒了，蛇身被树枝挑到一边，蛇头却调转回来，对准包子大张着嘴，露出两颗锋利的尖牙，包子用力一扔，连同树枝一起扔了出去。

另一边，杨Sir还在使劲拉扎伊尔，他费劲九牛二虎之力，终于像拔萝卜一样，把扎伊尔的头给扯了起来。扎伊尔满脸铁青，口里还念念有词："伊比利斯，是伊比利斯发怒了，它派出使者，要把我们全部杀掉！"

包子赶忙说："你别跟那老头瞎扯淡，他八成是吓昏头说胡话了！"

杨Sir和包子想的一样，但凭他一个人的力量，根本拉不动扎伊尔。我赶忙上去帮忙，两个人合力，总算把扎伊尔拖到了火堆旁。响尾蛇不敢靠近火堆，纷纷向后退去。

吕方阳突然指着骆驼的方向说："你们看，那边有空当！"

蛇对地面的震动非常敏感，骆驼还在不停挣扎，越是挣扎，就吸引来越多的响尾蛇，骆驼两旁反而出现了空当。我和包子趁这个时候捡来几根树枝，做了几个临时火把。然后用火把开路，将响尾蛇逼退到两边。

我叫杨Sir赶快跟上。杨Sir说这样不行，他必须回帐篷去取武器，于是举着一支火把冲回到帐篷里。包子咒骂一句："真他妈蠢蛋！"然后跟在杨Sir身后，点燃了帐篷的一个角，帐篷燃烧起来，里面立即窜出三条一米长的蛇。很快，杨Sir从帐篷内侧扔出两个黑色背包，让包子背一个，他自己拉开另外一个，从里面取出三支霰弹枪和一个火焰喷射器。他让我背上喷射器，取出一把点56的突击步枪自用，扔给包子和吕方阳一人一只国产霰弹枪。

包子拿过枪一看，顿时叫了起来："凭什么你用步枪，给我一把霰弹枪？"

"好东西全在另一个包里，一会儿再取出来用，先凑合一下。"杨Sir来不及多说，让吕方阳帮忙，将扎伊尔背到自己背上。扎伊尔软成了一摊泥，任凭杨Sir把自己驮在背上，嘴里只顾着喃喃自语。

包子嘟噜两句只有自己才听得懂的话，只好作罢。在这种危急时刻，所有人都只想着保命，谁也没在意杨Sir从哪儿弄来这些枪。

我拿着喷射器冲到最前面，这个喷射器不像传统喷射器那么笨重，里面一共装了三枚火焰弹，杨Sir告诉我，这是德国产DM—34式火焰喷射器，火焰弹为铅制弹体，内装染料剂240克，还设有扳机和握把，用的时候扣动扳机就行了。我以为和用霰弹枪一样简单，于是想也不想就冲进了骆驼旁的空当，这个位置的响尾蛇最少。杨Sir背着扎伊尔排第二，吕方阳第三，包子背着大黑包殿后。

我对着地上的蛇群按动了扳机，巨大的后坐力让我始料未及，身体顿时失去重心，向后跌倒下去。杨Sir跟在我后面，见我倒下，赶忙向后退了两步，他背着扎伊尔，如果被我撞到，扎伊尔肯定会从他背上掉下来，到时候要想再重新背回去，肯定会耽误时间。所以他只能选择后退，让我摔了个结实。

其实，杨Sir将喷火器扔给我完全是忙中出错，因为拿着喷射器的人必须负起前锋的任务，前锋不光要开路，还要眼观四方，为后面的人提供信息。我肯定没有这么全面的能力，事实上，我只开了第一枪就坐到地上，虽然我很快站起来，开第二枪时却没有吸取教训，又是一个跟跄，枪筒里冒出的大量烟雾遮住了我的视线，眼前一模糊。我更着急起来，不管不顾地往前冲，只闻着地上传来一股焦煳的味道，应该有响尾蛇中了我的火焰弹。

有了前车之鉴，响尾蛇们不敢再轻举妄动，纷纷停下来静观其变，我总算开出一条路来，不禁松了口气，心想：自己虽然是菜鸟，关键时候还能做前锋，看来潜力无限。

俗话说，骄兵必败，刚刚冲出重围，我这个菜鸟和熟手的区别马上就显现出来。漆黑的树林中，方向感尤其重要，而这偏偏是我的弱点，没过多久，我们就迷路了。

我领着大家朝前走了约一个半小时，突然看见前方有微弱的火光。我想起刚才在树枝上看到的那条胳膊，说明树林里还有其他人在，心中不禁惊喜，赶忙带着大家朝火堆走去，靠近一看，我们同时愣住了，原来这里就是我们原本的驻扎地，只是火堆已经小了许多。我的喷射器里也只剩下一枚火焰弹，这时候不敢浪费，于是拾起地上的枯树枝，点着火，仔细观察四周的动静。

响尾蛇依旧盘踞在四周，只是再不敢贸然上前，始终停留在距离我们五米开外的地方。我的身后，杨Sir一边喘着粗气，一边示意大家原地休息。他把烂泥一般的扎伊尔放下来。扎伊尔虽然身体没怎么动，嘴却一直没停过，估计杨Sir听烦了，所以让包子和他换。包子背着一个黑色大包，现在也是气喘吁吁。我见他俩都累得够呛，于是主动走过去说："我来背吧！"

杨Sir摇摇头说："天太黑了，这样下去不是办法，有枪的都去收集树枝，我们用这个火堆支撑到天亮再说。"

说完，他拾起地上的火焰枪，拉开包子的背包，从里面取出两枚火焰弹装上。

包子探头一看，包里除了子弹，还有几个催泪弹和防毒面具。他顿时愣住了："你小子哪儿来这么多枪？"

杨Sir闷声回答，"以后再告诉你，跟我走！"

包子虽然脸上写着不满，还是跟上杨Sir捡树枝去了。

我和吕方阳赶忙将火堆聚拢起来，尽量让火堆烧旺一些，吕方阳边忙边问我："这样子能撑到天亮吗？"

我低声回答："不知道，总比在树林里瞎跑强吧。"

"伊比利斯，是伊比利斯的诅咒！"扎伊尔终于说回了汉语，也许是因为太累太恐惧，他虽然歇斯底里地大声喊叫，声音却始终不大，"在1600多年前，伊比利斯就对这片土地施下了诅咒，三千多个活生生的生命啊，转瞬就消失得无影无踪……"

"1600多年前，你说的是精绝古城吧？"吕方阳叹息一声。

"精绝古城？怎么回事？"我不明所以。

吕教授说："精绝古国在1901年被英国人斯坦因发现，当他进入这座历史悠久的城市时，精绝古城就像一座沉睡了一千多年的死城，完全保持着主人没有离开前的模样。可以说，只要踏进房门，精绝人的生活方式就会完整地呈现出来。所以，他将那里称做东方的庞贝。"

"怎么会这样？"我惊呆了。

"伊比利斯，那是伊比利斯的诅咒！"扎伊尔又叫了起来，"我说过让你们不要进来，你们偏不听，我家三代人做向导，历时一百多年，从没见过这种蛇，一定是伊比利斯，沙漠可怕的魔鬼又回来了。"

说话间，杨Sir和包子各抱了一堆树枝回来，包子小心地将树枝扔进火堆，火堆很快就烧旺起来。周围刮起了大风，好在我们驻扎在一个凹陷处，四周都是土包，所以将大半风沙挡在了外面。

"是很奇怪啊！"围着烧旺的火堆，吕方阳若有所思地说，"为什么世界上最毒的西部菱斑响尾蛇会出现在这里？如果枯树林里蛇患成害，有关部门应该提出警示啊！"

我赶忙把话题拉了回来："先别说那个，吕教授，你刚才说精绝遗迹被称为东方的庞贝，究竟怎么回事？"

"这个说来就话长了。"吕方阳四下看了看，确认那些蛇没有攻过来的意思，这才继续说，"精绝古国位于欧亚大陆腹地，塔克拉玛干沙漠兹独河下游，以鬼洞族为主，还混杂了其他少数民族。精绝国名最早出现在东汉历史学家班固编著的《汉书·西域传》里，'精绝国，王治精绝城，距离长安八千八百二十里，人口四百八十户，三千三百六十人，其中胜兵五百人。设置有精绝都尉、左右将军、译长各一人。北距西域都护治所二千七百二十三里，南距戎卢国四日的行程。地形闭塞，交通不便，向西通扞弥国四百六十里'。"

"历史上有关精绝古国最后的记录来自《大唐西域记》，'媲麽川东入沙碛，行二百余里，至尼壤城，周三四里，在大泽中，泽地热湿，难以履涉，芦草荒茂，无复途径，唯趣城路仅得通行，故往来者莫不由此城焉，而瞿萨旦那以为东境之关防也'。"

"文中已经不见了精绝的踪影，有的只是古城尼壤，而尼壤不属于鄯善，它是'瞿萨旦那'东境的边防，而'瞿萨旦那'是玄奘对古代和田王国的又一译称，说明尼壤城的统治权已经在和田王国手中了。此时的精绝，已经是'芦草荒茂，无复途径'，精绝古国从历史舞台上莫名消失，再也没有留下任何记录，直到二十世纪初，英籍匈牙利人斯坦因发现了遗迹。令人费解的是，在废弃的遗址中，当年的文书还完好地封存在屋内，储藏室里厚积的谷子还有橙黄的颜色，房厅屋子的门都完好的关着，就好像时间停止了，人们只不过刚离开，过不了多久就会回来。精绝古城也因此被称为'东方的庞贝'。用斯坦因自己的话来说，走在空荡荡的古城里，他真担心身旁的房门会突然被打开，里面走出一位古老的精绝城民。

"由此可见，古城没有经过任何毁灭性的打击，因此可以排除战争因素。那么，是什么原因令城民在突然间同时失踪了呢？"

"目前学术界有以下几种推测：

"一，瘟疫。斯坦因在精绝古城里发现了原始的老鼠夹，因此可以推测出，当时的城市有可能爆发和鼠疫有关的疫病。由于疫情发展快速，居民百般无奈之下，只好选择离开。"

"二，战争。从已破译城中发现的佉卢文书中发现，当年精绝人一直担忧来自东南方苏毗人的进攻以及于阗王国的威胁。有可能精绝城民接到某一次诈攻的消息，于是集体撤离。"

"三，缺水。从已破译的佉卢文书上可以发现，精绝人对于树木保护的法律非

常严苛，由此可见，当时的自然环境已经开始恶劣，引起政府的高度重视。"

"不管精绝人撤离的原因究竟是什么，有一点可以肯定，古城并不是被遗弃的，而是城民们由于某种原因，无法再回到这里。证据就是考古学家在古城里发现了许多被封存的文书，其中部分文书还没有来得及处理。如果他们不打算再回来，那至少应该将文书带走，或者干脆弃而不管，而不是被小心地放置起来。不过，为什么几千人会这样悄无声息地失踪，至今没有人能解释。"

听了吕方阳的介绍，包子若有所思地说："原来是这样，看来，这个精绝遗址，是古城还是鬼城，现在还说不清楚，就像这片鬼树林一样。"

我忍不住心头一颤，包子永远都是这样，会在最不适当的时候说出最不适当的话。

第十二章　古城还是鬼城

这一夜，咯咯的怪响始终围绕着我们，我们谁都不敢疏忽，围着火堆枯坐到天亮，根本不敢睡着。随着日光的逐渐临近，我们也终于看清楚了周围的情况。数百条响尾蛇盘踞在距离我们不远的地方，没有一条因为白日的来临而退缩。它们全部是成年蛇，最短的估计也有一米长。

离蛇不远的地方，八匹骆驼死了五匹，剩下的还有一口气，倒在地上无助地喘息。它们的身体已经变成了黑色，由于蛇牙不能撕扯，只能吞咽，所以根本吃不下这么大的骆驼，只能把它们咬死了事。

"不对啊。"杨Sir四处看了看，"怎么连条幼蛇都没有？"

包子接着说："还有，这些蛇看见太阳也不躲，说明它们和我们一样，对地形不熟悉，不知道该往哪儿躲。因为紧张，所以蛇会烦躁，这才一反常态，见活的就咬。"

"你们的意思是，这些蛇不是土生土长的？"我揉了揉眼睛，太多的意外已经让我有点儿麻木了。

扎伊尔见天色亮了，马上充满感激地跪下来，一头栽进沙土里，恢复了昨天夜里的姿势。包子终于怒了，一脚踹过去："你个狗日的向导，信不信我把你扔蛇堆里去？"

扎伊尔疼得嗷嗷直叫，半晌才爬起来，虽然他还捂着胸口，眼神却不像昨晚，多少有了几分神采，他说："天终于亮了，看来神还是给我们留了活路。"

"废话！"杨Sir哭笑不得，"早知道这招有效，我昨晚上就不用背得那么辛苦了。"

我们总共有两个帐篷，吕方阳那个帐篷没人敢进去，杨Sir和我住那个帐篷已经

被包子昨晚一把火给点了。除了杨Sir抢救出的两个大包，其他全都烧成了灰烬，其中也包括珍贵的GPS导航仪。

包子说："不行，吃的喝的都在帐篷里，得进去取！"说完，他用树枝点着火，撩开帐篷的布帘，然后用手电筒照进去。不看还好，这一看，包子马上又把布帘又放了下来。

"怎么了？"我问。

"成蛇窝了。"包子非常痛心地说，"我的调料啊！"

好在包子的包一直搁在身边，没有放进帐篷里，所以杨Sir给他配备的专用工具全都在。我们将剩下的装备简单清理了一下：只剩下一个急救包，一个卫星电话，一个水袋，还有杨Sir的大黑包。

"别关心调料了，赶紧走吧！"杨Sir转过头去问扎伊尔，"该往哪边走？"

扎伊尔指了指左侧说："应该是那里，不过……"

"你又怎么了？"包子不耐烦了。

扎伊尔为难地说："不过现在也拿不准了。我说过，这地方被伊比利斯诅咒了，会遇到些什么怪事谁都不知道，原来的路也不一定走得通。"

如果在昨天，我们一定会对他的话不屑一顾，不过有了昨晚的经历，谁都说不出风凉话，就连包子这个最爱讲冷笑话的人也闭嘴了。

这一次，杨Sir打头阵，扎伊尔第二。路旁潜伏着很多响尾蛇，这些蛇纷纷对我们竖起尾尖，发出咯咯的响声。但在我们手中燃烧的树枝下，它们都不敢轻举妄动。

大约走了三个小时，我们还没有走出树林，两旁的蛇倒是越来越多，扎伊尔的脸色也越来越难看。空气中多出一股若有若无的腐臭气味，我觉得不太对劲，小声对身后的包子说："扎伊尔是不是昨天晚上把脑子吓傻了，走错了方向？"

"不会吧！他好歹是个向导。"包子一边小声嘟噜，一边仔细观察四周，突然，他叫了起来，"都等等！"

杨Sir望着包子，脸上显露出明显的倦意："怎么了？"

"方向不对！"包子走到扎伊尔面前，指着前面的一棵树说，"这棵树我有印象，进树林的时候我见过，怎么方向是反的？你小子不是把我们带到遗址去，而是想让我们从哪儿来回哪儿去吧？"

如果要穿出树林去精绝遗址，应该朝北走，可包子认出的这棵树证明，我们正在向南走。也就是说，我们如果继续往前走，的确可以走出树林，但不是去目的地，而是回到我们出发的地方。

"怎么这样？"我和吕方阳同时望向扎伊尔，杨Sir更是目光犀利，眼神就像一把刀。

扎伊尔显得有些慌乱，他看了看四周，又看了看天空，说："这是上天的安排。"

"狗屁安排。"包子两手架住扎伊尔的胳肢窝，大声说，"各位，现在把这家伙扔蛇堆里还不迟，有意见的吱声，不说话就算一致通过了啊！"

"等等，你只知道我领着你们往南走，就没发现不对劲？"扎伊尔赶忙摇摇头，"我们昨天走进来，只花了一个半小时，可现在已经走了三个小时，还没看到树林的边缘。"

经扎伊尔这么一说，我们都发觉不对劲了。的确，虽然方向朝南，但我们非但没有看到树林的边缘，反而有越入越深的感觉。

大家面面相觑，都不知道发生了什么事。最后，包子只好问扎伊尔："那你说，到底是怎么回事？"

"天意啊，伊比利斯想把我们困在这里。"扎伊尔无奈地叹了口气。

这一回，连包子都懒得去反驳他了。杨Sir仔细看了看四周，突然若有深意地说："也许，扎伊尔说得没错。"

他指了指前方，在距离我们不到十米的地方，出现了一棵异常高大的胡杨枯树，枯树的直径大约有两米，树高至少在八米以上，按照胡杨树一百年只生长三十厘米来算，这棵树至少有上千年的历史。但吸引我们注意的并不是这棵高大的枯树，而是树干背后探出的一只脚，准确来说，是一只穿着皮靴的脚，这只脚一动不动，就像在偷窥我们的行踪。这种感觉让人非常不爽，包子下意识提起霰弹枪，小心翼翼地走过去。下一秒，他却突然叫了起来。

我们全都跑过去，顿时惊呆了。

一具浑身发黑的尸体竖着卡在树干的缝隙里，尸体的身上有许多小而深的孔，两个一组，显然这个人是被毒蛇咬死的。尸体已经发臭腐烂，根本辨不清面目，但从他挤成一团的五官可以看出，这个人死的时候非常痛苦。最让我们感到惊讶的是，这具尸体穿着M65六色迷彩夹克套装，和我们在血棺部落里见到的尸体服装完全一样。血棺部落也好，死亡森林也好，在两个同样危险的地方看到身着同样军装的人，绝不是个好兆头。

"我们是不是被跟踪了？"我向后退了几步，受不了尸体身上难闻的味道。

杨Sir正想回答，一旁的包子突然一掌推过来，把我按倒在地。我不明所以，下意识翻身起来，眼前的一幕顿时让我的心脏漏跳了半拍。

尸体黑紫色的嘴突然张开了，其实严格来说，那已经算不上是嘴了，只是两片肿胀发黑的肉在有生命般蠕动张大，与此同时，尸体的一只脚向外颤抖了一下。杨Sir立即端起火焰喷射器，吕方阳则站在原地，一双眼睛死盯着尸体，连路都走不动了。

那两片肉越张越大，几乎撑到了极限，露出一个深不见底的黑洞。紧接着，一条响尾蛇头从洞里伸出来，一边爬一边还不时探出蛇信，尸体大腿部位露出一条蛇尾，这是一条巨大的菱斑响尾蛇，长度不低于两米。

响尾蛇属于蝰蛇科，菱斑响尾蛇是响尾蛇中体型较大的一种。成年蛇的长度一般都在一米五以上，虽然现在的蛇毒并非无可救治，但我们没有预料到会在这里遇到蛇，所以没有准备任何急救药物，一旦被咬，绝对会危及生命。还好，这条蛇应该没有要攻击我们的意思，它似乎很满意这个藏身之所，懒懒地探了探头，又缩了回去。

"还是走吧！这鬼地方也太瘆人了。"包子向后倒退，扎伊尔赶紧跟上。我正要迈步，突然发现尸体背后露出的树干上有几个字。这种文字我见过，应该就是佉卢文。

我叫住吕教授，让他看一看。

"没错，就是佉卢文，不过大半都被尸体挡住了，你们把它弄开！"吕方阳不愧是个学术专家，好奇心一上来脑子就发愣，连蛇都不怕了。

包子第一个忽略了吕方阳的要求，他假装没听见，拉上我就往前走。杨Sir也摇摇头，小声说："强龙难压地头蛇，我们最好还是少惹这些东西。"

我停下来说："不对，你们不觉得奇怪吗？走进树林后，到处都透着古怪，以我们的速度早就应该走出这里了，可为什么还在瞎转悠？这些蛇又是从哪儿来的？还有这具尸体，这具尸体四肢完好，证明昨天晚上那只手臂是其他人的，为什么这些人会接连两次出现在我们面前？你们就不想弄清楚？"

杨Sir犹豫了。吕方阳催促说："赶快赶快！这是一棵古树，上面的字可能会提供非常有价值的线索，让我看看后面的字。"

当恐惧和好奇同时摆在一个人眼前时，一般人会本能地选择恐惧，进而离开。但吕方阳是个例外，他选择一探究竟，为了迫使我们站到他那边，他甚至弯下腰拾起一根枯树枝，扔到尸体身上。蛇又探出了头，只是这一回，响尾蛇明显愤怒了，它很反感这么多人站在自己面前，更何况现在是白天，气温正在飞速回升。临近中午时，树林里的蛇基本都受不了炎热的气温，会选择隐藏起来。这条蛇也不例外，它知道自己现在的处境不妙，所以不会攻击我们，但如果自己受到了攻击，那就另当别论了。

杨Sir端起了喷射筒，但他有些犹豫，因为喷射筒的威力很大，一颗火焰弹射出去，整棵树都会被烧掉。

继续僵下去是不可能了，包子从包里取出铁钩子，铁钩一头套着绳子。包子娴熟地抡起绳子，像扔套马绳一样把铁钩扔出去，铁钩不偏不倚地钩住了尸体的脖子，他顺势一拉，居然没拉动，尸体卡在树干里，这人应该是活着的时候钻进去的，当时大小刚刚好，现在尸体肿胀变了形，就牢牢卡在里面了。我过去帮忙，还好绳子够结实，两人合力，终于把尸体的上半身给拉了出来，可它的下半身还卡在树干了，形成了一个怪异的姿势，就像在给人鞠躬。它的身后，一排用伕卢文篆刻的大字显露来。这些字被尸体中毒的血染成了黑色，两行黑血顺着字流下来，已经凝固住，就像两条蜿蜒的小溪，让人触目惊心。

就在这时，尸体的背部开始蠕动，杨Sir把他那把步枪扔给我，示意我开枪。我干涩地咽下一口唾沫，对着蛇扣动了扳机，第一枪没打中，尸体背部猛地拱起一团，可怕的黑色菱斑显露出来，我忍不住浑身一颤，一个劲儿地猛按扳机。也不知道开了多少枪，响尾蛇拼命挣扎，蛇头从尸体口中伸出来，对着我张大嘴，随时可能攻过来。杨Sir眼疾手快，抛出手中的匕首，将整颗蛇头割了下来，蛇头在空中打了几个滚，不知落到什么地方去了。

蛇身终于不动了，尸体背部流涌出一滩黑水，强烈的恶臭袭来，所有人都捂住了鼻子。

吕方阳走近一些，仔细阅读树干上的字，虽然他用衣服角捂住了口鼻，我仍然可以看到他的眼睛瞬间睁大，透出惊异的光芒。

"上面写的什么？"包子已经退到了一边。

"太奇怪了，怎么会这样？"吕方阳回过头来，紧皱着眉头说，"这是一段古老的预言，上面写着：伊比利斯毁灭万物，万灵之主却留下了五彩宝石，它将指引人们走向圣地，在那里，潜藏着沙漠之民最后的希望……"

"万物之主，五彩宝石，都是些什么东西？"我不解地问。

"鬼才知道。"包子叹了口气，"忙了半天，原来是句谜语，我们还是走吧，再晚些，恐怕又要在树林里住宿了。"

扎伊尔指了指天："走不出去的，我已经说了，这是伊比利斯的意思。"

"再说？信不信我把你一个人扔这儿？"包子说完转身就走。

就在这时，我突然看到树干左侧刻着一个不起眼的箭头符号，符号看上去很新，箭头朝向左边，像是新刻上去的。

"你们看，会不会是这个人做的标记？"我指了指那具尸体。

"有可能，他们应该不止一个人，也许其他人找到了其他出路，所以留下记号，方便后面的人跟上。"杨Sir点点头，"我们顺着箭头的方向走，说不定能走出去。"

我们一致通过杨Sir的提议，就连一直在说丧气话的扎伊尔也仿佛看到了生存的希望，整个人顿时有了精神。我们顺着箭头往前走，在五米外又发现了另一个箭头。就这样，我们每走五米就能发现箭头符号，所有人都非常振奋，以为这样就能找到出去的路，也许是我们太过急切地想要离开这里，所以有意无意中忽略了很多本该注意到的东西，比如说：我们身边的胡杨树越来越密集，枯死的树枝在上方互相交织，就像一张设计精巧的巨大天网，而我们就是那网中的猎物，在不知不觉中被网罗其中，再无可逃。

我们顺着箭头符号走了大约两个小时，又渴又饿，最后一个水袋里的水很快喝光了，我甚至担心，如果再这样走下去，没等到出去，我们就已经倒下了。就在我们的兴奋再次被恐惧代替时，所有人突然眼前一亮。我们的前方出现了一片空旷的沙地，这片沙地有一个足球场大，四周全是枯死的胡杨木。也许是空地里太热，响尾蛇全部藏在枯树林里，没有再跟过来。

沙地上到处是枯枝朽木，其中一些木头上还雕刻着精美的花纹。不难看出，这些木头，应该属于某座倒塌的建筑，而建筑的设计建造者，就是一千多年前的精绝城民。

箭头到这里彻底消失了，我们依旧没有看到一个人，眼前只有满目疮痍的废墟，和废墟上随风飘飞的黄沙。

"这是什么地方？"杨Sir忍不住问。

吕方阳向前走了几步，一会儿拾起块木头瞧瞧，一会儿又抓起一把沙土看看，突然，他撒开腿朝南面跑去，虽然速度不快，我们很容易就能追上，但看样子已经是吕方阳的极限速度了。没跑几步，他摔倒在地，非常兴奋地从地上拾起一块黑色朽木，冲我们挥了挥手。

我们赶忙跑过去，发现在一方沙土的地面上，显露出一个黑色的方框，黑色边缘还有残垣断木的痕迹，应该是一扇被烧掉的门。

"这就是精绝王国的土城！"这个发现让吕方阳忘记了饥渴，他大声说，"《汉书·西域传》里有关精绝的记录中，明确记载这个王国有'城'，出土的佉卢文书也不止一次提到了'城'，但考古人员一直没有找到城的踪影，没想到，这座城居然在树林里。"

"什么城？"包子不解地问。

吕方阳说："斯坦因编订的第272号佉卢文，是精绝王给陀楪迦的命令，要他'务必日夜关心国事'，'若拘弥和于阗有什么消息'要及时禀报。'去年，汝因来自苏毗人的严重威胁，曾将周邦之百姓安置于城内，现在苏毗人已全部离开，以前彼等居住在何处，现仍应住在何处……'原来，土城只是在外敌入侵时，才作为居民应急避祸的处所，外敌撤退，居民就要各自回家，不必再在城内停留，这样的城，当然不能建在显眼的地方，而这里就是一处再理想不过的场所。你们看，土城周围全部是大型胡杨和沙包，即使有人走进土城，也很难发现它的存在。另外，这座土城里非常空旷，没有一间房屋，只有几棵两人合抱的胡杨和沙堆，说明即使在公元三世纪时，这里也没有成为交通、经济、政治中心，只是一处并不住人的空城。这几点和佉卢文上的记载完全照应。"

"你说了这么多，原来是一个避难所。"包子有些失望，"我还指望能走出去，结果越走越深，既然是古人修来避难的，肯定非常隐蔽，很难找到出去的路。"

"那倒未必，你们看。"吕方阳指着烧黑的城门残迹说，"这个应该就是土城的南门，从城门被烧毁的遭遇看来，土城最后应该还是被攻破了。既然当年的敌人能找到这里，就一定有路可以出去。"

听了吕教授的话，我突然心头一动，说："吕教授，你说，精绝人突然消失，会不会和这座土城有关系？"

"可这里没有任何人类的遗骸啊。"吕方阳说到这里突然打住，他四下看了看，若有所思地说，"这里是避难所，如果只是一座建在地面上的土城，一旦被发现就没有了后路，精绝人不会这么笨啊！"

"会不会有密道？"我想到了什么，"精绝国的城民并没有离开，南门被烧毁以后，他们通过密道，去了另一个地方，在那里躲了起来？"

包子和杨Sir一听，立即开始在沙地上搜寻起来。密道大都建在地下，这是人的惯性思维。包子取出洛阳铲，这儿敲敲，那儿看看。一晃又过去了两个小时。

杨Sir抬手看表，立即苦笑一声说："我的表坏了，真是屋漏偏逢连夜雨。"

包子说不急，他伸出手，手心朝下伸向太阳的方向，手背和太阳的下端齐平，他约摸估计了一下，太阳距离下到地平线以下还有三个手掌侧面的高度。于是说："现在离太阳下山大概还有三个小时，我们必须抓紧时间了。"

道理都知道，可在一块足球场大的沙地上寻找线索谈何容易。又一个小时过去了，就在我们寻思着生火过夜的时候，扎伊尔突然指着自己脚下说："你们来看看这里！"

第十三章　地下土城

我们赶紧跑过去，包子用铲子敲了敲扎伊尔所站的地面，果然，地面是空心的，应该是一块木板。我们赶忙寻找木板边缘，很快就看到地面上开了一条缝隙，应该就是开口的地方。我正要揭开，突然看见开口边缘有一道不规则的黑紫色的沙土，杨Sir捻起一小撮沙土闻了闻，顿时皱起眉头说："这是凝固在沙土里的血。"

我不觉一愣，伸出的手停在了半空中。包子离我们有几步远，没有听到杨Sir的话，见我杵在原地不动，他三步并两步走过来，一脚就将木板踹开。我想叫住他，已经来不及了。木板发出一阵沉闷的响声，被包子踢飞到了一边，露出一个方形的地下石阶，就连包子自己也纳闷儿，打开一扇千余年前的木门怎么会这么容易？

答案很快揭晓了，石阶上趴着一具尸体，同样穿着六色迷彩夹克套装，浑身发黑，身体肿胀变形，看样子也是被蛇咬死了的。不同的是，这具尸体头朝着出口方向，双手向上伸直，似乎非常渴望能回到地面。

"又被人抢在了前面。"包子无奈地叹了口气，"没想到地下密道已经被人发现了，难怪打开木板这么容易。"

我们不禁觉得奇怪，为什么尸体会以如此怪异的姿势趴在石阶上？看样子，密道里也不安全。

杨Sir为难地看着我们："又到做选择题的时候了，今天晚上肯定又只能在树林里过夜了，是在地上还是地下？"

我们面面相觑，谁都不想表这个态，因为不管是哪个选择对我们来说都不容易。留在地面上，天色一黑，饿了一整天，情绪又暴躁的响尾蛇铁定会攻过来。可如果下到密室，不知道有什么危险等待着我们。就在我们没人拿主意的时候。扎伊尔主动说："算了，还是我来卜一卦吧，虽然你们对我没什么好感，但必须承认，

我的卦很准。"

我们都不说话了，就连最爱和扎伊尔斗嘴的包子也不知该说什么好。扎伊尔又从怀里掏出那块白布，在地上铺好，然后将两块木块合在手心中，口中念念有词，然后把木板抛向空中。木板落地的一刹那，我们所有人的心都提了起来，仿佛即将揭示的并不是一个占卜结果，而是我们所有人的未来。

扎伊尔看了看卦面，没有说话，只是拾起木块，又连续抛了两次。

"到底怎么样？"包子不耐烦了。

扎伊尔指了指地下："卦面上显示，下去。"

听了他的话，每个人都有片刻的犹豫。趴在石阶上那具尸体正用一种极端怪异的姿势告诉我们：这下面，只不过是死神的又一个居所。

"我不管你们怎么想，反正我是再不想看到那些蛇了。"扎伊尔说。

包子冷笑一声："你怎么知道这下面没有蛇？那个人就是被蛇咬死的。"

扎伊尔顿时无语。杨Sir说："地下也许危险，但我认为值得试一试。那些蛇饿了一天，肯定会比昨天更凶猛。而且我们都不知道这些蛇的来头，也不知道树林里究竟有多少蛇。"

我点点头说："也好，就下去看看吧，说不定吕教授还能从此破解一个困扰了学术界一百多年的谜团，找到精绝人的去向。"

经我这么一说，吕方阳来了精神，立即跃跃欲试，想往密道里冲。

包子是我们当中最犹豫的一个，我知道，他过去有盗墓的经历，所以对地下世界充满敬畏，不想再回到漆黑一片的地方。我走过去，拍拍包子的肩膀说："要不，你留在上面看守，我们先下去看看，确认没危险了，再叫你下来？"

"那可不行。"包子赶忙摇头，"波斯，我不能让你去冒险，好歹我也有经验。"说完，他从包里掏出煤油灯说，"我打头，如果灯熄了，就说明里面缺氧气，大家必须赶快上来。"

杨Sir点点头说："那好，我殿后。"

包子不屑地转过头，他和杨Sir一直不对盘，也不知道这次配合能不能顺利。他先用绳子做了个绳套，套住尸体的头，把它拉上来，这样在清理通道的时候可以避免用手接触尸体。我和吕方阳在沙地上挖了一个坑，打算将尸体埋了，不管这个人是谁，好歹曾是个活生生的人，我们总不能眼看着尸体暴晒荒野。

我们刚将尸体拖入坑中，一根奇怪的笛子从尸体身上掉落下来，这是一根形状怪异的笛子，上下细长，中间则凸起一团，像是葫芦的上半截，看上去毫无美感。

杨Sir闻了闻笛子下端，惊讶地说："蛇笛！这个人居然是耍蛇人！"

"啊？"我和吕方阳同时叫了起来。

包子问："你没看错？"

"没有，你们看，这支笛子是由一个葫芦、两条杆子和一根黄铜管组成的。笛子的膨大部分被放入了药粉，药粉的配置非常讲究，必须用喜马拉雅山春夏融雪时留下的清泉做引子，再加入檀香叶、胡椒末、小豆叶、鹿角和酒沙摩制成。这种药粉有一种奇怪的味道，对蛇来说是绝好的催情药剂，耍蛇时，耍蛇人会将笛子凑到蛇的头部，将药粉吹到蛇的舌头上，蛇在荷尔蒙激素的刺激下，就会摇头摆脑，以求吸引异性的注意。"

我好奇地问："你怎么知道得这么清楚？"

"我曾经接触过印度斯白拉，斯白拉在印度是一种低级种姓，以耍蛇为生。这种耍蛇职业世代相传，没有固定场所，而且只能传给自己的儿子。一个偶然的机会，我接触到一位老人，当时他身患绝症，来日无多，偏又膝下无子，孤身一人，所以，他对我说，只要我叫他一声父亲，就把耍蛇的诀窍交给我。"杨Sir淡淡地回答。

"所以你就叫了？"包子很是不屑，"也难怪，反正你是个骗子。"

吕方阳不觉一愣，下意识问："谁，谁是骗子？"

"他们开玩笑呢。"我赶忙说，"你们两个别斗嘴了，先想想，为什么耍蛇人会被蛇给咬死？"

"确实很奇怪。"杨Sir说，"耍蛇人从小就会接触蛇，其中当然也少不了毒蛇。其实，除了用药粉和笛子，耍蛇人还有很多控制蛇的方法，这方面我知道得很少。但有一点我能肯定，耍蛇人非常清楚菱斑响尾蛇的毒性，所以一般不会和这样的蛇展开正面冲突。除非蛇受了非常大的刺激，丧失了心智，才会不管不顾的胡乱攻击。"

"照你这样说，会不会蛇就是这些耍蛇人带来的？"我提出了一个猜测，"我觉得，刚才见到的那具尸体很可能也是耍蛇人，耍蛇带来蛇，当然是有某种目的。但是很不幸，他们在树林里遇到了非常可怕的事，导致所有的蛇都精神失常了。所以蛇反过来攻击自己的主人，把这些耍蛇人全都咬死了。"

其他人全都愣住了，半晌，吕方阳用若有深意的语气说："宋方舟，我发现你真的很有才。"

从大家的表情上我不难看出，他们都知道我的话有一定道理，但所有人都宁愿相信我只是在无根据地瞎猜，就连我自己，也希望自己刚才只是在胡言乱语，因为如果我的猜测成真，石阶下，也许潜藏着比蛇更可怕的东西。

杨Sir将蛇笛放回尸体身边，大家默默填埋沙土，气氛出奇地沉闷。做完这一切，包子取出煤油灯点上，淡黄色的火苗在风中摇摆，几次像要被吹灭，最后都顽强地挺了过来。我看看包子，心情忐忑不安，包子没说什么，只是冲我笑笑，露出两颗大龅牙。

然后，我们依次走下石阶，跨入一个未知的神秘世界。

石阶并不长，延伸到地下五六米就变成了斜坡，也不知道是古人偷工减料还是故意这样设计的。还好斜坡不算陡，只有五六度，不过这段斜坡出人意料的长，我们走了半个小时还没触到底端。包子非常小心，一手举着煤油灯，一手捏着突击步枪，这把枪最早在杨Sir手里，现在终于辗转到了他手上。

我们一路向下走去，很快就在斜坡两旁发现了许多零碎的响尾蛇尸骨，这些尸骨随意散在地面上，有的只剩下白骨，有的还露出血淋淋的肉，显得非常恶心。我看得心惊胆战，甚至有些腿软。

就在我们都以为会这样一直走下去时，两旁的墙壁上突然出现了许多壁画，壁画内容非常丰富，但大多数是关于神灵救赎的画面，释迦牟尼佛或坐或立，一旁跪满了供养人。非常有意思的是，不管是佛像还是供养人，全都深目高鼻，男子长满络腮胡，是典型的印欧人种。吕方阳说："20世纪50年代以来，考古学家在精绝古城先后发现了五座大型墓地，其中有许多保存完好的人骨或干尸，从直观上很容易看出，这些人身形高大，体毛丰富，面型狭长，眉弓突起，大眼高鼻，大多数是深棕色头发，还有少数金发，是典型白种人的形象。从人类学角度来说，这些尸骨又分成三类：眼眶较低，金色头发的人更像是北部欧洲人；个别黑发，鼻梁凹浅，宽颧骨，铲型门齿属于比较典型的蒙古人种特征；狭长面颊，窄鼻梁，高鼻根接近印度—阿富汗类型。所以学术界得出一个普遍的结论，古代精绝居民有着混杂的种族特征。这是地处亚欧结合地带的新疆早期居民们共同的特点。你们看这个，还有这个。"吕方阳一边说，一边指着画像中的个别供养人说，"这些黑头发的人夹在金发人当中，虽然数量少，但很醒目。这里还有个身穿汉服的官员，应该是出使精绝国的汉朝使臣。"

听了吕教授的讲解，我们原本紧张的心情放松了不少，仿佛大家这趟下来不是探险，而是来旅游的。包子走在最前面，他知道现在说话容易打草惊蛇，但想要打断吕方阳更不容易，所以他索性什么也不说。

受了吕方阳的影响，我也开始仔细观察墙壁上的画，其中一些画上的场景非常宏大，描画出的供养者竟有数百人之多，这些人聚集在佛寺里，显得非常拥挤。他们虔诚地跪倒在佛陀脚下，女人们头顶供果，男人们手拿念珠，非常形象生动。似乎把我们带回到了一千多年前西域佛教盛行的年代。

就在这时，壁画下角一个不起眼的角落吸引了我的注意，角落里跪着两个金发男子，他们只有一只眼睛，长在额头正中。我叫过吕方阳，让他看看这是怎么回事，吕教授看着这两个外形奇特的人，眼中顿时闪过一丝惊异的光芒。

再往下，又一幅让人瞠目结舌的画面出现了。画面中，一个独目男子傲然站立在高处，手中捧着五颗黑色的石头。他的身前跪着一位衣着华丽的王室成员，头深深埋下，几乎触到地面，双手却高高捧起，像要接住那五颗石头。

"这是什么？"我问。

有那么一瞬间，我发现吕方阳不太对劲，他的眼神涣散了，手虽然摸着壁画，眼睛却开始四处游离。

包子见我们停住不走，赶紧说："别杵在那儿啊！到底了。"

听他这么一说，我才发现，我们已经走完斜坡，脚下的路平坦了不少。只是温度骤然低了许多，我只穿着一件吸汗T恤，忍不住打了个寒战。

"沙漠里地下温度和地表温度的差异相当大。随着太阳升起，地表温度骤然提升，地下却始终保持着夜晚的温度。"杨Sir也觉得冷，他穿得和我一样单薄，我们的衣服全留给响尾蛇做窝了。

吕方阳没有动，他蹲下来，口中喃喃自语，声音很小，我必须蹲下来才听得清楚，他说："伊比利斯毁灭万物，万灵之主却留下了五彩宝石，它将指引人们走向圣地，在那里，潜藏着沙漠之民最后的希望……"

我听得真切，这就是那句刻在树干上的预言。我的身后，扎伊尔突然浑身震了一下，也不知道他想到了什么。

我急了："吕教授，你怎么了？赶紧走啊！"

吕方阳转过脸来，突然幽幽地说："你们，相信人有灵魂吗？"

我一下子蒙了，出发前我就知道他神经不太正常，可千万别在这个时候犯病啊！

吕方阳摸着墙壁上的独目人画像说："这些人，我见过，他们是神的使者，真的。"

听了他的话，我浑身一颤，脑子里又回放起那张报纸上的内容：著名西域考古学家吕方阳神秘失踪八个月后，在罗布泊被人发现，他对这八个月的经历一无所知，也不知道自己为什么会出现在素有东方百慕大之称的罗布泊……

包子离得远，没听见吕方阳的话，他不耐烦地挥挥手，让我们赶快跟上。殿后的杨Sir也不知道发生了什么事，急着问我怎么了。

我伸手去拉吕方阳，根本拉不动，他的身体冰冷异常，就像壁画上的独目人拥有神奇的力量，将他的全部体温都给吸走了。

我对扎伊尔作了个手势，让他来帮忙，扎伊尔有片刻的犹豫，但还是很快走过来，和我一起把吕方阳给架了起来。杨Sir不明所以，一个劲儿问我吕教授是不是受伤了？

我冲他摆摆手，让扎伊尔将吕教授扶到我的背上来。就在这时，吕方阳突然直愣愣地站起来，满脸兴奋地朝前跑去，一边跑一边喊：“快走快走，我能感觉到，他们就在前面等着我们！”

包子还没反应过来，吕方阳就已经冲到了他前面，转瞬就消失在黑暗的甬道里。我们能听到他的脚步声越来越远，只剩下回音在甬道里反复回荡，出人意料的震撼。

我们全都愣住了。我反应过来后撒腿就追，包子一把拉住我说：“不要冲动，这鬼地方到处都不对劲。”

听他这么一说，我冷静了不少，包子说得对，这里不比地面上，闷头朝前冲等于找死。我点点头，继续朝前走，脚下突然踩到一团肉肉的东西，我下意识移开脚，用手电照去，原来是一只全身黝黑的小老鼠。只不过这只老鼠的模样有点儿奇怪，它的鼻子比普通老鼠更长，嘴也更尖一些。被我踩到，小老鼠叫了一声，飞快消失在黑暗中。

“除了蛇，我总算在这个鬼地方见着第二种动物了。”杨Sir苦笑一声。

我说：“吕教授好像提起过，精绝曾遭遇鼠害，所以普通民居都准备了特质的灭鼠器，就是我们在民丰文物馆里见到的那种。他还说，精绝人的突然消失也许和鼠疫有关系。”

包子很不以为然：“别听他瞎吹，老鼠还能把人赶跑？”话音刚落，他突然叫了起来，赶忙看看脚下，原来包子也踩到了老鼠，不过这回不是一只，而是一窝。

老鼠有大有小，在包子面前肆无忌惮地跑来跑去，一点儿也不把我们放在眼里。

我看了看这些老鼠，总觉得好像在哪儿见过，但一时又想不起来。包子刚才一慌神，提着煤油灯的手伸向了左侧，微弱的灯光下，一团人形的黑色物体靠在墙边上，正在不断蠕动，看上去非常恶心。

我赶忙用手电筒照过去，顿时吓了一跳，原来这个人形是一具干尸，无数小老鼠在干尸身上爬来爬去，还将尸体的嘴和眼睛变成了进出口。杨Sir从地上捡起一块丝绸残片，从上面的花纹不难看出，这块丝绸应该属于古代精绝的居民。

我的目光集中在那些恶心的老鼠身上，一时间，一种不祥的预感涌上我的心头。就在这时，黑暗中传来一声惨叫，紧接着，一阵急促的脚步声由远而近。我们定神一看，吕方阳飞跑着回到了队伍，看神情好像恢复了正常，但他似乎被吓得不轻，连话都说不利索了："老鼠，好多老鼠，还有人，在，在……"

第十四章　尸腹中的秘密

　　包子一听有人，立即提着煤油灯往里走。我想叫住他已经来不及了，前面距离我们不到二十米的地方，出现一大片空旷地带，像是一个大土洞，土洞的四周和顶部有树桩加固，横梁上还驾着精美的雕花斗拱，地面上横七竖八倒卧了许多爬满老鼠的尸骨。由于手电筒的可视面积有限，我们一眼望不到头，但只要是手电光芒扫过的区域，全部都是密密麻麻的尸骨，可见数量之多，估计不会少于五百具。这些尸骨大都张着嘴，显得非常绝望和痛苦。即便在死亡以后，他们的身体还被老鼠吃掉，尸骨变成了老鼠窝。

　　我没想到失踪的精绝人全都在这里。他们离开了自己的家园，打算在胡杨树林里的土城内暂时躲避敌人的进攻，没想到土城被敌人发现，他们只好躲进地下，最后由于某种原因困死在这里，身体还变成了老鼠的食物。

　　我们全都惊呆了，就在这时，包子指着地上的尸体说："你们看，为什么这些尸体的头都朝着一个方向？"

　　我顺着他手指的方向看去，果然，虽然所有尸体倒卧的姿势不一，但头都朝着我们的右手方向，那里有另一个土洞，深不见底，也不知道里面有什么东西。

　　我们的好奇心上来了，都想看看，究竟是什么东西让精绝人致死还要顶礼膜拜。

　　从我们所在的位置到土洞，中间有一根横梁，距离大约五米。包子身手最敏捷，他把电筒别在腰上，三两下就爬上了横梁，杨Sir第二，我第三。吕方阳虽然很着急，但他爬了几次都上不去，最后只好和扎伊尔一起在原地等候。

　　我们顺着横梁小心前行，包子很快就到了洞口，他先倒挂在横梁上，用手电筒往里照了照，这才翻身跳下，稳稳地站在地上。说来奇怪，虽然我们四周都是老鼠，但这个土洞里却一只老鼠也没有。

包子对我们比划了一个长方形，我立即明白，洞里有一口棺材。

杨Sir和我先后从横梁上跳下。发现土洞是一个四方形的空间，大约三十平方米，正中摆放着一口胡杨木棺材。只不过这次不是船棺，而是用胡杨木板精心制作的，棺材外面还有画了许多画，画的内容似乎是在讲述一个故事。

第一幅画：许多人正忙着修建一座土城，土城的建造方法和普通民居一样是木骨泥墙式：用胡杨木和红柳做骨架，在骨架上涂抹黏稠的泥土。泥土晒干后的墙壁坚实可靠，可以抵御风沙，而且不易被攻破。这是古精绝人常用的建筑方式。

第二幅画：土城建好了，四周全部是高大的胡杨树和土包，将土城很好地遮掩起来。人们纷纷奔走相贺，庆祝土城的落成。

第三幅画：许多手持武器的人来到土城，这些人烧毁了进出土城的门，并将来不及入城的人杀死。

第四幅画：画面转移到了土城内部，人们纷纷转入地下，他们将一具棺木抬了进去，安放在土洞里。

第五幅画：不知是饥饿还是别的原因，大量的人先后死去，活着的人将死者的头朝向土洞。存活的人打开了一个盒子，无数老鼠从盒子里跑出来。它们守护在土洞外，以死者的尸体为食，在人全部死亡后，保护棺木的安全。

这些画让我们无比震惊，没想到老鼠居然是精绝人自己引来的。包子想将棺盖打开，一探究竟。杨Sir立即制止他："如果我没估计错，老鼠之所以不啃咬棺木，是因为这些画的颜料里掺了剧毒。如果人的皮肤碰到了，很可能会中毒。"

包子皱皱眉头，想想杨Sir说得有道理，于是掏出包里的铁钩，钩住棺盖，用力往上一提，棺盖就被揭开了。西域和中原不同，一般不会在棺外面套椁，只有一层棺木，所以只要棺盖一被掀开，里面的尸体就会暴露无遗。

棺材里躺着一具女性干尸，看上去年龄并不大，虽然已经干枯脱水，还是能看清大致面貌。长睫毛，高鼻梁，下颚很窄，应该是个非常美丽的女人。女人穿着精致的毛编服装，头戴大毡帽，和小河墓地里那具"睡美人"有几分相似。只是这具干尸的身形明显更高瘦一些，胸前还挂着一串通体透明的石头。

女尸的衣着虽然精致，但并没有什么怪异的地方，和普通精绝古墓里挖出的干尸没有什么不同。我和杨Sir开始观察土洞四周的情况，与此同时，吕方阳终于在扎伊尔的帮助下攀上横梁，克服重重困难爬了过来。

他见棺木的盖子已经揭开，迫不及待地走过来，将棺木上的画仔细看了一遍，

表情立即凝重起来。

我问："吕教授，你说这个女人是干什么的？为什么所有人都头朝着她的方向？"

吕方阳摇摇头说："这个女人的穿着虽然精致，但算不上华贵，充其量比普通人家穿得好一些，所以应该不是王室成员。"

"那会不会是祭司或者巫女？"杨Sir问。

吕教授回答："不像，汉代以前，精绝的确信奉过萨满巫术，巫女在王国具有非常崇高的地位，但东汉以后，佛教流传进来，精绝国上下逐渐开始信奉佛教，而且巫曾一度和传统势力联合起来对抗汉王朝政权，所以班超发起了一场轰轰烈烈的禁巫、杀巫运动，很多巫女被杀死。到了东汉后期，精绝人应该大部分信奉了佛教，所以这个女人不会是巫女或祭司。"说到这里，他指着棺木上的最后一幅画说，"相比起这个女人的身份，我更在意这幅画，画上表明，土洞里最后活着的人曾打开过一个盒子，放出了老鼠，这个盒子指代的是什么？还有，这都过去一千多年了，这些老鼠上哪儿找吃的？"

"对呀，难道这些老鼠都成精了？"包子皱皱眉头，突然，他的眼角余光扫到了煤油灯上，煤油灯微弱的火焰正在摇摆，说明土洞里有风。

"你们看！"包子指着煤油灯说，"这个土洞和外界隔绝，风是从哪儿吹来的？这里面一定还有我们没发现的地方。"

杨Sir走到煤油灯前，伸出手探探风向，马上找到了风吹来的地方。那是棺木斜对面的一个洞，可以容一人钻过去，不少老鼠从洞口进进出出。杨Sir靠近洞口侧耳细听，很快，他惊讶地对我们说："有水声，我听到了水声！"

这处地下密室的下面，居然有水源，而且这条水源一定通到外面，不然不会有风吹进来。我摸了摸洞口附近的泥土，居然非常潮湿，证明洞后面真的有水源。

就在这时，几只甲壳虫从洞里爬出来，老鼠见了一哄而上，迅速咬下甲壳虫的头，津津有味地吃起来。有一只虫成了漏网之鱼，迅速向洞内退去，一只老鼠奔过去，也不急着扑上去，先围着甲壳虫左右摇摆，挑逗着虫子四处乱窜，然后趁其不备，一口咬到虫子的尾部，甲壳虫立即仰面朝上，虽然几只脚还在条件反射地挣扎，但身体已经无法动弹了。

"不对啊，老鼠吃甲虫吗？"包子很奇怪。

我睁大了眼睛，望着老鼠突出的鼻子和嘴，突然醒悟过来："这不是老鼠，是鼩鼱！"包子愣愣地望着我，很明显对鼩鼱这种动物没有概念。

"鼩鼱的外形很像家鼠，但鼻子和嘴更长，个头也更灵活，这是一种有毒的动物，能分泌一种毒液，猎物如果被咬伤，会马上失去知觉。鼩鼱通常以小动物为食，但有时在遭遇比自己身形更大的动物时，也会攻击，比如蛇就不是鼩鼱的对手，因为鼩鼱会以最快速度避开攻击，咬住蛇的要害部位，然后释放毒液。别看鼩鼱个头小，它们的食量非常惊人，可以达到自身体重的三倍。"

"这么厉害啊！"包子小心翼翼地走过来，"看来我们得小心点儿，别去惹它们。"

我说："我有一种猜测，响尾蛇之所以这么反常，会不会就是因为遭到了鼩鼱的攻击，失去了理智？"

"有可能，我们还是赶快走的好，要是惹怒了这群地老鼠，说不定下场会很惨。"包子一边说，一边瞅了瞅棺木里的干尸，他原本打算仔细搜一搜里面，但看到吕方阳和我在场，只好作罢。

杨Sir点点头，做了一个撤的手势。就在我们准备离开的时候，吕方阳突然盯着干尸的衣服领子，眉头顿时皱了起来。我凑过去一看，女尸脖子上那串石头居然不见了。我猜这事八成是包子干的，赶忙转身看他，包子已经爬上了横梁，催促我赶快跟上。

我只好把想说的话咽下去。拉了一把吕方阳，却见吕方阳拿着一根枯树枝，想撩开干尸的衣服。

包子开玩笑地说："你干吗呢？男女授受不亲哦！"

吕方阳没有理他，只是低声说："你们觉不觉得这具尸体的衣服有点儿奇怪？"

我仔细一看，的确，干尸衣领处翻了起来，似乎有些凌乱，像是被人动过。由于刚才它脖子上带着一串石头，所以我没有注意到。

"一个备受人们敬仰的人，信徒们绝不会允许她衣衫不整。"说话间，吕方阳已经撩开了它的上衣，顿时，我们全都惊呆了，女尸的肚腹上居然出现一条醒目的刀口，口子足有十公分长，没有任何缝合的痕迹。里面微微凸起，似乎肚子里装着什么东西。可以想象，这条口子应该是被人故意划开的。凶手剖开她的肚腹，就是为了把某种东西藏匿在她的身体里。

杨Sir说："真是太残忍了，原来这个女人只是藏东西的容器。外面那些人崇拜的并不是这具尸体，而是尸体肚子里的东西。"

包子的好奇心上来了，他走过来，将铁钩子伸进那条刀口里，不多时就从里面勾出一个麻布口袋，这个口袋非常陈旧，早已辨不清颜色。与此同时，一股刺鼻的味道从干尸肚子里冒出来，也不知道是什么。我们赶忙捂住口鼻，不知所措地向后倒退。吕方阳向后退了两步，突然哎哟叫了一起。我扭头一看，忍不住倒吸了一口冷气。

原本还算安分的鼩鼱全都骚动起来，它们受了气味的刺激，变得异常烦躁，很明显，包子勾出布口袋的同时，也触动了隐藏在干尸肚腹里的机关，大量气体被散播出来，刺激鼩鼱对我们发起攻击。

用气味防盗，这也许是世界上最早的生物武器。

虽然我们都穿着长靴，但两只鼩鼱已经爬到了吕方阳的大腿处，其中一只还咬了他一口，吕方阳顿时觉得伤口处一阵剧痛，根本就无法使力。更多的鼩鼱已经蜂拥而至，把我们围个水泄不通，这些鼩鼱虽然个头不大，却前扑后续地冲过来，用身体形成了一条浪潮般的黑色暗流。杨Sir果断地举起火焰喷射器，对着前方按动了扳机，无数鼩鼱在火焰中发出刺耳的惨叫，焦煳的味道和干尸肚腹里涌出的怪味混为一体，说不出的难闻。

从横梁爬回去是不可能了，因为吕方阳受了伤，而且大量鼩鼱已经攀上了横梁。杨Sir做了个向前冲的姿势，让我们跟在他的身后。强行冲出一条路来。和响尾蛇不同，两旁的鼩鼱并没有吸取同伴被烧死的教训，依旧不管不顾地冲过来，我们拼尽了全速，却依旧无法摆脱这些可怕的小东西。杨Sir的肩膀被连咬了两下，我的屁股和腰都被咬到，包子殿后，被咬得最惨。我不知道他被咬了多少下，只知道他在我身后叫个不停。

一时间，我们全都陷入了剧痛的折磨，我原本扶着已经不能走路的吕方阳，但腰被咬到后，我根本无法使力，顿时一个踉跄摔倒在地，连带着吕方阳一起摔倒。鼩鼱立即一拥而上，杨Sir顾不得剧痛，端起喷射器就射，又一发火焰弹喷射出来，被点着的鼩鼱惊慌失措，没头苍蝇一样四处乱窜，有几只窜上了我的衣服，我的T恤着了火，只好用手去拍，虽然火很快被拍熄，但我的胸前和手都被烧伤了。

包子忍着痛，把我扶起来，杨Sir则回头去扶吕方阳。在这种情况下，枪除了刺激鼩鼱更快地扑过来以外，没有任何用处。原本站在出口的扎伊尔终于发挥了一次互助精神，他冲过来，脱下外套一阵猛拍，将我们身上的鼩鼱拍下来不少，他是我们当中唯一一个穿着外套的人，但很快，他也被咬得哎哟直叫。

我们互相搀扶着朝外跑去，飞快跑进了甬道。鼩鼱很快追赶上来，它们不光咬我们，还发疯般撕咬身边一切能咬的东西，壁画、土墙、木柱，全都被咬烂。精美的壁画瞬间就被全部毁坏。

包子让我们先走，他自己一边跑，一边从包里取出一个黑色的土制炸药包，我知道包子想炸垮土洞的洞口，打算冲回去阻止他。扎伊尔一把拉住我，拼命把我往外扯，与此同时，更多的蝲蛄朝包子涌去，几乎把他整个淹没。我急疯了，只觉得血气上涌，不顾一切地挣脱扎伊尔，朝包子奔去，才跑了两步，我的大腿就传来一阵剧痛，身体顿时吃力不住，摔倒在地。与此同时，我听见一声剧烈的轰响，身边的土地开始摇晃，我能听到头顶沙土松动的声音，紧接着，我感觉到腰部有一股力量将我往外拖，似乎有一根绳索套在我的腰上，我想喊出来，却无法使力，只能不由自主地被拖拽着前行，皮肤很快被磨破，但我也避开了几块落下的大石块，剧痛让我几近昏迷，恍惚中，我似乎看到一只有力的大手伸过来，一把握住我伤痕累累的手，我抬头一看，居然是爷爷。

爷爷对我露出慈祥的微笑，他对我摆摆手，口中念念有词，但我怎么也听不清他在说什么。想要问，嘴却根本无法发声，只能把话堵在喉咙口，憋屈得难受。爷爷凑到我的面前，用一只手摸着我的额头，他的手黏糊糊的，带着一股子怪味，我使劲眨眨眼，这才看清楚，摸我额头的人是包子。

包子没有死，这是我第二次看到他死里逃生。虽然他和我一样伤痕累累，但凭借他顽强的毅力，居然没有晕过去，比我强多了。

另一边，杨Sir和吕方阳也坐在地上，斜靠着胡杨树，只是不见了扎伊尔。天色已经全黑了，四周再度响起可怕的咯咯声，几条响尾蛇不时朝我们探出头来。我们面前又燃起了火堆，胡杨枯枝发挥完自己最后一份用途，发出噗噗的轻响。

"你小子昏迷了两个小时，吓死我们了。"杨Sir说。他也被咬得很惨，还好蝲蛄的毒虽然会引起剧痛，但并不致命，所以我们侥幸活了下来。

我想起昏迷前看到的一幕，不解地问："到底发生什么事了？"

第十五章　死里逃生

　　包子叹了口气，将后来发生的经过告诉我。原来，杨Sir也看到包子打算炸掉土洞洞口，赶快冲过去阻止，他拉开第二个黑包，从里面取出两个催泪弹和几个防毒面具，迅速将催泪弹抛向鬣蜥群，然后把面具罩在自己和包子脸上。鬣蜥的嗅觉很灵敏，它们非常害怕这种味道，纷纷散开来，冲回洞里去。可惜包子已经点燃了炸药包的引线，慌忙中只好扔进土洞，一声轰鸣后，土洞开始坍塌。我当时已经处在半昏迷状态，他们根本拉不动我，包子只好用绳子套住我的腰，把我拖了出来。

　　"事情经过就是这样，刚把你拖出来的时候，我半条命都快吓没了。"包子看到我浑身是伤，眼中露出强烈的愧疚，"我回去可怎么跟你爸交代啊！"

　　我冲他笑笑，说没什么，大家都活着就好。

　　扎伊尔回来了，他受伤最轻，所以忍着疼，举着火把去四周收集枯树枝。经历了这场劫难，他似乎没有那么胆怯了。他自己的解释是：既然能吃蛇的鬣蜥都杀不了他，就证明伊比利斯还不打算取走他的生命。

　　气温又降到了十度以下，我的衣服烧掉了，只好穿上扎伊尔的衣服，但依旧觉得很冷。杨Sir取出急救药包，替我简单处理了一下伤口，还给我打了一针破伤风。他说已经通知了救援队，但现在是晚上，救援队要天亮后才能赶来，所以我们必须坚持过今天晚上。

　　在死亡森林里再坚持一晚，这对我们来说无疑又是一个考验：四周遍布着虎视眈眈的响尾蛇，我们又全都受了伤，而且失去了八成以上的装备，更重要的是，我们没有食物和水，在沙漠里，没有水是非常危险的，因为我们随时面临着脱水或中暑的危险。

　　所有人都沉默了，经历一场恶战后，大家的情绪都很低落。

半晌，杨Sir首先打破沉默："也不知道这些小东西身上有没有病毒，明天一定要打狂犬疫苗。"

吕方阳似乎想起了什么，对包子说："包小康，你从干尸肚子里取出来的那个口袋呢？拿出来大家瞧瞧。"

包子点点头，从包里取出口袋。这是一个普通的麻布口袋，上端用绳子捆扎起来，除了颜色陈旧外，没有任何特别的地方。包子提起口袋摇晃了两下，里面传出清脆的响声，打开一看，居然是五颗黑色的石头。石头不大，直径大约两公分。

吕方阳接过石头，仔细观察，发现这些石头通体黝黑，而且每一颗上都刻着一只眼睛。他眉头紧锁，突然若有所思地说："这五颗石头，难道就是壁画上那五颗？"

听吕教授这么一说，我也想起来了，在进入土洞的甬道里我们看到了许多壁画，其中一幅上画着一个奇怪的独眼人，他手中握着五颗石头，正要递给跪倒在地的一位精绝贵族。由此可见，这五颗石头非常重要，重要到精绝人致死还要放出躯鼺来保护。

"棺材的最后一幅画上，精绝人打开了一个盒子，放出躯鼺。在古希腊神话里，潘朵拉宝盒象征着所有邪恶的东西。我想，精绝人之所以将洞画成盒子，就是依据了这个古老的神话。"吕方阳继续说。

我问："可是新疆距离希腊这么远，精绝人从哪儿知道这个神话的？"

"丝绸之路南道开通后，精绝国受到来自古希腊和古印度的影响，形成了中西混杂的独特文化。许多精绝木牍上的封泥，就用了雅典娜和战神帕瑞斯的形象。斯文·赫定曾说过：世界上的文化古都很多，但真正将所有文化融汇在一起的地区，全世界只有一个，那就是新疆的环塔克拉玛干地区。行走在这里，你可以清楚感受到黄河流域、印度河流域和希腊化中亚文明的特征。"吕教授耐心地解释起来。

"原来是这样。"杨Sir点点头，"看来，精绝人早就知道土洞的下方有水源和躯鼺，所以在他们自知时日无多的时候打开地洞，放出躯鼺。躯鼺以洞中的甲壳虫为生，一直存活到现在，可是，来路不明的耍蛇人带来了响尾蛇，他们也许和我们最初犯了同样的错误，把躯鼺当成了老鼠，所以想用蛇消灭老鼠，没想到蛇反而不是有毒躯鼺的对手，被消灭了大半，剩下的响尾蛇仓皇逃窜，还在慌乱中咬死了自己的主人，逃进枯树林。这样解释就说得通了。"

吕方阳若有所思地说："可问题是，耍蛇人到底是什么来头，这五颗石头又是什么意思？"

包子说："管他什么来头，能活着出去就比什么都强。杨慕之，你小子真有种，说好了我打头你殿后，关键时候跑最后的还是我。"

杨Sir挠挠耳朵，没有说话。

包子却显然没有消气，他继续说："我告诉你，这回出去，我说什么也不跟着你到处跑了，我包小康被那些小东西咬掉了半条命，你我就算扯平了。"说完，他打开自己的随身包，刚将伸手进去，突然叫了起来。

他赶忙把手伸出来，我们定神一看，全都惊呆了。一只拳头大的响尾蛇头死死咬住了包子的手背，这只蛇头的眼睛蒙上了一层白灰，显然已经死亡，但它的嘴却紧紧咬住包子的手不放，就像被突然灌注了魂魄的死灵一样，非常恐怖。

包子的包里怎么会有蛇头？我想了想，顿时明白过来，白天的时候，我们曾杀死过一条躲藏在尸体里的毒蛇，当时杨Sir用匕首割掉了蛇头，那蛇头在半空中翻滚两下就不见了踪影，没想到落进了包子的贴身背包里。

杨Sir赶快跑过去，使劲掰开蛇头的嘴，却怎么也掰不开，蛇头就像一把铁钳，死死镶嵌在包子的手背上。包子疼得快晕厥过去，如果说，被鼯鼱咬到会承受常人难忍的剧痛，那么被有毒的响尾蛇咬到，痛楚还会翻一倍，因为蛇毒属于神经毒素。更可怕的是，被喻为最毒响尾蛇的西部菱斑响尾蛇咬过后，如果没有及时处理，绝对有丧命的危险。

杨Sir急了，赶忙掏出匕首，将响尾蛇从嘴部横切开，硬是将蛇头割成了两半，然后再把蛇牙拔出来。包子的伤口隐隐发黑，他一边捏着手腕，一边大声咒骂："他妈的鬼地方，没被活蛇咬到，居然被死蛇给咬了一口，老子就是死了也不甘心。"

听到"死了"两个字，我的心顿时漏跳了半拍。刚才杨Sir已经说了，救援队最快也要明天才能出发，赶到这里至少也是下午了。可是蛇毒的毒性很强，根本撑不到那个时候，而我们的急救包里没有任何救治蛇毒的药物。想到这里，我管不了许多，握着包子的手，想把蛇毒吸出来，杨Sir拉住我说："不能这样，不光救不了他，你也会中毒的。"

"那怎么办？"我大声叫了起来。

杨Sir显然也想到了白天被杀的那条蛇，非常懊恼地说："是我疏忽了，响尾蛇在咬噬动作方面有一种反射能力，而且不受大脑影响，即便身体其他功能已经停顿，只要头部的感应器官组织没有腐烂，依旧可以探测到十五厘米范围内发出热量的生物，自动做出袭击的反应。"

说话间，包子的额头已经冒出一层冷汗，呼吸也比刚才微弱了不少，这是蛇毒正在快速侵蚀他的神经。

　　"真的没有办法了吗？"我扶着包子的肩膀，他的肩膀虽然清瘦，却用他坚忍的毅力逃过了两次劫难，只是这一次，就连他自己也知道，也许他的命数已经到了尽头。

　　"算了，波斯，阎王要我三更死，绝不留我到五更。也是我包小康在劫难逃吧！"包子虚弱地抬了抬手，"可惜啊，我给自己改了个名字叫小康，结果死的时候还是个穷光蛋。"

　　包子开始说胡话，他的声音越来越小，我的脑子完全蒙了，不知道自己该怎么办，只能扶着他，看着自己的好兄弟渐渐衰弱下去。这种感觉非常痛苦，我的双手开始颤抖，目光从杨Sir移到吕方阳，再从吕方阳移到扎伊尔，我知道自己的眼神一定无助极了，因为我看到吕方阳痛苦地避开我的视线，杨Sir脸色苍白，眼中有些飘忽不定的东西，而扎伊尔则跪倒在地，对着黑漆漆的夜空不住作揖。

　　"还没有完！"半晌，杨Sir的声音就像是从牙缝里蹦出来的。他掏出卫星电话，拨通了一个电话号码，用命令的口吻说，"你马上安排直升机过来，要快，我不知道自己的具体方位，但我会尽量多的点燃火堆。记住，你必须马上过来。"

　　杨Sir的这通电话给我带来一线希望，我知道他没有打给救援队，但我根本不关心他打给了谁，只要能救包子，就算是世界上最恶毒凶险的人，或者对方下一秒就会取走我的生命，我也愿意合作。

　　"你打给了谁？"吕方阳问。

　　杨Sir淡淡地说："你很快就会知道了。"说完，他让我们全都去收集枯树枝，尽可能多的做火堆。我和吕方阳、扎伊尔立即行动起来，先用树枝和碎布条做了几个火把，然后一人举着一支，四处寻找枯树枝。由于我们拿着火把，响尾蛇都不敢靠近，没过多久，我们就做了七八个火堆。

　　直升机来的速度比我们预料中快了许多，只用了不到一个小时。飞机稳稳地停在我们当中，一个熟悉的身影出现在我们面前，这个人就是布朗克，他带着一如既往的微笑，朝我们信步走来。

　　吕方阳见了他，顿时面色铁青，转身质问杨Sir："你说的救援就是这个文物贩子？我早就跟你说过，不能跟他合作，他是学术流氓，为达目的什么卑鄙的事都做得出来！"

　　"可现在能救包小康的人只有他。"杨Sir的声音很无奈。

吕方阳非常生气，一拳头砸在杨Sir的脸颊上："你怎么这么没骨气？布朗克不会白白帮忙，他一直觊觎塔克拉玛干的文物，一定会利用这次机会敲诈我们！"

"照你这么说，包子就只能死在这个鬼地方？"我问。

"他死得其所！"

我知道吕方阳是个非常率直的人，但没想到他会这样回答，一颗心像是被人狠狠拧了一把。文物的确宝贵，但比起这些冷冰冰的古董，包子却是活生生的人，他的血是热的，他重感情，讲义气。如果世界上真有什么东西是无价的，那就是人的生命。

杨Sir没有还手，我挡在他面前，对吕方阳说："如果布朗克真的要利用我，只要他能救包子，我愿意为他做任何事情。"

我的声音很大，一旁的布朗克听到了，忍不住侧过头来看了我一眼。

吕方阳一时语塞，双手紧紧攥成拳头，却再也没有挥起来。

另一边，扎伊尔已经从飞机上取下一副担架，和布朗克一起把包子抬到了担架上，然后送上飞机。布朗克见我们争执不下，摇摇头说："中国人啊，一个人是龙，两个人变成虫，三个四个就全成了鸟人。你们到底还救不救他？"

我和杨Sir赶忙跟上，只有吕方阳一个人还站在原地，背脊挺得笔直，就像一颗钉在地上的胡杨树。我们全上了直升机，杨Sir的视线一直停留在吕方阳身上，他犹豫一下，对我说："这样不行，留他一个人在这儿，铁定是死！"

说完，他跳下飞机，快步冲到吕方阳面前，二话不说，一个劈掌打在吕方阳的后脑勺上，将他打晕在地。杨Sir对我做了个手势，让我过去帮忙，我们俩一起将吕方阳抬上了直升机，这才对布朗克说："可以走了！"

飞机直接飞到且末县人民医院，将包子送去紧急救治，由于我们全部被蝲蛄咬伤，也在医院做了全身检查。

包子终于脱离了生命危险，我们在杨Sir的强烈要求下，全部留院观察几天。布朗克替我们办理好了入院手续，我和杨Sir又在一个病房。杨Sir告诉我，其实布朗克早就和他联系过，还说要一起合作寻找织锦图的下落，杨Sir原本也考虑过合作的事，但发现吕方阳异常坚决地反对，所以打消了这个念头，不过，昨天夜里的情况非常紧急，为了救包子的命，他也管不了许多了。

"你说，那个布朗克真的会要求我们帮他偷运国宝吗？"我忐忑不安地问。

杨Sir说："织锦图在什么地方还不知道呢，不过可以肯定不是布朗克干的，毕竟觊觎沙漠宝藏的人很多。再说，布朗克这回是真的救了我们的命。如果他不提出过分要求，我还是愿意帮他的，你说呢？"

我若有所思地点点头："话说回来，董胖子真的在寻找织锦图吗？他会不会还留在沙漠里？如果织锦图真如吕教授所说，是一幅隐秘的水脉地图，那和我们在土洞里发现的地下水源有没有关系？还有，我一直很介意那句预言，'伊比利斯毁灭万物，万灵之主却留下了五彩宝石，它将指引人们走向圣地，在那里，潜藏着沙漠之民最后的希望……'这句话是什么意思？"

"天知道，说不定，五彩宝石就是布口袋里那五颗石头。"杨Sir笑着摇摇头。

"五彩宝石不应该是彩色的吗？"我反驳道。

"不清楚，不过我觉得这五颗石头挺奇怪，先是出现在奇怪的壁画上，然后又出现在女尸的肚子里。而且看上去不像普通石头，从材质来看，有可能是矿石，甚至陨石。我过几天就把石头拿去地质研究所检测一下，看看到底是什么东西。"

"也好，壁画上两次出现独目人，石头上又刻着一只眼睛，会不会这是独目人的标志？"我提出自己的假设。

杨Sir摇摇头，表示他毫无头绪。就在这时，隔壁病房传来吕方阳的吼声："我没病，我要出院，你们不要拦我！"

紧接着，又传来扎伊尔的声音："你被鬺鲭咬伤了，必须仔细检查身体，验血结果要下午才能出来……"

我和杨Sir同时叹了口气。扎伊尔和吕方阳住在同一个病房，其实吕教授早就醒了，他刚才始终一言不发，只是盯着天花板发呆，现在又嚷嚷着要出院。杨Sir想过去看看，我劝他说："算了，吕教授正在气头上，看到你说不定更吵得厉害。"

也许是扎伊尔的话起了作用，吕方阳还真的不闹了，也没有离开，我在门口偷偷看过去，他又恢复了之前的姿势，躺在床上发呆，也不知道在想些什么。就在我以为他会逐渐冷静下来的时候，意外的事情又发生了。

第十六章　死亡沙尘暴

几天后，杨Sir离开医院，将石头拿去地质研究所化验。包子虽然脱离了生命危险，但现在身体很虚弱，正在休息。我的伤看似严重，其实都是皮外伤，没有伤及筋骨，经过几天修养，已经好了许多。这一天，我闲来无事，想去找吕方阳聊聊天。

就在这时，扎伊尔跑过来，问我看没看到吕教授。我微微一愣，问他："吕教授不是和你一个病房吗？"

"我出去上了个厕所，回来他就不见了。"扎伊尔很着急。自从那天晚上来医院后，吕方阳的状态一直不对劲，明眼人都看得出来。

我一听急了，赶忙问扎伊尔："不见多久了？"

"有一个小时了。"

我暗叫一声"坏了"，吕方阳一定是想不开那天晚上的事，所以悄悄想离开了我们。我不禁有些懊恼，怪自己太过大意，吕方阳和我们不同，他的书生意气一上来，铁定会犯傻。我早该想到他会离开。

且末县虽然是个县城，但面积并不小，大约十四万平方公里，在全国县城面积排行榜上排第二，第一就是距离且末不远的若羌。吕教授离开医院，照他的性格，会去什么地方呢？

我突然想到：吕方阳不是个半途而废的人，这次没有找到织锦图的线索，他一定不甘心，加上他现在正在气头上，容易冲动，很可能会再次进入沙漠寻找线索。这是一个非常危险的举动，他没有设备，又孤身一人，进入沙漠肯定有危险。

想到这里，我赶忙离开医院，买来一份地图。从且末进入沙漠，最安全也最快速的方式是走且塔公路，这条公路从且末直插塔克拉玛干腹地，将沙漠拦腰劈成两半，使且末至塔中再到库尔勒的距离缩短了很多，不仅是一条大漠腹地观光旅游的黄金通道，也打破了制约且末经济发展的瓶颈，是一条非常重要的运输线路。

事不宜迟，我马上赶往汽车站。乘坐最快的一班汽车，赶往塔中，希望能在那里遇到吕方阳。等候开车的这段时间里，我的心情说不出的焦急，暗自祈祷吕方阳千万不要一个人做傻事。就在汽车开动前一分钟，我突然看见车窗外走过一群奇怪的人，这群人身材高大，穿着清一色的六色迷你套装，和我在血棺部落、胡杨枯树林里见过的尸体穿着完全一样。这群人全都低着头，表情非常严肃，快速从车窗外走过，但我还是从他们低矮的帽檐下看到了白色的皮肤和蓝色的眼睛。

他们不是中国人。

我暗自一惊，这已经是我第三次看到这群人了，他们是什么人？为什么会三番五次出现在我的面前？难道我被他们跟踪了？

这个念头一冒出来，我就觉得胸口一阵压抑，被人跟踪的感觉非常难受，因为这意味着我的一举一动很可能都在别人的注视下，就像背后无端多出一双无形的眼睛，使我无所遁形。

一时间，我的心跳开始加速，脑子本能地想要逃避，双眼却不由自主地盯着那群人，看着他们越走越远，直到消失在我的视线后，我的双眼还没有收回来，仿佛眼睛有了自我意识，想要以其人之道还治其人之身，探出他们的来历和目的。

汽车赶到塔中时，天色已经全黑了。顾名思义，塔中就是塔克拉玛干的中心地区。再次来到沙漠腹地，我的心情有些复杂，塔中和我想象中完全不同，这个地处塔克拉玛干核心的地方居然是一片绿洲，大片胡杨树林的环绕下，绿色植物成片覆盖在沙地上，街道两旁绿树成荫，花圃里种植着美丽的花卉，黄花矶松、旋复花、锦鸡儿、细枝黄芪……红的黄的点缀其间，各有各的妩媚，各有各的娇俏。走在街道上，我仿佛穿越时空，来到南方的小城，完全与有"死亡沙漠"之称的塔克拉玛干绝缘了。

只是，绿洲虽美，却依旧地处沙漠腹地，临近边缘时，我已能感受到天空中无所不在的沙尘了。这些比面粉还细的尘土漫天飞扬，肆意钻进我的鼻孔和嘴巴里，就连吞咽的唾液里也含了不少细沙，滋味很不好受。

我突然发觉自己犯了一个错误，出发前，我一心只想着把吕方阳追回来，所以走得匆忙，除了一块表，什么装备也没有带。就连坐在前往塔中的车上，我还一门心思想着用什么说辞去说服他。到了目的地才猛然醒悟，我就这样把自己送进沙漠，不是和吕方阳一样吗？

有了这个警觉后，我决定在塔中住宿一晚，等杨Sir赶来后再作打算。

塔中是国家有名的石油基地。夜幕降临，街道两旁行人不多，我向路人打听了招待所的地点，正想往回走，突然听见两个女人在聊天，其中一个说："那个人也不知道怎么回事，居然敢一个人往沙漠里冲，拦都拦不住。"

另一个说："是啊，而且当时天都快黑了，不知道这个人怎么在沙漠里过夜。"

我听了心头一动，她们聊的八成就是吕方阳，于是我三步并两步走过去，问她们白天那人走的哪个方向，其中一个女人指着前方说："就那个方向，他还租了匹骆驼，说要去精绝遗址，应该是往西走了吧！"

精绝遗址？果然是吕方阳没错，我的心中一阵焦急。赶忙又问："请问现在去哪儿能租到骆驼？"

"这都几点了，还租骆驼？"一个女人说，"小伙子，你不要在晚上进沙漠，虽然晚上温度低，不过沙漠里很危险。"

我说："谢谢你们的建议，不过今天下午进沙漠那人是我的朋友，我一定要去找他。"

"原来这样啊！"女人指着前面说，"左拐第二家店在出租沙地摩托，虽然现在关门了，不过店主人就住在铺子上，你敲门就行了。"

我谢过她们，拐进了左侧的巷子，果然在那里找到一家沙地摩托租用店，租来一辆摩托车。沙地摩托和普通摩托车不同，前后各有两个轮子，非常小巧方便，老板告诉我，在沙漠里，沙地摩托非常方便，只要开好了，爬沙包的能力特别强，没路的地方也叫以走，而且车上配了一个微型导向仪。不过必须注意，因为油量有限，沙地摩托最多只能深入沙漠二十公里。我大约估算了一下，如果连夜赶路，应该可以追上吕教授。他出发时间不长，现在没准儿在某个地方宿营也不一定。

租好摩托车，我找老板要了一瓶备用油放在车上，又去小卖部买来十几瓶矿泉水，几张馕，一个护目镜和一个手电筒，将水和馕装进背包里背好，把护目镜挂在脖子上，然后给杨Sir去个电话，说我要进沙漠去追吕方阳。杨Sir让我别冲动，他明天就会赶过来。

"吕教授很可能会出事，我必须马上去找他！"我虽然知道沙漠里的危险，但好歹不是第一次进去，有了些经验，"放心好了，我有租沙地摩托车，运气好的话，明天天亮就可以带着吕教授回来了。"

杨Sir还想说什么，我不想听他多啰唆，索性挂断了电话，朝西方向出发了。这个时候，我作为菜鸟缺乏经验的问题又冒了出来，因为我忽略了一个非常重要的常识：虽然我很乐观地以为，再深入沙漠二十公里内就能找到吕方阳。但我的出发点并不是沙漠边缘，而是沙漠腹地。

来到边缘地带，我正准备出发，突然看见前方一个熟悉的身影，仔细一看，正是吕方阳，他在前面来回踱步，身旁立着一头骆驼。估计他白天进入沙漠后，心中还是有些发怵，所以趁着没走多远又回来了。

我赶忙走过去，正要和他打招呼，吕方阳也认出了我，立即警觉地朝后退了两步："别过来！宋方舟，你和布朗克是一伙的，我瞧不起你！"

"你这人怎么就这么死脑筋？我们也是为了救包子。"一见吕方阳这么激动，我立即乱了阵脚，原本打好的腹稿全都扔到了脑后。

"反正我再也不和你们在一起了！"吕方阳说得斩钉截铁，一边说一边骑上骆驼，往沙漠里走去。

我忍不住暗自叫苦，没想到自己的出现起了反作用，本来吕方阳都回来了，现在被我一激，他的书生意气又上来了，想拦都拦不住。

看着吕方阳一步步踏进沙漠，我心中非常着急，现在是晚上，虽然夜晚出行可以避开白天的高温，但也存在许多潜在的危险，更何况他一个人，怎么能让人放心？无奈之下，我只好启动发动机，跟了上去。

沙地摩托开起来的确非常轻便，比我想象中速度快很多，而且摩托车上有个小型的GPS，所以我不用担心会走错方向，一直跟着吕方阳朝西方开进。大约三个小时后，沙漠里突然刮起了沙尘暴，狂沙在漆黑的夜空中肆意舞动，飞旋着掠过苍茫大漠，发出令人毛骨悚然的怒吼。我一边开，一边瞅瞅旁边的吕方阳，他居然头也不回地继续朝前走，丝毫没把我放在眼里。我真是哭笑不得，回头想想，自己这是受的哪门子罪？

还好，吕方阳虽然是个文弱书生，基本的沙漠常识还是具备的，他刻意避开在沙包下行走，因为塔克拉玛干属于流动性沙漠，躲在沙包下很可能会被迅速掩埋。所以，如果实在找不到遮蔽物，只能就地蹲下来，用衣服遮住口鼻。

风沙越来越大，又过了半个小时，终于到了不能再往前走的地步，我暗叫一声倒霉，悻悻地蹲在摩托车的背风面。还好我戴着防护镜，还能偶尔睁眼瞧瞧四周的状况。沙尘暴的规模并不算大，但在风速最盛的半个小时里，我还是感觉到呼吸困难，越是在这种时候，沙的细腻就显得愈发可怕，因为这些沙尘会在人猝不及防的时候钻进所有可以钻的缝隙里，其中也包括我的手表和车载GPS导航仪。对这些比面粉还细的沙尘来说，任何仪器的接合处都是可以侵袭的目标，而且一旦灌进去，仪器就很可能会受损，之前我就听说过有电视台在沙漠里录制节目，最后上百万的摄像器材全部报废。

吕方阳也停止了前进，想缩在骆驼背后避过这场沙尘暴。谁知他忘了捆住骆驼的后蹄，骆驼受到惊吓，提腿就跑，吕方阳猝不及防，一个踉跄摔倒在地上，瞬间就被埋没在滚滚沙海之中。

我急坏了，但这时候我自身都难保，根本不可能冲上去找他。大约过了一个小时，沙尘暴终于停了下来，我整个人完全可以用灰眉土脸来形容，只要埋下头，再用手拨弄头发，沙子就像瀑布一样往下滑。

来不及清理自己，我快速冲到吕方阳消失的地方，拼命地挖起来，那里已经堆起了一个小沙丘。挖了很久，我却怎么也找不到他。难道吕方阳被风沙吹到了别的地方？

我想倒回去找人求救，还好摩托车没有损坏，但车载GPS导航仪出现故障，根本无法使用了。由于风沙的吹动，沙丘改变了原本的模样，和来时完全不同。加上我被刚才的沙尘暴吹得七荤八素，没有导航仪，我根本辨不清方向。

我深呼吸一口气，抬头看看天，天空中布满浓浓的沙尘，遮住了原本清亮的夜空，完全看不到星星，用北极星指引方向的打算也只好落空。这个时候，我才意识到问题的严重性，在沙漠腹地孤身一人，又失去了导航设备是一件多么可怕的事，没经历过的人一定无法想象。黑夜虽然冷清，却并不寂静，我的耳边，风吹沙发出的呼呼声时大时小，就像魔鬼的催命符。对这片茫茫沙海来说，我只能算得上是一颗沙粒，面对自然强大的肆掠，我根本就毫无还手之力。

失去了导航仪的指引，我就等于失去了继续倒转回去的勇气，茫茫沙海，四周没有任何参照物，更何况这里是沙漠腹地，根本没有寻常概念的路，周围除了沙丘还是沙丘，我很可能走错方向。

这个想法让我本来就忐忑的心情更加害怕，如果我走错了方向，就算挨到天亮，杨Sir也未必能找到我。摩托车上的油耗表显示，最多还能行驶十公里，如果在这十公里内我还没能辨清方向，就只能在沙漠腹地步行。这样一来，变相等于是宣布了我的死刑。

我根本没想到事情会发展成这样，原本只想把吕方阳给找回去，结果现在只能眼睁睁看着吕方阳深陷险境，却无法救助。黑暗中，摩托车灯投射出一束孤独的光，在漫天黄沙的黑夜中挣扎，就像我此刻的心情，虽然拼命想要在心中撕扯出一片光明，却依旧抵挡不过前路茫茫带来的无助和彷徨。

在这种情况下，死亡沙漠的恐怖之处显露无遗，我越是仔细思量，就越觉得可怕，顿时丧失了继续努力的勇气，既不敢前进，也不敢后退。突然，摩托车的灯光晃动了一下，我的视线立即被吸引过去，虽然待在这里，我很可能会遭遇下一场沙尘暴，但由于四周没有阴凉处，我也不太可能会遇到蛇虫鼠蚁，除了漫漫黄沙，还有什么会动呢？

就在这时，灯光又晃动了一下，似乎有什么东西正在灯光前挥舞。我顺着光束走过去，突然看到一只手，这只手在光束下胡乱挥舞了几下，停下来，又挥舞几下。我的视线移出光束，转到黑暗中，顿时吓了一跳，一个头显露在沙堆上方，身体几乎全部被黄沙掩埋，只剩下头和拼命探出的一只手在努力挣扎。

这个人，正是吕方阳。

我在沙地里刨了这么久，没想到他居然自己爬出来了。

我赶忙拍去吕方阳身上的沙土，把他给拉了出来。大难不死的吕教授一边喘气一边猛咳，因为他越是喘气，就会呼吸进越多的细沙，刺激喉咙，引起更激烈的咳嗽，这是沙漠里的又一个常识。不过吕方阳此刻显然顾不了那么多，活下来比什么都强。

缓过气后，吕方阳告诉我，刚才沙尘暴到来的时候，他一时疏忽，没把骆驼捆起来，不然也不会这么狼狈。

经过这次大难不死，即便我不把事先想好的说辞抬出来，吕方阳也打算回去了。当一个人处在濒临死亡的状态时，任何冲动和愤怒都会被求生的渴望代替。

"看来，我这次孤军入沙漠，的确太莽撞了点。"吕方阳一边用水漱口，一边不好意思地说，"幸好你还有辆摩托车，等我休息一下就回去吧！"

我真是哭笑不得，他还不知道，我现在和他的处境一样，前不能进后不能退："吕教授，你的导航仪还在沙里面吗？"

"别提了，导航仪骆驼背着，现在我什么东西都没有了。"

我一下子懵了，对他说："这回我俩算是背到家了，我的导航仪也坏了。"

吕方阳愣了愣，显然觉得意外，但他马上拍拍我的肩膀说："没关系，等天亮了，我们观察太阳升起的方向，直接朝东走，一定能找到回去的路，幸好你带的水还能支撑一阵。"

我一听，心中不觉踏实了许多，吕方阳提点得对，虽然现在看不清星星，但白天还能看到太阳。太阳从东方升起，我们只要沿着东方走，就一定能回到塔中。

想到这里，我的心情轻松不少，取出馕递给吕教授，我俩把馕掰开，就着矿泉水吃，虽然又干又硬，总算能吃下去。

吃了点儿东西，吕方阳有了力气，他长长伸了个懒腰，仰面躺在沙丘上说："这已经是我第二次大难不死了，看来，老天爷暂时还不想要我这条命。"

我突然想起吕教授的神秘经历，虽然之前也想问，但总也找不到机会，现在反正闲着，索性问道："吕教授，你之前曾失踪过是吗？"

"是啊，他们是这样说的。"吕方阳叹了口气，"你一定从新闻上看到了吧？不过很遗憾，我知道的并不比媒体报道的更多。你在报纸和网站上看到的内容，已经是我知道的全部了，而且这其中还有相当一部分是后来别人告诉我的，比如说我居然失踪了大半年，刚听到的时候，连我自己都下了一大跳。"

"那你还记得大半年以前的事吗？"我又问。

"记得，不过……"吕方阳的眉间闪过一丝痛苦，"不是什么好事情。"

"哦？是吗？"我的好奇心上来了。

吕方阳点点头："算了，告诉你也无妨。去年，我出了车祸，我的夫人在车祸中不幸丧生了，我也失去了直觉，然后，等我醒来时，已经出现在若羌县的医院里，医生告诉我，有人在罗布泊找到了我，当时我脱水症状非常严重，而且没穿衣服。"说到这里，吕方阳的眼中升起浓浓的迷惘，"我也希望有人能告诉我，为什么我会出现在那种地方？"

我不解地问："既然你车祸当时就失去了知觉，怎么确定你夫人已经过世了？说不定……"

吕方阳摆了摆手："我醒来后，好友姜峰看到媒体的消息，连夜赶到若羌，还带来了我夫人的骨灰盒。我昏迷大半年，醒来看到的第一样东西居然是妻子的骨灰盒，你能想象我当时的心情吗？"

我能感觉到吕教授话语中透出的沉重和痛苦，轻轻点了点头。

"我把妻子的骨灰盒埋在了家乡，然后回到塔克拉玛干，想要找回这大半年里失去的记忆，碰巧在民丰文物馆里遇到了你们。"

"原来是这样。"我终于明白，为什么初见吕方阳时，他的眼中总是闪烁着痛苦和迷茫。

"不过，我还有一点不理解，吕教授，在甬道里，你看到那幅壁画后，像是想到了什么，是不是之前在什么地方见过独目人？"

提到独目人，吕教授突然眨了眨眼睛，满面疑惑地问我："我有吗？"

"怎么你不记得了？"我又想起当时吕方阳神色的异样，不禁非常奇怪。

吕方阳痛苦地摇摇头："不记得了，我们真的在甬道里见过独目人吗？"说到这里，他又像想起了什么，突然长长哦了一声，"好像见过，在梦里。"

这个解释真让我哭笑不得。吕方阳却煞有介事地解释说："独目人这个名字，说起来其实你也不陌生。荷马史诗《奥德赛》里，就有关于独目人的桥段。说奥德赛从特洛伊战场撤离后，在返乡途中遭遇了独目巨人的袭击。为了逃跑，奥德赛用红酒灌醉了独目巨人，趁他酣睡的时候，用火红的木签将独目人仅有的一只眼睛戳瞎。为了截住奥德赛，独目巨人守住洞口，只准羊只出入。奥德赛等人急中生智，一个个抱紧羊腹，终于逃了出去。当然，这只是神话故事，但历史上关于独目人的传说并不在少数。"

"《山海经》是一部上古奇书，在其中的《海外北经》、《海内北经》及《大荒北经》里都曾经上就曾提到过'一目人'或'一目民'，所谓'有人一目，当面中生'。公元前七世纪，古希腊人亚里斯底阿斯从黑海出发，向东行至中国的阿尔泰山一带，前后花两年时间，完成了有史记载以来西方人最早的中国之行。亚里斯底阿斯将自己的这次旅行见闻写成《独目人》一书，书上记载，阿里马斯普人人口众多，勇悍善战，畜牧发达，羊马成群。他们毛发鬈鬈，面貌奇特，只在前额当中长着一只眼，故名'独目人'。他们经常与看守黄金的阿尔吉帕人战斗，以争夺黄金，阿尔吉帕人又被称作秃顶人。《独目人》中的描述与《山海经》不谋而合。

"在《历史》一书中，记载了中亚北部的三个民族：秃顶的阿尔吉帕人、伊赛顿人和独目的阿里马斯普人，他们分别分布在哈萨克丘陵、伊犁河与楚河流域、阿尔泰山麓。公元前四世纪写成的《穆天子传》里，讲述了阿尔泰山和额尔齐斯河上游的地理、民族状况，与希罗多德所写的独目阿里马斯普人居地十分相似。"

"秃顶人？"我不禁一愣，"就是生活在阿尔泰山脚下的秃顶人？"

"是啊，现在的阿尔泰山麓还保留着许多石像，石像全没有雕刻头发，而且下颚浑圆，有明显的蒙古人种特征。有专家测过石像的年龄，发现这些石像的历史至少超过三千年，应该属于上古青铜时代的作品。"吕方阳回答道。

我若有所思地说："没想到，独目人和秃顶人是对头。"

吕方阳见我神色不对，赶忙问："怎么，看你的样子，是不是想到了什么？"

我点了点头："其实，我好像认识秃顶族的文字，那是一种奇怪的文字，就像跳舞的火柴棍儿小人。那种，那种……"我很想把自己的意思表述清楚，一边说，一边比划起来。

"那你读过用秃顶文撰写的古文记载吗?"吕方阳一下来了精神。

"见过。"答出这两个字时,我突然发现自己的大脑停顿了,只是机械地回答,"在,在梦里。"

吕方阳一下子笑了。我这才反应过来,我的回答和他刚才的回答如出一辙。而且当我说出"在梦里"三个字时,一点儿也不觉得这个回答很荒谬。

"你呀!宋方舟。"吕方阳仰头看着灰蒙蒙的天空,"我们真的很相似,都是一根筋直肠子,心地善良缺心眼儿,又都经历过不寻常的事。像我们这样的人,就应该待在沙漠里,沙漠之神会夺去不属于我们的东西,也会把属于我们的东西还回来……"

沙漠中刮起一阵风,沙土借了风势,和着呼啸的吼声,再次席卷而来。我突然想起塔克拉玛干里流行的传说,风是伊比利斯的化身,沙漠中所有的谈话经过风的过滤后,都会传入它的耳朵里。

阳光终于在黑暗中撕开一条缝隙,将血红的光芒投射大地,就像一道光的瀑布,瞬间便倾倒而下。看到如此绮丽的场景,我的心却是一阵莫名心悸,吕方阳的声音在呼啸的风声中变得恍惚,我能听到他说的最后一句话是:"你相信人有灵魂吗?"

沙尘暴又来了。

狂沙很快模糊了天地间的界限,刚刚露出头的阳光显然不堪一击,瞬间就被黑暗击碎。我的眼前只剩下巨大的黑幕,铺天盖地般翻滚而来。不绝于耳的怒吼随即而至,震穿皮肉,直刺入我的灵魂深处。我暗叫一声不好,赶忙背对沙浪跪倒,然后扯起衣服蒙住口鼻。风沙就像巨大的力士,疯狂地拍打我的背脊,就在这时,我突然感到胳膊一阵生疼,扭头一看,吕方阳居然正在拧我的胳膊,他的表情和我一样痛苦,脑袋以一种非常别扭的姿势扭转过来,用一只手捂住眼睛,视线却努力从缝隙中瞧向另一个方向。

我不明所以,微微转身,朝他注视的方向看去。

汹涌的狂沙深处,阳光终于刺穿沙尘,在微弱光芒中彰显沙海的奇迹,那是一片密集的建筑群,数不清的屋舍高低错落,不见边际,有连绵不绝的城墙,有高处富丽堂皇的宫殿,更远处,尖顶圆墩的佛塔中有隐隐的烟雾飘过,仿佛虔诚礼佛的僧侣正在用膳。所有建筑都只有一个模糊的影子,神秘的古城高大魁梧,就像被罩上了一层土黄色的雾气,在朦胧中展现自己的辉煌和骄傲。

那是什么?我惊呆了。神秘失落的古城吗?

又一阵狂沙袭来，我几乎无法呼吸，赶忙埋下头去，顺带扯了把吕方阳的衣服，伸出的手抓了空，我不得不再次抬起头来，发现吕方阳已经昏倒在地，黄沙正在迅速将他埋没，他虽然比我大不了几岁，身体却比我差了许多，根本承受不住这种程度的沙尘暴。我急坏了，拼命把他拖到摩托车后，沙浪再次袭来，我只觉得一片黑暗汹涌而至，就像无数匹脱缰的野马，瞬间就将我地埋在茫茫的沙海之中。

第十七章　鬼魅魔都

　　不知过了多久，我在一阵剧烈的头痛中醒来，撑起身体，干涩的喉咙阵阵发疼，四肢也觉得酸软无力。我拍了拍身上的沙土，然后转身去看吕方阳，顿时，我的双眼瞬间睁大，眼前的场景让我目瞪口呆。

　　四周没有了熟悉的黄沙，只有古老的民居和经过夯筑的地面。从一截断裂的围墙可以看出，民居全部采用木骨泥墙的建造方法，用胡杨木和红柳枝搭建起屋舍的框架，然后在框架外涂上很薄的泥土，这样可以弥补泥土沾合性不足的缺陷。部分民居的泥层内外涂抹了白灰，绘上朱红色的漩涡、花卉图案，应该算是比较奢侈了。土屋都是平屋顶，上面覆盖着芦苇、麦草和土；房门全是单扇，没有后门，而且大多屋舍没有窗户，应该和风沙肆掠的恶劣环境有关。

　　吕方阳坐在我旁边的地面上，他和我一样捂着脑袋，看样子也头疼得厉害。

　　"这是什么地方？宋方舟，是你把我带到这儿来的？"吕方阳一边说，一边揉着太阳穴。

　　我也不知道该怎么回答他，于是回答说："如果我告诉你，我们是被沙尘暴刮到这儿来的，你信吗？"

　　"刮？"吕方阳的嘴张成了大大的O型，发音就像声带受损的青蛙，"怎么可能？这儿到底是什么地方？"

　　我苦笑一声："我还等着你告诉我呢，你不是研究考古的吗？你看这周围的房子，哪儿有咱们二十一世纪的风格？"

　　听我这么一说，吕方阳终于冷静了些，他站起来，仔细打量四周。街道静得出奇，地面上除了一层薄沙，没有任何垃圾。阳光没遮没挡地直射下来，看似毒辣，气温却并不像看上去那么高，至少我从地上爬起来时，并不觉得十分烫手，和在沙漠中的感觉完全不同。

两旁的民居全都大门紧闭，其中一家的门口倒挂着一捆谷子。谷穗依旧橙黄，就像刚打下来不久一样。另一户民居左侧有个土台，上面摆放着几只破碎的瓦罐。似乎主人家正打算晾晒什么东西。

我们一边走一边观察，越是往前，心中的疑惑就越深。这里是什么地方，为什么四周的房屋如此完好，就像主人刚刚离开，不久就会回来一样。可偌大的城市里分明就没有半点生命的痕迹。我们甚至在一处房舍前发现一只晒成干尸的狗。这只狗并没有被拴起来，估计主人离开时就预感到自己不会回来，所以故意解开了绳索，可这条狗并不打算离开，他不知道主人的去向，只好一直守在家门口，直到饿死。

类似的场景不止一处，我们还在一户民宅的围栏里发现五只成了干尸的羊羔，羊羔全部蜷缩在围栏的出口，也许主人离开时粗心，忘了放走可怜的羊羔，也许是他以为自己不久后就会回来，所以没必要顾虑这些小家伙。

我们来到一户民居门前，有那么一瞬间，我甚至在思考应该用什么样的语言向主人作自我介绍，因为这些房舍太过完好，晃眼一看，和沙漠内陆的许多民房非常相似。吕方阳说，由于木骨泥墙的建筑耐风耐沙，直到现在，大麻扎、卡巴克·阿斯卡尔、尼雅河股内散落的民居依旧保留了这种古老的建筑方式。

轻轻推开门，我的手有些许颤抖。千年前古人的生活方式立即呈现在眼前。首先映入眼帘的是土炕，土炕紧贴三面内墙铺展开来，形成凹字形，宽约一米五，高五十厘米上下。吕方阳走过去，手从土炕外缘抚过，他和我一样，手在微微颤抖："没错，这里肯定是一座消失的古城，古代沙漠居民都喜欢这样的土炕，白天待客，在炕上铺好布、毯、摆好水果可以待客，晚上就用来睡觉。还有这个……"他指着墙角的一个陶瓮说，"这种陶瓮小口，底平，是一种又大又深的腹器，上面盖着木板，这类陶瓮，一定是用来盛酒的。我在精绝的佉卢文书上曾读到过，酒是精绝王国征税的重要项目之一。这个陶瓮是红褐色的，可见烧制的时候火候不够，中间夹砂，属于比较劣质的陶器。真正好的陶器火候很高，经过上千年的历史，敲打起来还是清脆作响。"

吕方阳一边说，一边打开陶瓮，虽然里面已经完全干枯，但听了他的一番讲解，我似乎能闻到一股子浓郁的葡萄酒味。

"你的意思是，我们进入了另一座精绝古城？"我问。

吕方阳完全进入了忘我的境地，他左瞧瞧，右看看，根本没把我的问题当回

事，就好像弄清状况、寻找出路是我一个人的事，他吕方阳只是来观光的。

我急了，一把抱起陶瓮，做出要砸的姿势。吕方阳这才慌了神，对我摆摆手说："不要着急，我不是正在找线索吗？"

为了防止我砸烂陶瓮，他领着我离开这户民居，继续朝前走去。但我发现他的眼神明显和刚来时不一样了，完全是一副如痴如醉的表情，没有丝毫的慌张。对古代世界的求知欲牢牢控制了他的大脑，就好比考古学家进入了一处千年古墓，只要能解开其中玄机，连自己的生死都不重要了。

的确，能亲临一处沙漠古城的遗迹是非常难得的，更何况是一个保存如此完好的古城。虽然四周处处充满怪异，无数疑团困扰着我们，但吕方阳总有办法将这些困扰统统放下，在他的心里，求知和探索远远压倒了内心的恐惧。虽然我很高兴看到一个大无畏的考古学家站在自己面前，但他的如痴如醉还是让我有些发怵，因为现在的吕方阳没有丝毫想要离开的渴望，和我形成了鲜明对比。

没多久，我们来到一片坟地，这是一片穷人的墓地，坟头垒起一个小沙包，沙包上方压着一块石头，坟墓前连块墓碑也没有，即便有也没用，因为沙漠里风沙很大，墓碑很快就会被吹走，即便是被埋葬在泥沙下的遗体，经过若干年后，也有被曝晒在外的危险。坟墓和周围的民宅一样沉静，应该说，这片土地从千年前开始，就没有热闹过，因为这是属于安息者的地方，容不得任何人打扰。

尽管如此，其中的几座坟茔依旧被打扰了，这些坟墓被刨开来，原先埋葬遗体的地方只剩下一个大坑，坑里还放着草篓或散落的珊瑚珠，遗体不知去向。看到这幕场景，我忍不住皱皱眉头，想不到那些可恶的盗墓者连穷人的坟墓也不放过。

再往前行，我们来到一处面积较大的屋舍，这间屋舍是普通民居面积的五倍，外墙涂抹了白灰，角柱位置还雕刻了精美的漩涡形纹饰，白灰质量不错，明显比刚才见过的那几处普通民居强，而且门也大出许多，只是同样没有窗户。

"这里应该就是官署了。"吕方阳一边说，一边领着我走进去，果然，推开房门后，正对面出现一张雕工精美的木桌，桌子四条腿雕刻着造型怪异的人头兽蹄，上面还涂了一层朱红色，虽然颜色褪掉不少，显得有些斑驳，但无损整个木桌的美观大方。

木桌旁整齐堆放着许多木牍，这些木牍我并不陌生，中间凸起，两头扁平，凸起处的中间有一道凹痕，凹痕上填抹了封泥，上面还盖着各种各样的印泥。吕方阳拾起一块木牍，非常感慨地说："你看，这块木牍上的印泥是希腊神话的智慧女神雅典娜，其他木简的封印上也都画着希腊诸神，爱神厄洛斯、大力神赫拉克勒斯，还有一些形态各异的男女画像。很显然，制作封印者很清楚各个神祇的主责，可以看出早在七世纪，西方的肖像画技法就已经沿着丝绸之路传到了中国西域。"

他又指着屋顶的角落说："再看那里，那是斗拱，汉晋时期由中原流入西域，西周以后，工匠们在中原独创了斗拱技术，斗拱从此成为房梁的重要部件，具有拉伸屋檐，防止雨水对土木侵蚀的功能。在具有支撑功能的建筑部件搭汇处加固，可以加大柱子的支撑面，也可以分散柱的压力，缩短横梁跨度。但是，沙漠王国无雨多风，全是木骨泥墙结构，斗拱就失去了实际用途。但我们在发觉许多遗址的时候，依旧能找到'斗'型部件，而且斗耳、斗腰、斗底的高比为2：1：2，和中原建筑法式的规格完全一样。只不过，斗拱在沙漠房舍里的作用不同，只是起到装饰的效果，让呆板的梁柱显得美观一些。我一直想要看一看完整无缺的斗拱，今天终于如愿以偿了。"

我对吕方阳的长篇大论毫无兴趣，只想知道这里是什么地方，于是没好气地问："说了半天，你倒是拆几个木牍瞧瞧，看看这里到底是什么地方，我们也好有点儿线索。"

吕方阳点点头，蹲下来，捡起这块木牍看看又放下，然后拾起另一块，看看又放下，总也舍不得拆开封泥，我的耐心快被磨光了，随便捡起几个木牍，解开绳子一拉，干脆的封泥便整块掉到地上，摔成了两半。

"哎呀，你在干什么你？"吕方阳心痛地捡起封泥，小心放在木桌上，这才打开木牍，认真读起来。很快，他的眼睛骤然睁大，眼中闪烁着兴奋无比的光芒，嘴唇还在微微蠕动，但我知道他不是在读这些佉卢文，因为佉卢文作为死文字早已失传，虽然能够解读，但没有人知道读音。吕方阳一定是在自言自语，说一些只有他能听懂的话。

为了不打扰他，我尽量表现得有耐心，学着他的样，解开木牍翻看，但上面这些驴唇般的文字就像天书，我的视线逐渐模糊，没过多久居然睡着了。

朦胧中，时空仿佛倒转，我又回到进入古城前的情景，四周黄沙遍野，狂风夹杂着沙土蜂拥而来，我背靠着沙地摩托，身旁是已经昏迷的吕方阳。冥冥中，似乎有一股力量正在重演我们进入古城的经过。面对大自然的肆掠，我感到前所未有的绝望。救助吕方阳是不可能了，我只能使劲闭上眼睛，拼命呼吸衣服过滤后的稀薄空气，尽管如此，我依旧觉得缺氧难受，胸口就像憋闷了一团火，肆意燃烧着想要冲出胸膛。大风劈头盖脸地袭击过来，虽然我知道自己无法抵御这股强大的力量，仍在生存本能的驱使下拼命抵抗。夹杂着沙尘的大风力量倍增，我能清晰感觉到头顶有一股向后撕扯的力量，仿佛风沙幻化成一只巨大的魔手，要将我的头皮整块揭掉，完美印证了塔克拉玛干有关风沙是魔鬼化身的传闻。

我的身旁，吕方阳已经被完全埋没，我知道他和我一样呼吸困难，虽然暂时没有断气，但死亡是迟早的事。

突然间，风似乎小了些，没过多久居然停了，突然而至的平静让我非常不适应，来不及多想，我赶快把吕方阳给拉起来，他声嘶力竭地干咳了两声，又昏迷过去。我下意识伸手去摸车上的矿泉水，手抓了空，这才想起，在如此剧烈的风沙下，水早就被吹没了。眼前是一望无际的沙海，身边是奄奄一息的吕方阳，而我自己也已经失去站起来的力量，绝望并没有因为风沙的暂时停止而离开，反而越发牢固地占据了我的心。我苦笑着摇摇头，嘴唇一张开，嘴角立即裂开了两条血口子，这是被风沙吹干了水分的结果。

风为什么会突然停止，我不知道，也不想知道。我唯一清楚的是，如果大脑一片空白，我会好受些。慢慢的，我摸出杨Sir送给我的那把匕首，轻轻抚过刀柄上那排奇怪的火柴棍儿小人。如果没有这把刀，如果没有刀柄上的刻字，我也许不会走到今天这步田地吧？这个世界就是这样，有太多的事说不清道不明。我沉思片刻，耳边又响起若有若无的风声，声音越来越大，越来越狂野。很快，一堵黑色沙墙凭空而起，直入天际，朝我翻滚而来。不难辨认，这次的沙尘暴无论强度还是速度都远远强过上次，风沙再次封住我的眼，我仰起头，发出一声凄厉的吼叫，然后用匕首割破了自己的脖子。鲜血从伤口流出，没有落下就被大风刮得无影无踪。猛烈的风沙叫嚣着冲过来，将我彻底覆盖……

"宋方舟，宋方舟，快醒醒！"

耳边传来吕方阳的声音，我睁开眼睛，发现自己依然斜靠在神秘的屋舍里，吕方阳就在我身边。我俩脚下摆满了木牍，有的拆过，有的没拆。吕方阳一手拿着木牍，叫了我两声，又埋头读了起来。这小子居然满脸的幸福，我有点儿心理失衡，如果他知道我刚才梦到的情景，一定不会是这副表情。

想到这里，我忍不住伸手摸了摸脖子，还好，脖子上没有伤口，但杨Sir送的匕首连同刀鞘都不知去向，也许落在沙漠里了。我不禁纳闷儿，难道梦境是真实的？如果这样，我们怎么可能在如此猛烈的沙尘暴里幸存下来？可如果不是真的，为什么我绝望的感觉会如此真实？在梦里，我居然有了轻生的念头。这还是我宋方舟吗？我虽然没什么本事，但绝不会想到轻生，老爸从小就教过我，生命最可贵，什么爱情、自由都不重要，好死不如赖活。这个观点根植在我的骨子里，不可能改变。

吕方阳见我神色不对，拍拍我的肩膀说："不要着急，我找着线索了！"

"什么？"听到线索两个字，我立即从迷惘中清醒过来，"知道这儿是什么地方了？"

吕方阳神秘地冲我眨眨眼，轻轻吐出两个字："你猜！"

我叹了口气，心想吕方阳一定是兴奋到极致，连未泯的童心都冒出来了，当下没好气地说："别绕弯子，赶快讲！"

吕方阳深呼吸一口气，就像发言人即将发表非常重要的讲话。他说："这里和精绝一样，是另一座神秘消失的古城。被学术界称作鬼魅魔都的且末古城。"

"且末？"我愣了愣，"且末县的且末？"

"字是没错，不过且末县并不是且末古城的所在地。"吕方阳纠正说，"且末在古代是且末国，小宛属地，《汉书·西域传》里记载，且末国位于鄯善国以西720里，精绝国以东2000里，也就是如今的车尔臣河附近。北魏时期的《宋云行记》对且末国作了详细记载，宋云曾路过且末古城，当时的且末古城仍然有居民，从事原始农业。但宋云之后的125年里，到了玄奘西行取经时，且末古城却已经没有人了。他描述道：'从尼壤东行入大流沙，沙则流漫，聚散随风。人行无迹，遂多迷路。四远茫茫，莫知所指，是以往来者聚遗骸以记之。乏水草，多热风。风起则人畜昏迷，因以成病。时闻歌啸，或闻号哭。视听之间，恍然不知所知所至，由此屡有丧亡，盖鬼魅之所致也。'玄奘对且末的描述虽然有迷信的嫌疑，却也说明进出且末非常艰难。到底这125年里，且末发生了什么事，人又到哪儿去了，没有人知道。"

"由于历史原因，很多人都知道楼兰和尼雅，但和这两处遗址同样神秘的且末却鲜为人知。据史料记载，三万多古楼兰人曾为了逃避战乱逃到且末，但是后来，且末也消失了，这些人不知所终。且末古城共有两座，现在的且末遗址属于唐代且末古城，而汉代且末古城至今没有找到。奇怪的是，虽然大家都知道这座古城的具体位置，史书上甚至有明确记载，却始终没有人发现。唯一一次历史发现是在1957年，中国科学院兰州沙漠研究所在且末境内从事考察活动，在沙漠里发现了一座古城遗址，据当时的考察人员回忆，那座古城保存得非常完好，城内地面上洒落了大量木牍，考察人员们随手带了十几枚木牍回兰州，后来，大部分木牍失散了，只留下两枚保存在甘肃省博物馆。后来，这两枚木牍被翻译出来，内容居然是公元三世纪左右鄯善国且末洲的一份法律文书。"

我睁大了眼睛："这之后，就再没人见过且末古城了？"

吕方阳点点头，然后又摇摇头说："当地世世代代流传着一个故事：传说沙漠里有一座城市，城市里到处都是珠宝，不过，这些珠宝都是魔鬼用来引诱世人的工具。凡是找到珠宝的人最后都会惨遭不幸。五十多年前，有五个老乡在金钱的诱惑下，结伴寻找且末古城，居然还真找到了一座古城，他们到了城的脚边，已经可以清楚看到泥培的城墙，却突然刮起沙暴，这五个人为了活命，只好离开。回来后，他们告诉别人，那座城就是且末古城，不过，古城已经被魔鬼占据，成了一座鬼魅魔都。

　　"这之后，考古人员为了寻找且末古城，耗费了大量的人力物力，他们达成了一个共识，寻找古城有两个基本要素：第一，古城位于车尔臣古河床的东岸；第二，且末古城距离现在小宛国的都城，也就是今天的莱利勒克古城有三天的路程，如果以莱利勒克为圆心，以三日路程为半径，由南向北画圈，在与车尔臣河古河床的交界处找到且末古城的可能性大一些。不过，这些都是理论，一百多年来，古城一直没找到，没想到被我遇见了，真是三生有幸啊！"

　　我微微一愣，吕方阳刚开始说起且末古城的时候我就觉得不对劲，只是没反应过来为什么，现在终于想明白了，他多次提到且末古城在车尔臣河古河床以东，但车尔臣河在塔中的东面，而我们明明是在往西面的精绝遗址前进。这么说来，到底是我们在沙漠里走昏了头，一直在南辕北辙？还是沙尘暴把我们往东边刮了呢？

　　我把这个严重的问题告诉吕方阳，谁知他居然无所谓地挥挥手，还告诉我："不管方式方法如何，结果总是好的，能发现且末古城，比什么都重要。这里可是连考古学者都称之为幽灵城市的古都。"说完，他还指着木牍上那些天书文字说，"你看这个，这可是且末王发放给官员的警示令，要他们严于律法，以身作则。"

　　我真是哭笑不得。对吕方阳来说，一座失落的古城就像巨大的珍宝，相比起来，大风把他往哪儿刮真的不重要。

　　说完这番话，吕方阳又埋头读起来。我无奈地叹了口气，索性让他看个够，自己先出去走走，希望能找到城的边缘。和吕方阳激动的心情不同，我反而有一种强烈的不祥预感。这种预感很快应验了，我往前走了很长时间，始终没有找到城的出口，倒不是围墙太高，把我围了起来，而是我每走到看似边缘的地方，四周就会变得伸手不见五指，漫天沙尘模糊了天地间的界限，就像一场用沙罩下的浓雾，根本无法挣脱，看不见前方，也看不见退路，行走其间，内心会被一种名为"未知"的恐惧紧紧抓住，最后不得不折返回去。城里虽然同样安静得出奇，好歹视线没有阻碍。这里没有风，没有漫天飞舞的沙尘，就连看似毒辣的日头也并不十分炙热。一切似乎静止了：古城，阳光，还有时间。

这是一个没有时间概念的地方，所有屋舍都完好保留着数千年前的模样。一些民居墙壁上挂着的皮质弯弓甚至取下来就能用，只可惜没有可打的猎物。尽管如此，我的肠胃并没有停止饥饿，咕咕叫的声音提醒我，现在该吃饭了。可我身边没有任何食物，也没有水。虽然墙上挂着金黄色的麦穗，但我实在没有勇气吃这些千年前的食物。静静躺在地上的动物干尸预示着我的未来，我突然觉得非常害怕，害怕自己真的永远也不可能出去。不知不觉中，古城正在无声摧残着我的意志，让我越来越恐慌，越来越绝望。

这种时候，找个人商量是最好的办法。我加快脚步，几乎小跑着冲回那座被吕方阳称作官衙的屋舍。吕方阳居然不见了，地上到处都是散落的木牍，吕方阳爱惜文物就像爱惜生命，他绝不可能把古物随地乱扔，除非遇到了非常紧急的事。这个想法让我的心骤然紧缩，因为我突然意识到，在这个看似寂静的空间里，危险也许一直在我们身边，从来就没有离开过。

走出衙署，我漫无目的地朝前走去，希望能发现吕方阳的踪影，手表早就无法使用了，身处如此寂静的空间，人的时间观念很容易变得淡薄，说不定，手表就算没坏，我也会认为是多余的。就在这时，我发现古城中心有一座佛塔，佛塔圆顶方座，属于典型的西域古典式佛塔建筑。走进塔内，我立即被眼前一尊巨大的佛像吸引了，佛像盘膝而坐，身体线条流畅，却唯独没有头，说不出的怪异。四周壁画也非常精美，和在精绝土城地下甬道里看到的一样，壁画里的供养人和佛像都具有典型的多人种混杂特征，有高鼻蓝眼的西欧人，有下颌和鼻翼都很窄的印度人，还有黄皮肤矮鼻梁的中原人。他们全部虔诚跪拜在佛像脚下。但所有人物有一个共同特点，它们的眼睛和嘴都被抠去，原本细腻的脸部轮廓也因此多了几分阴森。

这座佛塔里，到底发生了什么事？

第十八章　沙漠羊皮卷

　　我围着佛像走了一圈，眼角余光突然扫到一个影子，影子一晃而过，瞬间就消失在佛塔入口。一定是吕方阳！我赶忙冲出去，外面依旧是一片可怕的死寂，别说人，就连风吹草动都没有。

　　我的精神有瞬间的恍惚，那个人影真的是吕方阳吗？人影速度奇快，显然对古城非常熟悉，按理应该不是吕方阳，但如果不是他，又会是谁呢？这个疑问在我心中一闪而过，我不能允许自己有这样的疑惑，因为我担心自己的信念如果再有丝毫的动摇，也许就会彻底放弃希望。

　　四周再度回归寂静，孤独就像一剂慢性毒药，正在逐渐侵蚀我的灵魂。我完全失去了方向，不知道接下去该怎么办。阳光刺入我的眼睛，我立即眯起眼，朝阳光直射的方向望去，那是坐落在高岗上的宫殿，宫殿气势恢弘，外墙刻满了精美的纹饰，历经千年，色彩鲜艳的门扉依旧悄然矗立，像世人昭示昔日的繁华。门楣顶端镶嵌着一圈铜镜，镜子将阳光反射过来，正好映到我身上。

　　我鬼使神差地走了过去，爬上高岗并不费力，在近处看，才发现高岗是人工堆积而成的土坡，土坡一侧有条向上的石阶，石阶上刻满了精美的漩涡型图案。登上高岗，我站在土坡上向下看，不禁深呼吸一口气，高岗下密集分布着许多民居，其间夹杂着大型衙署和佛塔。城市左右各有一条大道，直通佛塔，佛塔位于城市中心，至高无上的皇宫却坐落在城市西北角落，这样布局主要是出于安全的考虑，且末和精绝一样，是个弹丸小国，兵卒仅有几百人，万一外敌入侵，寡不敌众，王室成员就会朝东逃去。另一方面，将佛塔置于城市中心，也方便统治者观察民众的朝拜情况。

　　再往远处看，情景却完全不同，大量沙尘模糊了古城的边界，根本就看不到围墙。似乎古城外的世界幻化成了一片虚无，除了悬浮的沙土，什么也没有。

皇宫面积比我想象中大很多，除了面对城市的宫殿外，后面还有大片已经干枯的胡杨树林和葡萄园，大自然的鬼斧神工将这里打造成了另一处天地：干枯的藤蔓互相缠绕，错综复杂，有的像弓腰驼背的老人，有的像四处乱窜的巨型老鼠。我还发现了一条类似秋千的藤蔓，忍不住坐上去摇了摇，藤蔓居然还很结实。

葡萄园的前方，大型殿舍错落分布，虽然也有大小高矮之分，但即便是只有衙署大小的房屋，也刻绘了精美的纹饰。吕方阳介绍过的斗拱在这里随处可见，全部精雕细凿，华贵大方。部分屋舍甚至效仿中原的建筑风格，放弃传统的圆顶，改建成方形的顶盖，还在四角装上了石刻麒麟角。可见汉晋时期，中原文化对西域的影响非常之深。

我随便选了一道门进入皇宫后舍，皇宫和民居一样，所有的门都虚掩着，似乎住在里面的王室成员只是外出打猎，很快就会回来。打开木门的一瞬间，我觉得自己简直是在做梦。如果是在千年以前，我这样走进国家最高象征的王宫，铁定会被处死。

我选择的房间是卧室，卧室中央摆放着一张华丽的胡杨木床，床上挂着精美的白色纬纱，显然是女性的房间。房间一侧的胡杨木桌上还摆放着铜镜和木梳，我走过去，轻轻擦掉铜镜上的灰尘，镜子里立即显现出一张异常憔悴的脸。我猝不及防，忍不住浑身一激灵，镜子里的我明显瘦了许多，头发不仅凌乱，发丝间还夹杂了许多沙尘，和家乡街角的叫花子有的一比。

我不禁感慨着摇摇头，突然，一个身影从我身后一晃而过，我猛然回头，身后却什么都没有。也许是眼花了，我想。尽管这样安慰自己，镜子却不敢再照了，赶忙放下，镜子映照出床左侧的一堵墙壁，墙壁上隐隐显出一个黑洞。

我不禁纳闷儿，这里所有的民居都是木骨泥墙式的土木结构，怎么会有黑洞？于是慢慢走近床边，果然在墙壁上看到一个黑洞。洞不大，里面似乎有什么东西，仔细一看，居然是一只干枯的手，手上还捏着什么物件。我又是一惊，下意识想要离开，想想又不对劲，土木里怎么会有尸体？

我忍不住伸手摸去，那只手的手腕上居然挂着一把钥匙。我将钥匙取下来，仔细端详，这是一把铜质钥匙，造型非常独特。即便我对历史一知半解，也知道其中定有玄机，很可能，钥匙的主人涉及一场神秘的宫廷政变，被杀死后埋入墙壁，但她把解开玄机之门的钥匙藏了起来。

这扇神秘的门在哪里？

130

我心头一动，走出卧室，将钥匙插进每扇门的锁孔里，希望能找到对口的门，可我忙碌了很久，却没有一扇门对得上号。就在我准备放弃的时候，后庭葡萄园旁的一间小房子吸引了我的注意，比起其他建筑，这间独户小屋并不起眼，小屋的门同样虚掩着，门的左侧刻着一个东西，我走过去，发现刻印似乎是一个箭头符号，但细细看又不像，因为箭头的下方有一个前端尖利的半圆，更像是一把铲子。古人也用这样的铲子吗？我好生奇怪，忍不住伸手去摸了摸，下一秒，我突然发现不对劲，因为这个刻印和普通刻花纹饰不同，显然是新刻上去不久。

是谁？为什么要在墙壁上刻铲子？

我不禁想起刚才两次看到的人影，人影一晃而过，速度很快，显然对古城非常熟悉。但如果这个人不是吕方阳，又会是谁呢？

"这是沙漠路标。"

吕方阳的声音突然在我身后响起。我吓了一跳，猛然回头，看清楚来人的确是吕方阳，这才松了口气："什么沙漠路标？"

"1900年，斯文·赫定开始了自己的第二次塔克拉玛干之旅，一行人抵达罗布泊北岸后，来到一处看上去能打出淡水的地方，决定掘井取水，却发现唯一的铁铲丢失了。随行的一名向导被派回原路去寻找，此时暮色迫近，饥饿的向导找到铁铲后连夜返回，不料路上狂风大作，漫天的风沙使他根本无法前行。沙暴过后，他的眼前突然出现了高大的泥墙和层叠不断的房屋，一座古城奇迹般显露出来。向导将这一发现告诉斯文·赫定，赫定立即赶到那里，就此发现了震惊中外的楼兰古城，那位向导就是奥尔德克。因为发现了楼兰古城，奥尔德克成为著名的发现家，而那把机缘巧合的铁铲也从此被冠以'沙漠路标'的美称。不过……"吕方阳停顿一下，继续说，"也有人说，那把铁铲上附有魔鬼伊比利斯的魔咒。自从楼兰古城被发现，大量文物古迹被掠夺和破坏，在沙漠中沉睡了数千年的古城从此万劫不复。无数心怀贪婪的人踏进了被称作生命禁区的沙漠，最后变成黄沙下的枯骨。所以，'沙漠路标'也被视为魔鬼引诱世人的工具，是不祥的象征。"吕方阳耐心地解释道。

"没想到，一把铲子还有这么多典故。"我忍不住感慨一声，"这把刻在土墙上的铲子，真的就是传说中的'沙漠路标'？"我停顿片刻，突然睁大了眼睛，"不对啊！你说的典故发生在一百年前，可这处遗址至少有上千年的历史，照这样看来，铲子是……"

"是新刻上去的。"吕方阳印证了我的疑问，他凑到刻印面前，仔细瞧了瞧，顿时眉头紧锁，"奇怪啊！难道这里面还有其他人？"

说到这里，他若有所思地看看我，我马上摇头说："别看我，我又不是三岁小孩儿，没事在墙壁上涂鸦玩儿。"

吕方阳叹了口气："算了，反正现在弄不懂的问题已经够多了，多这一件也不多。走吧，既然有人留下路标，我们就该进去看看。"

我们推门而入，屋内比其他房舍暗了许多，我从庭院里折来一根枯树枝，想点火照明，这才想起没有我们没有任何引火工具，只好作罢。一时间，我真的很怀念包子和杨Sir。包子有打火石，杨Sir有打火机。

好在日光还能照射进来，虽然昏暗了些，总好过没有。

屋舍里只有一张土炕和简单的工具，应该是园艺工住的地方。毕竟王宫后院很大，需要专人打理是应该的。

房子不大，我们很快就仔细检查了一遍，并没有发现什么可疑的地方。吕方阳不禁有些失望，他走出屋子，望着墙壁上的沙漠路标发呆。

我跟着走出来，忍不住问："对了，你不是在看木牍吗，怎么到这儿来了？"

吕方阳的神色有瞬间的恍惚，但他很快就反应过来，说："我在一份类似历史档案的木牍上看到一段文字，公元前180年，匈奴攻占且末，王室成员全部东逃，直到公元前62年，也就是汉宣帝继位以后，汉王朝派遣军队，击败匈奴，且末王室的后裔才回到故国，重振家园。"

我似懂非懂地眨眨眼睛，不明白他的话和我的提问有什么关系。

吕方阳指着地面说："来，坐下，我先给你讲一段非常重要的西域历史。"

我本想让他别绕弯子，但历史也是我感兴趣的东西，索性在他身边坐下。

吕方阳理理嗓子说："公元前140年，汉武帝刘彻接位，他是一位具有雄才大略的君主，迅速改变父辈祖辈们对北方强大敌手匈奴王国的退让政策，以祖辈积蓄下来的军事、经济力量为基础，反击游牧帝国的不断侵扰，阻断他们对北方农民的掠夺。因此，他很快定下了"同西域，寻羽盟，共击匈奴"的战略。这就有了公元前138年张骞出使西域，招引大月氏东归的行动。这些事看起来好像和沙漠里的弹丸小国无关，却非常深刻地影响了他们，沙漠不再是他们与世隔绝的屏障，精绝、且末这些不起眼的国家更是因为独特的地理位置，引起了不少陌生人的关注。"

"汉武帝派遣张骞出使西域前的36年，也就是公元前176年，匈奴曾派人向汉王朝通报，他们已经'定楼兰、乌孙、乎揭及其旁二十六国，皆以为匈奴，诸引弓之民，并为一家。'西域主要地区已经在匈奴的统治之下，其统治西域的最高领导

'僮仆都尉'就驻扎在今天的库尔勒附近。这就决定了张骞及其后续者要想进入新疆，必须绕过匈奴重点控制的地区，也就是天山以北草原、天山南麓人烟稠密的丝绸之路北道，在塔克拉玛干南缘寻找通路。在沙漠中来去，对人的体力和精力都是重大考验，所以地处南道上的沙漠小国，也就是精绝、且末、拘弥、于阗等成了丝绸之路南道的重要中转站。尽管如此，南道的交通条件仍然非常恶劣，到处都是茫茫沙海，很容易迷路，通西域当然不能依靠这样的交通。"

"所以，汉武帝刘彻终其一生，为了彻底击溃匈奴进行了持续不懈的努力。最后开河西四郡，联乌孙，征大宛，收楼兰，用心经营以罗布卓尔、若羌地区为中心的鄯善。经历了数十年的风风雨雨，到汉宣帝刘询继位时，情况终于有所改变：经过鄯善王国，沿阿尔金山、昆仑山西行的道路已经完全打通，汉宣帝还任命郑吉为卫司马，负责维护丝绸之路南道的交通往来，匈奴被完全赶出了塔克拉玛干南部，位于南道上的精绝和且末也为道路的畅通贡献了力量。"

"我读到的木牍正是处在这段大背景下，公元前180年，由于匈奴入侵，且末王族全部东逃，直到汉王朝打通西域南道后才返回国土。可好景不长，东汉初年，汉王朝国力衰弱，松懈了对西域的管制，且末又被鄯善所灭，王族再次逃亡。就在这个时候，一位公主神秘失踪，一直没有被找到。虽然且末复国后，王族曾派人四处寻找，后来却无果而终。"

"会不会，这位公主一直就没有离开过？"我来了兴趣。

"有可能，所以我才想来王宫看看。"吕方阳笑着说，"当然也不指望能真的发现什么，只是好奇而已。不论在哪个国家，经历过王朝更替的宫殿总是充满神秘，无数不为人知的政治阴谋都发生在这里。所以我每找到一处古迹，都一定要去宫殿里看看。"

"原来是这样。"我又将视线转移回那个奇怪的印记上，铲子的刻工并不好，线条歪歪扭扭，唯独下方尖利的部分刻得还算工整。我望着尖头，突然灵机一动，"会不会，我们一开始就找错了地方，铲子虽然是刻在墙上的，但尖头指着墙角。"

听我这么一说，吕方阳醒悟过来："对啊，赶快看看地上！"

我们顺着尖头所指的地方寻去，果然在地面上发现一扇木门，门上的锁孔和我手上的钥匙正好吻合。

"你哪儿来的钥匙？"吕方阳问。

我把发现钥匙的经过简单告诉了他，吕方阳不无感慨地说："真是老天的安排

啊！"

我很快将木门拉开，一条向下延伸的木梯出现在眼前，我们顺着木梯向下走去，来到一间用木柱加固的地下室里。首先进入眼帘的是一张巨大的胡杨木床，木床足有三米宽，床上躺着一具衣着华丽的女性干尸，干尸头戴花冠，身旁摆满了精制的干花，这些花虽然已经没有了水分，却依旧保持着美丽的色彩和形态。女尸躺在鲜花丛中，相貌清晰可见，她半闭着眼睛，长长的睫毛，小巧的嘴，美貌绝不输给小河墓地里那个著名的"小河公主"。

难道这就是那个神秘消失的且末公主？我不确定。她的表情非常安详，没有丝毫痛苦，就像睡着了一样。吕方阳不禁感慨："没想到，我居然有幸在这座神秘古城里见到千年前的且末美女。也许，在王族逃跑的时候，这位公主因为某种原因得罪了一位大人物，被悄悄杀死后藏在这里。后来兵荒马乱，当权者也顾不上追究，几十年后，凶手也许早就作古，活着的人只好声称公主失踪了。毕竟，在宫廷里发生这种事情很常见。"

虽然吕方阳仅仅是猜测，但听了他的话，我还是忍不住有些同情这位早逝的公主。这时，我注意到干尸手中握着一个木匣，这是一个做工朴素的木匣，虽然没有锁，但匣盖和匣身的结合处密封得很好。很显然，虽然木匣看似普通，接缝处的处理却非常精细，绝不弱于那些做工精致的珍品木匣。

匣盖是抽拉式的，我轻轻拉开盖子，发现里面又是一层本色棉布，由于没有经过漂染，布并不是雪白色，而是一种略微发黄的乳白，上面还有些淡色不规则的斑块，应该是在织布时留下的。

打开棉布，里面放着一张卷成一卷儿的羊皮，羊皮被熏制过，没有水分，却保持着不错的柔韧度。我慢慢打开羊皮，发现这居然是一张地图。

看到羊皮卷，吕方阳显得异常激动，他几乎颤抖着接过羊皮卷，仔细读起来，虽然我不懂上面的佉卢文字，但看样子应该是一张古代西域的地图。

"西域三十六国，这是西域三十六国的地理分布图！"吕方阳非常兴奋地指着地图说，"你看，这是阿尔金山，这是昆仑山脉，对了，精绝位于沙漠腹地，当时的精绝叫凯度多（Cadeta）。地图上还标注：小宛、精绝、戎卢和且末都属鄯善国治下，这在《后汉书·西域传》中有明确记载。看来地图绘制的时间至少在西汉末年，和木牍上记载公主失踪的年代吻合。"

"西汉末年，统治阶级日益腐败，轰轰烈烈的农民起义终于灭亡了西汉王朝。之后，西域也失去了来之不易的安定，变得祸乱迭起，先是匈奴卷土重来，接着叶尔羌河谷的莎车王国以抗击匈奴为由扩张势力，一度成为西域大地的霸主，却没有给这片土地带来和平。东汉王朝初立，对西域各国要求重立西域都护的呼声无力回应，使西域大地各绿洲王国彼此攻击，小宛、精绝、戎卢和且末都被鄯善占领，渠勒、皮山被于阗统治，郁立、单桓、弧胡被车师所灭。后来这些国家经过抗争又复立，不过，没有人知道这些小国家具体哪一年复立。"

吕方阳望着地图，眼睛里闪烁着我从没见过的光辉，仿佛透过这张羊皮卷，他看到了千年前西域大地上的兵戈铁马，血雨腥风。就在这时，他的眼神中闪过一丝惊异，我顺着他的视线望去，顿时叫出声来："这个，这个是怎么回事？"

第十九章　五星齐聚

地图右上角有一排字，居然是一排整齐的汉字，内容是：五星齐聚。汉字下面还画着金木水火土五种元素的象征符号。汉字加上符号，立即让我想起了被盗的五星出东方织锦图。难道织锦图和这张羊皮卷有什么关联？

很快，吕方阳发现了新的线索：地图上的五个地方标注了金木水火土的符号，这五个地方分别是：阿尔金山，精绝南缘的胡杨树林，小河墓地，太阳墓地，且末古城。

"五星齐聚，五彩宝石……"吕方阳喃喃自语，他眉头紧锁，努力寻找着头绪，"伊比利斯毁灭万物，万灵之主却留下五彩宝石……五彩宝石和五星齐聚会不会有关联？伊比利斯指的又是什么？难道是西汉末那个战乱不断的年代？五彩宝石会指引人们走向圣地，圣地又在哪里？"

望着吕方阳如痴如醉的表情，我无奈地摇摇头，我和他一样毫无头绪，但从地图上，我们至少知道了五星指代的具体地点，总算是有了一点收获。

"宋方舟！"吕方阳突然大叫一声，把我吓了一大跳。

"宋方舟，织锦图，我要马上看到织锦图！"他似乎想到了什么，神情也变得非常焦急。

"我也想看，但我们首先得出去！"我叹了口气。

"出去？对啊，我们得离开这儿，才能看到织锦图。"吕方阳恍然大悟，焦急地问我，"那我们怎么才能出去呢？"

我说："谢天谢地，你终于想要出去了。不过很遗憾，我不知道出去的方法。"

"怎么可能，这里是座城，是城就有边缘。"吕方阳一边说，一边冲出地下室。我赶忙跟上，领着他来到王宫的高岗上，吕方阳向下看，终于看到了古城边缘浓浓的沙幕。漫天沙土完全将去路模糊成虚无，长、宽、高，所有的计量单位都在沙雾中失去了意义，天地间没有界限，抬头是天，低头是土的常识在那里全然无用。那是一个可怕的世界，甚至比汹涌的沙尘暴更加可怕。它会在不知不觉中消融一个人的意志，然后把全部灵魂和思想幻化在漫天沙土中，再也找不着归路。

"真的一点办法都没有吗？"吕方阳完全呆住了，因为有了出去的渴望，他第一次开始为自己不妙的处境感到焦虑。

"有啊。"我望着漫无边际的沙幕，无奈地说，"除非再来一次沙尘暴。"

"沙尘暴？"

"你忘了我们是怎么进来的吗？"我问。

吕方阳恍然大悟："你是说，只有沙尘暴才能吹散悬浮在空气里的沙土？"

我点点头："纠正一点，不是沙尘暴，是很强的沙尘暴。"

"强到什么程度？"

"不知道，也许，和我梦中那场沙尘暴的强度一样吧！"我又想起那个奇怪的梦，巨大的沙尘暴像黑墙一般向我压倒过来，黑墙中有躁动的空气涌动，似乎一只巨兽正隐藏其中，它被困已久，在巨型沙墙中左冲右撞，吞噬一切被沙暴吸入的生物。

如果是这样的沙尘暴，也许有可能把沙尘给吹散吧！

吕方阳苦涩地笑笑："你小子，别学我说话的口气好不好，我是真的失忆了。"

我没有辩解，因为没这个必要，天边的日光开始逐渐黯淡，黑夜即将来临，如果说，白天的古城里充满各种怪异的气息，那晚上的古城又会是什么样子呢？我又想起那个两次一晃而过的人影，忍不住浑身一激灵。

我们又回到那间衙署，吕方阳虽然也急着想出去，但他和我一样清楚，在夜晚踏入那片诡异的沙尘，不过是用一种黑暗代替了另一种而已。至于为什么要选择这间衙署，吕方阳说：如果晚上和一堆书睡在一块儿，他觉得心里头踏实点儿。

事实上，我很不想和一堆古卷待在一起，这些东西是古董，也是遗物。不光这里，古城里的每样东西，包括房子，全都是遗迹，它们的主人早已过世，而我们不过是意外的闯入者，用文艺复兴那阵的话来形容：我们就是异端，是不允许出现在这里的存在。

趁着日头还剩下一点儿余光，吕方阳又掏出那卷羊皮卷仔细观察。他的眉头拧成了一团，眼睛瞪得老大，似乎这样，肚子就不会那么饿了。

我突然很想念自己的家乡，小地方清闲，人们闲来无事，就喜欢聚在一起聊天喝茶，最有时间观念的地方就是饭馆儿。每到中午，我和包子就忙得跟猴子似的，但总能准点儿吃饭。现在可好，连几点钟都不知道，只知道肚子饿，也不知道饿了多久，多影响健康啊！

肚子饿的感觉很难受，我必须赶紧想点儿别的，把思绪拉出来。

"喂，你这个沙漠羊皮卷让我想起一件挺有趣的事，想不想听？"我问吕方阳。

"嗯，说吧！"吕方阳有些心不在焉，他的注意力还是在羊皮卷上。

"听说过霍拉德的羊皮卷吗？"

吕方阳点点头说："听说过，霍拉德是混迹在印度洋上的一个法国海盗头子，印度洋里有一个被喻为海上绿洲的美丽群岛，名叫塞舌尔。由于地理位置得天独厚，塞舌尔群岛曾被海盗们当作路标。1731年，被捕后的霍拉德拖着沉重的锁链被带到断头台下。当刽子手们把绞索套进他脖子的最后时刻，霍拉德突然向蜂拥围观的人群中扔出一卷羊皮纸，大声喊道，'有谁弄懂我的羊皮纸，谁就去找我的宝藏吧！'从此以后，无数人前仆后继地去寻找宝藏，但由于藏宝图上的标记晦涩难懂，所有人全部无功而返，不光如此，寻宝人还因为寻宝耗尽了自己的积蓄，变得穷困潦倒。"

"怎么你比我了解得还清楚啊！"我不服气了，"那你说，这个霍华德是不是在和世人开玩笑啊？"

"没有人会在临死前开玩笑。"吕方阳摇摇头，"事实上，霍华德的宝藏并不是海市蜃楼。法国'寻找宝藏国际俱乐部'掌握着一份和霍华德宝藏有关的材料，包括一份遗嘱、三封信件和两份说明书。这些东西属于另一个知道宝藏秘密的海盗——贝·德莱斯坦。"

我微微一愣，不禁怀疑，在考古方面还有什么是吕方阳不知道的。谁知他突然抬起头，望着我说："你的问题问完了，该我问了。"

"你有什么问题？"

"我问你，伊比利斯毁灭万物是什么意思？"吕方阳停顿一下，继续说，"我再问明白点儿，伊比利斯指代什么，万物又指代什么？"

"伊比利斯指代沙漠魔鬼，万物就不用说了，万事万物呗！"我想也不想就回答。

"错！"吕方阳摇摇头，"伊比利斯指代魔鬼这大家当然都知道，不过在那句古老的预言里，应该不是这个意思。我觉得，这句预言既然刻在精绝国的胡杨树林里，里面的伊比利斯就应该指代精绝国的敌人。我刚才也说了，西汉末年，精绝、且末曾被鄯善吞并，也就是说，伊比利斯会不会是指代鄯善？"

　　"道理是没错，不过……"我想了想，说，"用伊比利斯比喻鄯善好像有点儿大材小用，鄯善国的势力范围充其量也就够吞并周边几个小国，伊比利斯可是沙漠魔鬼，整个塔克拉玛干都是它的势力范围。"

　　听了我的话，吕方阳突然醒悟过来："对啊，我怎么没想到这点呢？没错，不是鄯善，那就应该是匈奴。西汉初期，也就是汉武帝登基前后，匈奴曾控制了几乎全部西域地区，还设立了'僮仆都尉'，也就是说，伊比利斯应该指代匈奴，只不过，时间推算是在公元前176年以前，也就是说，预言里的伊比利斯也许指代西汉初期的匈奴。"

　　我点点头："你这样推算也不错。"

　　吕方阳来了精神："那好，我们再说万物，中国历史上第一次提到'万物'，是在先秦时期的老庄学说中。道教讲求内外兼修，认为天地万物由'道'派生。所谓'一生二，二生三，三生万物'，而阴阳五行又是滋生万物的根本。五行相生相克，万物由此应运而生。也就是说，谚语中的'万物'也许正是指代五行。"

　　"那就是金木水火土？"我想到了什么，"羊皮卷上标注了五行分别指代的地方，这么说起来，伊比利斯毁灭万物，意思其实是指匈奴人毁掉了地图上那五个地方？"

　　"没错，虽然匈奴人毁掉这五个地点的事发生在西汉初期，那时候西域和中原沟通不畅，按理阴阳五行学说无法流入西域。但如果说，预言是在西汉中期或末期留下的，那就说得过去了，那时候汉王朝已经打通了丝绸之路南道，来自欧洲，印度和中原的文化大量流传过来，道教的传播也在其中。斯坦因在1931年获得的26枚汉代木简中，就有很多件和东汉末年王莽新朝有关。汉朝奉五行学说，认为汉为火德，王莽代汉，土能克火，所以王莽奉土德。从'万物'这个词，我推测胡杨木上那句预言至少是西汉中后期之后留下的。"

　　"那就奇怪了，这五个地方有那么重要吗？先是匈奴人破坏了这些地方，几十年后，又有人留下预言，说什么万灵之主留下五彩宝石……"我想到了什么，突然停顿下来，"等等，你怎么知道这五个地方被破坏了？"

　　吕方阳指了指地图，发现天已经全黑下来，我们什么也看不见，索性把羊皮卷收好，对我说："我们不妨作一个推测——精绝国南缘的胡杨树林我们已经去过了，那里已经成了死亡森林。就连精绝人用来藏身的土城也被烧掉。也就是说，有人故意赶走了精绝城里的人，让城市荒芜，然后切断水源，让尼雅河水流不到那里去。胡杨树没有水，自然渐渐枯死了。在五行里面，胡杨树林指代木。

"再说且末古城，整座城几乎从地图上消失了，这招很绝，我一直没想明白古人是怎么做的。反正除了你我，这座且末古城到现在还没有被人发现，成了真正的鬼魅魔都。在五行里面，古城指代土。"

"再说小河墓地，那里是一处古墓，至少三千多年历史，但是古墓也可以作为五行元素的象征。小河墓地旁有一条不知名的小河蜿蜒流过，但不知为什么，这条小河被人切断了。还有，墓地四周方圆五公里的地方没有任何人类居住过的痕迹，这明显有悖古人随墓而居的生活习性，所以我认为，很可能有人将小河墓地附近的人群赶走，然后切断了小河，这才导致今天的墓地如此荒芜。在五行里，小河墓地指代水。"

"太阳墓地就不用说了，墓穴由七圈排列有序的木桩环绕，七圈之外是呈放射状的列木，每条放射列木有十米之长，每座墓用690根木桩构成，一共六座墓，就像六个太阳面向蓝天，一个连着一个，落成在干净细软的黄沙中，埋葬的死者全是男性，而且全部头朝向东方，丧葬习俗应该属于太阳崇拜。太阳墓地和小河墓地属于同时期墓葬，小河墓地上方全部插着高达两三米的胡杨木柱，可为什么用作太阳崇拜的太阳墓地上插的却是又短又粗的胡杨木桩？有可能，这些木桩原本也是木柱，只不过后来被人为砍断了。五行当中，太阳指代火。"

"最后是金，阿尔金山地处藏北高原北缘，南北界于柴达木盆地和塔里木盆地之间，东西与祁连山和昆仑山两大山脉相连。山脉东西两端高，中间低，海拔4600米以上的地段孕育着现代冰川。据说，当地人民看到常年积雪的山峰在阳光的照耀下发出灿烂的光芒，就把这座神秘的山称作金山，阿尔金在维吾尔语里的意思就是'金子'。所以，阿尔金山可以在五行中指代金。"

"其他四个还说得过去，不过这个'金'就有点儿悬了，匈奴人不可能把山给毁了吧？"我好奇地问。

"当然不会，不过，他们可以毁掉路。古代西域，虽然人们出行大多依靠骆驼穿越沙漠，没有固定的路线，但是，与沙漠路线同样重要的，好像还有一条马道。第223号佉卢文木牍记载，鄯善王给精绝州牧达罗耶下达命令：僧吉罗将出使于阗，本来决定由精绝御牧提供一匹专用马，却未提供。僧吉罗最后只得出钱租了一匹马，租金要由精绝御牧提供。这件文书清晰透露了一个信息——用马代步去于阗。马当然不能穿越沙漠，也就是说，一定存在一条马道。而这条道路最大的可能就是阿尔金山和昆仑山前的冲击扇边缘。那里虽然有戈壁砾石，但更多是荒漠植被，对这样的道路稍加清理就可以行马，而且经常使用。既然是马道，每隔一段距离就应该有驿站，可我们没有在阿尔金山或昆仑山边缘发现任何古驿站的痕迹。有可能，这些驿站后来被人为拆除了。"

"照你这么说，好像也有点儿道理。"我若有所思地说，"不过，匈奴人会相信中原的五行学说，费那么大劲去毁掉象征五种元素的地方吗？"

"这个，我就不知道了。"吕方阳感慨一声，"不过，说来奇怪。虽然汉武帝打通丝绸之路南道后，这些沙漠小国确实兴旺了几十年，但好景不长，两汉后期，西域三十六国先后从沙漠中神秘消失。其中一些国家，比如且末和精绝，不光消失，还消失得非常蹊跷。几十年间，几千人的城市就莫名其妙全空了。而且汉代且末古城的具体位置到现在还是个未解之谜。所以我猜测，既然每一个王朝都有自己的龙脉，那西域三十六国的龙脉很可能就是这五个地点。五行一毁，沙漠国度也跟着消亡了。"

"可这五个地方已经被毁了，沙漠小国又有什么办法挽救呢？"

"五彩宝石。"吕方阳的语气突然有些改变，"五彩宝石可以挽救被毁的五行之所，至于怎么挽救，我也不知道，但很可能和织锦图有关。'五星出东方利中国'，五星齐聚东方是难得的瑞兆，也许，有了五彩宝石，就可以成就五星齐聚东方的奇迹。"

"真的？"我突然想起杨Sir的话，他说：我们从那具精绝女尸肚子里找到的五颗石头，也许就是五彩宝石。虽然"五彩"这个词容易让人误解为五种颜色，但如果石头是指代五种元素，那就说得过去了。可如果那五颗石头就是五彩宝石，上面刻的独眼又是什么意思？

想来想去，这些都只是猜测，所有一切都必须等到出去后才能印证。可我怀疑，我们是不是真的能挨到走出去的那一刻。

吕方阳没有说话，但我估计他在黑暗中点了点头。我们都说了很多话，没有水喝，话越多只会越口渴。索性心照不宣地闭上嘴，先睡一觉再说。

第二十章　藤蔓流沙

　　漆黑的夜晚，尽管身边有同伴，也会觉得孤独。我本来穿得就单薄，加上坐在冰冷的地上，没睡多久就被冻醒。肚子依旧在不停地抗议，喉咙也干到快冒烟了。我很清楚在沙漠中一天不饮水意味着什么，头一阵阵发晕，我估计自己有些脱水。

　　四周一片寂静，我没想到吕方阳睡得那么死，下意识摸了摸，身旁居然没有人。我浑身一激灵，赶忙站起来，朝稍远处摸去，脚不时会踢到地上的木牍，虽然声音不大，在漆黑死寂的空间里却显得那么震撼。

　　吕方阳去了什么地方？他会不会和我一样睡不着，所以出去溜达了？我这样一边安慰自己，一边摸索着走出屋舍，街道同样凄冷，虽然悬浮在空中的沙土极力阻止月光的射入，仍有少量光亮成了漏网之鱼，于是，我可以看到四周模糊的框架。身处宁静的城市中，我能清晰感受到千年历史带给古城的厚重和神秘。尤其黑夜，在街道上摸索前行，我的心跳无来由沉重了许多，仿佛这座古城要将自身的厚重强加到我的身体上，让我的心脏和着古城一起跳动，然后越来越沉，直到无法负担。

　　我不得不一直做着深呼吸，只有这样，心脏才能承受我本已经非常疲惫的身体。吕方阳在什么地方？也许我可以不用找他，可理智告诉我，我必须找到他，因为他是我唯一的伙伴，因为在我的潜意识里，古城并不像表面上那么平静。

　　也许是夜晚太过宁静，我的听觉变得异常敏锐，没走过多久，我突然听到细细的流水声，潺潺的水声径直流进我心里，滋润着我的灵魂，我和吕方阳已经一整天没有饮水了，没有水，我们也许坚持不过明天。我的脚步不自觉快了起来，心中升起强烈的渴望，虽然我知道在这座沙漠古城里找到水的可能性微乎其微，但我不能放弃尝试，这也许是我最后的希望。

　　就这样，我一直朝着水声走去，四周越来越空旷，浓浓的沙土呛得我不停猛咳，可眼前依旧什么都没有，只剩下流水声越来越强烈地刺激着我的喉咙。我暗叫一声不好，自己多半是出现了幻听，想要折转回去，路却已经消失在了茫茫的黑暗中，身处其中，我仿佛觉得自己的身体也在渐渐消失，只剩下一颗越来越沉重的心脏，在茫茫大地上无助地跳动。

"宋方舟，起来了！"

吕方阳的声音突然响起，我猛地睁开眼，发现自己还在衙署里。四周依旧黑暗，不过多了点儿光亮，能看到前面木桌模糊的轮廓。原来又是梦，我长长松了口气。

"你怎么比我睡得还死？"吕方阳焦急地说，"走吧，去找出路。"

"现在？"我站起来，头昏沉沉的，还没反应过来，吕方阳已经一个箭步冲了出去，我只好跟上。天还没有亮，但凄冷的街道已经显现出轮廓，看来太阳很快就要出来了。

"等等，昨天也你看到了，古城边缘全部是悬浮的沙尘，我们根本就走不出去。"我可不想跟着他像没头苍蝇一样到处乱走，这样只会消耗掉我们本就剩余不多的能量。

"那你说怎么办？"吕方阳反问我。我一时语塞，不知道该怎么回答，因为我和他一样毫无办法。沉默间，阳光透过沙尘照射下来，虽然我看不清太阳的方位，阳光却在我的身后留下一条长长的影子。

"对了。"我茅塞顿开，"方向，不管我们在什么地方，太阳永远从东方升起，阳光初升时照到我们身上，形成倒影，所以影子所指的地方一定是西方。"

吕方阳顺着我脚下的影子看去，眼中升起希望的光芒："不错，我怎么就没想到？"

"不光这样，有了方向，我们还可以把古城里停滞的时间找回来。"我一边说，一边快速跑向昨天路过的曝晒场，曝晒场上放着一块表面光滑的石板。我们俩合力，将石板抬起来，正对东方斜靠在屋舍外的墙壁上，然后用民居里现成的工具，在石板中间钻了一个孔，把一根枯树枝插进去，枯树枝的影子倒映在石板上，我赶快在石板上下左右四个点上刻上印记，一个简易时钟就做好了。

我说："随着太阳的移动，树枝的影子也会移动，每转一圈是十二个时辰，有了它，我们就可以掌握时间了。"

"既然我们有了方向，就应该直接走出去，为什么还要待在这儿？"吕方阳问。

"因为前面外围还有一片浓得出奇的沙尘等着我们。"我无奈地说，"虽然我们有了方位，但只要一走进沙雾，很可能会迷路。再说，如果找不到水源，就算出去了，也只能渴死在沙漠里。我们现在最需要的并不是方向，而是水。"

吕方阳眼中的兴奋快速褪去，他叹息一声，索性坐在地上："那好吧，我们干脆就坐在这儿数时间篡了。"

"吕方阳。"我突然有种冲动，想将昨晚的梦讲出来，但又怕他说我无理取闹，"那个，你相信梦吗？"

"梦？"吕方阳没想到我会这样问，显得有些猝不及防，"也不是完全不信。弗洛伊德说，梦是欲望的满足，绝不是偶然形成的联想，即通常说的，日有所思，夜有所梦。人清醒的时候，大脑机能对欲望的控制非常强。可一旦人进入睡眠，大脑的检查机制就会放松，于是，狡猾的欲望伪装成各种各样的东西，潜入人的梦境。"

"都什么时候了，你别再卖弄学问了好不好？"如果在平时，我也许会饶有兴致地听他大谈理论，可现在的情况显然没有这样的氛围，"我换个问法吧，你昨天读了那么多木牍，有没有发现和水有关的记载？"

"水？"吕方阳望着天空，干裂的嘴唇嚅动几下，努力回忆着什么，半晌，他对我摇摇头，"应该没有。"

"是没有，还是应该没有？"我急了，恍惚中，我总觉得昨晚的梦境向我暗示着什么。

"应该……"吕方阳摇摇头，"我再回去找找吧！"

我点点头，自己先晃晃悠悠地站起来，却发现吕方阳试了几次，依旧坐在原地。看样子，他和我一样出现了脱水症状，只不过比我还要严重。

时间不等人，我把他拉起来，两个人互相搀扶着走回衙署，离开时，我顺手带走了刚才用来在石板上钻孔的小刀。

回到衙署，我将剩下的木牍全部拆开，吕方阳也没工夫拾掇那些掉下来的封泥，他还告诉我佉卢文中的"水"字怎么写，一旦发现这个字，就赶快拿给他看。

我们认真查阅起来，时间一分一秒地过去，转眼间三个小时过去了。我们抬起头互看一眼，然后同时摇摇头，心中都充满无法言表的失望。

文书很快全部查完了，涉及水的地方倒是有几处，但大都和缴税酿酒有关，没有任何提到水源的内容。

"奇怪啊，塔克拉玛干里的所有古城都是依水而建的，就算水源断流，也应该会留下记载才对。"吕方阳若有所思地说，"除非这里的文件并不齐全，还有更多的木牍藏在宫殿里？"

"你说得有道理，不过……"我苦笑一声，"你现在还有力气爬上高岗，一间一间去寻找线索吗？反正我是没有了。"

吕方阳痛苦地皱皱眉头，他的身体状况比我还糟糕，如果再不补充水分，别说走出古城，恐怕连去王庭搜寻线索的力气都没有。

真的只有坐下等死吗？由于缺水，我只要一说话，声带就被撕扯得难受，相比起来，肠胃似乎麻木了，但长时间不进食的恶果已经显露出来：四肢乏力，头晕眼花，就连早上好不容易鼓起的斗志也已经消失殆尽。我又想起昨天那场奇怪的梦，在梦中，我在巨大沙尘暴面前彻底绝望，想要提前结束自己的生命，虽然这个想法让我有些后怕，但现在想来，可能那时候死掉比现在坐着等死强多了。

视线越来越模糊，恍惚中，我似乎看到吕方阳抬起手："我想起来了，过去来西域考古时，有位老乡告诉我一个传说，他说，两汉后期，西域战乱不断，当有军队到来时，人们便携带妻子，领着家眷，逃入两三天行程远的沙漠之中，他们知道哪里有水可以饮用，足可以生活，饲养家畜，而且不被敌人发现。虽然且末全境多风沙，找到的水也大都很苦涩，但某些地方的确可以找到淡水。"吕方阳回忆道，"他还说，疾风无时无刻不在吹动，所有踪迹转瞬就会被流沙埋没。"

"可古城那么大，这些人会往哪个方向跑呢？"我问。

"我怎么知道。"吕方阳摇摇头，突然略微停住，眼神中闪现出一丝兴奋，"我问你，大军逼近的时候，古城里哪类人最先逃跑？"

"应该是王族的人，王庭建在西北角，就是方便敌人来的时候逃跑……"我明白了，"你是说，西北角？"

"那里的可能性最大。"吕方阳说，"不管怎么样，我们都有必要试一试。"

我点点头，把他扶起来，两个人再次搀扶着朝古城王庭走去。好不容易来到高岗下，我这才发现王庭的设计非常特殊，要想去到王庭后方，绕道走是不可能的，只能从高岗翻过去。这对已经出现脱水症状的我俩来说，无疑又是一次考验。

由于喉咙干涩难受，吕方阳连话都不想说了，只是冲我摆摆手，示意我别在意，他还能爬。我当然知道他在硬撑，但现在也没有别的办法，只好扶着他，顺着石阶一步步爬上去，我们至少在中途休息了三次，终于爬到了高岗上。可接下来的难题出现了，我俩必须穿过偌大的王庭后院，后院我昨天来过，里面全是互相缠绕的藤蔓和枯树枝，占地大约七八百平方米，也许院子里原本有路，但疯长的藤蔓互相交错，已经把道路全部封死，要想跨过去谈何容易。

　　我不禁面露难色，但求生的渴望毕竟占了上风。虽然我们都清楚，就算离开古城也很可能会死在沙漠里，但至少还有被人偶然发现的渺茫希望。可如果一直留在这里，我们只有死路一条。

　　我凭着印象来到昨天去过的那间工匠房，房间里堆放着很多农具，包括镰刀、锄头和小刀，我甚至找到一大捆绳子，立即学着包子的样子，将绳子拴成绳套备用，也许必要时用得上。

　　吕方阳坐在一根像秋千一样的藤蔓上等我，可当我出来后，他却差点儿站不起来。这件事给我俩同时敲响了警钟，使我们深刻意识到：现在绝不能倒下，因为一旦倒下，我们就很可能再也站不起来。

　　我们小心翼翼地从藤蔓上跨过，从枯干可以判断，这些藤蔓不止一种植物，有的像菟丝子和曼陀罗，有的像爬山虎，当然还有大量的葡萄藤。如果只是一个品种的藤蔓，我们行走起来也许会容易些，因为藤蔓植物的生长是有一定规律和习性的，但几种藤蔓植物交织在一起，正好可以弥补对方生长的空当，行走起来就困难许多。有一小段路，我们几乎是踩在藤蔓上走过的，可没走多远，吕方阳就差点儿摔倒，因为他踩到的一根藤蔓因为曝晒时间太长，已经变得松脆易断。这件事第二次给我们敲响了警钟，让我们意识到：虽然这些藤蔓植物的枯干乍看上去都一样，但并不是每种藤蔓都可以踩，如果不小心踩中了本来就很脆的枯枝，那就肯定会陷在纷乱繁杂的藤蔓丛中，而一旦陷下去，再想爬上来就困难了，因为我们也许会被这些枯枝卡住，而且卡得很死。

　　如此一来，我们不得不放弃从藤蔓上方踩过去的打算，而是选择从藤蔓上跨过，踩着沙土前进。我走在前面负责开道，一边走一边用刀子割断挡路的枯藤蔓，这样走当然安全，但非常费劲，因为有的藤蔓枝和我的胳膊一样粗，而我的工具是千年前的镰刀和小刀，按照当时的打磨工艺，刀肯定不会锋利。用这样的刀割断粗壮的枯藤蔓，差不多要耗费大半个小时的时间。就这样，四个小时过去了，我们才前进了四十米，而我几乎筋疲力尽了。天色又开始暗下来，我们俩当然不想在藤蔓林里过夜，白天还好，一到了夜晚，这些藤蔓枝看上去就像一个个张牙舞爪的幽灵，吓得人冷汗直冒。

　　吕方阳对我说，按照这个速度，别说今天，就算再过两三天，估计我们也走不出这片藤蔓林，必须另想办法。他说话的时候，我正在气喘吁吁地割一根枯藤蔓枝，他却坐在一根藤蔓上，双手揣在怀里，那神情，就好像监工看着自己的奴隶，我有些不高兴，他吕方阳连一根藤蔓枝都没割过，现在反而怪我速度慢，也太不厚道了。于是没好气地说："那你说怎么办？"

吕方阳叹了口气，突然，他指着右侧说："快看！那边有条道！"

我顺着他手指的方向望去：错综复杂的藤蔓枝中，前方偏右的地方的确出现了一条狭窄的通道，通道显露在错综复杂的藤蔓群中，宽不过二十公分，正好够两只脚直线前进，也许是过去的工匠进出后园使用的，由于太过狭窄，小道完美隐藏在藤蔓枝当中，所以我们刚才没有发现。

我心中一阵惊喜，有了这条道，我们的速度肯定会提升许多。这样想着，我们立即改变方向，朝小道走去。小道虽然狭窄，总算是一条道路，比从藤蔓枝里硬生生开辟一条路出来方便多了。我们顺道前行，速度也提升很快，不一会儿就前进了一百米，来到藤蔓林的中部。就在这时，我突然感到身体往下一沉，两旁的藤蔓枝正在快速后退。我不明所以，回头望向吕方阳，希望他能给我一个解释，却发现吕方阳睁大了眼睛，嘴唇颤抖着，一个字也吐不出来，只是右手死死指着我的脚下，不停地发抖。

第二十一章　沙雾

　　我心知不妙，赶快朝下看去，顿时倒吸了一口冷气：脚下的沙土居然变成了松软的沙子，正在呈漩涡状旋转，将我快速往下拉。我赶紧把绳子套在自己腰上，然后将另一头扔给吕方阳，让他赶快接住。吕方阳立即拾起绳子，使劲绑在身后一根粗壮的藤蔓上，我这才没有继续往下陷。这个时候，我腰以下的部分已经全部陷进了沙子里，沙子还在转动，形成一股向下的吸力，把我的身体往下拉扯。而我全靠那条绳子，才能勉强保持住不再下陷。

　　我落进千年前的陷阱，然后靠一根千年前的草绳救命，听上去就像个穿越故事，却是实实在在正发生着的事。

　　一时间，我和吕方阳都拼命拉住绳子，同时往后使力，把我从沙子里一寸寸拉出来。费尽九牛二虎之力，我终于摆脱了流沙坑的束缚。

　　"我们一定是中机关了，该死，不是只有墓穴里有机关吗？怎么这王宫后院里也有？"吕方阳一边喘气一边说。

　　"这就说明我们走对了方向，这条路就是且末王族撤退的线路。敌军入侵的时候，如果城中军队无法阻止，那么后院里的机关就是阻挡敌军的最后一道屏障。也是我们疏忽了，你想，王宫后院怎么可能无故栽种这么多藤蔓植物，即不好看，又没有食用价值。所以，当年的且末贵族栽种藤蔓，一定是为了做一道防御工事。"我尽量让自己保持镇定，经过这段时间的历险，我虽然还是缺乏经验，却不像当初那么莽撞了。

　　"你说的是没错，可我们接下来怎么办？说不定前面还有很多流沙坑。"吕方阳非常焦急。

　　"冷静点儿，一定有办法！"我话音刚落，两旁原本后退的藤蔓丛突然停了下来，里面窜出两根细长的藤蔓条，正好缠住吕方阳的双手。我好生奇怪，这些藤蔓再厉害，毕竟已经死了上千年，早就失去了韧性，怎么可能缠住人？定神细看，我才发现这根本不是藤蔓条，而是用骆驼皮制作的皮带，只不过颜色和枯藤蔓相近，所以被我误当成了藤蔓条。骆驼皮非常粗糙，而且坚韧耐用。虽然经历了漫长岁月的磨蚀，依旧韧性十足。

一时间，我惊出一身冷汗。吕方阳猝不及防，两只手被皮条拉开成了"一"字形，与此同时，两边的藤蔓丛又开始往后倒退，生生撕扯着吕方阳的胳膊，要把他扯成两半。

我赶忙拿刀子割皮条，谁知皮条不光韧性强，而且硬度高，我用尽全力，也只割开了一条小口子。

"宋方舟，你赶快想办法啊！"吕方阳的脸色原本很白，现在遭受了被撕扯的痛苦，反而涨得通红。

我急了，正要再试，藤蔓丛里突然又飞出两根皮带，将我手中的镰刀紧紧卷住，然后左右拉扯，可惜皮带没有生命，不可能知道自己拉扯的是一把刀，只能机械地履行制作者赋予的使命。这时候，骆驼皮强悍的韧性就成了弱点，刀割不断皮带，皮带也扯不烂钢刀，两根皮带加一把刀，突兀地悬在我面前，形成一条直线。

"宋方舟！"吕方阳大喊一声。我当然知道现在情况紧急，但手上唯一一把镰刀都被皮带没收了，我根本就无计可施，急得直跺脚。就在这时，我的眼角余光突然扫到一只干枯的手臂，手臂在藤蔓丛中若隐若现，这个发现令我大吃一惊。仔细看去，原来，为了确保皮带射出时前方没有藤蔓阻碍，暗器左右两侧的藤蔓丛中都咧开了一条缝隙，缝隙不大，但可以供一人侧身进入。之所以古人要留出这样的宽度，估计是为了方便将撕扯开的肢体快速拉入藤蔓丛中，而我看到的那只枯手应该就是某个中了暗器的人。

想到这里，我突然心头一动，每根皮带都应该有一个发射装置，而这个装置的源头就是皮带扯断肢体后往回收的地方，那只枯手不就在装置的源头吗？我这样想着，一边侧身走进藤蔓丛，吕方阳在我身后大吼大叫，我也没空解释，索性随他叫去。

走进藤蔓丛的深处，我就像踏进了另一个世界，许多干枯的残肢散落其中，每段肢体上都紧紧缠绕着一根用骆驼皮制作的皮带。我顺着缠绕吕方阳手臂的那条皮带往里走，很快发现了源头，那是一截被凿空的胡杨木柱，高约一米，木柱正在匀速后退，显然地下有类似于滑道的装置。我赶忙刨开地上的沙土，果然发现一条金属制作的轨道，不光这里，整个王庭后院的地下沙土里都埋藏着错综复杂的轨道，轨道已经生锈，所以木柱后退的速度比较慢，要不然吕方阳早就没命了。

找到轨道，接下来就好办了，我在木柱下方发现一个类似插销的启动装置，赶忙折断一截细藤蔓插进插销中，木柱立即停下来。没想到，看似复杂的机关，其实破解办法很简单。我如法炮制，卡住了另一边的插销，这才取出小刀，慢慢割断缠在吕方阳手臂上的皮带。骆驼皮不愧为世界上韧性最强的皮革之一，我足足用了大半个小时，才把两条皮带割断。

又一次死里逃生，吕方阳坐在藤蔓上大口喘气，他的双臂被拉扯得生疼，一伸展就觉得痛，我估计他的韧带被拉伤了。

"怎么办，前面还不知道有什么机关等着我们。"吕方阳的语气有些绝望，"再说了，就算出去，能不能找到水还不知道。马可·波罗是几百年前的人，当时的很多绿洲都消失了。"

听了他的话，我的心情立即沉重了不少，虽然精神和体力都快接近极限，但我心中一直有一个强烈的信念在支撑，那就是：走出去，找到水源。如果连这唯一的希望都没有，那我们只有坐下来等死。

我茫然地四下张望，无数纵横交错的藤蔓枝围绕着我们，其间还分布着说不清的人体残肢，每条残肢前都显露出一条可容人侧身经过的隐蔽小径，看来都是古时候被触动过的机关。我的前面，小道依旧往前延伸，只是由于我们刚才触动了几个机关，周围的格局发生了一些变化，原本没有路的地方因为发射皮带机关的原因，裂开了一条路，但我们根本不敢从这些路上走过，四周的残肢正用一种非常震撼的方式提醒我们，里面也许还藏着什么陷阱。地下有流沙坑，两边又是猝不及防的暗器，我们置身其中，真是寸步难行。

就在这时，我突然注意到一截挂在藤蔓枝上的躯体，躯体只剩下躯干和一只手，躯干上穿着一件粗陋麻衣，并不像是前来进攻的敌人。我走过去，仔细看了看这截断肢的手，手虽然已经干枯，却非常粗陋，五根手指的指肚上都有厚厚的茧。我突然想起过去看过的一本书，那是一本关于手相学的书，专门介绍如何从手上的茧和伤口判断一个人的职业。我当时对这本书很感兴趣，所以读得很仔细。书上说，双手上茧的分布和这个人的职业有关，握笔的人，虎口两侧一定会累积厚茧，而长时间从事耕种工作的农民，五根指头和大拇指内侧都有很厚的茧。

从衣着和手上茧的分布来看，这个人一定是长久从事耕种的农民，而不是士兵。这个发现让我大吃一惊，赶忙回望四周，发现周围能发现的衣物全部是粗布麻

衣，没有一件是战甲或旌旗的残骸。

"吕方阳，你有没有注意到，这里的尸体全部都是农民。"

"那有什么好奇怪的，王族修建陵墓后，通常会将最后一批负责封墓的工匠活埋，这样就没有人知道墓道的构造。看来，不光是中原王族有这种陋习，西域的王族也有，他们害怕修建机关的工匠们泄露破解的办法，所以……"吕方阳突然停住，似乎想到了什么，"对啊，工匠们也不是傻子，当然会给自己留下一条路逃生，怎么可能任人宰割？许多古王陵里都有一条特殊的工匠通道，就是这个道理。"

"你是说，这里应该有一条能顺利离开的通道？"我心头一动。

"没错。"想到这里，吕方阳皱皱眉头，"不过也不对啊，如果他们能顺利逃出去，怎么会死在这里？"

我心中好不容易燃起的希望再次落空，看样子，就连这些建造机关的工匠最后也没能逃出去，我们还能幸免吗？

和我的沮丧不同，吕方阳却似乎发现了什么，他站起来，仔细看了看残肢的断口："不对啊！"

"怎么了？"

"我问你，如果一个人被活生生撕扯开，伤口应该是什么样子？"

"我怎么知道？"这个问题让我觉得很恶心。

吕方阳一本正经地说："我也不知道，不过，裂口肯定不会是这个样子的。"他指着断肢的裂口，我顺着他手指的方向望去，果然发觉不对劲，干尸肢体的裂口并不特别破碎，反而有些整齐，就好像一张被撕开的纸。

一时间，我睁大了眼睛，难以置信地望着吕方阳。

吕方阳对我点点头，示意我想得没错："还记得我们昨天发现的沙漠路标吗？路标明显是最近刻上去的，说明很可能有人来过这里。现在，这些肢体裂口再次告诉我们，这些尸体，是已经变成干尸后才中陷阱的。"

"可这能说明什么？"也许是因为脱水，我突然觉得脑子不够用。

"说明之前留下沙漠路标的这个人也曾遇到过和我们同样的问题。"吕方阳说，"他想了一个办法，用附近坟墓里的干尸做实验，去试探藤蔓丛里的陷阱。相信你也发现了，虽然陷阱设计巧妙，很难被发现，但所有陷阱都只能使用一次，一旦发动就等于作废。而这就是藤蔓陷阱最大的缺点。"

"照你这么说……"我想起昨天在陵墓区发现的几个被盗墓穴，"原来盗墓者图的并不是墓穴里的钱财，而是尸体？"

"应该是这样的。"吕方阳深呼吸一口气，"这个方法虽然奇怪，但也很有效，你看，四周只要挂着残肢的地方，就是安全的路径，我们只要沿着残肢走，就一定能离开这里。"

我倒吸了一口气，这个留下沙漠路标的人究竟是谁？用什么不好，他为什么偏偏要用已经入土为安的遗体？稀稀落落的残肢分散在藤蔓丛中，这些曾经鲜活的生命，如今却被赋予了另一种用途。它们被肆意捆绑在杂乱的藤蔓中，以骇人的形态提出无声的抗议，看到如此恐怖的场景，别说经过，光是想起来我就觉得浑身发冷。但我不得不承认，这的确是没有办法中的办法。

顺着悬挂残肢的小道前行，我心中的感觉无法用语言来形容。这边，一只干枯的手几乎触到我的鼻尖，那边，一只脚悬在我的后脑勺，就像脚的主人随时可能借尸还魂，踢爆我的脑袋。行走其间，我连大气都不敢出，生怕惊扰了这些无辜的先民。

我们在中途遇到了不少岔道，也走进很多死胡同，但最终发现了一条能穿出藤蔓丛的路。

天色越来越暗，转眼又是黄昏了，这个时间对我们非常不利，因为我们走出王宫后，就必须马上迎接另一个考验——那道无边无际的沙雾。沙雾的可怕之处并不是它有致命的杀伤力，而是它的虚无和空洞，我尝试过一次，知道它的恐怖。漫天悬浮的沙土就像一场永远也不会散去的浓雾，置身其中，人就像踏入了另一个世界：没有生物，没有响动，生命变得无助和孤独，然后渐渐被茫茫无际的沙尘吞噬，再也不可能走出去。

尽管知道沙雾的可怕，但出于求生的本能，我和吕方阳仍然毫不犹豫地走了进去。吕方阳说："不管里头有什么古怪，至少没有能杀人的藤蔓，我就不信前面会突然窜出一个妖怪来。打怪升级，那是唐僧的事儿！"

我突然发觉吕方阳说话的口气越来越像包子。看来，不管人和人的差别有多大，在面对生死绝境时，思想境界都差不多。

我们扯烂衣服，捂住口鼻，互相搀扶着走进沙幕，浓浓的沙尘立即完全遮住了我们的视线，只能摸索前行。我故意走前面一点，万一突然遇到深坑，后面的吕方阳还能拉我一把，好在脚下似乎并没有什么障碍物，我们很快就大着胆子加快了速度。但没过多久，又一个预想不到的难题出现了。

我们的呼吸越来越困难，因为空气中沙尘的浓度非常高，就算我们有衣服遮挡，也还是会吸入一部分沙尘，细腻的沙土挑拨着我们原本就干到冒火的咽喉，我俩发出一阵声嘶力竭的干咳，一直到咳破了喉咙，痛到浑身战栗，我们还是无法停下来。

吕方阳跪倒在地上，一只手紧紧抓着我，他的脱水症状本来就比我严重，只是求生的本能一直支撑着他前进。现在由于一通猛咳，他终于支撑不住了。我望着无边无际的沙雾，绝望再次涌上心头，真的到此为止了吗？难道我们永远也走不出这座奇怪的古城？这时，我的视线不经意移到身边的小刀，小刀历经千余年历史，早已失去了锐气，却依旧散发着冷冷的寒光。我急中生智，用小刀割破自己的手臂，鲜血从伤口处涌出来，我将手臂凑到吕方阳的嘴边，他显然明白我的意思，只略微犹豫，就一口咬住了我的伤口，吮吸源源流出的血液。液体冲刷着他的喉咙，将沾在咽喉处的沙土冲下去，喉咙得到滋润，疼痛立即减轻不少，咳嗽也停了下来。吕方阳长长叹了口气，松开口，对我歉意地点点头，示意可以了。

我自己也喝了两口血液，虽然满嘴腥甜，一股子怪味，感觉却马上好了许多。

"那个，谢谢你……"吕方阳有些不好意思。

"没什么，只要能活下去。"我对他笑了笑。

就在这时，我的脸颊似乎感觉到一丝凉气，是风，我心头一动，不管沙幕多浓多可怕，毕竟是在沙漠里，所以一定会有风吹进来。我突然想起包子说过的话：大部分时候，塔克拉玛干吹的都是东北风或西北风。现在，风从我的正面吹过，说明我们已经偏离了最初的西北位置，折向下行，朝东南方或西南方向走，按照吕方阳之前所说，且末古城位于车尔臣河的东岸，那我们就很可能正朝着车尔臣河走去。联系到古代且末王族的逃跑路线，人是不能没有水的，所以他们不可能往越来越干涸的地方逃跑，沿途应该有水源，可问题是，我们别说找到水源，就连沙雾也走不出去。

咳嗽的疼痛终于缓解，绷紧的神经也稍稍放松了一些，我一个趔趄没站稳，朝后斜倒下去，后背立即靠到一个冰凉的物体上。转身一看，原来是一个红柳包，沙包顶部生长着一棵鲜活的红柳树。见到久违的生命，我忍不住心中一颤，激动的心情无法用语言来形容。

"是塔克拉玛干柽柳！"吕方阳扯着沙哑的嗓音说，"水，下面肯定有水！"

红柳是一种耐碱、耐旱、固沙的植物，根系十分发达，可以牢牢固定住下方的沙土，随着时间的流逝，红柳树四周的沙土被风挖走了好几米，形成大小不一的红柳包。塔克拉玛干的红柳有十种之多，其中最适合沙漠旱生耐碱的品种被命名为

"塔克拉玛干桎柳树"，为了减少水分蒸发，它们的树叶退化成形如细鳞的小片，紧紧包裹在嫩枝上，这种包覆着鳞片状小叶的红柳枝条，可以进行光合作用，代替叶片从阳光中吸取生命的能量，不管沙雾再浓，总有阳光能照射进来，供怪柳顽强的生存。它的根则深扎在地下的土壤中，吸取深层地下水维持生命。

听了吕方阳的话，我立即掏出小刀，顺着红柳包的根部开挖，大约挖了十分钟，我果然摸到了潮湿的泥土，泥土就像稀泥一样，下面肯定有水，但不管我怎么挖，也看不到水涌上来。正在奇怪，一旁的吕方阳早就等得不耐烦了，吃力地说："大哥，你还想在这儿挖口井出来？别挖了，你刨上来那些稀泥就是水了。"

我这才反应过来，赶忙脱下衣服，把稀泥包裹起来，然后凑到吕方阳的嘴前，使劲拧着包着湿土的衣服，清澈的水滴立即从衣服下方渗出来，一滴滴落入吕方阳口中。有了水的滋润，吕方阳很快停止了咳嗽，他感到喉咙的疼痛减弱许多，卡在咽喉处的泥沙也顺着水滑到了胃部，虽然恶心点儿，但好在量很少，对身体影响应该不算大。

喝了水，吕方阳就像重新活了过来，他赶忙走到红柳包下，学着我的样，用衣服包了稀泥，自己拧水喝。我们贪婪吮吸着红柳的馈赠，对我来说，此刻喝到的水虽然只经过简单过滤，却是我一生喝过的最好喝的水，它就像神奇的清泉，滋润了我本已干涸的生命。

不知过了多久，我们终于喝饱了肚子。塔克拉玛干怪柳是骆驼最喜欢的植物，吕方阳喝足了水，还学着骆驼的样子，爬上土包吃了几片叶子，味道自然是不怎么样，但在这种情况下也是一种食物。天色已经全黑了，但对我们来说，四周不过是从灰色变成了黑色而已。

吕方阳说他太累，干脆先就地休息一下吧，反正现在有水，我们可以随时漱口。我想想也对，索性用衣服蒙住头脸，靠着红柳包养神，没过多久竟然睡着了。恍惚中，我好像听到身边有动静，但因为太累，我也没在意。

不知睡了多久，我迷迷糊糊睁开眼睛，四周已经由黑转灰，新的一天到来了。我叫吕方阳起来，喊了两声都没动静。我心中立即升起不祥的预感，赶忙站起来，围着红柳包走了一圈，根本就没有吕方阳的影子，他昨天靠着土包的地方空无一物，就连他随身带着的羊皮卷也失去了踪影。

第二十二章　险象环生

　　我急了，一边大声叫着吕方阳的名字，一边朝前走去，一阵又一阵风从我脸上吹过，虽说沙漠里的风永远夹杂着沙土，根本谈不上和煦，但越来越多的风给我带来了鼓舞和希望，因为昨天刚踏入沙漠的时候，我没感觉到任何风的吹动。而现在，风的到来无疑向我传递着一个信息，我已经接近了沙雾的边缘。

　　只是，我的心情并没有因为外界信息的增多而好转，反而越来越沉重，吕方阳去了什么地方？进入古城后，这已经是他第二次无故失踪了。一想到他因为暂时的书生意气只身前往沙漠腹地，我就不得不感叹他的集体意识之薄弱，已经到了叹为观止的地步。所以，吕方阳会一而再地失踪，我并不感到特别惊奇，但对他这种无组织无纪律的行为，我还是忍不住要生气。于是暗下决心，如果我再遇到他，一定要把他狠狠批评一顿。

　　前方隐隐显出一片光亮，我的速度也越来越快。终于，我的视线逐渐宽阔，一片荒漠出现在前方，荒漠非常冷清，其间错综分布着零星的低矮植被，四周还有显眼的红柳包。荒漠一般地处沙漠边缘，是沙漠和绿洲之间的过度区域。虽然眼前一片荒凉，但此刻我内心的激动无法用语言来形容。

　　回过头，身后依旧是不见边际的沙雾，神秘的且末古城被隔在了另一个世界。望着这片依旧死寂的沙雾，我恍若隔世，就好像之前经历的一切都只是一场梦。

　　朝前走去，红柳包稀稀落落地散布在荒漠上，没多久，我突然发现前方有一座坟墓，这座坟墓和我在古城里见过的完全不同：堆成小山的坟堆，上面压着一块青石，最奇怪的是，坟墓前居然立着一块木刻的墓碑，碑上刻着整齐的中文，完全是汉族墓葬的形式。我不禁好奇，慢慢走过去，想看清墓碑上的字。下一秒，我睁大了眼睛，心中的怪异感觉前所未有的强烈，因为墓碑上明确写着几个大字：吕方阳之墓。

这几个中文简体字瞬间将我推入五里云雾。吕方阳一直在我身边，这里怎么会有他的墓？一时间，我想起了吕方阳那段神秘消失的记忆，他和妻子去阿尔金山探险，却离奇失踪大半年，然后在罗布泊被人发现，而他的妻子已经化成了骨灰。

这个坟墓会不会和他那段消失的记忆有关？又或者，这个墓穴里埋着真正的吕方阳？果真如此，那一直跟在我身边的吕方阳又是谁？

想到这里，我忍不住浑身一颤，尽管沙漠气温正在迅速回升，我依旧赶到一股寒气从脚底窜起，迅速袭遍全身。

就在这时，沙雾中隐隐显出一个人影。吕方阳慢慢走出来，连日的探险使他显得非常憔悴，眼睛充血发红，双额瘦下去许多。一见到我，他那张满是灰土的脸立即咧开来，冲我笑了笑。

"宋方舟，你怎么先出来也不叫我一声？"

我愣了愣，下意识朝后退了两步。

"你怎么了？"他看出我的神色不对。

"没，没什么。"我决定不让他看到身后的墓碑，不管发生了什么事，眼前这个吕方阳毕竟和我一起度过了这段非常艰难的时光，"走吧，这里是荒漠，离绿洲不会太远，说不定前面就有城市了。"

吕方阳疑惑地点点头，跟在我身后朝前走去。突然间，一道光亮直射到我的脸上，我猝不及防，下意识抬手遮住眼睛，定神后，我朝光亮的源头望去，立即，我只觉得大脑一阵轰鸣，绝望像潮水般涌来。不远处，高岗上的王庭在阳光下傲然挺立，屋顶的铜镜触摸到太阳的光芒，炫耀般映到我的脸上，似乎在嘲讽我的愚蠢和无知。

我们并没有走出去。历尽千辛万苦，我和吕方阳在沙雾中转悠了一大圈，最后又回到了古城。而我身处的这片荒漠不过是古城的另一个边缘。

怎么会这样，我无助地跪倒在地上，将浑身最后的力量集中到胸口，化作一团怒气，仰天发出长长的怒吼。声嘶力竭地吼叫使我的大脑有些缺氧，头昏沉沉的，我只觉得身体一软，晕倒过去。昏迷前，我隐隐听到身后传来狂暴的呼啸，这种声音如此熟悉，犹如千万野马在草原上奔腾嘶吼，又像突如其来的海啸，在浑浊的天地间涌动疯狂的浪潮。

再次苏醒，我立即条件反射地从地上跳起来，滚烫的沙粒将我裸露在外的皮肤烫起了小泡。吕方阳不在身边，四周除了黄沙还是黄沙，干热的风夹杂着沙尘扑面而来，刮得脸颊阵阵生疼。喉咙的疼痛是我再熟悉不过的，自从进入沙漠，我的咽喉就饱受折磨，只不过程度轻重而已。听说，有的人在塔克拉玛干生活半年后依旧不能适应这里的气候，也许，我就属于那种适应能力比较弱的人。

脑袋一阵胀痛，我站起来，满眼茫然，好像遗忘了什么重要的东西。热风并不能使我的大脑变得清醒，反而让我愈加昏沉，但心中强烈的忐忑告诉我，有一件比喉咙痛更严重的事发生了。这件事非常重要，甚至和我的生死一样重要。

远方的地平线出现了模糊的波纹，那是沙粒的炙热改变了空气密度，整条地平线都在饱受酷热的煎熬，可这透明的波动却被镀上了神秘的魔幻色彩。有时候，精美绝伦的海市蜃楼会在波纹中隐现，带给人们美好的憧憬，让那些深陷沙海的旅人们有了最后一丝慰藉。

一束锐利的光亮从我脑海里一闪而过，我猛然回头，却依旧只看见满地黄沙。塔克拉玛干是流动性沙漠，即便是高大的沙包，也在以一年十几米的速度移动，更别提那些小沙丘了，只需一阵风，沙丘就会翻滚起来，好像里面藏着一只遁地的土行孙。

"宋方舟！"

远方有隐约的喊声传来，我四下张望，扭曲的地平线将我紧紧包围，漫天沙土就像物体燃烧时漂浮在空中的火星，而我就是天地间的囚徒，在茫茫大漠中饱受烈焰的炙烤。这种感觉很熟悉，似乎我不久之前也曾遇到过类似的情景。

"宋方舟！"

喊叫一声紧过一声，我终于听清楚了，那是杨Sir的声音，伴随着声音而来的是一辆悬在半空的直升机。飞机轮廓在热浪中微微蠕动，我生怕那是海市蜃楼，所以尽量控制自己激动的情绪，免得待会儿希望落空。

随着直升机的慢慢靠近，我终于相信这不是幻觉，杨Sir从飞机上跳下来，小跑着来到我面前，他把我仔细打量了一边，然后一拳头捶在我的胸口："你小子怎么老不听我话？吕方阳呢？你找着他没有？"

我面无表情地望着他，脑子有点儿发懵。

"宋方舟，你没事吧？对了，我忘了！"杨Sir赶忙让飞机上的人扔几瓶矿泉水，递给我一瓶，然后拧开两瓶，一股脑儿从我头顶淋下来。被清水一浇，我顿时浑身一激灵，赶忙拧开手中的矿泉水，大口大口喝起来，也顾不上漱口。只是一边喝，一边瞅着杨Sir身后的直升机。这架直升机我并不陌生，前不久在精绝南缘的死胡杨树林里，就是它把我们救了出去。

"我在什么地方？"我稍微清醒了一些。

"当然是在塔克拉玛干。"杨Sir回答，"这里是塔中以东220公里的沙漠腹地。"

我愣住了，也许是因为喝了水，我的记忆终于随着杨Sir的话流回到大脑中。两天前，我从塔中绿洲出发，骑着沙漠摩托向西行驶，想把独自进入沙漠的吕方阳给追回来。虽然找到了他，我们却遭遇了一场罕见的沙尘暴。从昏迷中醒来后，我发现自己来到一座奇怪的古城，还在城里发现了一张羊皮卷。吕方阳告诉我，那里就是被学术界称作未解之谜的且末古城。我们历尽艰辛，满以为走出了古城，没想到却依旧被困在里面，绝望中，我再次晕厥过去，醒来后居然发现自己躺在沙漠中。

看样子，我这回是真的离开古城了。但心中怪异的感觉并没有停止，自从两天前遭遇了那场沙尘暴后，我就一直在浑浑噩噩中度过，离奇的经历也因为一系列甩不开的谜团而变得稀里糊涂。我是怎么进入古城的？又是怎么出来的？

就在这时，飞行员朝杨Sir做了一个手势，示意他赶紧把我带上飞机，在如此炎热的沙漠腹地，别说踩在沙地上，就算坐在飞机里，也是酷热难忍。

我跟着杨Sir踏上直升机，还没来得及说话，就听飞行员用半生不熟的汉语说："另一个也找到了，离这儿只有五公里。谢天谢地，人还活着。"

杨Sir松了口气："总算找着你们两个了。宋方舟，这回你和吕方阳可成传奇人物了，回去要好好告诉我，你们是怎么在沙漠腹地待这么长时间的。"

我不禁苦笑。虽然这次大难不死，但我心中的疑惑越来越多。尤其是那个奇怪的墓，墓穴里埋葬的人，真的是吕方阳吗？

飞机飞回且末后，杨Sir立即把我带去医院做彻底的治疗，我虽然有脱水症状，身体也有多处伤痕，但都不重，休息几天就没事了。

吕方阳被安排在我隔壁病房，听杨Sir说，他的情况比我糟糕，但也没有生命危险。倒是包子依旧很虚弱，看来他被那个死蛇头咬得不轻。

在医院休息了两天，我的精神恢复了多半，于是将自己在古城里的遭遇原原本本告诉杨Sir，只是有意略去了那个奇怪的墓。杨Sir很仔细地听我说完，然后若有所思地说："看样子，这座古城的出现和沙尘暴有关。说来也巧，一百年前，楼兰遗址的发现也多亏了一场沙尘暴。塔克拉玛干属于流动性沙漠，风沙一过，地表的沙丘分布就会发生变化。也许那场巨大的沙尘暴把你和吕方阳带到了且末古城，之后又把你俩给卷了出来。不过……"杨Sir笑了笑，他停顿一下，继续说，"也有可能你们原本就在古城里，只不过自己不知道罢了。"

"怎么会这样？"我叫了起来。

"这没什么好奇怪的，沙尘暴吹散了覆盖在古城上方的沙土，将你和吕方阳带入了千年古城，却给你们造成一种错觉，让你们以为自己是被沙尘暴卷去的。"

"那围绕着古城的沙幕又怎么解释？虽然沙漠里到处都是悬浮的沙土，但浓得像雾的沙土还是很少见的。"我又问。

"少见吗？"杨Sir摇摇头说，"如果在平时，这么浓的悬浮沙土当然少见，但在经历过强沙尘暴后，就有可能出现，而且能持续好几天。沙尘暴改变了地表黄沙的分布状况，原本掩埋在黄沙下的且末古城显现出来，古城处于地势较低的位置，四周的黄沙腾空而起，形成高浓度悬浮沙尘，给人感觉就好像被困在了沙雾当中。后来，你们遭遇了第二场沙尘暴，古城又被掩盖了起来，而你们被大风刮散，又回到了覆盖黄沙的地表上。塔克拉玛干腹地之所以可怕，就是因为这些怪异的气候。我想，且末古城之所以一直没有被发现，还被人称作鬼魅魔都，就是这个原因吧！"

"照你这么说，你发现我和吕方阳的时候，我们并不是离开了古城，而是被风刮到了古城上方？而真正的且末古城就在我脚下，只不过又被埋在了沙子下面？"

杨Sir点点头："也可以这么说。"

"那可是个大发现啊！"我惊叹道，"下面埋的那些古董，全都是无价之宝！"

听了我的话，杨Sir赶忙对我使了个眼色，说："就算那下面真是且末古城，也不能说出去，至少现在不行。你忘了，我是坐谁的飞机找到你的？"

我顿时语塞，布朗克一直觊觎西域的宝藏，如果他知道我和吕方阳曾去过且末古城，一定不会放过那里。肥水不流外人田，我当然不能把这么珍贵的宝藏让给他。

"算了，先不说这个。"杨Sir转移话题说，"我有别的事要告诉你。"

"什么？"

"还记得那五颗石头吗？你刚才说，那五颗石头也许非常重要。昨天，我拿到了地质研究所的检验结果。"杨Sir小声说，"那五颗石头，全部是铁陨石，成型于数亿年前。"

"啊？"我一直觉得那几颗石头有些奇怪，但没想到真是来自外太空的陨石。

"这几颗陨石全都没有经过切割，完全自然生成，专家说，这么小的陨石属于陨石尘埃，一般很难被发现。"杨Sir接着说，"不过，陨石上的雕刻应该是三千多年前青铜时代的作品，至于独眼象征什么，就不得而知了。"

"我和吕方阳在且末古城找到了一份羊皮卷，他说，羊皮卷上标出了金木水火土五行的指代地点，结合我们在精绝胡杨林里看到那句古老的预言，有没有可能，这五颗石头真的就是预言中的五彩宝石？"

"羊皮卷？"杨Sir突然苦笑了一声，"别提那个羊皮卷了。我去拿石头检验结果时，顺便把羊皮卷送去附近的考古研究所做了测定，你知道羊皮卷是什么时候的东西吗？"

"怎么说也得上千年吧！"我想也不想就回答。

杨Sir摇摇头，伸出两根手指："两年，那张羊皮卷是两年前制作的仿古品。"

"什么？"我叫了起来。

"现在知道了吧？我刚才说且末古城的秘密不能说出去，一方面是顾虑到布朗克。另一方面：那张羊皮卷实在不能证明你们曾去过一座千年古城。"杨Sir的声音有些哭笑不得。

我想到奇怪的沙漠路标，还有王庭后院中被撕扯开的古代干尸，心中立即涌出一种被愚弄的感觉。羊皮卷，铲型标记，这一切难道只是一个圈套？果然如此，设计者的目的又是什么？

第二十三章　朱雀之谜

　　杨Sir离开后，我打算马上去吕方阳的病房，将羊皮卷是仿古品的事告诉他。正要离开，衣服口袋里响起了手机铃声。

　　因为沙漠里没有信号，所以我一般会在进入沙漠前将手机连带其他行李一起寄放在地方县城。杨Sir来的时候，顺便把我的行李取了出来。其中也包括我的手机，好久没听到电话铃声，我有一种恍若隔世的感觉，一时的不适应让我吓了一跳。

　　这是一条短信。出乎意料，短信居然是布朗克发来的，他约我今晚七点一起吃饭。我不禁奇怪，他怎么会知道我的手机号码？想来想去，应该是前不久在民丰的巴扎上，他将木牍交给我时，顺便和我交换了手机号码。

　　看看表，现在距离七点只有半个小时。吃饭的地点就在附近，距离医院有二十分钟路程。我犹豫片刻，想到布朗克毕竟在胡杨林里救了包子一命，我还没来得及说声谢谢，于是穿好衣服，准时赶到了约定地点。

　　布朗克依旧穿着高腰夹克，自从我在民丰巴扎上见到他以来，他的上衣永远都是一个款式，只不过颜色不同，上次是土黄色，现在是深蓝色。

　　他在一家伊斯兰餐馆门口等我，现在正是吃饭的高峰期，饭馆儿里坐满了人，还好他提前定了位子，只是这个位子并不好，正对着大门，我走进去时，立即看到他在正对面冲我招手，如此显眼的位置多少让我有些意外。这个场面很熟悉，我立即联想起自己第一次参加沙漠探险队时的情形。

　　布朗克招呼我过去坐下，跑堂的小伙子立即用维吾尔语一口气报出全部菜名，中间居然没有歇气。报完一遍，他又用半生不熟的汉语报了一遍，我原以为他会在每道菜名中间停顿一下，谁知道他同样是一口气报完，速度之快，发音之不准，害得我一个字也没听懂。等小伙子全都报完了，我依旧一脸茫然地望着他。

"算了，先给我们每人二十串羊肉串，一份薄皮包子，一碗拌面。"布朗克熟练地点了菜。又冲隔壁桌正在收拾碗筷的小姑娘笑了笑，颇有绅士风度。小姑娘扎着两条又粗又黑的长辫子，也回了他一个微笑，大大的眼睛像黑玛瑙一样晶亮，让我想起了《大阪城的姑娘》，只不过，一想起这首歌的曲调，我就再也高兴不起来，因为在血棺部落时，董胖子也曾一边摆弄摄像机一边唱这首歌，自我感觉还不错。

"你经常来这儿吃饭？"我赶忙将自己从对董胖子的回忆中拉出来。

"也不是经常。只不过，遇到女士要有礼貌是我们的风俗，更何况是漂亮的女士。"布朗克笑着收回视线，"中国男人非常吝啬对女性的赞美之词，这可是个非常不好的习惯。"

"至少中国人没有偷别人东西的习惯，尤其是古董。"我没好气地回答。

"不，不，不，宋方舟，你受吕方阳的影响太深了。"布朗克连连摇头，"我就是担心这一点，才急着想找你出来聊聊。"

跑堂的小伙子给我俩各倒了一碗茶，碗是粗糙的大碗，由于倒得太满，放下时茶水四溅。我端起来一饮而尽，心情却丝毫没有放松。也许真的受吕方阳影响很深，我明知道布朗克对包子有救命之恩，来了以后却一直没有对他道谢。

"那个，谢谢你。"我的声音有些闷。

布朗克玩味地望着我，四周嘈杂的气氛丝毫不影响他的情绪。半晌，他轻叹一声说："都说考古的人好清静，我却喜欢热闹的地方，因为人多的地方更有人情味，而且更容易发生有趣的事情。"他仔细端详自己那杯茶，还不时旋转茶杯，让里面的茶叶梗轻轻旋转，"这是维吾尔人喜欢的伏茶，颜色深沉，茶叶粗糙，不像茶馆儿里的茶那么精致，但这种茶非常经喝，而且浓香四溢，让人胃口大开。"

一旁跑堂的维吾尔小伙子明显听懂了布朗克的话，笑呵呵地又给我补了一碗茶。

"找我来有什么事吗？"不知为什么，布朗克越是气定神闲，我就越觉得心慌。

"没什么事，就是随便聊聊。"布朗克微笑着说，"我刚才说了，你受吕方阳的影响太深，容易失去客观的判断。"

"可我从来没有对你做过什么判断。"

布朗克用食指在自己脸上划了一圈，扬扬眉毛说："都写在你的脸上了，我的朋友。你只知道西域古文明如何辉煌，丝绸之路如何影响了全世界。但你不会知道，真正在保护塔克拉玛干历史文明的并不是你们中国人，而是我们欧洲人。一百年前，斯坦因在这里发现了丹丹乌里克遗迹和精绝古城，将大量珍贵文物运出中国，很多人说他是学术流氓，是帝国主义强盗，其中也包括吕方阳教授。不过，世界已经在改变对他的看法，因为他们意识到，斯坦因在将这些文物运出去的同时，也有效地保护了这些文物，要知道，在一百年前，生活在塔克拉玛干的人连基本的文物保护意识都没有，他们肆意糟蹋那些价值连城的古墓，打破陶罐，把木牍送给孩子做玩具，甚至拉出地下的古尸，随便侮辱。是斯文·赫定和斯坦因给他们上了宝贵的一课，让他们知道：原来那些埋在地下的古物也可能卖钱。于是，他们开始疯狂地寻宝，有些地方甚至全村全镇的人都以挖掘古董为副业。这对塔克拉玛干的文物造成了怎样的破坏，你能想象吗？"

我一时不知该怎么回答，布朗克提到的问题的确是我没有想过的。

布朗克继续说："1928年4月，德国人艾米尔·特林克勒和他的队友考察了和田地区的喀拉克尔廷姆佛塔、阿克斯皮力古城、热瓦克寺塔、丹丹乌里克和麻扎塔格古堡，得到15箱1000多件文物。6月，中国西域考古泰斗黄文弼与和田道署验看了这15箱文物。之后，和田当局扣留了三箱泥塑文物，其他全部放行。讽刺的是，放行的文物至今还存放在德国博物馆里供游人观赏，被扣留的三箱泥塑却不知所终，永远的消失了。

"民国32年，洛浦县当局突然宣布发现了热瓦克寺塔，而且挖掘了一批文物。让人哭笑不得的是，这处遗址其实早就被外国人和盗墓者倒腾过无数次。和田专员公署以政字一四一八号公文将此情况上报新疆政府，省政府接到报告后，于民国33年1月以快邮代电形式指示财政厅和和田专员公署，对挖掘各项细节做了明确规定，甚至将工人食面开支、工资和装箱、掘运费用立为专款。文件形式之重视，内容之周全。只可惜，后来的结局令人心痛。"

"和田当局接到省府指示后，洛浦县代理县长宋友善遵照指示，于同年4月成立古物保管委员会，处理这批出土文物。不久，热瓦克出土泥塑神像被运往和田城展出，据说观者如潮，十分热闹。但由于和田人大都信奉伊斯兰教，一般民众中文盲很少，所以充其量只是让人有新鲜感。展览结束后，这批泥塑文物后来同样不知所终，至今无人道其始末。那可是十几尊巨大的泥塑像啊！"

说话间，维吾尔小伙子端来了羊肉串和薄皮包子，薄皮包子我是第一次吃，每个包子有拳头那么大，面皮薄如白纸，里面包着胡萝卜、南瓜、洋葱还有肉末，黄澄澄的滴着油水。再拌上醋、酱油、辣子面、蒜泥，味道非常不错。不过听了布朗克的话，我的食欲多少受了些影响。

"例子还有很多，我就不再一一列举了。相比起来，不管是哪一位来过塔克拉玛干的欧洲探险家，他们带出中国的文物大部分都完好保存到了今天。就连新疆的考古权威也这样描述斯坦因："他仍不愧是一个伟大的为事业献身的科学探险家。他一生为之奋斗的事业，以及他为追求事业的献身精神都给人留下了深刻的启示。"（见新疆考古研究所原所长穆瞬英《斯坦因考古与探险·中译本序言》）

"当然，我承认个别探险者的挖掘行为太过粗糙，比如1911年日本大谷探险队橘瑞超等人在和田挖掘了一些古寺、古城遗址，获得大批陶器、塑像、陶俑、壁画残块等文物，却没有留下完整的统计数字，留下了一笔糊涂账。文物散落在中、日、韩国有或私人之手。不过，他们只是一群年轻的日本和尚，当然不能和欧洲的探险家相比。"

听布朗克说了那么多，我大致能听出他的意思，于是冷冷地说："你讲的那些都是旧中国的历史，和现在完全是两码事。不过，你既然救了包子的命，我就欠你一个人情，明说吧，找我来什么事？"

"只是聊聊。"布朗克说完，一口气吃了两串羊肉串，颇为老到地说，"听说包小康先生是个厨师，正巧我有个朋友也是美食家，他告诉我，烤肉一定要选半肥半瘦的才好吃，全肥的过于油腻，精瘦的又缺油水，一定要半肥半瘦的，嚼起来才有韧劲儿，而且嘴里流汁儿，调和得恰到好处。对了，肥腻的部分最好火候重一些，烤得略微泛焦，但又吃不出煳味儿，这样的肉串带着一种烧烤的野味儿，口感最好。其实做人也一样，中国人讲究中庸之道，只要调和得恰到好处，全世界的人都是可以和谐相处的。我承认我接近你们有目的，但我也的确帮了你们，你我互惠互利，双赢的局面是大家都愿意看到的。"

"你叫我来，就真的只想说这些？"我不解地问。

布朗克想了想，突然收起笑容："你在胡杨树林里说过的话，还算数吗？"

"说什么？"我不觉一愣。

"你说，只要我能救包小康，你愿意为我做任何事。"布朗克若无其事地咬下一口包子，里面的洋葱肉末馅儿立即落到盘子里。

我有片刻的犹豫，然后机械地点了点头。

"那我想问你，关于织锦图，你们找到了些什么线索？"布朗克若有深意地望着我，"只要你回答我这个问题，你就不欠我人情了。"

我愣住了，想不告诉他吧，之前我在胡杨树林里的确许下了诺言，更何况，我们现在找到的线索也非常有限，告诉他兴许也没什么，于是说："朱雀之巅，在织锦图的朱雀之巅，画着一扇门。"

"就这样？"

"就这些，我们知道的线索也很有限。"

布朗克紧紧盯着我，似乎不相信我说的话。几秒钟后，他突然放声大笑："宋方舟，你真的是个很可爱的人，我不过试探一下，你就真的告诉我了。"

"你！"我顿时有一种被愚弄的感觉。

布朗克赶忙摆摆手说："不要激动，我也是个遵守诺言的人，你不再欠我什么了。对了，"他突然想起了什么，"算是个提醒吧，你觉不觉得，吕方阳这个人有点儿怪？"

我顿时面色一沉。吕方阳这个人，岂止是有一点儿怪？

"别介意，我不是想要挑拨你们，真的！"布朗克注意到我突变的脸色，立即解释道。

我不再说话，只顾着埋头吃东西。就在这时，我的视线突然被他腰间的刀鞘吸引了，刀鞘的式样非常特别，可以同时装下两把直刀和一把折刀。

这是我第三次看到同样的刀鞘：第一次是在血棺部落里一具腐烂的尸体身上，第二次和第三次是在布朗克的腰间。

"你马上要外出探险吗？"我忍不住问。

"没有啊，怎么了？"

我指了指他腰间的刀鞘，里面只插着一把折刀："既然不出门，平时把刀鞘别在腰上干什么？"

"哦，这个啊！"布朗克笑了起来，"习惯了，这个刀鞘我很喜欢。所以经常带在身上，有什么问题吗？"

"没有。"我试探着问，"你前不久有没有去过罗布沙漠？"

"罗布沙漠？"布朗克微微一愣，"没有啊，怎么突然提起这个？"

"没什么，随便问问。"我想了想，还是暂时不点破的好，于是又低头吃起来。

吃完饭，我心事重重地回到医院，突然又想起那张仿古羊皮卷来，于是径直朝吕方阳的病房走去。吕方阳不在房里，虽然我很失望，却并不觉得奇怪。我甚至不止一次地告诉自己，如果时间倒流，我绝不会像傻帽一样冲进沙漠腹地去追他。

找不到吕方阳，我索性去看看包子，他已经醒了过来，正闲得无聊，见我进来，赶忙下床，要我陪他出去走走。结果才刚跨出病房门口，他就一个趔趄摔倒在地上。我赶忙把他扶回到床上，让他好好休息。

"波斯，你最近是不是不在医院？都没来看我。"

我尴尬地笑笑，杨Sir显然没有将我和吕方阳独自进沙漠的事告诉包子，要不然，包子就算是爬，也一定会爬到塔中去。

我闲来无事，索性将之前和吕方阳在沙漠中遇到那些怪事原原本本告诉了包子，当然，我同样省略了那个奇怪的墓，因为在事情没弄清楚之前，我不希望大家互相猜忌。

"天啊，你这次差点儿就回不来了？"听我讲到尾声，包子第十二次打断我的叙述，大声叫了起来。他原本就是个急性子，平时半页书看不完就能睡着，现在听我讲了两个小时故事，耐心早到了极限。

"波斯，你怎么就这么笨，一个人能进沙漠吗？"他急着说，"我看，我们还是回家吧，再这样下去，你我早晚把命搭在沙漠里。"

听到"回家"两个字，我突然心头一颤。说起来，我们这趟来沙漠不过是为了寻找董胖子，谁知道会冒出这么多麻烦，而且接下来还会遇到什么危险，我们都不知道。但眼下"五星齐聚"的秘密已经呼之欲出，董胖子的去向很可能会有着落，藏在我心中已久的秃顶族谜团也许可以破解。在这个时候离开，我总觉得不甘心。

"别想那么多了，我现在已经成了经验老到的探险高手，知道保护自己。"我安慰包子，"再说了，这么多谜团没有解开，现在走还太早。"

"你呀！"包子无奈地叹了口气，"我就知道说不动你。算了，下次什么时候出发，一定要告诉我，别把我一个人蒙在鼓里。"

我点点头，又和他闲聊了两句，回病房睡觉去了。

自打从沙漠里回来，我的睡眠就出奇的好，一连睡了几个晚上安稳觉，再也没梦到那些稀奇古怪的事。

第二天一早，杨Sir替我办了出院手续，把我接到了就近的宾馆。我问他看没看到吕方阳，杨Sir说，吕方阳昨天晚上就住进了宾馆，他说他不喜欢医院里的怪味儿。

我顿时无语，还以为吕方阳又去了什么古怪的地方，没想到他先去宾馆了。

在宾馆里安顿好后，我和杨Sir下楼喝茶，趁吕方阳没来，我把昨晚和布朗克见面的事简单说了说。末了，我不放心地问："杨Sir，布朗克真的没跟你要求什么？"

杨Sir心事重重地点点头："他不要求什么，也许是有所顾忌吧！"

"顾虑什么？"

杨Sir正要回答，吕方阳满脸惬意地走过来，他换上了昨天刚买的新西装，还特意理了个头，看上去精神不少。

"怎么样？"他故意在我俩面前转了一圈，"知道今天是什么日子吗？"

"今天是五一劳动节，再之后是五四青年节。"我摇摇头，"今天就是五一的头一天，所有上班族的节日。"

"错！"吕方阳摆摆手，"算了，也怪我之前没告诉过你们。今天是我和雅文相识五周年纪念日。"

我和杨Sir同时愣住了。

吕方阳见我们一脸茫然，赶忙解释说："雅文是我的妻子。说来有趣，我们俩是在商店买衣服的时候认识的。从那以后，每年的今天，她就会给我买一件新衣裳。"

说完，他长长地叹了口气。从包里掏出一本徐志摩的《再别康桥》，小心翻开，从里面取出一张照片，在手掌心里反复摩挲两下，又放回书中，却没有急着阖上，而是望着照片，目光黯淡地说："她也很喜欢徐志摩的诗。"

我斜着眼瞥过去。照片上，一个美丽的女人正靠在小桥旁，双手摆出V字形，全身洋溢着青春的活力。这个女人，应该就是吕方阳的妻子雅文。

"不提了！"吕方阳关上书，又取出那张仿古羊皮卷，在桌子上铺好，"说说这个吧！昨天杨Sir已经告诉我了，这张羊皮卷是仿古品，我想说说我的看法。"

我和杨Sir一听，立即来了精神。

"有一点可以明确，不管是沙漠路标还是被藤蔓枝扯烂的干尸，都说明之前有人去过古城，从羊皮卷的年龄来看，时间间隔不会超过五年。不管这个人出于什么目的，他费尽心机留下羊皮卷一定有他的道理。很可能，这个人和织锦图的失踪有直接关系，也和精绝胡杨林里那句古老的预言有关系。如果我们能找到这个人，说不定就能找到织锦图。"

"说得简单，上哪儿去找？"我闷闷地说，"虽然我们有几条线索，互相也能联系上，但我总觉得少了点儿什么。"

杨Sir思考片刻，说："先把我们最近得到的信息整理一下吧。首先，吕教授在民丰文物馆告诉我们他对织锦图的猜想，然后我们在精绝胡杨林里发现了那句预言，紧接着是在土城地下干尸肚子里找到的五颗石头，不久后，你们俩又在且末古城里找到了羊皮卷。这些线索说明，吕教授当初的猜测很可能是真的。你们想，预言中说，'万灵之主留下五彩宝石，那是沙漠之民最后的希望。'对沙漠之民来说，他们最大的希望会是什么？"

"当然是水了，那还用说。"我回答，"如果织锦图真的就是水脉图，那正好和预言中所说的'最后希望'扣得上。而我们找到的五颗陨石，很可能就是预言中的五星。还有羊皮卷上指明的五星标志地点，正好在暗示我们当初'伊比利斯毁灭万物'的含义。剩下的就是找到织锦图，探清其中的秘密。"

吕方阳点点头："织锦图的话，我有带图片过来，大家先看看吧！"说完，他又取出一本图册，翻到其中一页摊在桌上。

"说实话，这张织锦图还真像欧洲文艺复兴时期的抽象画。虽然能在上面看到青龙、朱雀这些瑞兽，但上面的线条非常复杂，我对比了所有能找到的地图资料，没有发现任何线索。"

"看来，这张地图并不完整。"我和杨Sir仔细看了看上面歪歪扭扭的曲线，虽然曲线和水脉图有几分相似，细看却相差很远。但图上的几只瑞兽刻画描绘得非常生动，白虎神气活现；天狗仰天长啸；朱雀立在东方，安详静逸。"五星出东方利中国"八个字错综排列在图案的上方和下方。

我仔细端详这幅图，总觉得有什么地方很别扭，一时却想不起来。

就在这时，杨Sir突然指着图上的朱雀说："看这个，这个朱雀有问题！"

第二十四章　新的探险

"什么问题？"我和吕方阳同时问。

"青龙、白虎、朱雀、玄武是中国四大瑞兽，其中朱雀镇守南方，可你们看，在这张织锦图上，朱雀却在东方。你们想过没有，为什么本该在南方的朱雀被放到了东方？"

我立即将图片旋转九十度，让朱雀朝向我们坐着的方向。

"这就对了嘛！"吕方阳恍然大悟，"你们看，以南面的朱雀为起源，无数曲线源源不断地朝北流去，中间还出现了大量支流。数千年来，于阗、精绝、且末、小宛，所有位于塔克拉玛干南缘的古文明，全部依靠从昆仑山脉和阿尔金山脉流下的泉水得以生存发展。于阗位于和田河边，尼雅河是精绝国的母亲河，且末则依靠车尔臣河才得以生息繁衍。对沙漠之民来说，水是他们赖以生存的根本，而作为源头的两座巨大山脉无疑就是神的化身。"

我说："就算你说得对，那范围也太宽了吧？"

杨Sir摇摇头："不见得，你们只看到了朱雀的方位，有没有注意到这里？"他指着朱雀头上的"五"字，我顺着他手指的方向看去，忍不住又是一惊。

古代汉字中的"五"书写方式非常特殊，就像两个倒扣在一起的碗。如果将朱雀朝向下方，正好在朱雀头顶的"五"字就像两扇闭合的大门。

门寓意入口，也就是说，水脉图上标注的入口很可能就在朱雀头顶的位置。很明显头顶朝东，指代的就是阿尔金山脉，不过，范围还是太宽。

"也许朱雀头顶指代的是阿尔金山最高的山峰？"我说。

吕方阳面露难色："有可能。不过，这些都只是猜测。阿尔金山的条件非常恶劣，是比可可西里更加罕至的地方。而且里面的很多山脉至今还是处女峰，没有任何人攀登过，在那上面会遇到什么危险，谁也不知道。"

听了他的话，我和杨Sir同时沉默了。包子的身体虚弱，铁定是不能参加的；吕方阳经历了一场沙漠探险，身体虽然已无大碍，但我一直担心他的精神有问题；我算是勉强从入门级跨入了初级阶段；但严格上来说，我们当中探险经验丰富的人只有杨Sir。

"现在也管不了那么多了。"杨Sir想了想，"眼看着谜底就在眼前，不去试一试怎么行？也许进山以后我们就能找到别的线索。织锦图上不是写着'五星出东方'吗？只要我们沿着东方走，就一定没错。"

"杨Sir。"我马上把他拉到一旁，低声说，"就为了找一个董胖子，犯得着又去冒险吗？阿尔金山可不比沙漠，你没听见吕方阳说吗？那里比可可西里还要人迹罕至。我看，董胖子就算想得到织锦图，也不会去爬阿尔金山。说不定他现在正在哪家夜总会抱着美女玩儿呢！"

"谁都不想去冒险。不过……"他停顿一下，冲我露出一个意味深长的微笑，"宋方舟，你一直被别人耍着玩儿，甘心吗？"

"你这话什么意思？"我不禁一愣。

"我们在血棺部落的经历你应该没忘吧？我们当时都中了迷魂香，一个身穿迷彩服的家伙居然堂而皇之站在我们面前。我不知道这个人是谁，但有一点很肯定，这个人的消息非常灵通，血棺部落也好，精绝胡杨林也好，他和他的人都能赶在我们前面。他这样做是为什么，真的只是寻宝吗？还有你们在古城里发现的沙漠路标，这张仿古的羊皮卷，不都说明我们正被某个人牵着鼻子走吗？现在答案就在阿尔金山上，你小子居然打退堂鼓，还是个男人吗？"

我顿时语塞，杨Sir的话字字点在我心里。他说得对，进入沙漠后，我先后见过三次身穿六色迷彩服的人，两次分别在罗布沙漠的血棺部落和精绝死胡杨林，还有一次在前往塔中的车站。这些人为什么会一直跟踪我，他们和布朗克有什么关系？在古城里留下沙漠路标和羊皮卷的人，会不会是这帮人？

见我不语，杨Sir转头问吕方阳："吕教授，你愿意去加入我们寻找国宝的探险队吗？"

"如果能找到国宝，当然愿意。"吕方阳一听杨Sir要去找国宝织锦图，书生意气又上来了。

我不禁摇头，吕方阳这个人真是琢磨不透，说他简单吧，他好像全身上下都是谜；说他复杂吧，他有时候真是出人意料的单纯。杨Sir三言两语就把他给诓进来

了。

杨Sir得意地看着我："怎么样，现在是二比一，少数服从多数。这可是我一贯的做法。"

"那个……"我低声问，"虽然我能识别秃顶族的文字，但这不代表我不会死，如果我死在山上，你的计划不就落空了？"

杨Sir微微一愣，明显没料到我会这么说，但他马上恢复常态，笑着说："你这句话倒是提醒我了，看来，为了不让计划落空，我是怎么也不能让你死的。这回放心了？"

我犹豫片刻，只好点头，但心中还是忍不住打鼓，杨Sir是个骗子，这一点吕方阳不知道，我和包子却再清楚不过，他的话，能信吗？

下午，我又回到医院，包子正在睡下午觉，他半张着嘴巴，露出两颗大暴牙，哈喇子流得老长，一边睡还一边抿嘴："回锅肉，真他妈香啊！"

我真是哭笑不得，这小子，什么时候也忘不了吃，我就不明白，包子平时吃得也不少，这肉都长哪儿去了？

看他睡得那么香，我打算暂时不把去阿尔金山的事告诉他。要是说了，包子肯定会跟着一起去，就他现在这副身子板儿，可经不起折腾。

这一晚，我一直在床上辗转反侧，怎么也睡不着，不是因为紧张上山的事，而是杨Sir白天说过的话始终在我脑子里回荡不去。织锦图，五颗陨石，羊皮卷，精绝死胡杨林，还有神秘的且末古城，所有这一切都像走马灯一样在我脑海里回放。最后，我的思绪在那五颗刻着独眼的陨石上停了下来。这五颗石头是什么东西，明明黑不溜秋的，为什么会被称作五彩宝石？

想到这里，我马上拨通了吕方阳的手机号码，电话那头出现一连串有规律的长音，显然电话通了，吕方阳没有接。我不甘心，又拨过去。不知响了多久，电话那头终于传来吕方阳不耐烦的声音："宋方舟，知道现在几点吗？"

"吕方阳，我问你。"我赶忙说，"那天在沙漠里，你跟我提到过独目人，好像还有话没说完，现在能接着告诉我吗？"

"告诉你什么？独目人吗？让我想想，上次说到哪儿了？"我听到吕方阳拍脑壳的声音。

我赶忙提醒他："你上次说，独目的阿里马斯普人就居住在阿尔泰山麓，和守护黄金的秃顶族是对头。"

电话那头有片刻的沉默，突然间，我听到吕方阳长长地哦了一声："宋方舟，听你这么一说，我倒突然想起了一些事情，明天吧，明天我要去查些资料，回头给你打电话。"说完，他不由分说挂断了电话，留给我一串忙音。

我望着手机发了很久的愣，吕方阳是不是不高兴我打扰了他睡觉，所以在故意找借口？我看了看表，已经凌晨三点了，这是一个人睡眠最深的时候，想想还是算了，反正吕方阳不是个藏得住的人，一有消息肯定会告诉我。

吕方阳的电话比我想象中来得早，第二天天刚亮，他就心急火燎地让我马上下楼，也不说为什么。听那口气，就好像他已经一把火把酒店给点了，然后让我马上逃生一样。我起初觉得好笑，但再一想，他吕方阳的书生意气一上来，一个人都敢进沙漠，还有什么事是他干不出来的？于是心头一紧，慌忙穿好衣服，拎着包就跑。

吕方阳已经在楼下等着了，身后是一辆四驱沙漠越野车。他又换上了平时的旧夹克，配上宽松式牛仔裤，上宽下窄，裤子就像串在一根树棍儿上，显得吕方阳更加消瘦，和包子有的一比。

"什么事这么急？"我小跑着奔过去。

"上车再说。"吕方阳也不解释，赶忙把我拉上了车。直到越野车启动，他才告诉我，"刚才杨Sir说了，限我们在中午之前赶到阿尔金山，要不然，你我就别去找织锦图了。"

"这么快？"我不禁奇怪，杨Sir怎么可能在这么短的时间内就备齐了装备？

车况比我想象中好一些，起码是行驶在315国道上。司机说，315国道的阿尔金山路段是全中国最烂的国道，因为山里的路不是碎石就是河流，而且必须盘山穿过，险要路段非常多，由于地面大多是碎石，刹车根本不灵，踩下去以后，有时候还要朝前滑行十几米才能停下来。所以啊，司机们都不愿意从山里翻过去，宁愿绕道横跨罗布泊。他也只负责把我们送到山脚下，至于我们接下来怎么走，他一概不知。

听了司机的描述，我的心立即悬了起来，和吕方阳面面相觑，两个人都不知道该说什么好。

"小伙子，你们一定是去阿尔金山野生自然保护区吧，我不是吓唬你们，中国那么多自然保护区里，阿尔金山这个算是最危险的。每年都有驴子失踪。我说驴子你们能懂吗？就是和你们一样的背包客。"说到这里，司机又突然打住，回过头来看看，发现我们每人只背着一个随身背包，其他什么装备都没有。更不对头的是，吕方阳穿着一双皮鞋，而我，因为出门太急，连鞋都没来得及换，还穿着宾馆的一

次性拖鞋。

"你们真是去探险的？"司机有些拿不准了。

吕方阳冲他干涩地笑笑，还是不知道该怎么回答。

"我们，去找人。"还是我先反应过来。我和吕方阳都不知道这趟进山是不是要寻宝，杨Sir只让我们按时赶到，其他什么也没说。

"找人？找谁啊？"司机马上问，"是里面的护林员吧！说起来，那些人也真不容易啊，山里条件那么恶劣，他们也住得下去。有一个探险爱好者在阿尔金山遇险，被护林员给救了，他发现护林员的生活条件相当艰苦，回去以后就四处对人说，以后大家进山一定要带些水果蔬菜。他还把这一条写进了自己的《新疆自助游》小册子里，可见那里头真不是人待的地方。"

"那个，我想问一下。"吕方阳略带犹豫地问，"山里面的条件有多恶劣？"

"怎么说呢，阿尔金山自然保护区是中国的四大无人区之一，里头还保留着最原始的高原生态环境，虽然风景优美，但很多地方都暗藏危险，比如阿雅克库木湖，看上去很漂亮，但是连着一个很阴森的沼泽，人的脚一踏进去，再拔出来的时候，腿上就爬着满满一层蛆。总之你们小心就是了。"

我暗暗叫苦，即便是再缺乏探险常识的人，对"原始"两个字还是有基本概念的。这意味着无数危险的生物在里面生存，形成稳定成熟的食物链。动植物也好，人也好，全都只有一个用途，那就是食物。

杨Sir居然就这样把我们叫到这儿来，真不知道他葫芦里卖的什么药。

不知是哪位诗人说过，荒凉其实也是一种美丽。但因为心事重重，我和吕方阳都没有心思观赏这种另类的美丽，只觉得眼角余光充斥着隔壁和荒漠，土黄色和深褐色之间夹杂着少量红色和绿色，算是点缀，但实在说不上漂亮。

荒漠和沙漠腹地不同，从地质形态上说，荒漠可以被划分成许多种：砾漠，沙漠，盐漠，泥漠和岩漠。其中泥漠的含水层比较浅，有些地方一脚踩下去就能出水。盐漠就是盐碱地，地面上可以看到一圈圈的白色，就连抗盐碱能力极强的红柳，在这里都严重发育迟缓，低矮不说，有些干脆只能和蕨类植物比高低。砾漠就是碎石地，也是司机最讨厌的路段，平时还好，如果遇上弯道需要踩刹车，危险程度比在水泥地面上高很多。岩漠是雅丹地貌，也就是风蚀地貌。这种地貌发育的地区一般是沙尘暴的源地，在已经风化的岩石里可以找到数亿年前的动物化石，包括贝壳和鱼类，所以是考古学家最喜欢光顾的地方。他们从这些化石得知，塔克拉玛干是2800多万年前的地中海海滩，漫长的地质运动将海底抬升成山脉，而胡杨树就是见证这一过程的活化石。

　　临近中午的时候，司机终于在一片荒凉的戈壁滩前停了下来，他让我们下车，说有人吩咐他只把车开到这里。

　　"前面就是阿尔金山？"我和吕方阳下了车，望着山前一大片绵延起伏的戈壁，心中不禁打起鼓来。四周荒无人烟，地上全是碎砾石，不远处有一条小溪蜿蜒流淌，小溪两旁长着几簇不知名的小草，算是这里唯一的生命。戈壁绵延宽阔，但我们站得太近，一眼望不到顶，所以无法目测高度。相比起冰冷的碎石和戈壁，这里的风倒是挺大，只不过少了沙漠里无处不在的沙尘，风也变得随和许多。

　　"不是，这里只是距离阿尔金山比较近的一片戈壁，前面就是依吞布拉克镇。"司机指了指戈壁滩。

　　"那接我们的人在哪儿？"

　　"应该很快就到吧！"司机一边说，一边四处张望，突然，他指着我们左侧，用几乎惊叹的语气说，"天啊！快看，在那边！"

　　我和吕方阳转头看去，顿时睁大了眼睛，前方大约五百米处，整齐停着三辆沙漠运输车，运输车后面带车房，就像一个长方形铁盒子，车房清一色刷成橘红色，非常显眼。我曾在电视上看到过这种移动住房，造价非常高，一个轮胎就价值十万，一般只有国家级的沙漠石油部门才会配备。

　　运输车前站着几个人，其中一个正是杨Sir。

第二十五章　独目人之谜

"看，我没说错吧。"司机一边说，一边转身上车，坐进驾驶座前，我听到他又小声嘟噜了一句，"真是有钱啊！"

我不禁想起上次进入精绝胡杨林时，杨Sir同样携带了大量价值不菲的装备，其中还有在国内根本搞不到的火焰喷射器、冲锋步枪和催泪弹。现在，他居然又在短时间内召集了三辆沙漠运输车。先不说移动住房里的设备，就算是空的运输车，三辆加在一起，总价值也超过一千万，他怎么可能有这么大本事？

靠近运输车前，我和吕方阳一直保持着目瞪口呆的状态，直到杨Sir冲我们招招手，露出他惯常的微笑后，我们才反应过来。

"怎么样？这种沙漠运输车载重五十吨，用来承载移动住房绝对没问题，"杨Sir颇为骄傲地说，"本来是打算搭一排活动板房的，不过需要三四天时间，材料才能送过来，所以我就近安排了几辆沙漠运输车，我们就在这里住几天。"

"杨Sir，你的排场也太大了吧，搭帐篷不就行了？"吕方阳小声问。

"吕教授，你过去也许没在戈壁滩露宿过，不知道这里的危险，山脚附近有很多野生动物，尤其是野狼和野狗，我们还是应该以安全为重。"杨Sir停顿一下，若有深意地说，"我可不想让精绝死胡杨林的经历再重演一遍。"

听到精绝胡杨林，我和吕方阳都不免心悸，那一场惊心动魄的经历，我们都不愿再想起。

我问："那你为什么要带我们来这里？"

"为了训练。"杨Sir回答，"攀登阿尔金山的山峰可不是闹着玩儿的，随便挑一个，估计你们都只能在中途退下来。不训练怎么行？"

"就为了训练？"我叫了起来，"那也不用到这儿来吧，随便找个运动馆不也一样？"

"不一样，既然是攀登阿尔金山，当然要练习攀爬，通常情况下，海拔每上升一千米，人就会出现不同程度的高原反应，我们现在所处的位置是海拔两千米，还不算太高，你们也许没什么感觉，但再往上就难说了。先介绍一下我们的教练，也是这次行动的向导。"杨Sir指着身旁一个膀大腰圆的汉子说，"他叫何东，是个喜欢极限运动的攀爬高手。另一位是营养师兼厨师，大家叫他赵师傅就行了。"

赵师傅不苟言笑地冲我们点点头。他中等身材，皮肤黝黑，只是面部肌肉似乎有点儿坚硬。

倒是何东露出一个腼腆的微笑，和他那副魁梧身板儿一点儿也不搭配："其实，我也是第一次当教练。你们也别叫我教练，直接叫何东好了。"

我和吕方阳又是一愣，我们本来就没打算叫他教练。

"好了，训练计划待会儿再说，我先带你们介绍一下环境吧！"说完，何东把我们分别领到三辆车上的铁房子里，第一辆车用来住宿，出乎意料，房间的环境非常优雅，电视、网络一样不缺，床上用品和厨卫设备全是名牌，丝毫不弱于五星级宾馆。角落里还有一间小型会议室，配置了投影设备，可以容纳五六个人。

第二辆车上的陈设主要用来训练，里面摆放着许多日常健身设备。角落里还有一个架子，上面放满了各种攀爬器材，比如绳索、八字下降器、登山镐，还有很多东西我从来没见过。

第三辆车锁着门，杨Sir说那里面装着出发时的设备，现在没必要打开。

参观完毕，何东说："住宿没有什么注意事项，只是一点，不能用火，不能抽烟喝酒。"说完，他从怀里掏出一个老式打火机和烟夹，我一看，立即认出这是杨Sir的贴身之物，没想到为了这次训练，他居然舍得交给何东保管。看来，杨Sir对这次训练非常重视，不是随便玩玩儿。

吕方阳并不知道这两样东西对杨Sir的重要性，他看着烟夹上的图案，忍不住皱皱眉头，伸手就想拿过来。何东赶忙把手缩回去："我刚才已经说过了，这里绝对不能玩儿火。"说完，他毫不犹豫地将烟夹和打火机放回自己的口袋里。

吕方阳的脸上扫过一丝失望，我知道他不抽烟，之所以会对烟夹感兴趣，多半是因为上面的图案。其实，我也一直对烟夹上的人头像很好奇，这个图案已经被磨损得很厉害了，杨Sir又是个讲究的人，按理不会把这样一个破烟夹放在身上才对。除非这个烟夹对他有什么特殊的意义。

"行了，现在我说一下这几天的训练内容。"何东说，"按理说，登山前需要预留十周的训练时间，不过杨Sir告诉我，我们只有半个月的时间适应，所以我把训练内容浓缩了一下。第一必须保证充足的睡眠，晚上十点熄灯，早上七点起床。第二，体能训练，每天慢跑3000米，每人每天保证俯卧撑和引体向上各四组，至于每组多少个，等我大概了解了你们的身体状况再说。第三，攀岩技能训练，我之所以将训练地点选在山下，就是因为这里有得天独厚的训练场所。"说到这里，他故意转身看了看身后陡峭的戈壁。

"另外，每天晚上会有两个小时的理论课，我会教你们在山里生存的生存技巧和注意事项。大家还有什么问题吗？"

"有！"吕方阳立即举起手来。

何东明显有些意外，估计他已经很久没见过回答问题时举手的人了："有什么问题？"

"我想看看那个烟夹。"吕方阳出人意料地执著。

何东愣了愣，然后非常坚决地吐出两个字："不行！"

吕方阳非常失望地瘪了瘪嘴。

我指了指自己脚上的拖鞋："有准备我们的衣服吗？"

"没问题。"何东笑了笑，"衣服就在你们各自的房间里。"

何东立即交给我们每人一张房卡，上面有房间号，我的房号是110，挺特别。

我回到自己的房间，拉开衣橱一看，忍不住张大了嘴巴，衣橱里摆放着十套一模一样的Columbia防风抓绒套装，衣服由三层构成，最外层为防水防风层，第二层是抓毛绒保温层，第三层是贴身舒适的加厚T恤。三层衣服都可以单独穿，也可以套在一起穿。非常方便。裤子同样采用防水面料，不过只有一层，中间的保暖层被整齐叠好，放在下层抽屉里，这也是考虑到训练地点附近的气候，毕竟这里海拔不高，白天气候还是以炎热为主，不过夜晚气候会骤降几十度，必须把保暖层加上。

衣柜最下层摆放着几双鞋，分别是拖鞋、攀岩鞋、慢跑鞋、长统皮靴和专业登山鞋，其中攀岩鞋、慢跑鞋和登山鞋各有两双，慢跑鞋上有许多透气孔，穿上脚轻便舒适，适合长距离慢跑，但鞋底不够硬，估计在碎石滩上跑步够呛，所以我毫不犹豫选择了登山鞋。

除此以外，桌子上还放着滑雪镜、口罩、手套和一个急救工具包，不得不让人佩服杨Sir的细致入微。

我换好衣服，从房间里出来，杨Sir让我去会议室，我想给包子去个电话，掏出手机一看，根本就没有信号。杨Sir说："忘了告诉你，整个阿尔金山几乎都没有信号，手机还是别带了。"

我愣了愣，心中突然升起一种怪异的感觉，包子不在身边，我独自和一群并不了解的人一起，待在一个陌生且与世隔绝的地方，就好像囚徒一样。一时间，我只觉得自己身处的铁房子压抑异常，心情也不由得憋闷起来。

由于空间有限，我们的会议室和餐厅都在一个房间里。赵师傅非常出色的履行着自己作为一个厨师的职责，晚餐全是高蛋白食物，他说这样有利于帮助我们补充体力。

餐后不久，我们开始了第一天的理论课，何东找来了一个PPT文档，将阿尔金山的地质地貌大致掩饰了一遍，最后，他翻到一页地图，指着上面纷繁复杂的地形说："这就是阿尔金山地形图，其中有些地方是我自己绘制的，就连航拍也拍不到。你们知道为什么吗？"

"为什么？"吕方阳老老实实问上一句，充分满足了何东的虚荣心。

"因为这些地方全是无法探测的区域，比如一些探险得知的丘壑小道，绝壁洞窟，尤其是永冻土层，冻土层的厚度高达数百米，形成一个巨大的地下固体冰窟，夏天到来时，近地表的上层冻土融化，形成地下潜水和暗流，不过，地表仍然覆盖着茂盛的青草，所以，人和动物一旦陷下去，就会跌进无底深渊，再也爬不起来。阿尔金山上不时有人失踪，估计就是和这些永冻土层有关，现在是五月，已经进入夏季了，我们必须格外小心。"

"你能把这些危险区域都标出来，那我们还有什么好怕的？"吕方阳勉强挤出一丝笑容。

何东顿时面露难色说："我也不可能把全部的永冻土层标出来，只不过标出了其中一部分。其实，阿尔金山里的真实地貌，至今也没有人能完全掌握，要不然这里也不会被称作无人区了。"

听了他的话，我的心顿时一沉。

"不过，大家也不用担心，有我在，一定会尽量保证各位的安全。"何东赶忙安慰道。

接下来，何东讲解了有关高原反应的知识，他还一再强调，这些内容非常重要，在高原区域，如果忽视了自身轻微的不适，有可能会酿成非常严重的后果。何东说了很久，我却顶多听进去一半，心中压抑的感觉越来越强，包子的话反而越来越清晰地回荡在我的耳边，他说："波斯，我们回家吧！"

这天晚上，我们准时熄灯，也许是从海拔880米的若羌来到了海拔2000米的戈壁

178

滩，我一时有些不适应，这一晚我又没睡好，朦胧中，我总是觉得一阵莫名心悸，似乎这趟探险旅途又会遭遇什么危险，让我们猝不及防。

第二天，我们开始执行何东的训练计划，何东和吕方阳同岁，自我感觉却比我们任何人都好，我不知道他是不是个好向导，但我越来越发现，他的行为方式和他腼腆的绅士笑容真是一点也不搭调。

训练内容听起来容易，执行起来却状况百出。首先是慢跑，我们三个人居然选择了三种不同的鞋子，杨Sir穿着慢跑鞋，我穿登山鞋，吕教授居然选了攀岩鞋，让我们大呼意外。对我们各自的选择，何东倒是没有意见，用他的话讲，穿什么鞋不重要，重要的是质量，虽然是慢跑，但慢也是有限度的，和快走有本质区别，于是，他要求我们必须在一个时间段内跑完三千米，这样的速度对杨Sir来说也许是慢跑，可对我来说是中速，对吕教授来讲就堪称极限了。到最后，他是被杨Sir和我抬到终点的。

好不容易跑完三千米，吕教授终于意识到自己的错误，大呼小叫着要回去换鞋，我们当时所在地点距离宿营地有大约八百米距离，何东同意了，但要求他必须在半个小时内来回，吕方阳想也不想就摇头，显然这个速度对他来说是望尘莫及的。于是，我们很快又开始了攀岩训练，这一次居然只有吕方阳穿对了鞋。何东说，阿尔金山一直保持着最原始的生态环境，四周危机四伏，关键时候，别说换鞋，恐怕我们连反应的时间都没有。所以，用一双鞋完成全部训练本身也是训练内容之一。

攀岩是另一项非常艰苦的训练，每个人都会跑步，但有的人一辈子也学不会攀岩，由于今天是第一天，何东只要求爬上去五米，反复三次就行。吕方阳穿对了鞋，但他的状况一点儿也不乐观，读书人手无缚鸡之力的弱点在这个时候表现得淋漓尽致，由于攀岩必须要自己用膨胀螺钉和挂片做支撑点，吕方阳只钉了几颗螺钉就累得受不了，被杨Sir和我远远抛在后面。

一天下来，吕教授垂头丧气地回到宿营点，匆匆吃了些东西就回房间去了，连晚上的课也没有听。上完课，我也累得够呛，但出于关心，我还是强打精神，敲开了他房间的门。

"宋方舟，我真的适合探险吗？"吕方阳躺在床上，有气无力地问。

"没有适合不适合，只有想不想。"我说了一句自认为很有哲理的话，"你这么问，是不是打退堂鼓了？"

吕方阳翻了下身，我以为他打算坐起来，谁知他面朝下趴在床上，侧着脑袋看了我一眼："你根本没弄明白我的意思，我是想问，为什么非要用膨胀螺钉和挂片做支撑点，电视里面不是这么演的……"

我叹了口气，没想到他满脑子都在考虑这个问题，看来，吕方阳善于让人出乎意料的水平已经到了登峰造极的地步，于是反问："那电视里都怎么演的？"

"好像是在鞋尖上装把刀子一类的，登山的时候把刀子插进岩石缝隙里，这样就能固定了。可我检查了衣柜，好像没有这种鞋，所以才勉强选了一双。"

我真是哭笑不得："电视上这样演，就是为了误导你这种脑子单纯的人。"停顿一下，我突然试探着问，"怎么你真的没有打道回府的念头？"

"回去？为什么要回去？"吕方阳显然很诧异，"底子差可以努力赶上，这可是寻找国宝，揭开谜团的好机会。"

听了他的话，我一时无语，只是心中积蓄已久的矛盾突然碰撞了一下，使我的思绪瞬间空白。

接下来几天的训练内容都一样，砾石滩慢跑、攀登和器材上的常规训练。吕方阳果然拿出他小鸡快跑的精神，主动找何东专门辅导，何东当然乐意，在阿尔金山这样的原始生态环境里，任何人掉队都有可能毁掉整个队伍。

当然，我也见过吕方阳和何东争论得面红耳赤。吕教授勇于挑战权威，经常和何东探讨在登山鞋上装刀子一类的古怪问题。

自从训练开始后，杨Sir就变得非常沉默，何东安排的训练对他来说轻而易举，我想，他之所以参加，是为了帮我和吕方阳。不过，杨Sir也有古怪的地方，我曾看到他偷偷吃药，也不知道和他戒烟有没有关系。

赵师傅每天按时为我们准备丰盛的饭菜，保证我们的营养。我曾私下和他聊天，和何东的过分自信不同，赵师傅为人非常谦逊。他告诉我，他和何东是好朋友，两人从小在米兰镇长大，米兰镇距离若羌县只有七十四公里，是一个兵团小镇，农二师三十六团的团部就在这里，所以99%的人是汉族。大约上个世纪二十年代，生活在阿不旦的罗布人被迫离开故土，迁居米兰。兵团成立后，这些罗布人被编入了三十六团民族连。大家一起开垦耕种，将米兰镇变成了蔬果富饶的绿洲。何东身上保留着四分之一罗布人的血统，也保留了罗布人对探险的热爱，所以经常参与一些极限运动，没几年就在新疆出了名。

时光飞逝，转眼半个月过去了，我不知道自己的体能有没有长进，倒是感到有些疲乏，也许这和何东急于求成的训练方式有关，不过，我们毕竟只有半个月的训练时间，也不能怪他。

吕方阳最近想出一个新的消磨方式，他会在休息的时候把我拉进房间里，当着我的面将脚上的水泡数给我看，后来，这些泡全都变成茧，脚底也厚了一层，虽然不好看，但这样的脚掌非常适应长时间在砾石路面上行走。

　　训练结束的那一天，我们开了一个简短的总结会加动员会，何东非常自信地说："我们的训练基本取得了预期成效，大家只要认真执行我的训练计划，一定会在体能和经验方面有不小的进步。明天就要进山了，接下来的行程会更加艰苦。我打算先让你们在边缘地带稍作适应，然后再正式进山，这样做，是为了在你们产生高原反应时，有一个缓冲期。"

　　"既然是缓冲期，就应该有个大概范畴吧？"杨Sir问。

　　"当然。"说到这里，他调出投影上的电子地图，指着图上五颜六色的标识说，"首先，我向大家介绍一下阿尔金山。众所周知，阿尔金山位于新疆东南部，东面与青海、甘肃交界，也是柴达木盆地和塔里木盆地的界山，东西长360公里，南北宽190公里，海拔大约在4000至4200米之间。阿尔金山自然保护区是中国四大无人区之一，保护区里有很多世界罕见的自然奇观，几乎完好保存了原始生态环境。这里有丰富多样的地质类型：沼泽、沙漠、高山、泉水、湖泊、永冻土、古熔岩地貌，我们能想到的几乎都能在这里看到。另外，有多达数百种动物在阿尔金山生活，因为这里的动物几乎没有见过人，即便是我们平时认为很温顺的动物，在这里也有可能袭击人类，比如雁和鹤，所以，我们必须处处小心。缓冲区域说出来大家都知道，就是前面的依吞布拉克镇，那里是进入阿尔金山的最后一个镇，过了依吞布拉克，就要翻越达坂，正式进入阿尔金山自然保护区。我大致看了一下，这一带主要地形是戈壁，河流和荒漠，应该没有危险，海拔大约3000米左右，这个高度比较适中，用来做缓冲区域非常合适。"

　　"我想问一下。"吕方阳又举起了手，"车房也跟着去吗？"

　　"不会，"何东说，"运输车无法进入阿尔金山，所以我们只能搭帐篷，我说过了，山里保留着原始的生态环境，任何事情都只能自给自足。不过，移动住房会在这里待命，如果我们遇到危险，随时可以安排救援。"他停顿一下，继续说，"我们会带上卫星电话和GPS导航仪，不过，阿尔金山里的地形十分复杂，就算我们打了电话，救援人员也未必能及时找得到我们。所以，大家最好用心训练，想办法保住自己才是最重要的。"

　　怎么会这样？我和吕方阳同时失语。

　　这一夜，我再次失眠，心悸的感觉越来越强烈，各种疑团混杂在一起，化作一股汹涌的力量，无情冲击着我的神经，这种没来由的思虑整日折磨着我，尤其回想起自己两次九死一生的经历，我时常都会惊出一身冷汗。有时候，我也会责怪自己的软弱，但转念一想，我原本就不是个坚强的人，既不像何东，身上流着探险者的血；也不像杨Sir，永远有一个明确的目标支撑着他。我只是一个普通人，会怕死，会喊痛，还会想家。

回想起来，我究竟是为了什么要来沙漠探险？虽然我和包子走到今天这一步可以说完全在杨Sir的计划之内，但也和我当初有一个冒险家的梦想不无关系。我厌倦每天一成不变的生活，厌倦父亲的唠叨，可是现在，这些曾让我无比厌倦的事突然变得亲切起来，越是亲切，我就越觉得眼前的境遇非常可怕，仿佛一只无情的大手紧握住我的命运，使我没有丝毫喘息的机会。我有一种想要逃跑的冲动，尤其从鬼魅魔都死里逃生后，这种冲动就变得更加强烈。明天就要去阿尔金山脚下了，虽然何东说给我们预留了缓冲时间，但隐约中，一种不祥的预感始终困扰着我，让我无法自拔。

我已经一周没和包子联系了，他会不会预感到事情不对，正在满世界到处找我？是的，我必须回去看看他，这个想法成了我最终选择出逃的理由。

凌晨两点，我第一次踏出车房。杨Sir一直没有打开第三辆车房的门，他说里面装着这次探险所需的装备，说不定也有交通工具。这样想着，我绕过中间那辆车载健身房，直接来到第三辆车前，门上有锁，但出乎意料，锁芯里居然插着一把钥匙。这个发现让我大吃一惊，伸出的手顿时停在半空中。

"如果你担心包子，我可以告诉你，他已经知道我们要去阿尔金了。不过，他也很清楚自己的身体状况，所以托我好好照顾你。"不知什么时候，杨Sir出现在我身后。

"宋方舟，我早就看出你的情绪不对，如果我无论说什么你都要走，那我也不会强留你，这辆车载货箱里装着两辆四驱越野车，其中一辆已经装好了装备，另一辆是空车，你可以开这辆车回若羌，不过不是现在，等到天亮再走。阿尔金山附近很危险，你之前遇到过野狼和野狗，应该知道这些动物的厉害。"

我不禁微愣，没想到杨Sir会说这样的话。于是深呼吸一口气，从嘴里挤出两个字："谢谢！"

说完，我拧开锁芯，随着金属门开启的吱呀声，铁门打开了。两辆全新的军用四驱吉普出现在我的眼前。月光轻洒在吉普军绿色的金属表壳上，透射出冷冷的光芒。

我忍不住看了看杨Sir，他已经让我意外了太多次，终于让我有了免疫力，面对明显装备精良的吉普车，我居然没有惯常的心动感觉，因为此时此刻，这辆车在我面前只有一个用途——回家的工具。

"你等等！"吕方阳从杨Sir身后走出来，"宋方舟，如果你实在要走，听我说几句话行吗？"

我突然不知该说些什么，不久前，吕方阳独自一人进入沙漠，是我费劲全力去追他回来。可现在，我要离开队伍，又换他来劝我。我惊讶之余，不禁感慨造化弄人。

"你说！"我转过身来。

吕方阳冲我笑了笑，然后抓抓后脑勺说："其实，我也没想好怎么劝你，不过，你前几天让我把有关独目人的事跟你说清楚，我当时贪睡不想说，这段时间又一直忙着训练。现在你决定离开，说实话我挺后悔，如果当时把独目人的事告诉你，兴许你就不会走了。"

我心头一动，立即想起吕方阳曾对我说过，远古的青铜时期，生活在阿尔泰山脉中的独目人和秃顶人曾是对头。赶忙问他："为什么这么说？"

吕方阳理理嗓子，这是他每次开始长篇大论前的惯常动作："我上次只对你说了一些有关独目人的传说。其实，有关这个奇特种族的信息远远不止于此。1898年，有人曾在阿尔泰山脚下的青河县发现一颗陨石，陨石重达32吨，是世界上第三大铁陨石。这块陨石的发现立即引起了中外探险家的注意，不仅因为陨石本身的体型庞大，还因为陨石上雕刻着各种各样的古怪图案，首先是具有古岩画风格的鹿、羊、马、驼，动物旁边还有一个巨大人形，人形头部呈圆圈状，中间有一个圆点儿，双手怀抱胸前，姿势像是某种舞蹈。由于人物没有描绘五官，只在头部中心画了一个点儿，整个人形显得非常怪诞。有人分析，这个人形很可能就是公元前七世纪希腊探险家亚里斯底阿斯所说的'独目人'。从图案可以看出，阿尔泰山附近曾流行萨满教，而萨满教所崇拜的对象就是以真实人物为原型，也就是说，古人之所以会将脸上只有一个圆点的人形刻绘在陨石上，是因为他们真的见过独目人。

"这个观点看似匪夷所思，其实并不是空穴来风。现代人发现，不仅是亚里斯底阿斯的《独目人》和远古奇书《山海经》，阿尔泰语系的所有民族传说中都有关于英雄勇战独目巨人的神话。可以说，阿尔泰地区是世界上有关'独目人'故事流传最广的区域。这其中，古代突厥部落有关巴萨特斩除神灵'独目巨人'的传说最令人匪夷所思。

"故事说，一位牧人在山上放牧，看到一个圆形发光球体从天上落下来，球体打开后，从里面走出一个额头只有一只眼睛的小人。牧人将小人抚养长大，小人长成了独目巨人后，却恩将仇报，以活人活畜为食。英雄巴萨特巧妙进入巨人山洞，用铁钎刺瞎巨人的独目，然后将其斩杀，这才使整个民族摆脱了恐惧和灾难。不光是突厥语文献，维吾尔族、哈萨克族、柯尔克孜族、乌兹别克族、哈卡斯人，以及肖尔人和图瓦人都有类似的传说。"

"啊？"我被吕方阳的话吸引住了，脑海中不禁回想起那五颗小石头，这些陨石上全都刻着一只独眼，难道独眼就是独目人的标志？

"事实上，阿尔泰上的铁陨石刻绘并不孤独，同属西北的贺兰山上也曾发现过相同的独目人岩画，岩画上的独目人和铁陨石上的独目人如出一辙。圆圆的脑袋，额头中间有一个点，而且头以下没有脖颈，胳膊和腰非常粗大，全部用圆弧代替。这种奇怪的造型还出现在北非撒哈拉沙漠中，那是一幅被命名为'伟大马斯神'的巨型岩画。除此以外，罗布泊也发现过类似岩画。"

"除了岩画，还有许多绘画和文字也为独目人的存在提供了佐证。《殷周金文集录》收录了1950年在殷墟武官村发现的十二副金文天神，有两幅和'独目人'岩画非常相似。在埃及金字塔下的德耶德支柱上，绘有许多独目人的画像，和撒哈拉的独目巨人岩画完全一样。"

"根据这些传说和岩画，'宇宙考古学'专家得出一个非常惊人的结论：画中人物应该是在远古时期造访过地球的外星人，他们身穿宇航服，戴着圆形的头盔，头盔正中有一目式的观察孔，这就是独目人的真实面目。"

"1979年，四名解放军战士在贺兰山一处山沟里发现了一个不明飞行物，飞行物自上而下飞行，外形像一个扁圆的钢精锅，直径大约40—50米，高约20—30米。美国民俗学家乔·尼科尔在《不明现象调查》里也曾写道：1963年，有人曾目击过'独目巨人'。1973年，一个名叫德莫洛的男子在法国玛尔蒙山区碰到一个高个子，头上只有一个圆形发光孔的智慧生物。类似记载还有很多，1957年、1965年、1977年都有关于独目人的目击记录。美国宇航局把搜索地外文明的计划命名为'独目人计划'，其指代不言而喻。"

吕方阳的话勾起了我的好奇心，听了他的描述，五颗陨石上的独眼似乎不再那么深奥，而是变成了意义更加宽广博大的存在。外星人、神秘铁陨石、古老的精绝文明、五行元素的奥秘，这些原本只会出现在书本上的东西居然如此近距离的出现在我身边，怎么能不让人着迷？

只不过，我依旧没有听出独目人和我的去留有什么关系。于是好奇地问："你说的这些的确很吸引人，不过，你为什么要说，我听了这些也许就不会走了？"

"你还不明白吗？"吕方阳两眼放光，他虽然不知道这番话有没有说动我，却把自己说得激动万分，"五星齐聚的秘密不光关系到织锦图的下落，还很可能关系到全人类！"

我和杨Sir同时愣住了，虽然吕教授说的话句句有据可依，非常吸引人，可唯独这最后一句，好像和我们这趟阿尔金山探险没多大关系。

"对不起，我并不关心全人类的未来。"我压抑住心中涌出的巨大疑惑，依旧坚持离开。

杨Sir无奈地摇摇头，转身对吕方阳说："你看，我就知道你的独目人故事留不住他。宋方舟，我们说点儿实际的吧！"

说到这里，杨Sir走到我面前，凑到我的耳边说："宋方舟，你是不是把我们得到的线索告诉了布朗克？"

我顿时一愣："你怎么知道？"

杨Sir叹了口气，摇摇头说："因为我知道布朗克请你吃过饭，你本来就觉得欠他人情，当然有可能告诉他。我刚才不过试探一下，你真的就承认了。"

我又是一愣，同样的话，布朗克也对我说过。

"我只告诉他朱雀之巅有扇门，其他什么也没说。"

杨Sir淡淡地说："可他知道我们要去阿尔金山。"

我震惊了："他怎么会知道？"

杨Sir苦笑一声："宋方舟，你呀，还是涉世未深，居然什么也不知道。还记得布朗克在民丰巴扎上交给你保管的那个木牍吗？这个木牍你没有还给他，而是一直带在身上。"

"是啊，怎么了？"我不解地问。木牍是布朗克交给我保管的东西，可吕方阳不让我还给他，所以我一直放在随身行李中，不在沙漠里探险的时候，行李一直跟在我身边。

"布朗克在木牍里装了微型窃听器。"杨Sir说，"虽然在沙漠里无法窃听，不过我们在民丰和且末说过的话，他全都知道得一清二楚。"说完，杨Sir不知从哪儿变出一块木牍，正是当初布朗克送给我那块。杨Sir叹了口气，继续说："可惜啊，我也一直没有发现，直到布朗克说他知道我们的计划，我才开始怀疑这块木牍。你可以自己看看，就镶在木板的缝隙里。当然现在已经被我破坏了。"

我抢过木牍，果然在缝隙里找到一块纽扣式窃听器，一时间，我的思绪快速倒流，重新回忆起当初在民丰巴扎上遇到布朗克的情形：热闹的集市上，我差点儿被一个摊贩蒙骗，幸好布朗克及时出现，拆穿了摊贩的谎言，他还买下一块木牍，说要送给我，我不答应，只说可以暂时将木牍寄放在我那里，等我找吕方阳破译了上面的文字后就归还，现在想来，布朗克之所以会在那里和我碰面，根本就是为了将装有窃听器的木牍交给我，如此一来，他就可以对我们接下来的行程了如指掌。

"那个摊贩，他和布朗克是一伙的！"醒悟过来后，我忍不住叫了起来。

杨Sir点点头，异常严肃地说："你能意识到这点当然好，所以，现在的关键不是独目人，更不是全人类，而是布朗克，我需要同伴，和我一起对付布朗克。如果我没估计错，他也会去阿尔金山。"

我一时语塞：朱雀之巅的线索是我告诉布朗克的，木牍也是我傻乎乎带回去的。我虽然满嘴的诚信道德，却三番两次将重要信息泄漏给对手。不管是有心还是无意，错漏的确出在我的身上。这样想着，我顿时感到非常的愧疚。在这种情况下，杨Sir希望我能出手帮忙，算是将功补过也好，揭开织锦图的秘密也好，我都不应该拒绝。

杨Sir只用了三言两语就将我打算当逃兵的念头打消得荡然无存。的确，如果包子知道了全部事情的始末，他也不会希望我半途而废的。

"我的话说完了。"杨Sir拍拍我的肩膀，"怎么选择是你的事。"说完，他转身走回到车房里。

吕方阳见我杵在原地不动，似乎没有开车离开的打算，立即追上杨Sir问："你都跟他说什么了？我讲了一大堆，连全人类都扯出来了，还是没说动他。怎么你三言两语就让他改主意了？"

杨Sir冲吕方阳神秘地笑笑，也不言语，径直回房间休息去了。留下我一个人，孤独地站在砾石滩上，阵阵寒风迎面吹来，冷得我浑身直哆嗦。预感终于成真，不知不觉中，我已经失去了选择自己命运的权利，就像天地间的囚徒，被一只无形的手推上预先设计好的道路，即便前面是深渊火海，我也没有选择的余地。

第二十六章　进入无人区

　　第二天早上，我经过一番考虑，挑选了一双登山鞋。鞋穿在脚上，我又左右打量了一番，突然想起初次进入沙漠时，包子曾让我去买鞋的情景。回想起来，这不过才是一个月前的事情，可我怎么觉得像是过了很久？

　　吕方阳兴冲冲地跑过来，每只手上拎了两双鞋："宋方舟，你帮我参谋参谋，我穿哪双鞋进山？"

　　我说："那要看你自己了，不过我觉得，既然是阿尔金山边缘，应该遇不到沙漠，攀岩也还不至于，多半是荒漠砾漠一类的地方，登山鞋就凑合了。"

　　"登山鞋？好，就登山鞋！"吕方阳想了想，赶忙把鞋子扔在地上，挑出登山鞋穿好。

　　"对了。"我突然想起来，"吕教授，你好像对杨Sir的烟夹特别感兴趣？"

　　"那个啊？"吕方阳颇为满意地看看自己的脚，"那个烟夹上的人头像很特别，我好像在哪儿见过，所以想看看。"

　　我若有所思地点点头，正想问他有没有回忆起什么，杨Sir走进来，他看了看我和吕教授脚上的鞋，笑着说："这一回，我们终于穿上同样的鞋了。"

　　"鞋是宋方舟帮我选的。"吕方阳马上回答。

　　杨Sir说："不管怎么说，感谢二位的支持，别的话我就不啰唆了，上路吧！"说完，他率先拉开门出去。

　　"杨Sir。"我把他叫住。

　　杨Sir停下来，却并不打算回答什么，只是淡淡地说："有什么话路上再说吧，何东还等着我们。"

　　走出车房，我们一眼就看到那两辆军用四驱吉普车，吉普车乍看上去很普通，没有商用车的炫目外观，但车的性能和装备却比普通吉普高出许多。

我们先后上了车，何东显得非常兴奋，不停摆弄着车上的设备，嘴里还嘟哝个不停："全地形反馈适应系统、智能四驱、陡坡缓降控制系统、电子辅助车轮打滑控制……"

"你好像很喜欢这车？"我问。

"那当然。"何东笑着说，"你知道吗？在荒漠里开四驱越野车的感觉和在马路上开普通车真的不一样，你开过吗？"

"没有。"

"没有？"吕方阳好奇地问，"那你昨天晚上还敢把吉普车开走？"

"我会开车，不过以前没开过什么好车，而且技术也不太好。"我据实相告。

何东听了我的话，突然长长松了口气："幸好你昨天没开这辆车走，要不然……"他转过头，神秘地冲我笑笑，"你会死的。"

我又是一愣，赶忙问："为什么这么说？"

"因为你从来没在荒漠上开过车，从我们的驻地开车回若羌，一路全是荒漠砾石，在这样的路面开，如果没有经验是很容易翻车的。加上路上人迹罕至，即便是白天，你也很可能变成野狼野狗的食物。"

"有这么危险吗？"我睁大了眼睛。

"当然有，来的路上，你没看到汽车残骸吗？"何东说，"从花土沟到若羌路段是国道315中最难走的一段。吉普车经过美丽的高山湖泊依吞布拉克，进入盘山公路后，道路立即变得曲折，那里属于水蚀峡谷地带，在翻越海拔3850米的米塔石达坂时，车的残骸随处可见，这里路径非常险恶，稍不注意就有翻车的危险。"

我吞下一口干涩的唾沫，以我的技术，如果昨晚真的一时冲动开车回去，说不定现在已经魂归天国了。这样想着，我不禁有些后怕。回想起昨晚杨Sir让我"自己选择"的话，真是个一点儿也不好笑的冷笑话。

杨Sir将几个迷彩背包交给我们，他说，每个背袋的负重在四十斤以内，里面装着一切野外生活所需的装备。比如电筒，食物，登山器械和急救药物。虽然有车送我们进山，但大家总免不了徒步，这几个包必须随身携带。

我们走过去，发现每个背袋上有一个金属小号牌，分别对应我们各自的房间号。吕方阳很不喜欢自己的房号111，他曾告诉我，每次一看到这个号码，他就想起自己现在孤身一人，挺伤感。

这回出发，何东少有的没有啰唆，他异常兴奋地坐在第一辆车的驾驶座上，我

和吕方阳坐在后排。赵师傅和杨Sir则坐上第二辆车，这辆车负责供给，车上的大部分空间都腾出来堆放汽油，至少准备了半个月的用油量，余下的小部分空间则放着装备和食材。

整顿完毕，我们正式上路，何东兴奋地说，他开了这么多年车，还从来没开过军用吉普，虽说外观很普通，但性能的确不是盖的。尽管他嘴上这么说，坐在车上，我还是觉得心里直打鼓。因为眼前根本就没有传统意义上的路，沿途的荒漠和砾漠使道路异常颠簸崎岖。大部分时候，我只能看到两旁光秃秃的土黄色山岩，山上没有任何动植物生存的迹象，行进其间，就好像进入了传说中的死亡之地，只有地上突兀生长的一丛丛野草透露出生命的迹象，让人不禁怀疑前面的阿尔金山里是不是真有那么多的野生动物。偏偏阿尔金山在蒙古语中译为"有柏树的山"，可眼前根本就看不到一棵树。

坐在车里，我只觉得自己的胃随着极度崎岖的山路一起颠簸，就连何东饶有兴致的介绍也只听进去一半。他说，阿尔金山里的路全都是"三跳路"，车在路上跳，人在车里跳，心在肚里跳。这里只是边缘地带，等进入到高海拔地带就会体会更深。我们一路颠簸着经过依吞布拉克镇，终于在下午四点来到阿尔金山脚下。眼前就是巍峨的高山，山尖覆盖的累累白雪在阳光照射下反射出耀眼的光芒，立即让人耳目一新。仪器显示，这里的海拔有3000米左右。由于晕车，我和吕方阳自从进山后就没有舒服过，车一停，我俩就赶忙下车，蹲在一旁干呕了半天。头有些痛，也分不清是因为高原反应还是因为晕车。

"今天就在这里休息，如果你们感觉不舒服，也可以多休息半天，明天中午再启程，多适应适应。"何东从后面拍了我和吕方阳一下，转身看看两旁光秃秃的山崖，忍不住皱皱眉头。

"怎么了？"杨Sir问。

何东没有说话，只是摇摇头，低头注视着地面，朝前走了一段。地上生长着少量低矮的旱生植物，有些红色，有些绿色，这些野草就像长在荒漠地上的疖子，远远说不上好看。

半晌，何东扬扬眉毛，从一块砾石上拾起一小撮兔子毛，对我们说："看到了吗？有动物的迹象就说明有食物链。"

夜幕降临，赵师傅早早煮好食物，我吃着美味的水晶饺子，不禁怀念起包子在胡杨林里谈论抓兔子的经历。一时心动，我按照包子说的方法，用绳子做了一个绳套，绳套用了活动绳结，兔子一旦钻进绳套，就会使劲往前逃跑，绳结受到外力，朝里移动，绳套就会越来越紧，直到将兔子完全套牢。

我将绳套放在何东发现兔子毛的地方，那里距离宿营点大约一百米距离，篝火的光芒完全覆盖不到，只剩下冰冷的月光，将荒漠滩镀上一层黯淡的金属光芒。吕方阳和赵师傅早早睡下，何东和杨Sir坐在火堆前低声商量着什么，何东的表情非常严肃，杨Sir则一个劲儿摇头。

我并不关心他们在谈论什么，反而惦记着自己做的圈套，两个小时过去了，也不知道有没有兔子上钩。于是趁他们不注意，悄悄溜进黑暗中，朝绳套的方向走去。

我尽量小心前行，还没靠近就发现前方出现两粒闪亮的光源，几秒钟后我才反应过来，那是一双眼睛，一双闪烁着宝石般幽暗光泽的眼睛。奇怪的是，两只眼睛的颜色并不相同，一只是蓝色，另一只是浅黄色。随着我的逐渐靠近，眼睛的主人也在缓慢移动，它显然发现了我，却并不急于离开，只是警惕地望着我所在的方向，然后突然发力，朝我猛扑过来，我猝不及防，身体下意识朝左侧躲闪，一个身长约一米的动物立即从我右肩擦过，前爪刮到抓绒外套，发出难听的怪声。顿时，我意识到来者不善，忍不住惊出一身冷汗。对方退到我的身后，原地来回踱步，仿佛在估量我的实力。

它的动作很轻，发起进攻前没有丝毫的预兆，这一点很不好对付，我突然想起，这也许就是传说中的荒漠猫。这种猫比家猫的体型更大，拥有豹一般的速度，惹上荒漠猫绝不是件好事。我想退回宿营地，又担心它会突然从背后进攻，正在进退两难之际，我突然发现荒漠猫那双怪异的眼睛闪动了一下，紧接着前身附在地面上，两只前掌紧抓住地面，做好了攻击准备。我暗自叫苦，还没反应过来，身后突然传来一股力量，直攻我的腿部，一时间，我失去了重心，整个人朝前俯倒下去，与此同时，又一双眼睛从我面前闪过，和刚才那双眼睛互相对视了一眼。我猛然醒悟，刚才那只荒漠猫之所以摆出攻击姿势，是为了引开我的注意力。真正发起攻击的是它的同伴，另一只潜藏在黑暗中的幽灵。

我不禁想起何东白天说过的话：有动物迹象的地方就有食物链。难道这两只荒漠猫想把我当成盘中餐？就在这时，我突然听见旁边的绳套处有轻微响动，侧头一看，里面还真套了一只动物，它使劲扑腾着翅膀，像是野鸡。我顿时反应过来，原来荒漠猫感兴趣的是这只落入圈套的倒霉蛋。它们也许从没见过人类，以为我要和它们抢食物，所以对我充满敌意。

想通了这一点，我的心情也放松许多，于是小心翼翼地朝后退去，远离绳套。

两只荒漠猫始终一动不动地盯着我，直到我退到十米开外，它们才慢慢朝绳套走去，其中一只的视线一直没有离开我，两只眼睛闪烁着不同颜色的光芒，光芒幽暗深远，似乎有一种能洞穿灵魂的力量，看得我心中一阵发毛。

回到营地，我连外套都没脱就直接缩进睡袋，那两只怪异的眼睛始终浮现在我的脑海里，搅得我心神不宁。只不过，由于昨夜莽撞的举动，瞌睡账算到了今天，加上白天一路颠簸，一沾到睡袋，困顿的感觉立即袭来，不一会儿，我就陷入了沉沉的梦乡。

在梦中，我又看到了那位美丽的姑娘，她依旧跳着奇怪的舞蹈，动作轻盈美丽，不夸张，却能恰如其分地表达出内心的感受。我第一次发觉，原来那些火柴棍儿小人所记录的舞蹈文字也可以如此的优美。

姑娘的舞姿非常美丽，表达出的情感却是那么伤感，她说：我等待着他的归来，从日出到日暮，从日暮到日出。直到容颜衰老，直到世界改变……

随着舞蹈的继续，姑娘的容颜居然真的开始衰老，皱纹很快爬上她美丽的面颊，黑发变成苍苍白发，皮肤上出现难看的褶皱。原来的曼妙女郎瞬间就变成了沧桑老妇，深深震撼着我的心。

只是，虽然容颜衰老，老妇却并没有停止舞蹈，她依旧一丝不苟地舞出各种动作，似乎永远也不会停下来。她说，有一天，一位年轻男子来到我的面前，容貌与我的心上人一模一样，他说，他的父亲已经战死在沙场，临死前，他交给儿子一块血玉，让他一定要交到我的手中……

梦境到这里突然中断，我猛地睁开眼，朦胧的光亮从帐篷的缝隙中透进来，那是赵帅傅白天点起的篝火，只不过染料用的不是木柴，而是液化气罐。这是何东进山前特别叮嘱的，说是不能破坏阿尔金山原始的生态环境，但我知道，想在这种光秃秃的山上找到木柴，的确是件不容易的事。

我钻出帐篷，现在守夜的人是杨Sir，他独坐在一块石头上，一动不动，也不知道在想些什么。我突然有一种感觉，杨Sir现在的背影看上去似乎很孤独，和他平日里干练的形象有些不一样。

"睡不着？"杨Sir知道我在他身后，头也不回地问。

"嗯。"天气太冷，我忍不住裹了裹衣服，"第一次看到用液化气燃起的篝火，觉得不太习惯。"

杨Sir淡淡一笑，从怀中摸出一个金属小扁瓶递给我："喝两口吧！"

我走过去，在他身边坐下，接过瓶子，猛灌了一口，喉咙立即感到火辣辣的热："这是什么酒？"

"二锅头。"

"看你挺小资的，还喜欢喝这么烈的酒。"我笑了，"是不是有种没头苍蝇的感觉？阿尔金山这么大，十天都走不完，我们上哪儿去找织锦图上标的门？"

杨Sir叹了口气，突然望着天说："既然是五行齐聚之所，也许老天会给我们启示。你看，这里的天空多亮，那颗是北极星。"他指着北面一颗最亮的星星，然后指着另外几颗说，"看那里，那是猎户星座。"

我顺着他手指的方向望去，脖子仰累了，索性躺在地上。广博的天幕就像被漂洗过，在夜色映衬下格外清澈干净，和我在城市里看到的天空完全不同。望着这样的天空，连心境也突然平静下来。

"原来，星星也可以这么漂亮！"我不禁感慨。

杨Sir喝了一口酒，突然问："宋方舟，你知道'五星出东方利中国'中的五星指的是什么吗？"

"不知道。"我摇摇头。

"我问过吕教授，他告诉我，'五星出东方利中国'这句话最早出现在《史记·天官书》里：'五星分天之中，积于东方，中国利。'按照古代占星学和阴阳学的说法，五星是指岁星、荧惑星、填星、太白星和辰星，当这五颗星同时出现在东方时，会被认为是天赐的瑞兆。公元前202年，五星曾同时出现在东方井宿中，被认为是汉王朝兴起的祥瑞之兆。五星之中，岁星指代木星，荧惑星指代火星，填星指代土星，太白星指代金星，辰星指代水星。"

"五星真的可以齐聚吗？"我问。

杨Sir笑了笑："五星已经齐聚了。"他掏出布口袋，在我面前晃了晃，五颗石头在口袋里互相碰撞，发出响亮的声音，"五星出东方，说明我们要找的地方就在东方，只要沿着太阳升起的方向走，就不会偏离方向。把织锦图竖起来看，朱雀的头不就正好指着东方吗？不过……"

"不过什么？"

"你看。"杨Sir取出地图，指着阿尔金山东部边缘说，"其实我一直有一个猜测，如果朱雀的头象征着阿尔金山极东，那我们的路途会非常危险。按照最短的路程来算，我们必须沿着祁漫塔格山一路向东，经过世界上海拔最高的沙漠库木库里沙漠，到达最东面的魔鬼谷。那里地势险要，而且流传着许多奇怪的传说。"

"那有什么办法。"我望着天边最亮的北极星，"反正现在该怎么选择也由不

得我。"

杨Sir若有深意地看了我一眼，没有说话。

第二天，何东确认了我们每个人的状况后，决定继续上路。路途并不顺利，首先，我们的供养车在经过阿提阿特坎河时陷进了泥沙，说是河，其实阿提阿特河是个大河滩，河宽超过两百米，看似平坦，地形却十分复杂，河滩各处深浅不一，有的地方松软，深度超过一米。加上两天前刚下了雨，想要过去就更加困难。何东来过这里，过得还算顺利，杨Sir第一次来，虽然他努力跟着何东的车辙走，却还是一不留神陷进了淤泥，好在陷得不深，何东先顺着陷落处挖出一条向上倾斜的坑道，然后用前面一辆吉普将供养车拉了出来。

这一关闯过去后，我们很快又遇到新的难题——翻越达坂。达坂来自蒙古语，意思是山口，与青海西藏说的垭口是一个意思。我们即将翻越的达坂属于阿尔金山里的祁漫塔格山脉。

达坂海拔4700米，上山全是狭窄的泥路，在路上，我们全部人都出现或多或少的高原反应，吕方阳一个劲儿说头疼要吸氧。何东检查了一下，发现他的嘴唇并没有变色，心跳呼吸也还算正常，应该没有太大问题，就让他撑一下。

和吕方阳一样，我也觉得头疼，呼吸明显加重，吃饱了就反胃，但还算能够忍受。杨Sir的情况最稳定，只是在休息的时候，我看他吃了几次药。何东和赵师傅已经进过好几次阿尔金山，所以对身体产生的不适反应早有心理准备，他们取出抗高原反应的药物，分给我们吃下。药是纯中药，由红景天、灵芝和螺旋藻配成，我吃了几片，也不知是不是心理作用，感觉果然好了一些。

除了高原反应，翻越达坂本身也是一件非常艰苦的事。一路上，我们遇到好几条沟渠，虽然不宽，却足够阻断我们的去路，何东和杨Sir不得不发动大家下车搬石头，用路边的石块将河沟填出一条路来。石头还不能小，否则车一上去就有塌陷的危险。我们没想到翻山还要搬石头，下车后都抱怨连连。杨Sir怒了，直接说，如果不填河沟，今天晚上就得在这里过夜。

这句话让我们立即意识到问题的严重性，赶忙四下找石头，然后像童年过家家一样，将大石头抱起来，扔进河沟里。沟填好了，车又陷进了松软的泥沙里。还好车的性能好，两辆车没有同时被陷过，互相可以拖拽着走，要不然我们只有下山去找救援队帮忙。

就这样，在填了几条沟，拖了几次车后，我们终于爬到达坂的顶峰，从这里往前眺望，视野顿时开阔，虽然眼前依旧只有没有绿色的山峦，这些土黄色的山峦本身却重重叠叠，构成一道独特的风景，细看过去，每座山峦的线条都不相同，有的粗旷高大，有的却纤细妖娆，千奇百怪的造型丝毫不逊色于满是绿色的名山大川。山峦之间显露出一片又一片平坦的谷地，让人不禁怀疑，这些平地原本也是山，只是被造物之主移去了别处，空留下这样一片别样的风景。远方，我们可以明显看到座覆盖着白雪的山峰，山峰顶端弥散着神秘的氤氲之气，四季不散。

翻过达坂，美丽的阿雅克库湖出现在我们眼前，现在是黄昏时分，河面虽美，却透着幽幽的绿色，显得有些瘆人。今晚我们打算在湖边过夜，吕方阳邀我去湖边散步，我想起在来的路上，司机对我说起过有关阿雅克库湖的传说，立即没了兴致，于是和杨Sir一起搭帐篷。何东检查车辆状况，赵师傅则开始生火做饭，和赵师傅在一起，我们每天的食谱都不一样，虽然简单，吃起来却别有滋味，比如昨晚的水晶饺子，今天中午的盖浇面，赵师傅说，今天晚上吃烤羊肉，他还特意准备了一头打理干净的羊羔，说要让我们瞧瞧他的看家本事。

搭好帐篷，天色也逐渐暗了下来，我望着墨绿色的湖水发呆，突然看见吕方阳乐滋滋地跑回来，怀里还抱着一对野牦牛角："宋方舟，我叫你去你不去，你看这对牦牛角多漂亮？我在湖边捡的。"

我看了一眼，不禁回想起司机说过的话：别看阿雅克库湖漂亮，其实连着一个死沼泽，里面全是蛆虫，想着这对牦牛遗骸也许是从湖里冲上来的，我突然有些犯恶心。

何东说："你快放回去，这里是自然保护区，所有动物的遗骸都不能带出去。"

"这样啊！"吕方阳显得很失望，但还是听话地将牛角放回到湖边。

这天夜里，我们终于尝到了赵师傅的美味烤羊肉，烤全羊的味道和羊肉串的味道不一样，没有那么多佐料，肉香里带着一股野味，趁热吃味道非常鲜美。吃完羊肉，何东将手上的油脂直接抹在脸和手上，他说这样可以保护皮肤。我看看自己油腻腻的手，想了很久，最后还是找了张纸巾擦干净。

晚上，我们围着篝火开了一次会，杨Sir取出地图，将自己的想法讲了一遍，最后说："如果没有反对意见，我们就往东走，沿着祁漫塔格山脉到库木库里沙漠，然后去魔鬼谷。"

听到"魔鬼谷"三个字，何东的眉头突然皱了一下。

第二十七章　野驴杀亲

　　他的表情没有逃过杨Sir的眼睛，"怎么了？"杨Sir问。

　　何东略微犹豫一下，说："还记得我提到过的永冻土层吗？魔鬼谷里就有这种地貌，土层上面覆盖着大量绿草，表面根本分辨不出来，让人猝不及防。尤其现在是夏季，近地表的冻土层融化，一旦掉下去，活不见人，死不见尸。"

　　我倒吸了一口冷气，没想到魔鬼谷不但名字吓人，里面的地貌同样吓人。

　　"不光如此。"何东继续说，"魔鬼谷的磁场强度非常高，巨大的磁力会使指南针失灵，仪器不准，这里的地层，除了大面积三叠纪火山喷发的强磁性玄武岩外，还有大大小小三十多个磁铁矿脉和石英闪长岩体，这些岩体和磁铁矿产生了强大的地磁异常带。夏季，雷雨云中的电荷受昆仑山阻挡，沿山谷东西汇集到这个地磁异常带，形成超强磁场。所以，魔鬼谷雷暴频繁，夏季雷暴日有五十多天，是昆仑山中其他地区的六倍，遇到异物就会发生雷击现象，造成人畜瞬间死亡。"

　　"有这么吓人吗？"吕方阳睁大了眼睛。

　　何东轻叹一声："恐怕比我说的还要可怕。杨Sir，真要到那儿去吗？"

　　"魔鬼谷是可能性最大的地方。"杨Sir的声音不大，却带着不容否定的执拗，"再说了，虽然魔鬼谷危险，也不是不能进去的。"

　　何东不再说话，一时间，我们全都沉默不语，尴尬的气氛在空气中蔓延开来。就在这时，远方突然传来发动机的声音。声音不大，杨Sir立即警觉，他慢慢站起来，朝四周看了看，自言自语说："是四驱越野。"

　　"原来这附近还有人啊！"吕方阳挺高兴，"白天到现在，我还没在路上见到一个人。平时在大城市待惯了，满大街都是人，现在看不到人，反而不习惯了。"

　　说话间，发动机的声音已经停了下来。杨Sir看了看我，眼中闪过一丝忧虑。我不禁微愣，不祥的预感再次涌上心头。在这个荒无人烟的地方遇到人，原本是件高兴的事，杨Sir却丝毫没有开心的样子，难道来者不善？

这一晚，我由于高原反应，休息得不太好，太多的疑问已经让我无法思考，索性不去多想，但刚才听到的发动机声多少让我有些介意。下半夜，我走出帐篷，发现守夜的人是赵帅傅，四处找了一遍也没有发现杨Sir的踪影。我不禁心生疑窦，杨Sir突然失踪，会不会和刚才听到的发动机声有关系？

第二天，当我再次走出帐篷时，杨Sir已经回来了。他的眼睛有些肿，嘴唇微微发紫，这是明显的缺氧症状，但我看他的精神状态还算好，表情也没有丝毫的痛苦，所以猜测他的高原反应不算严重。

我问他昨晚去了什么地方，他笑着说没去哪儿，晚上睡不着，四处转了转。

我见他不想说，也不好多问。

这一天，我们继续上路。沿着祁漫塔格山一路向东，眼前的荒漠道路逐渐宽广，一边是阿雅克库湖，一边是祁漫塔格山。山与水形成鲜明的对比，而我们就像行驶在两个世界的分界线上：

右边是碧蓝的湖水，蓝天白云下的阿雅克库湖恢复了美丽的水蓝色，一扫傍晚墨绿色的阴霾，随处荡漾着阳光的气息，不时有水鸟从湖面掠过，不止野鸭飞鸟，也包括珍惜鸟类丹顶鹤和黑颈鹤，所有鸟类不分种类，在大自然赐予的湖泊里自由自在地觅食玩耍，就像一处鸟类天堂。看到如此和谐的美景，我对阿雅克库湖的印象立即好了许多。

左边是祁漫塔格山，沿途的山岩早已不像昨日那般呆板，变化出各种不同的姿态。有的像盛开的莲花，每个花瓣都被风沙打磨平整，然后一瓣瓣簇拥起来，逐渐升高，托起顶端的花蕊。有的像连绵起伏的驼峰，不管岁月如何摧残，依旧不屈服于大自然的雕琢，保留着天然的棱角。

我感受着大自然的天宽地广，心情也不觉放松了许多。可是好心情保持的时间并不长，没过多久，我们就发现不对劲了。

虽然两旁美景逼人，但景致大多一样，缺少参照物，跑了十几公里，景色就好像没变过，我突然明白什么叫"看山跑马死"，四周出奇的空旷，就像一处巨大的神秘之所，将我们团团围住，不管怎么走也找不到出路。

又朝前走了几公里，何东停下车来加油，杨Sir看看天，不无忧虑地说："虽然现在时间还早，但如果老是走不出去，说不定今天又只能在湖边过夜。"说到这里，他让我们去湖边转转，一旦发现什么可疑的脚印就记下来。

"怎么这附近有什么奇怪的动物吗？"我问。

何东一边加油一边说："这附近有野熊出没，别看山上光秃秃的，什么也没有，野熊非常狡猾，经常趁人不备，跑出来偷食物，有时候也袭击人。"

一说起野熊，我们立即联想到它令人叹为观止的力量。虽说昨晚没有遇见，但那只是运气好，如果再走不出去，说不定今晚真的有可能会碰上。这样想着，我的心情开始焦虑起来，只有眼前的景致却依旧不紧不慢地朝后倒退。倒是何东依旧一脸的轻松，似乎一切都在他的掌握之中。

就在这时，吕方阳指着前方的一个山坡说："快看，那里有人！"

我们顺着他手指的方向望去，果然，前方一座光秃秃的山岩旁停着一辆卡车，卡车前还站着一个人。何东赶忙把车开过去，虽说他不是第一次进山，但阿尔金山里毕竟人迹罕至，能在这里遇到一个人是件非常开心的事。

那人是动物保护站的工作人员，何东叫他扎克，两人一见面就亲切地打起招呼，显然是熟人。扎克听说我们是远道而来的客人，便邀请我们去祁漫塔格乡做客。祁漫塔格乡是阿尔金山里唯一一个乡村，虽说是一个乡，面积却有6.5万平方公里，相当于半个浙江省。乡里号称有四百个牧民，但大多数都在牧区，留下来的寥寥无几。举目望去，这个乡只有几间破土坯房，阿尔金山自然保护区的保护站就设在这里，看过《可可西里》的人都知道保护站艰苦的环境。比起当年，保护区现在的环境有了些改善，但条件还是非常恶劣。经费短缺，交通不便，生活也很单调。

何东和他们热情地交谈，就像回到了家。不一会儿，他走到杨Sir跟前，希望能分一些食物给保护站的人。杨Sir立即答应，还让我去供养车上搬东西。我抬出一箱水果和蔬菜，杨Sir凑过来看看，又抬下来几箱食材，还将剩下的两头全羊都扔下了车，只留了一小部分在车上。

赵师傅赶忙拦住他："你留下这么多，我们吃什么？"

"剩下的全是馕和水，我们吃这些够了。"杨Sir淡淡地说。

扎克非常感谢杨Sir的慷慨，还说要带我们去沙子泉观光。杨Sir谢绝了他的好意，只说想在这里留宿一晚，天亮就走。

这一夜，赵师傅难得清闲，扎克的妻子为我们准备了丰盛的晚餐。虽然我在民丰吃过手抓饭，但在人烟稀少的阿尔金山吃到热腾腾的手抓饭，滋味当然不同。大家都很开心，只在吃完饭后，我听到赵师傅嘟噜了一句：接下来只能吃馕。他算是英雄无用武之地了。

第二天，我早早起床，在屋外做了几次深呼吸，精神顿时好了许多，经过几天的适应，我已经完全适应了高原缺氧的环境，吕方阳也一样，看他前天乐呵呵地去湖边捡牦牛角，我就知道他的状况不错。唯一令人担忧的是杨Sir，他的脸色比昨天更难看，而且不停地吃药，何东发的抗高原反应药物似乎对他没什么效果。

保护站外是一片空旷的荒漠，贫瘠的土地上零星点缀着一些绿草，相对于大片光秃秃的土地和山峦，这点儿绿色实在是微不足道，却也算是满目土黄中的一点儿调剂。我四下张望，眼角余光突然晃到几个人。

为首一个正是布朗克。他站在那片绿色的草地前，微笑着向我挥手。只是他的笑容和平日里有些不一样，似乎有点儿怪异，但究竟怪在哪里，我一时又说不上来。

布朗克和身边的人打了声招呼，径直朝我走来："真高兴见到你啊，宋方舟。我想起了一句中国俗语，相逢不如偶遇。"

"真的是偶遇吗？"我立即警觉。一想起布朗克在木牍里安装窃听器的行为，我就非常反感。

布朗克笑着摇摇头："宋方舟，你的戒心为什么总是这么重？"

就在这时，杨Sir和吕方阳从房屋里走出来。吕方阳一见布朗克，面色立即沉了下来。杨Sir皱皱眉头，走到布朗克面前，低声说："我不是说过吗？不要来打扰我们，大家各走各的路。"

布朗克不紧不慢地说："杨先生，你当初求我帮忙的时候可不是这个态度。怎么，这就是你们中国人报答恩情的方式？"说完，他看了看四周，视线立即集中到我们那两辆军用吉普上。

"真是装备精良啊，就连我的越野车也自愧不如。杨先生，我知道你有后台，虽然还没查出究竟是谁，但他的目的应该和我一样。既然我们有共同的目标，为什么不能结伴同行？"

我冷冷地说："既然你知道我们设备精良，就应该知道，我们没有和你结伴的必要。"

布朗克伸出食指摇了摇："No，No，No，宋方舟，你们绝对有和我联手的必要。请你想一想，杨先生的后台可以为他提供动辄千万的沙漠运输车，提供普通人绝对弄不到的军用四驱吉普，难道不能提供区区一架直升机吗？可为什么，你们在精绝胡杨林里遇险的时候，杨先生只能向我求救？"

我顿时愣住了，布朗克的问题我的确从来没有想过。另一边，杨Sir原本就难看的脸色更加阴沉，眼底分明升起一股怒气。

布朗克笑了笑："原因很简单，因为杨先生和他的后台有一个协议，后台只负责提供设备和器材，不负责现场支援。这样做无非是为了确保后台的隐蔽性。如果他们大张旗鼓来到遇险地进行救援，会很容易暴露身份。由此可见，杨先生的后台也是非常冷血的，他们雇佣你们去冒险，却只提供装备和器材，然后任凭你们在危险的地方自生自灭。能活着出来当然好，如果不能，他们也不用负任何责任。我说得没错吧？杨先生。"

"即便自生自灭，也是我们自己的选择，和你没关系！"一旁的吕方阳早就忍耐不住了，他走到布朗克面前，一字一句说道，"请不要像块狗皮膏药一样粘着我们！"

布朗克无奈地摊开手，后退两步说："既然三位都拒绝我的提议，那也没关系。不过，你们一定会后悔的。因为我知道你们的目的地在哪儿，到时候，如果我们再相遇，说不定就不是朋友了。"

说完，布朗克转身离开，就在他转背的一刹那，我分明看见他瞅了我一眼，露出一个意味深长的笑容。

不知为什么，这个笑容让我心里直发毛。

布朗克的突然出现扰乱了我们的好心情。即便是我也能看出来，他之所以愿意帮助我们，不过是为了利用我们找到织锦图上标注那个门的位置。

何东和赵师傅有说有笑地从房里出来，看到我们表情沉闷，都不知道发生了什么事。

"他怎么会知道我们的目的地？"吕方阳打破沉默。

"走吧！"杨Sir也不回答，率先上了车。

又一天的旅途开始了。何东告诉我们，现在距离库木库里沙漠已经不远了，如果顺利，天黑前应该能到沙漠边缘。

我和吕方阳各自想着心事，并没有注意何东的话，没开多远，一个物体突然从我们眼前飞速晃过，我忍不住浑身一激灵，抬眼看去，原来是一头藏野驴从我们车前飞快跑过，另一头则始终跟在吉普车的旁边，这头野驴憋足了劲，油亮光滑的皮毛在阳光下抖动，透出野性的俊美和奔放。吕方阳见了，玩性大发，脱下外套在窗外不停舞动，挑逗野驴过来。没想到野驴真的迅速冲过来，一口咬住他的衣服，吕方阳猝不及防，立即松开手，一件抓绒外套就这样送进了驴嘴。

再往前行，我们看见三只野牦牛在小水坑里喝水，其中一只警惕地望着我们，何东立即倒车，绕道而行。他告诉我们，野牦牛是绝对惹不起的动物，它发起疯来，可以把吉普车掀个底朝天。

上午的行程还算顺利，虽然沿途遇到了几处沼泽，但有何东带路，我们总算有惊无险。吉普的性能非常好，一路除更换了两次备用胎外，没有遇到任何故障。中午，我们在一片小河滩前临时休息，这里是一处阴凉的小山坳，背靠山岩，正好挡住猛烈的日光。赵师傅从车上取出馕，一脸的无奈，似乎很遗憾自己的厨艺再也得不到施展。杨Sir却并不介意，但是他吃得很少，只有平时饭量的一半，我看看他发紫的嘴唇，忍不住说："要不，我们休息一两天再走吧！"

杨Sir摆摆手："没事，你们都能挺过来，我也没问题。"

"是啊，杨Sir是我们三个里面身体最好的一个，肯定没问题。"

何东摇摇头，不无担忧地说："高原反应和身体是否强壮没有关系。有的人身体很好，可一上高原就会严重缺氧，有的人看上去体质一般，却什么事都没有。比如你们三个，虽然吕教授身体最弱，却适应得最快，就像长期在高原上生活的人一样。"

"真的？"吕方阳听了挺高兴。

何东点点头，我却不以为然。吕方阳制造意外的能力天下无敌，我已经麻木了。反倒是杨Sir的身体状况令人担忧，照这样下去，我真怀疑他能不能撑到魔鬼谷。

就在这时，旁边突然传来一阵响动，声音时缓时急，像是什么动物正在用力跺脚。何东将竖起的食指放在唇上，示意我们不要说话，然后慢慢站起来，紧贴着山岩，小心翼翼地朝声音传来的方向走去。

我和杨Sir紧随其后，利用山岩做掩护，慢慢朝前靠近。很快，我们看到两头藏野驴，它们各占一角，前身微弓，前蹄不断蹬踩地面，鼻腔中呼出沉重的气息。气氛非常紧张，似乎已经到了箭在弦上，一触即发的地步。

很快，其中一头野驴率先发起进攻，速度奇快，瞬间就来到另一头野驴的面前，两头野驴一靠近，我才发现，原来它们的体型并不相同，一头高大魁梧，鬃毛油亮顺滑，明显是头公驴；另一头却矮了不少，毛色也缺乏光泽，看上去应该是头母驴。

我叹了口气，闹了半天，原来是两口子打架，没什么好看的。正要转身离开，我突然看到公驴趁母驴没反应过来，一口咬住了母驴的脖颈，这一口明显非常用力，母驴发出凄厉的惨叫，但它很快摆脱开来，朝后退了两步，脖子上留下一道很深的血印。

"怎么会这样？"我惊呆了。

何东转过头来，用气音吐出两个字："杀亲！"

"什么，杀青？怎么在拍电影？"吕方阳没听清楚，被杨Sir一把捂住嘴，示意他不要说话。

就在这时，公驴再次向母驴冲去，母驴同样没有退让，反而迎了上去，利用灵活的身体稍稍一侧身，躲过公驴的正面攻击，然后用力一偏头，用侧面撞向公驴，公驴朝前跟跄了两步，但它的身体优势非常明显，很快就站稳脚步，再次扭转头来。这一回，公驴明显被激怒了，它也许没想到母驴会巧妙地躲开自己的攻击，于是使劲踩踏地面，一边发出急促的嘶鸣。母驴不紧不慢地来回踱步，刚才的攻击对它来说是个小小的鼓励，也许就这样坚持下去，取得胜利也不是不可能。

母驴的稳重更加挑起了公驴的怒火，它喷出短促的鼻息，突然朝母驴冲过去，母驴再次侧身，只是这一次，它的位置选择不当，身侧正好是一处山岩。再次调整位置已经来不及了，母驴只好迎着公驴冲去，只冲了两步，就被公驴一头撞到山岩上。母驴发出一声惨叫，顺着山岩朝前走了两步，状态明显弱于之前，但它依旧不屈不挠地紧盯公驴，被撕开的伤口开始流血，使得伤口更加醒目。公驴显然看准了这一点，它稍做休息，迅速冲过去，头侧朝母驴用力扫去，一口咬住它刚才的伤口，母驴被抵死在山岩上，动弹不得，只有四只脚蹄无助地挣扎。突然，它的后踢踢中了公驴前肢的大腿部位，公驴迅速松口，朝后退了几步。母驴的同一个伤口被咬了两次，鲜血顺着脖颈流淌下来，滴到地上，形成了小小的一滩。

我很奇怪，母驴虽然靠近山岩，却并没有被逼到死角，它完全可以逃到宽阔地带，那样可攻可逃，完全不用如此被动。这时，何东指了指山岩底部的缝隙，我顺着他手指的方向望去，立即看到两只体型弱小的小驴，小驴明显刚出生不久，它们紧靠在一起，不停地踩踏地面，显得非常紧张。

我立即明白过来，原来母驴始终不离开山岩是为了保护小驴，都说驴子性格倔强，更何况是在保护幼崽，难怪它会以死相拼。

由于失血过多，母驴的动作比刚才迟缓了一些，但依旧沿着山岩踱步，用警惕的眼睛望着公驴。公驴明显占着优势，也不急于攻击，反正就算它什么也不做，母驴也会血液流尽而亡。母驴应该也意识到了这一点，它将头埋得更低，放弃防守姿势，朝公驴猛冲过去。这一回轮到公驴猝不及防，它站在原地，只稍微调整了下位置，母驴就已经冲到了跟前。母驴发出一声嘶吼，朝公驴发起最后一击，虽然命中，力道却弱了不少，没有撼动公驴的脚步，自己反而重心不稳，摔倒在地上。公

201

驴扬起前蹄，朝母驴的身体踩踏过去，母驴发出接二连三的惨叫，叫声越来越弱，挣扎也越来越无力。

我有些看不下去了，正要冲出去，何东一把抓住我："不要去，这是野生动物的自然法则，人类无权干涉。"

我顿时停步。犹豫间，公驴已经朝岩缝里的小驴走去，两只弱小的小驴依旧不知所措地靠在一起，它们眼看着自己母亲被公驴杀死，却只能发出无助的嘶喊。其中一只较弱的小驴被吓得四肢打颤，想要后退，却怎么也挪不动腿。

公驴一步步靠近小驴，就在我以为它会将小驴一口咬死的时候，原本倒在地上的母驴突然发出一声嘶吼，拼尽全力站起来，跌跌撞撞地朝公驴走去，可它实在太弱了，刚一走近就被公驴的后蹄踢翻在地。倒下后，母驴还不忘使劲抬起头，试图咬住公驴的后腿，嘴巴张开了，却怎么也够不着，就这样仰着头，眼睁睁看着公驴走向小驴。

吕方阳已经哭了，他被杨Sir死死钳住，不然早冲过去了。

我简直不忍心看下去，却又奢望能出现奇迹，也许小驴的父亲会突然出现，赶走残忍的公驴。可惜，奇迹并没有出现，公驴一口咬住一头小驴的脖颈，将它提起来，然后使劲摔打在山岩上，弱小的小驴只发出轻微的惨叫，就再也没有了生息。这个空当，另一头小驴却鼓足勇气走出了岩缝，我心头一动，心想这头小驴也许会逃走，只要它朝我这边走过来，我一定想办法赶走公驴。

出乎意外，小驴并没有逃走，而是走到母驴面前，低下头，使劲舔舐母亲脖颈上的鲜血，希望能用自己弱小的爱抚治好母亲的伤口。可惜母驴再也没有力气站起来，它的嘴始终没有闭上，头倔强地昂起。直到公驴走过来，一脚将小驴踹翻在地，然后踩在它稚嫩的肚皮上。这一脚非常厉害，小驴的肚子被踩破，脏器流了出来，它弱弱地叫了几声，四肢无力地朝天蹬踏几下，很快就没了生气。惨叫声落下的同时，母驴始终昂起的头终于倒了下去。可怜的一家三口最终没能逃离公驴的魔掌。

我们心情沉重地回到吉普车前。赵师傅问我们发生了什么事？我们都不回答。吕方阳是被拖回来的，他从始至终没有放弃挣脱杨Sir的努力。等到杨Sir终于放开双手时，公驴已经扬长而去，留下三具惨烈的尸体。

何东靠着吉普车坐下，似乎早就见惯不怪，我的心情却久久无法平复，质问道："你刚才为什么阻止我？"

第二十八章　库木库里沙漠

　　"我说了，这是野生动物的生存法则，我们无权干涉。"

　　"你，你！"吕方阳激动得差点儿说不出话来，"你残忍！"

　　"吕教授，你在考古方面是个专家，但在动物学方面，了解得就很少了。"何东毫不掩饰自己的骄傲，"杀亲是野生动物普遍存在的一种现象。比如藏野驴，每一个种群都有一位首领，首领当然是由种群中最强悍的野驴担当。但首领也会老，年轻野驴长成后，如果觉得自己够实力，会向首领发出挑战，一旦它能战胜并杀死首领，就可以取而代之，与此同时，新首领必须杀死老首领的孩子，也就是你刚才看到的那两头小驴。它们的父亲永远也不能赶来营救，因为它已经被公驴杀死了。母驴原本不是公驴捕杀的目标，但它护犊心切，宁愿拼死保护幼崽，这是它的选择。

　　"不光藏野驴，自然界的许多动物都存在杀亲现象，只不过原因和方式不同。比如牛和虎，中国有句俗话：虎毒不食子。其实这个说法并不准确，当老虎发现自身受到威胁，无法保护幼犊时，就会选择杀死孩子，免得幼虎落入敌人手中。动物园里的老虎幼崽会被饲养员隔离饲养就是这个道理。还有老鼠，一旦新鼠王战胜老鼠王，就会释放一种化学物质，使老鼠王怀孕的鼠后流产，然后迅速进入交配期。"

　　"这样的例子还有很多，不光哺乳动物，鱼类同样如此。比如河鲈，成年河鲈体型庞大，无法捕食水里面的微生物和海藻，所以，它们会一次性产下四千到五千枚卵，卵成熟后变成小鱼，小鱼嘴小，很容易捕捉到水里的微生物。它们吃下大量微生物后越长越大，成年河鲈就靠吞食自己的孩子为生。由于子女数目庞大，吃掉一批还会成长一批，保证了种群的繁衍。"

　　"怎么会这样？"我和吕方阳同时呆住了。

何东轻叹一声："没办法，这就是自然法则。如果我们破坏这法则，就会影响种群的发展。比方说，如果我们刚才赶走公驴，救了小驴，等小驴长大后一定会找公驴报仇，然后吃掉公驴的子女，你们救得了这一次，能一直救下去吗？"

我被问得哑口无言。杨Sir拍拍我和吕方阳的肩膀："算了，每个种族都有自己的生存方式。别去想了，填饱肚子准备出发吧！"

"说得倒轻巧。"我嘟噜一句，转身看杨Sir，他竟也是满面忧伤。我不觉微愣，这样的表情出现在杨Sir身上，真是不适合。

下午，我们继续上路，只是大家的心情都沉重了许多，连沿途的风景也变得索然无味。临近傍晚时，何东突然指着前面一汪黄色的海洋说："到了，前面就是库木库里沙漠。"

库木库里沙漠是世界海拔最高的沙漠，海拔高达3900米到4700米，面积约1600平方公里，横卧在祁漫塔格山与库如克皮提勒克山之间，呈不规则长方形。

都说沙漠干燥缺水，这句话却并不适用于库木库里沙漠。来自昆仑山上的冰川雪水融化后，一部分会流向库木库里沙漠，从沙丘下面向北渗透，注入到"小沙子湖"，然后从"小沙子湖"的一条小河道流入"沙子湖"，继续向北渗透，流经祁漫塔格乡附近的湿地，最后汇入阿雅克库木湖。所以，库木库里沙漠的沙丘中湿沙层很厚，个别地方还发育着小型绿洲。

两旁的风景非常震撼，库木库里沙漠里的黄沙虽然也很细腻，却和塔克拉玛干不同，到处都是高高累起的金字塔形沙堆，造物主再次体现了它巧夺天工的本领，在金字塔上刻绘出美丽的月牙图案，无数月牙层层叠叠，互相交错。置身其中，我们就像进入了另一个世界。似乎这里是一个巨大的碾磨场，将之前那些山岩碾磨成粉，堆积成山，然后在沙山上刻出无数精美的月牙。只不过，景色虽美，对何东和杨Sir两位司机来说却是考验。

还没开出一公里，杨Sir开的供给车就陷了两次沙，何东不时用对讲机告诉杨Sir沙地行车的技巧。首先应该降低胎压，胎压是车的关键，好的胎压可以让车发挥更好的性能，对于很需要附着力的沙地来说，降低胎压可以加大轮胎与沙地的接触面积，尽量避免轮胎陷入松软的沙子里。不过，这样也有问题，胎压降低后，轮胎是扁的，如果在这时候突然大弧度打方向，轮胎很可能从轮毂脱离出来，到时候只有用车圈和沙子地面蹭火星玩儿。

其次，冲坡的时候尽量不要打方向，如果在冲坡时大弧度打方向，带角度的方向盘会将轮前沙子堆出一个小沙坡，严重影响动力输出。而轮胎正直的时候对动力

损失最小，冲坡成功率也越高。所以，在冲沙之前要尽量将车身调正。由于库木库里沙漠有很多金字塔式的沙丘，这一点尤其重要。

另外，上下坡之前，为了增加车头接近角，可以稍稍给油，目的是利用重心往后转移，造成车头轻抬，加大接近角，也可以更舒服。

如果陷车，千万不能从车子正后方挖沙子，一旦车子下滑，人就会被压到，而且会被排气管烫个半死。挖沙子时最好采用跪姿，这样可以增加身体和沙子的接触面积，自己不会陷进去，好发力，还可以节省体力。还有就是要注意发动机和排气管正下方的沙子，这两个地方的沙子非常热，容易被烫伤。

有了这些小窍门，杨Sir开车的状况果然好了许多。傍晚时分，何东找到一处沙山交合处的峡谷，说今晚在这里休息。

走下车，夹杂着沙土气息的潮湿空气迎面扑来，我们前方居然出现了一个小型湖泊，湖泊被巨大的星月形沙山包围，就像点缀在大片金黄中的一点水蓝。吕方阳大踏步朝小湖奔去，捧起湖泊中的水淋到脸上。湖泊中的水来自昆仑山上融化的冰川，而形成冰川的水汽又来自遥远的印度洋。如果从源头算起，我们正享用着来自遥远海洋的恩赐，开心之余，大家不得不感慨大自然创造出的惊人奇迹。

我沿着湖泊边缘散布，心情像经过黄沙过滤的清潭一样沉淀下来。原本以为这趟探险之旅会遭遇许多艰险，现在看来是多虑了。除了布朗克的出现引起一些不快外，我们并没有遭遇什么危险。

这时，我的脚下突然变得松软，整个身体跟着陷落下去，这种感觉和在且末王庭后院里遭遇沙陷时非常相似，只是这里的沙子非常潮湿，已经超过了饱和度。

是流沙！我暗白叫苦，从最初的慌乱中醒悟过来时，流沙已经蔓过了我的大腿。

由于水分过分饱和，原本干燥坚实的地面液体化，就会形成流沙。流沙不会流动，只是沙子在半悬浮状态非常容易移动，一旦陷进去，要想脱身非常困难。

我大声呼喊救命，一边使劲将双腿往上提。理论上讲，只要我保持住平衡，然后用力往上提腿，就可以摆脱流沙。可也许是这里的沙子细腻度不同，流沙的黏稠度非常高，远远超过高地和沼泽里的流沙坑，我提了几次腿也没有提起来，身体反倒又下陷了几公分。更可怕的是，我没有摸到流沙边缘。

我不得不停下来，先观察四周的情况，发现我身边的沙土居然和其他地方完全一样，从表面上根本看不出来。所以无法预测流沙坑的大小。

杨Sir第一时间赶过来，他叫我千万别动，然后找来一根树枝，小心翼翼地插入我身边的沙地，想要找到流沙的边缘。很快，我看到他拧紧眉头，暗自惊叹道："没想到这个流沙坑这么大！"

何东也跑了过来，他先看看周围的地形，非常沉着地说："现在着急也没有用。宋方舟，你试着慢慢移动身体，尽量将身体移出来，然后向后仰倒，增加和流沙的接触面，这样就会浮起来。"

我急了："我连脚都提不起来，怎么浮？"

"你不要急。"何东说，"把脚提出流沙坑的确很难，因为必须要克服提脚后的真空，需要的力量和举起一辆中型汽车一样大。不过，把身体尽量往上移应该是可以的。另外，你只要往后仰倒，就会加大和沙面的接触，我们也好拖你上来。"

我点点头，正要再试，前方的沙山上突然出现三个小黑点儿，小黑点儿越来越大，移动速度奇快。一开始我以为是几只藏野驴，仔细一看，居然是三头野牦牛，别看野牦牛块头大，在沙地上奔跑起来却非常灵活快捷，尤其是在下坡路上。

也许这群野牦牛口渴得厉害，居然径直朝湖泊冲去。就在它们即将冲到湖边时，一头野牦牛突然发现了我们，它紧急刹住，前蹄陷入沙里，腾起一小片沙尘。后面两只牦牛见了，也纷纷效仿，我暗叫一声不好，转瞬之间，三只体型魁梧的野牦牛全都用敌视的眼神望我，如果在平常，我们一定会绕过这些危险的动物，可现在我陷在流沙里，一时半会儿无法脱身。杨Sir和何东为了缓和牦牛的情绪，主动向后退了两步，陷在沙坑里的我自然就被凸显到了前方。他俩这招显然并不明智，野牦牛立即将我认成是三人中的首领，更加警惕地望着我，其中一只开始朝前踱步，鼻腔里不断喷出粗气，发出类似猪叫的声音。

我焦急万分，双腿死死陷在流沙坑里，进不能进，退不能退，只能傻等着野牦牛的进攻。要知道，野牦牛被称为高原最凶猛的动物，身躯庞大，力量惊人，发起疯来可以拱翻一辆四驱越野。而这群牦牛显然认定我们是和它们争抢水源的敌人。形势对我非常不利。杨Sir和何东一定也在暗自后悔刚才后退的决定，可他们现在不能走上前来，这样只会招来野牦牛更加迅速的攻击。

就在这时，我的身后传来发动机的声音，回头看去，原来是吕方阳，他已经启动了一辆吉普，还不知从哪儿翻出一件大红外套，悬挂在车窗外。随着汽车启动，红色的外套迎风招展，野牦牛受了挑逗，顿时发出短促的鼻音，前蹄不断踩踏沙地，腾起一阵又一阵的沙尘。沙尘其实并不高，只不过由于我的身体下陷，视角小了许多，腾起的沙尘正好挡住我的视线，于是，我只看到一片沙尘在半空中翻滚，伴随着恐怖的怒吼和蹄声汹涌向前。

沙尘正好避开我所在的方向，吕教授又一次发挥了他制造意外的本领，因为我突然发现，他用来挑逗野牦牛的吉普居然是我们的供给车。供给车上装满了汽油，万一翻车，汽油泄漏，就有爆炸的危险。也不知道吕方阳是没有意识到，还是铆足了劲儿想拼命。我很为他担心，却帮不上任何忙，只能待在原地干着急。

供给车歪歪扭扭地朝前开去，看样子吕教授的开车技术也不怎么样，偏偏杨Sir已经降低了胎压，增加爬坡时轮胎的抓地能力，所以轮胎很瘪。吕教授又连打了几次方向盘，使得吉普行驶起来非常危险。再这样下去，车圈非和沙子摩擦出火星不可。

面对迅速移动的吉普，野牦牛毫不示弱，它们迅速冲过去，左右包抄，在身后腾起厚厚的沙尘。吕方阳似乎慌了神，更加频繁地打方向盘，想将牦牛甩开。车轮发出刺耳的摩擦声，我突然发现牦牛似乎距离吉普车稍远了点儿，起初以为它们害怕了，细看过去才发现，吉普车开过的地方，扬起大片沙尘，排气管和发动机下方的沙子温度升高，滚烫的沙子溅到牦牛身上，牦牛感受到热气，下意识离得远了些。尽管如此，它们依旧不依不饶跟在后面，丝毫没有退却的打算。

虽说胎压问题会对吉普车造成威胁，但并不是最主要的，我最担心的还是沙陷。首先，这里有很多沙子堆积而成的斜坡，车从斜坡上开过很容易陷进去，一旦陷沙，牦牛很快就会追上去，将吉普车掀翻，万一汽油泄漏就有爆炸的危险。其次就是把我困住的流沙，刚才杨Sir说了，这个流沙坑很大，而且很可能不止一个，万一吉普车陷进流沙坑，不仅无法拉出来，吕方阳也会遇到生命危险。

"吕方阳，把那件红衣服扔掉！"杨Sir扯着嗓子喊起来。

吕方阳似乎没听到，依旧开着车往前冲，竟然歪歪扭扭地冲上了一个斜坡。他害怕沙陷，心中着急，忍不住大弧度打方向，朝左侧的两头野牦牛冲去，其中一头牦牛猝不及防，来不及倒退，竟然在瞬间停顿下来，稍做调整，硬生生用牛角撞上吉普车，下一秒，牦牛朝后倒退了几步，竟然将吉普逼停，还好军用吉普采用特殊钢材，硬度极高，所以只撞出了一个浅浅的凹痕。就在我们都以为牦牛会乘胜追击，将吉普掀翻的时候，牦牛却突然触电般朝后倒退，与此同时，吉普的车轮发出一种尖利尖厉的怪声。我们仔细一看，前排左侧轮胎已经从轮毂上脱离下来。金属车圈摩擦地面，停下前和沙子剧烈摩擦，使沙子骤然升温。滚烫的沙子大量溅到牦牛身上，其中还有少许火星，虽说牦牛皮糙肉厚，仍被突如其来的火星吓了一跳，所以倒退了几步。

"你把胎压降到最低了？"何东问。

杨Sir无奈地点点头，他也很担心沙陷，所以按照何东的指示降低胎压，没想到遇上吕方阳这个蹩脚司机。

车停了，悬挂在车窗外的红衣裳掉落下来，牦牛终于停止了攻击，转换为防御姿势，警惕地盯着吉普车。双方似乎都消停了下来，空气里的火药味却越来越浓，吕方阳显然不敢下车，但如果继续开下去，就算牦牛没有顶，他自己肯定也会翻车。所以，他现在已经明显处于劣势了。

"不行，得把牦牛引开。"何东转过身问杨Sir，"这个流沙坑够大吗？"

我一听何东的语气不对劲，不祥的预感立即升上心头。

"应该够大！"杨Sir显然领悟了何东的意思。两个人对视一眼，同时跳上另一辆吉普，朝牦牛冲过去。

我的心突然狂跳一下，他们俩难道想把牦牛引到流沙里来？我还在里头泡着呢！不行，那两个家伙，一个是骗子，一个是自大狂，为了摆脱困境，同时玩儿失忆，假装忘记我泡在流沙坑里也不是不可能。这样想着，我深呼吸一口气，赶忙按照刚才何东教的方法自救，努力将身体往上提，费劲九牛二虎之力，我终于将身体提升到了膝盖位置。紧接着，我试着后仰，这个动作看似简单，在流沙坑里其实非常可怕，因为仰下去会引起震动，从而减小沙粒间的摩擦力，使沙子变得像液体一样。许多人落入流沙坑后慌了手脚，奋力挣扎，结果越陷越深，就是这个道理。

我尽量小心地仰下去，身边的沙子似乎突然朝两边退去，我的一半身体立即陷入了流沙中，只露出脸和四肢。虽然这样不会陷下去，却让我感觉非常不自在，同样是陷入流沙，刚才我的脸距离沙面至少还有几十厘米的距离，现在几乎零距离接触。我立即闻到一股浓烈的腐臭味，不用想，这个流沙坑一定是野生动物的葬身之地，不知有多少动物的尸体埋在下面，它们的尸体正在逐渐腐烂，最终变成流沙坑的一部分。

这样想着，我还真感觉下面有什么东西抵住了我的后背。一时间，我想到了坚硬的牦牛角，也许抵住我背脊的东西是一具野牦牛腐烂的尸体。这个想法让我浑身直起鸡皮疙瘩，不禁微微侧头，希望杨Sir和何东能尽快完成他们的计划。

夕阳西下，四周的光线越来越暗。再这样下去，形势对我们非常不利。

何东开着车朝牦牛冲去，快要接近的时候，他突然停下，径直朝刚才冲在最前面的那头牦牛撞去，然后在接近的时候停住，猛打方向，朝我所在的流沙坑开来。这个挑逗动作明显吸引了牦牛的注意力，它立即掉转头，朝何东和杨Sir冲去。另两头见了，赶忙跟上。看样子，它们还很有团队作战精神。

眼见吉普带着三头野牦牛冲过来，我的心提到了嗓子眼儿。牦牛身形庞大，一旦掉下来，会引起很大振荡，足够把我扯进流沙里，要知道流沙坑里最怕的就是振荡，我可不想和一堆腐烂的牦牛尸体待在一起。于是我双手努力摸索，希望能摸到边缘，但是很奇怪，刚陷进来时，我明明就在流沙坑的边缘，怎么现在换了个姿势，就摸不到边儿了？

正在着急，赵师傅突然出现在我身边，手上还抱着一捆绳子："宋方舟，你别急，我把绳子套在你的脖子上，利用流沙的浮力把你拖到边缘，然后再把你拉上来。"

"好啊！"我脱口而出，想想又不对，"套脖子？能不能套其他地方？"

"那你说套哪儿？我可没杨Sir和何东那么好的技术。"赵师傅倒很坦承，但在这个时候，我宁愿他像何东一样自信。

赵师傅距离我只有不到两米的距离，连扔了两次绳套居然没套住。眼见吉普和牦牛迅速靠近，赵师傅的手开始发抖，我真怀疑他会在最后关头扔下我跑掉。还好，他最终还是将绳套套在我的脖子上，开始一点点将我往他的身边拉，只可惜，他的速度还是太慢。

吉普接近流沙坑时稍微放慢速度，以便牦牛冲到车身侧面。牦牛果然上当，不一会儿就和吉普比肩奔跑。就在这时，何东突然往沙坑边缘拐去，领头一只牦牛不知是计，径直冲进了流沙坑，顿时，大量流沙飞溅而起，沙坑剧烈振动。我原本呈仰卧姿势，现在身体不受控制地下陷，流沙立即没过我的脸，使我无法呼吸。就在这时，我突然感觉到脖子上有一股力量迅速拉紧，憋闷的感觉更加强烈。我再也无法保持冷静，在流沙坑里拼命挣扎，越是挣扎，脖子上的力量就越大，渐渐地，我的大脑由于缺氧而剧烈发胀，巨大的疑惑瞬间升上心头。赵师傅这是在救我，还是在杀我？

耳边一片寂静，我能感觉到流沙在我的脸颊上剧烈移动，那只落入流沙坑的牦牛一定正在拼命挣扎，加大了流沙的吸附能力。一时间，无数人影在我脑中一晃而过：戴着防毒面具的神秘人、布朗克、董胖子、包子、杨Sir、何东，还有赵师傅，他们全都冷漠地望着我，就像望着一具尸体。

梦中的女人再次出现，她已经是一个容颜苍老的老太婆，再也无法跳起曼妙的舞蹈。只能颤抖着伸出手，似乎想要拉住我，就在她的手触碰到我的一刹那，我看到她的嘴唇嚅动了一下。顿时，极度的震惊使我睁大了眼睛，时光仿佛倒流，带我回到远古时期的青山密林，那里绿树成荫，流水潺潺，无数我从未见过的动物在山涧嬉戏，其中有一个美丽的身影，赤裸着站在溪水中，阳光从她身后透过，将轮廓罩上一层光晕，就像天神一般。望着如此美景，我不禁心旷神怡。

……

她说，回家吧！

突然，一股强大的力量将我托出流沙，我拼命吸入一口空气，喉咙口发出干涩的颤音。

何东用绳套套住了我的前胸，将另一头拴在车上，杨Sir开动吉普，用车把我拖出了流沙坑。

赵师傅使劲拍我的后背，一边拍一边说："对不起，对不起，我没想到会这样，差点儿杀了你。"

我拼命地喘息，也不说话，只是举起手朝他挥了挥，示意自己没事。

四周已经不见了另外两头牦牛的踪影，估计它们看到同伴落进流沙坑后非常害怕，转身逃跑了。

我被救起后，吕方阳也被杨Sir扶出了吉普车，他现在浑身发软，走起路来双脚打颤，不过还是象征性冲我挥了挥手。

何东把我扶到湖边，让我清洗一下身上的沙子，我也不犹豫，脱下衣服就跳进湖水中，用清新的湖水洗涤身上的污秽。天色已经完全黑下来，原本碧蓝的湖水也变得神秘莫测，就在这时，湖水中突然倒影出天边的一片亮光，光亮呈半圆形辐射开来，撕破黑暗，慢慢从地平线上升起。我产生了错觉，以为时光交错，还没有经历夜晚，又要迎来另一个日出。

慢慢的，光亮变成橘红色，圆圆的月亮升腾起来，在离开地平线的一刹那，月亮就像太阳一样，轻盈地跳跃一下，然后逐渐升起。我见过日出，但从来没见过如此美丽的月出，这一定是只有在海拔4000多米的高原才能欣赏到的奇观。月亮倒映在湖水中，清澈明亮。那个美丽的女人突然出现在月亮的前方，月光从她的头顶掠过，绽放出柔和的光晕，女人就像传说中神秘美丽的天使，在倒影中对我微笑。

我看得呆了，这个女人是谁？为什么，我的身体明明已经回到地面上，灵魂却依旧停留在那个遥远的年代？原始山林的清新气息牢牢镶嵌在我的记忆深处，就好像我原本就属于那里，只是时空犯了一个美丽的错误，让我出现在这个不该出现的年代。

"你没事吧？"杨Sir见我神色不对，忍不住关切地问。

我摇摇头，倒影中的女人却因为突然的打岔消失了。我失望地摇摇头，又突然想起了什么：这个女人的舞蹈动作分明就是秃顶族的文字，难道她是秃顶族的人？如果我把这趟旅程继续下去，是不是就能发现她的秘密？

第二十九章　魔鬼谷

晚上，我们聚在一起随便吃了点儿东西，何东说明天就要进魔鬼谷了。这是行程中最危险的地段，由于魔鬼谷里有很多湿地沼泽，越野车开进去很容易下陷，所以我们只能步行进去。他让我们检查好各自的背包，好好睡一觉。我立即觉察出情况不妙，就连一向超级自信的何东也显得心事重重，看来这个魔鬼谷里的确充满了危险。

听了何东的话，大家都早早休息去了。我主动留下守夜，躺在篝火旁，我望着天空中清澈明亮的月亮，想起记忆中美轮美奂的女子，不禁有些贪恋这份虚晃的美丽。她是谁？为什么会一再出现在我的记忆中？这个问题压倒了我心中所有的疑惑。似乎一切都是命中注定，我的探险之旅并不是为了寻找阿尔泰山的黄金，也不是为了揭开独目人的秘密，而是为了找到她，这个会跳神秘舞蹈的美丽女子。

第二天，我们给供给车更换了备用胎，再次踏上旅途。顺利开出库木库里沙漠后，我们又回到了颠簸崎岖的荒漠路上，两旁依旧是寸草不生的山崖，只是道路沟壑纵横，更加难行。车开在这样的道路上，前后摇摆不定，车上的人只好跟着受罪。虽然经过这几天的历练，我对阿尔金山里的艰险路段已经有了思想准备，却依旧难忍颠肠倒肺的痛苦，趴在车窗上猛吐起来。

"还有多久可以步行啊？要不我们就在这儿下车算了。"吕方阳显然和我一样，他趴在另一侧的车窗上，表情非常痛苦。尽管我们都知道步行的危险，但比起眼前受的罪，我们宁愿冒险步行。

何东没有回答，只是让我们不要打扰他开车。没过多久，他居然将车开上了一处断壁，一旁是陡峭的山崖，另一侧就是深不见底的沟壑。吕方阳的头原本伸在车窗外，正好看见卡在沟壑深处的一辆汽车残骸，赶忙把头缩了回来。

何东又往前开了一段，在一个山坳里停了下来："到了，车只能停在这儿，接下来的路，我们必须步行了。"

他取出测量仪，现在的海拔是4300米。眼前是一座土黄色的山崖，山崖不高，大概十几米高，同样寸草不生。杨Sir在何东身后停下车，让赵师傅原地等候，然后从包里取出攀爬工具，将安全带绑在身上，率先登上了岩壁。爬上五六米后，他朝我们作了个手势，示意这里的山岩适合攀爬。何东这才让吕方阳跟上，他排第三，我殿后。

吕教授虽然经过攀爬训练，长进却不大，幸好杨Sir和何东两个人把他夹在中间，一个在上面拉，一个在下面托，好不容易把他带上了山顶，我的攀爬技术虽然没有杨Sir熟练，比起吕教授却好了许多，没多久就跟着爬了上去。

站在山崖上往下看，下面依旧是一些毫无规则的突兀岩石，非常陡峭，根本没路可走。杨Sir看了看四周，决定顺着山顶往前走，伺机寻找下山的路，走了半个小时，我们终于发现一条可以下坡的"路"，说是路，其实也只是有可供下脚的岩石，只不过这些岩石看上去并不牢靠，踩上去后能不能承重，谁也不知道。何东领头，顺着山坡小心翼翼地向下移动，每踩过一块岩石，他都会试探着多踩几下，确定没问题后才让我们跟上，我们下坡时只能踩他踩过的石头。如此一来，我们下坡的速度虽慢，却还算安全。下到三分之二处，我们才发现下面是一条很深的沟壑，沟壑里布满动物尸体，这些尸体有的腐烂发臭，有的死去不久，应该是不慎从山顶落下摔死的。而我们所在的山坡距离对岸足有四米的距离，想要跳过去是不可能了。何东又向下移动了三四米，看准对面一块突起的岩石，从背包里取出一捆带三角铁钩的绳索，将铁钩一端抛向空中，一手拧着绳子旋转几圈，准确地抛向对面的岩石，铁钩围着石头转了两圈，牢牢卡在石头背面。

紧接着，他将另一头套在旁边一块岩石上，由于这块岩石的位置明显高于对面那块岩石，整条绳索左高右低，方便我们顺着爬过去。何东拉了拉绳索，觉得还算牢固，于是双手抓住绳子，两只脚灵活地往上一跃，呈交叉状倒挂在绳索上，慢慢向下方那块岩石移去，很快就到达了对岸，显得非常轻松。我们也学着他的样，抓住绳子，慢慢爬向下方，发现利用绳索的角度下移并不像想象中那么困难，没多久就顺利到达了对岸。

过了沟壑，我们继续前行，眼前的路依旧是下坡，而且坡度很陡，何东打算重复刚才的动作，在每块可以承重的石头上作标记，让我们依次踩着石头下来。时间过得很快，转眼就到了下午四点，在如此陡峭的斜坡上过夜显然不是明智之选，如果继续往下爬，又不知道下面还有多长距离，会不会遇到危险的动物。杨Sir提议就地休息，我们所在的位置好歹是个平台。虽然不大，歇脚还是没问题的。他的提议虽然有道理，但在这种地方休息，篝火是绝对不能少的，偏偏四周除了岩石还是岩石，连棵草都没有，我们又没有随身携带液化气罐，生火立即成了大问题。

何东仔细检查了四周的岩石，很快在一个角落里发现一条粪便，粪便依旧冒着臭气，应该很新鲜："不行，这个地方不能过夜！"

"你怎么知道是食肉动物的？"吕方阳累得够呛，实在不想走了。

何东表情严肃地摇摇头："这个地方寸草不生，能生存下来的动物，多半都是肉食性危险动物。"

我一听有道理，于是支持何东的建议。杨Sir默默地点了点头，但我看出他的表情非常忧虑，脸色也愈发难看了。

我们继续沿着山坡往下走，虽然何东尽量保持镇定，但随着时间的快速流逝，每个人的心情都开始焦虑起来，心里一着急，动作就会出现偏差。首先是位于中间的吕方阳，他不小心踩到了松动的岩石，石头滚落下来，正好从我头顶擦过，我惊出一身冷汗，赶忙提醒他小心点儿。可是没多久，我就犯了和吕方阳同样的错误，石头滚落下去，差点儿砸到何东的头。何东轻叹一声，用干咳提醒我注意。

我们又向下走了大约一个小时，当我终于看到一些零星的低矮野草时，天色已经开始转暗。再往下，野草越来越多，坡度也稍微平缓了些，我们加快速度，希望能在天黑前找到一处可以过夜的地方。就在这时，远方突然传来一阵密集的声音，像是什么动物正在山坡上飞速奔跑，声音越来越近，杂乱无章，显然不止一两只。何东立即警觉："不好，赶快找地方藏起来！"

他说得容易，可我们身旁除了岩石，什么也没有。杨Sir情急之下，让我们躲到岩石的背后。虽然不是理想的藏身之地，总好过什么遮掩物都没有。

我和吕方阳赶快就近找了块岩石隐蔽起来。刚一蹲下身，声音就已经近在咫尺了，我稍微侧出头去，忍不住倒吸了一口冷气。十几头身强体壮的盘羊正朝这边冲过来，它们速度奇快，体长全在一米八以上，高不下七十公分，按理体型并不灵巧，在斜坡上奔跑起来居然如履平地。每只盘羊都尽量将头伸向前方，使得头顶两侧的螺旋形羊角非常醒目。我曾见过有人用盘羊头骨做成的装饰品，头骨本身很普通，但加上两只巨大的螺旋形羊角，就无端生出一种震撼的感觉。在所有偶蹄目动物中，盘羊角也许不是最大，却绝对称得上是艺术品。可是现在，眼看着十几对盘羊角踏着尘土迎面奔来，实在没有美感可言，反而让我们觉得非常恐惧，要知道，盘羊虽然是草食动物，但它那双极富艺术气质的角却能瞬间顶死一头鹿。

奇怪的是，这些盘羊似乎并没有发现我们，它们迅速从岩石旁穿过，继续朝前方跑去。我站起来，正暗自纳闷儿，突然被杨Sir一把扯下去。他对我使了个眼色，示意我看后面。很快，一只全身布满黑斑的灰白色动物风一般冲来，速度比盘羊更快，它奔跑时脊背绷直，动作简洁精练，没有丝毫多余，就像一只离弦的箭，毫不踌躇地朝盘羊群奔去。

"这是雪豹，生活在雪线以上。"何东说，"雪豹被列为世界级濒危动物，和大熊猫一样珍贵。它们行踪诡秘，习惯早晚捕食，中午休息。"

说话间，雪豹已经靠近了跑在最后面的一只盘羊，它避开偶蹄目动物最厉害的后蹄部位，冲到盘羊身侧，然后一跃而起，利用迅猛的冲力将盘羊扑倒。盘羊发出一声恐惧的鸣叫，身子重重摔打在土坡上，可惜雪豹的这次攻击并没有给盘羊造成很大威胁。盘羊借助坡度站起来，迅速转身，将雪豹置于身体正后方，然后提起后蹄，朝雪豹扑蹬过去。雪豹躲闪不及，被盘羊踢中了脸颊。雪豹不得不停下来，稍微调整下姿势，又朝盘羊冲去。

由于刚才被雪豹扑倒，这只盘羊明显被同伴们甩在了后面，形单影只的它并没有太多办法只能一味朝前瞎跑。雪豹看准时机，再次冲到盘羊身侧，只是它这回聪明了许多，选择了地势较高的一面，然后猛一跃身，将盘羊扑倒，盘羊顺着斜坡向下滚去，连滚出七八米，重重摔在一块岩石上。这一回，盘羊明显受了重伤，再也没有力气站起来。雪豹猛扑过去，一口咬住它的脖子，可怜的盘羊无助地扑蹬四蹄，动作越来越弱，没多久就断了气。雪豹这才松口，用锋利的牙齿撕开盘羊的肚子，美餐起来。

我们都不想看到如此血腥的场面，着急着想继续下坡。何东却冲我做了一个向上的手势，示意我往上爬。

我不明所以，好不容易才下来，怎么要往上爬？杨Sir说："雪豹吃东西时有护食的习惯，只要有动物接近，它就会毫不犹豫地攻过去。我们最好从上面绕开，走远些再往下行。"

我点点头，顺着土坡向上爬，上坡虽然比下坡费力，却更容易些，因为每块用来承重的岩石都可以先用手去试一试。爬了大约二十米，又横着走了半个小时，何东对我们点点头，示意可以下去了。

这时候天已经全黑了，虽然坡度有所缓和，我们的路却越来越不好走，不光看不清，还时不时踩到容易打滑的野草。电筒是不敢用的，这样会引起更多动物的注

意。只能依靠零散的月光，映照出周围环境的轮廓。

突然，吕方阳低低地叫了一声。我吓了一跳，问他怎么了，他指着旁边说："那边好像有一个山洞。"

听到"山洞"两个字，我立即心动，我们现在又累又饿，能找到一个山洞栖身当然再理想不过了。这样想着，我立即改变方向，和吕方阳一起朝旁边走去。杨Sir走在最后，位置也最高，没有听到吕方阳的话。他不明所以，还以为是何东让我们改变方向的，于是跟着我们朝旁边横过去。何东叫了我们两声，我知道他总有理由说不行，于是佯装没听见。何东无奈，也只能跟着我们走。

没走多久，前方果然出现一个山洞，洞口挺宽，能容两人并排进入，外面长着一小片野草。只是洞里飘出一股子臭味，非常难闻。尽管如此，我们眼下最重要的是找一个栖身之所，怪味还是可以克服的。我想了想，率先爬进了洞口。吕方阳赶忙跟上，杨Sir第三，等他进来后，我们突然听到走在最后的何东叹了口气。

"你们这么莽撞，不等于是来送死吗？"

"怎么了？"杨Sir也察觉出不对。

何东指了指洞口的野草："你看，野草的生长方向凌乱，而且上面有明显的压痕，显然有动物经常从这里进出，而且体型庞大。还有洞里飘出的怪味，如果我没估计错，这里是一个狗熊窝。"

"什么！"吕方阳叫了起来。

我心头一震，打开手电筒照去，正好对上一颗血淋淋的野猪头，猪鼻子距离我只有不到三公分的距离，两只眼睛半闭着，鼻子已经被咬掉了一半，样子非常瘆人。我猝不及防，忍不住叫了起来。

紧接着，我们又在山洞里发现了许多动物残肢和粪便，其中一些粪便还是新鲜的。我不禁暗暗叫苦，何东说得对，这个洞很可能是狗熊洞，也许狗熊外出捕食，很快就会回来。

事不宜迟，我们必须赶快离开。何东领头，正要向下走，不远处突然有响动传来。有动物正在山坡上行走，沉重的鼻息伴随着脚步声由远及近，似乎正朝着山洞走来。

"不好，狗熊回来了！"

"那怎么办？"吕方阳慌了神。

何东灵机一动，突然抓起一把粪便涂在我脸上。我猝不及防，下意识挡开他的手："干什么你？"

"狗熊是熊瞎子，晚上视力很差，我们只要把它的粪便涂在身上，狗熊就闻不出我们的味道来。"

我犹豫一下，觉得何东说得也有道理，虽然粪便有脏又臭，但眼下也没有更好的办法，于是闷闷地说："我自己来。"

我们都在自己身上涂了很多粪便，直到自己闻着自己都犯恶心，这才朝山洞外走去。刚爬出洞两三米，就看到一个巨大的黑影朝山洞走来。它的速度不快，巨大的身形却给人一种无形的威压。一边走，它还一边四下张望，确认是否有外敌入侵它的领地。

它慢慢靠近，我们全都不敢动弹，静静缩在距离洞口很近的地方。沉重的脚步声伴随粗重的呼吸逐渐靠近，再靠近，然后，狗熊突然在洞口停了下来。

我的心怦怦直跳，双脚距离狗熊的头只有三十厘米的距离，它会不会已经发现了我们？

就在这时，粗重的呼吸再次响起，狗熊突然转身，朝左前方走去，粗重的鼻息由近及远，似乎它发现了什么东西，又离开了山洞。我暗自纳闷儿，不知道发生了什么事。

何东让我们立即离开这里。大家摸索着朝前爬去，我心中好奇，忍不住回头张望，借助微弱的月光，我很快发现那团黑色的庞大身躯正在快速移动，朝前方一个倒在地上的人影奔去。人影躺在地上直打滚，应该受了伤，他一边挣扎一边咒骂："他妈的王八蛋，你们敢扔下老子，不得好死！"没有人回应他的咒骂，只是更远处传来一阵杂乱的脚步声和碎石滚落的声音。

狗熊袭击的目标居然是人类！

我们下意识想冲过去救人，何东一把拉住我和杨Sir，摇摇头说："来不及了！"

话音刚落，狗熊举起一只熊掌，直直打在那人的脖颈处，一击致命。那人呜咽一声，便没了气息。

我咽下一口干涩的唾沫，忍不住倒退了两步，从来只听说狗熊力大无穷，今天真的见到，心中却是说不出的恐惧。杨Sir叹了口气，低声说："走吧！"

我们悄悄转身离开，心情都非常沉重。很显然，那人受了伤，被同伴扔在这片狗熊出没的山坡上，任他自生自灭。也不知道是什么人，竟然会如此残忍地对待同伴。

接下来的路，我们再不敢有丝毫耽搁，借着月光摸黑下行，由于光亮不济，我们每个人都摔倒了很多次，尤其是吕方阳，他只是一个文弱书生，走这样的路非常吃力，就连何东也从斜坡上摔下过几次。临近天亮的时候，我们全都挂了彩，不是擦伤就是撞伤，还好都不严重。四周不时有野兽出没，不过我们身上涂了粪便，臭不可闻，嗅觉敏感的野生动物根本不想靠近。尽管少了动物的骚扰，我们依旧经常听到鬼祟的响动，像是动物，又像是人。何东说，魔鬼谷里有很多诡异的传说，过去，许多猎人进谷打猎，不少人神秘失踪。有人说，他们的灵魂都被囚禁在这片深谷中，会在夜深人静的时候外出活动，发出碎碎的脚步声。

不管动物还是鬼魂，我们的确听到过非常奇怪的声音，像是有人遗失了心爱之物，来回拨弄草地，发出簌簌的轻响；又像是有人正在被野兽追赶，凌乱的脚步声中夹杂着急促的喘息。

周围原本就很瘆人，偏偏何东又讲了这么可怕的传说，我听了浑身直起鸡皮疙瘩。正想岔开话题，问他还要走多久，何东突然说："嘘，前面有动静！"

我们立即安静下来，果然听见前方的草丛里传来唰唰的响声。这里的野草非常茂盛，草叶就像有生命般胡乱舞动。很明显里面藏着动物。

我下意识想要绕开这簇野草，放眼望去，这才发觉自己已经走到了大片草丛的边缘，前方长满了半人高的野草，茂盛得出奇。

既然前面全是野草，想要绕道是不可能了，比起陡峭的岩石土坡，茂密的草丛更加危险，因为我们不知道什么时候会窜出什么东西来。

第三十章　地下暗流

何东和杨Sir互相使了个眼色，同时朝晃动的草丛走去，两人深呼吸一口气，一人快速撩开草丛，另一人的手电光立即照了进去。下一秒，他俩同时松了口气。

"是藏狐。"何东说。声音刚落，我就看见五六只身长不过七十厘米的小动物从草丛里一窜而出，朝我扑面袭来，昏暗的光线下，我看不清它们的颜色，只瞅见其中一只飞速跃上我的肩膀，鸡毛掸子一样的尾巴从我鼻尖扫过，害我忍不住打了个喷嚏。

草丛里有一只鼠兔的残肢，应该是藏狐吃剩下的。

何东叹了口气："接下来，我们要进入真正艰险的地段了。"他取出测试仪，测出现在的海拔已经降到了2000米。

杨Sir显得很疲惫，他坐在一块岩石上，取出药瓶，吃下几片药。

我突然很怀念杨Sir的打火机和烟夹，想当初在黑狼岩上时，杨Sir面对无数野狼的攻击，还能泰然自若地点上一支烟，现在他的贴身宝贝已经被药瓶代替了。

何东犹豫一下说："原地休息一下吧，天马上就要亮了。"

我们各自选地方坐下，每个人都不想闻到对方身上的怪味，于是刻意保持着距离。这时候，阳光已经在黑暗的天空中撕开一条缝隙，万丈光芒从天而降，犹如天神下世。景色虽美，我们却早没了看日出的心情，一天一夜的劳累奔波使我们筋疲力尽。即便是体能最好的何东也有些疲劳了。

他若无其事地取出馕和水，大口大口吃起来，丝毫不介意自己身上的恶臭味。杨Sir也取出背包里的食物，在我们面前晃晃说："都吃点儿吧，不然待会儿没力气走路了。"

虽然嘴上这样说，他自己却一口也没吃下去。

吕方阳将包里所有的矿泉水取出来，把身体清洗一遍，这才吃起来。吃了两口，他忍不住看看我们，似乎受不了身边的味道，赶忙走远些。突然，他大叫一声，指着草丛说："这，这是怎么回事啊？"

我们赶快跑过去，立即看到一具异常恐怖的人类尸体，尸体趴在草丛里，浑身焦煳，口大张着，分不清是脓血还是泥浆的液体从嘴里流出来。无数只蚂蚁从尸体身上爬来爬去，远远看去，就好像尸体在微弱地蠕动。这是我们进入魔鬼谷以来，见到的第二个人，只可惜，这两个人都没能活下去。

"怎么会这样？"我睁大了眼睛，"这个人看上去就好像，就好像……"

"就好像被扔到烤箱里烤糊了一样。"何东警惕地看看四周，"这里不能久留，快走吧！"

我们赶忙收好东西出发，何东率先踏进半人高的草丛，试探着走出十几米，这才让我们跟上。他还千叮万嘱，必须紧跟在他身后走直线。开始我还纳闷儿，心想大家只要跟在他后面就可以了，为什么要走直线？可是没过多久，我就意识到了草丛的危险。

刚进入草丛时，野草只有半人高，可是越往后走，草丛就越茂密，几乎漫过了脖颈，如果有人从侧面看我们，会以为是四颗人头在草丛里排队向前走。这些野草出奇的茂密，甚至到了骇人的地步。过分的浓密使四周变得异常压抑，我好几次都怀疑自己会被淹死在这片浓密的野草丛中。

没走出多远，吕方阳突然猛地拍了一下我的后脑勺，我不耐烦地问他干什么。他居然说："我看到你脑袋上停了个蚊子。"

"蚊子有什么大惊小怪的？"我不以为然。

"不是，很大的蚊子……"吕方阳还想解释，我冲他摆摆手，示意他不用再说了。突然，一只飞虫从我眼前飞过，停在何东的后脖子上，我开始以为是黄蜂，因为飞虫足有一元硬币那么大，可定神一看，居然是只蚊子。蚊子停在何东的后脖颈，正要吸血，我想也不想，一巴掌挥过去，蚊子飞了，何东却叫了起来。

"干什么？"

"有蚊子，好大一只。"我想解释。

何东转过身来，皱着眉头问："有多大？"

我将大拇指和食指曲成一个圆："这么大。"

"那是魔鬼谷的毒蚊子，叮人非常厉害，被叮过的皮肤又红又肿，很久都消不下去，大家要小心，把衣服裹严实点儿。"

我们赶忙裹紧衣服，好在现在是清晨，谷里温度不高。可我只能裹住身体，无法把脑袋一起包起来，没多久，我就被毒蚊子光顾了。刚被叮时，我只是觉得皮肤有点儿痒，所以并不介意，只是随便挠了两下。没走多远，吕方阳拍我的肩膀，我回过头，看到一张红肿变形的脸，左右脸颊高高肿起，将嘴巴嘟了起来，看上去挺滑稽，就像漫画里的卡通人物。

于是，我和吕方阳同时叫了起来："你谁啊？"下一秒，我们同时反应过来，又异口同声地问，"你怎么变这样了？"

吕方阳掏出镜子给我，我这才发现，自己的额头高高肿起，就像寿星额头上顶着的那团包。

我突然很想看看杨Sir和何东变成了什么样，侧头一看，杨Sir居然用衣服裹住头脸，还戴了一个滑雪镜，防备非常严实。何东也差不多，只是不管我们怎么叫他，他就是不回头。

吕方阳拍拍自己的额头，嘲笑我的样子，嘴巴一咧开，笑得比哭还难看。

就在我考虑该怎么说他的时候，旁边的草丛突然晃动了一下，我以为又是什么小动物，所以没在意。突然，一只鲜血淋漓的手从草丛里伸出来，一把抓住我。我猝不及防，吓得叫了起来。手的主人丝毫没有放开的打算，他撩开野草，探出一颗表情极度痛苦的头："救救，救救我！"

我赶忙伸手去扶，那人发出凄厉的叫喊，显然受了重伤，何东和杨Sir也来帮忙，很快把他给拉了出来。这人衣衫褴褛，左腿上有几条又长又深的爪痕，鲜血直流。最让人触目惊心的是，他的脸血肉模糊，似乎在谷里遇到了什么腐蚀性的东西。

"怎么会这样？"何东问。

"有，有怪物！"那人口齿不清地说。

"怪物？"我浑身一凛。又想起了何东说起过的魔鬼谷传说。

那人点点头，正想继续说，近旁突然传来一声响亮的枪声，我们全都呆住了。一阵大风突然而至，茂密的野草丛随风狂舞，撕开几条模糊的缝隙，我下意识捂住头脸，突然在缝隙中瞅见一个熟悉的身影。

这个人是布朗克。

布朗克怎么会出现在这个地方？我暗自惊讶，定神再看时，他已经消失了踪影。

也许是眼花了？我揉揉眼睛，取下背包，想替那人做紧急包扎，猛一低头，这才发现那人已经没了动静。他的胸前多出一个弹孔，鲜血顺着伤口汩汩流出，瞬间就染红了前襟。

何东立即警觉，赶忙让我们全部蹲下。

杨Sir探了那人的鼻息，叹息着摇摇头："没救了。"

我惊呆了，魔鬼谷中原本就危机四伏，潜藏在暗处的动物随时可能冲出来攻击人类，没想到人类还要自相残杀，使得我们原本就艰难的生存环境更加残酷。这样想着，我的心中升起一股怒气，顿时站起来，对着浓密的草丛大喊："谁干的？有本事出来！"

下一秒，我突然感觉到一支坚硬的东西抵住了我的后背，冰冷的声音随即而至："是我干的。"

我慢慢回头，浑身血液几乎凝固住了，虽然我已经听出了声音的主人是谁，还是忍不住要回头确认。

这个人，的确是布朗克。

与此同时，另外几个人从草丛里一跃而出，每人手中都握着一支枪，将黑洞洞的枪口对准我们。但令我惊讶的是，他们明明已经将我们制住，脸上却全是一副惊魂未定的表情，身上的衣着也和地上的死者一样褴褛。似乎遭遇了什么非同一般的事。

我惊讶地望着他们，在我的印象里，布朗克为人虽然很受争议，但他不会做这种泯灭人性的事。

"这个人受了伤，只会拖累我们。"布朗克一改往常的绅士风度，语气变得异常急躁，"不要用这种眼神看着我。宋方舟，如果你经历了和我们同样的事，也会和我一样。我们必须活下去，魔鬼谷就是个适者生存的地方。"

我惊呆了："昨晚我们在土坡上见到那人，也是和你一起的？"

布朗克点了点头。

杨Sir取下遮住面部的衣服和眼镜，表情和我一样惊讶："究竟发生了什么事？你们怎么会进魔鬼谷？"

布朗克的双眼布满血丝，眼神有些涣散，显然情绪不太对劲："我的确跟踪你们进了阿尔金山，在祁漫塔格乡，你们的向导告诉扎克，你们要去魔鬼谷寻找宝物，扎克把消息告诉了我。所以我带上人，乘直升机先一步赶了过来，我知道你们要找的宝物是什么。"说到这里，布朗克突然深深地看了一眼吕方阳。后者依旧满脸怒火地瞪着他，我甚至看到吕方阳攥紧了拳头。

"不是你想的那样。"杨Sir赶忙解释，"织锦图并不是藏宝图，只是一张水脉图，上面标注了一个没人知道的沙漠地下水系。"

"不可能！"布朗克苦笑一声，"杨先生，你是聪明人，难道也被吕方阳给骗了？织锦图怎么可能是水系图？那是古代西域三十六国的龙脉所在，汇聚了几千年沙漠之民的财富。"

"信不信由你。"吕方阳冷冷地说，"对你这种文物贩子来说，宝藏比什么都重要。既然你知道我们的目的地是魔鬼谷，大可以捷足先登，何必再来找我们？"

"因为我的向导……消失了。"说到"消失"两个字时，布朗克的语气有些怪异，"我需要新的向导，就是你。"他指了指何东，"你们在草丛里走这么久都没有发生意外，说明你是一个出色的向导，至少比我的向导出色。"

"没发生意外，究竟是怎么回事？"我不解地问。

"你什么都没有告诉他们？"布朗克望着何东，"也对，说出来的话，他们恐怕连路都不敢走了。"

何东有片刻的犹豫，他并不知道我们和布朗克之间的恩怨，但他用脚指头也能判断出来，布朗克绝非善类。躲是不可能了，他深呼吸一口气，用尽量缓和的语气说："我们现在行走的路段，就是已经融化的永冻土地面，我之前跟你们说过，近地表的永冻土层会在夏季融化，形成深不见底的地下暗流，地面的某些部分会变得又脆又薄，无法承重，上面又生长着大量野草，根本分辨不出来，人踏上这种地面就会陷落，生不见人，死不见尸。这就是所谓的'消失'。"

"你的意思是说，我们现在就像是走在正在融化的冰面上，说不定什么时候就会落下去？"我叫了起来。

何东点点头："所以我让你们跟着我走直线。只要我们小心谨慎就能走出去，这片草丛并不像你们看到的这么宽。问题是……"他望向杨Sir，"我不知道你们要找的东西究竟在哪里？还打算在魔鬼谷里转多久？"

布朗克看了看杨Sir："凭借杨先生的聪明才智，一定会找到的，更何况，还有吕教授在。"布朗克冷冷地望着吕方阳，一字一句地问，"吕教授，你究竟把织锦图藏在什么地方？"

我暗自一惊，布朗克这句话是什么意思？

吕方阳再也控制不住了，他快步冲过去，丝毫不惧怕布朗克手中的枪，抡起拳头就砸过去。无奈他一介文弱书生，手无缚鸡之力，布朗克只稍稍侧身，就躲过了他的拳头。吕方阳一个趔趄没站稳，摔倒在地上。

我赶忙拉住吕方阳，布朗克现在的情绪非常不稳定，他连自己的同伴都可以毫不犹豫地杀死，更何况我们。

杨Sir知道吕方阳的脾气，快步冲到吕方阳和布朗克之间，想要制止。布朗克手一哆嗦，枪声再次响起。无数野鸟腾空而起，在半空中胡乱扑腾着翅膀，像在控诉闯入者的无理。

我们全都惊呆了，就连布朗克也没想到枪会走火，一时愣在原地。只有杨Sir依旧面不改色，眼神笃定地望着布朗克，子弹从他身边擦过，将抓绒外套擦破了一条口子。

"不要紧张，我们一定会走出去的，如果你不相信，我们可以走在前面。"杨Sir尽量说得慢些，确保情绪激动的布朗克能听清楚。

布朗克点点头，朝几个手下使了个眼色，其中一人立即走上前来，用枪指了指何东和杨Sir："你们两个走前面，另外两个夹在中间。"

我们按照那人的要求排好队。布朗克一伙一共有五个人，只比我们多一个，他本人和一个同伴紧跟在杨Sir和何东的后面，我和吕方阳在中间，剩下三个人殿后。组成一个临时的队形。

我小声问吕方阳，为什么布朗克会说织锦图被他藏起来了？吕方阳无比气愤地说："那还用问？他想挑拨我们之间的关系。"

接下来的路更加难走，何东经常让我们停下来。惹得走最后的三个人一阵大惊小怪。看得出，他们都受了不小的惊吓。按照时间推算，如果布朗克是在祁漫塔格乡得知我们要去魔鬼谷的消息，那他最多比我们早进谷一两天。这一两天里，他们究竟遭遇了什么危险？

时间一分一秒地过去，我们前进的速度却出奇的慢。转眼到了正午，由于早上我们没有好好吃东西，现在全都饥肠辘辘。杨Sir显得很疲惫，他转过头来，建议布朗克原地休息一下，大家也好吃点儿东西。

布朗克犹豫了一下，看着我们全都神情憔悴，只好点头答应。就在这时，后面有人大叫起来："哈吉不见了！"

我们赶忙回头，发现布朗克原本安排在最后的三个人只剩下两个，最后那个名叫哈吉的人莫名其妙地消失了。布朗克的眼中闪过一丝恐惧，却没有要回去寻找的意思，只是转身对何东说："向导先生，看来你带的路也不安全。"

何东已经猜出了那人失踪的原因，非常焦急地说："我们可以马上回去找，说不定他运气好……"

"没有什么运气。"布朗克苦笑一声，"就连你自己刚才也说过，一旦掉进地下暗流，就是生不见人，死不见尸。"

何东说："说不定他没有掉下去，而是不小心摔倒了。"

"不可能的。"另一个人叹了口气，"我们出发时一共十四个人，现在只剩下这么几个了。你真以为我们没回去找过他们吗？"

何东顿时语塞。布朗克突然瞪大布满血丝的眼睛，举起枪对准何东的脑门儿："走，不准休息，全都给我继续走！"

"不行，这样走下去，迟早大家都会出事。"何东说，"我们必须分散开来，每人间隔两米的距离。"

布朗克犹豫了，草丛异常茂盛，如果人和人间隔开来，无疑会阻挡视线，很难监视彼此的行踪。可如果不间隔开来，万一遇上脆弱的地层，大家很可能会同时落下去。

杨Sir看出布朗克的顾虑，于是说："你不用担心他会跑掉，我们的人和你们的人是间差排队的，如果他跑了，我们还在你手上，他不会扔下我们逃跑的。"

杨Sir的话打消了布朗克的顾虑，他点点头，让何东走前面，然后命令他的人和我们间差排列，而他们每个人都紧握着枪。

我们继续往前走去，何东的速度似乎快了一些，虽然他的身影时常被茂盛的草叶遮掩，但他总会故意晃动野草，向后面的布朗克证明自己没有逃走。

我被夹在中间，心中多少有些沮丧。何东是向导，吕方阳是学者，如果真找到了什么，还要靠他来讲解。杨Sir的中心作用就更不用说了。唯独我，就像个多余的人，除了当人质，似乎派不上任何用场。

正想着，前面突然传来一阵响动，紧接着是一声惊呼。我们赶忙跑过去，发现前方的地面出现一个大洞。这个洞深不见底，阵阵寒气从洞中窜出，我探头向下张望，五月初署天气，我竟然冷得打了个寒战。

"何东不见了！"布朗克的一个手下惊魂未定，"他也消失了，和我们的向导一样！"

第三十一章　屠宰场

杨Sir赶忙从背包里取出一根银光棒，折叠几下，扔进洞中，银光棒忽闪几下，消失在无尽的黑洞里，只剩下彻骨的寒气和黑暗。

"这就是永冻土融化后的地下暗流。"布朗克的语气有些激动，"看来，他是再也回不来了。"

怎么会这样？我对着黑洞大声叫喊何东的名字，可回应我的只有空洞的回音，洞里没有任何响动，所有落入其中的生物都已经被汹涌的暗流吞噬，再也没有生还的可能。

"走吧！"布朗克叹了口气，"我们得确认谁打头。"他的目光从我、杨Sir和吕方阳身上扫过，最后用枪指了指杨Sir，"就你了！"

杨Sir没有说话，就在这时，吕方阳突然走到杨Sir前面，慷慨激昂地大喊一声："我来打头！"

凭着一时义气，吕方阳想也不想就往前冲，转瞬间就滑倒在黑洞口，如果不是杨Sir出手快，估计他已经布了何东的后尘。

杨Sir叹了口气："还是我来吧！"他深深望了我和吕方阳一眼，也不说话，小心翼翼地绕开黑洞，朝前走去。

布朗克排在第二，经过我们身边时，他突然瞪了吕方阳一眼，眼神中透出我从未见过的恶毒，似乎他巴不得吕方阳刚才失足落进黑洞里去，再也不要出现在他的面前。

我和吕方阳再次被夹在中间，何东消失了，我们的心情都很沮丧，但同时又为杨Sir捏着一把汗，就连熟悉地形的何东都难逃劫难，杨Sir能行吗？

眼前的草丛就像永远也没有边际，总也走不到头。转眼就到了下午三点，可不知为什么，天色越来越暗，就像已经到了傍晚十分。如果再这样走下去，我们说不定要在草丛里过夜，来自野兽的危险自不必说，古怪的草丛本身就像一个巨大的陷阱，等着我们——落网，尸骨无存。

就在这时，前方突然传来杨Sir的声音："快看！我们走出来了！"

我们加快脚步，果然看到前方出现一片宽阔的碎石滩，杨Sir出命的好运，居然非常顺利地带我们离开了满是陷阱的草丛。

我和吕方阳不禁露出开心的笑容，心情也放松了下来。这时我们才发现，不知什么时候，我们脸上被蚊子叮咬的包已经散了，只是皮肤越来越痒。由于刚才大家的注意力都集中在脚下，痒的时候就使劲挠，并没有格外重视，现在走出来才发现，我们俩的脸颊和额头都被挠破了一层皮，火辣辣地疼，尽管如此，皮肤还是痒得厉害，根本就忍不住。

由于何东不在，杨Sir也不知道该怎么办才好，他取出急救包里的消毒水，让我们赶快涂上，消毒水一沾到破损的皮肤，引起强烈刺激，我们俩顿时疼得哇哇直叫。

布朗克在一旁冷冷观看着这一幕，一个站在他身旁的手下说："这就是魔鬼谷，被魔鬼诅咒过的地方，我们根本就不该来，不该来……"

我突然想起早晨死在我面前的那个人，他脸上的皮肤已经全部烂掉，我之前还以为他碰到了什么腐蚀性的东西，现在才恍然大悟，原来是他自己抓烂了自己的脸。

这个想法让我感到异常恐惧，可钻心的痒根本就无法抑制，就好像无数只蚂蚁在啃噬我的骨头。我第一次领略到，钻心的痒比钻心的疼更加难受，简直到了生不如死的地步。

眼见我俩拼命抓伤自己的脸，杨Sir无奈，只好请求布朗克的手下帮忙，把我和吕方阳的手反绑起来。我俩发出声嘶力竭的叫喊，布朗克皱皱眉头，取出布条塞进我们的嘴，一边塞一边说："别把狗熊招来！"

一个手下看不过去了，低声说："其实，被毒蚊子叮过后虽然很痒，但没有生命危险，只要能多挺一会儿就没事了，不过，很多人都挺不过去。"

"他们能挺过去！"杨Sir冷冷地看了那人一眼。径直朝前走去。

我一边拼命挣扎，一边大声骂起来："杨慕之，你自己试试看，我就不信你忍得住，快放开我，放开我！"

杨Sir假装没听见，仍凭我们大声叫骂。布朗克冲我俩耸耸肩，转身跟在杨Sir

身后。他的一个手下走过来，推了我和吕方阳一把，我俩不得不强忍着痛苦继续前进，那人跟在后面，一边走一边说："看到了吧？我们兄弟受过的苦，现在也让你们受一遍。"

吕方阳原本就难受，听他这样说，顿时叫了起来："我和你无冤无仇，你连一点儿同情心都没有，当心天打五雷轰！"

话音刚落，一阵大风突然而至，我被反捆着手，重心不稳，一不留神就摔倒在地上。下一秒，我的心跳就像漏掉了半拍：不知什么时候，天空已经黑如夜晚，大片乌云坠在半空中不断涌动，闪电在乌云中不时忽闪一下，就像在厚重云雾中来去自由的巨龙。转瞬间，无数道光的巨龙冲破云层，斜向下汇成一条，化作一把利剑呼啸而来。魔鬼谷里狂风大作，我听到不远处的野兽发出凄厉的悲鸣，声音汇聚在一起，徒劳抵御那道犀利的光剑。轰隆的雷鸣随即而至，巨响很快压倒了野兽们的狂吼、就像巨大的百兽之王从天而降，将天地间所有的生灵握于自己的股掌之中。魔鬼谷失去了平常的神秘和矜持，在狂风雷电中剧烈的颤抖，就像一个濒死之人在做最后的挣扎。

"快到岩石下去避一避！"杨Sir把我扶起来，拼命将我和吕方阳拉到一块岩壁的缝隙下。刚才奚落我们的那个人却一动不动地站在原地，显然已经吓傻了，浑身止不住地颤抖。碎石滩是一个相对平坦的地方，那人的身材虽不高大，站在那里却非常显眼。狂风呼啸而至，又一道闪电从天际直射而下，正好滑过碎石滩。那人的身体顿时砰的一声倒下，浑身上下冒出一股浓烈的白烟，烟雾瞬间被大风刮散，剩下一具烧焦的尸体。尸体迅速萎缩，黄色黑色的液体从身上流出来，分不清是血液还是脓液，和我们刚入草丛时看到那具尸体一模一样。

我倒吸一口冷气，居然忘了脸上的痒痛，鬼使神差地探出头去。杨Sir赶忙按住我的头，还大声说了几句话，只是随即而至的巨雷压倒了他的声音。又一阵大风刮过，带来一股刺鼻的焦煳味，我忍不住又看了一眼不远处躺着的那具尸体，尸体的脸正对着我，已经辨不清五官，只剩下一张嘴大张着，似乎仍在无声的呐喊。我顿时感到胃部一阵翻滚，想要呕吐出来，已经将近二十个小时没有进食的胃却根本没有东西可吐，只能一阵干呕。

接下来的半个小时里，狂风、巨雷和闪电轮番而至，野草拼命舞动着腰身，如痴如醉地享受大自然的癫狂、让我想起了远古时代那些擅长与神灵沟通的巫师。也许，在如此恶劣的自然环境下，动物们最终会被消灭殆尽，只有茂盛到变态的野草才是最后的霸主。

风终于停了，天空象征性地下起一场小雨，哀悼死在这场雷电下的无辜生命，大自然再次显示了它冷酷无情的巨大力量。我们从岩石壁下慢慢走出来，全都像惊弓之鸟一样。讽刺的是，这场突然而至的可怕雷电居然使我忽略了额头的剧痒，挺过了最艰难的一段时间，现在虽然还是痒，却已经好了许多。

　　吕方阳和我一样，我俩对望一眼，心情十分复杂。

　　布朗克和两个手下也从附近的岩壁下走了出来，他的手上依旧握着枪，只是有些颤抖。看得出，他正在努力克服心头的恐惧。我终于明白过来，为什么他和他的手下会在一两天之内变成这个样子。

　　"怎么会这样？"吕方阳惊魂未定。

　　"这里的野草之所以出奇茂盛，是因为雷击。氮是一种很好的肥料，空气中的氮是一种惰性气体，不易和氧结合，可一旦碰上雷电等高温条件，就会与氧结合形成二氧化氮。二氧化氮是一种天然化肥，大自然把野草变得异常丰盛，引来附近的野兽，然后用雷击将野兽一击致命，将魔鬼谷变成自然的屠宰场。"杨Sir回答说。

　　我突然想起何东之前曾说过，魔鬼谷是一个雷电区，发生在这里的雷电次数是昆仑山其他地区的六倍。一时间，空气变得异常压抑，我居然有些喘不过气来，死亡离我前所未有的近，随处可以闻到腐臭焦煳的味道。融化的永冻土层，深不见底的地下暗流，还有随时可能突然而至的雷电，魔鬼谷的确是个残酷的屠宰场。

　　雷电过后，魔鬼谷恢复了暂时的宁静，我们这才发现，四周有许多动物的尸骨，野牦牛、狗熊、藏狐，尸骨杂乱散落在各个角落里，用骇人的方式彰显着大自然的冷酷和残忍。

　　"究竟在什么地方？"也许是亲眼看到了太多手下的失踪或死亡，布朗克的忍耐几乎快到达极限，"朱雀之巅究竟在什么地方？"

　　杨Sir看出布朗克的情绪不对劲，赶忙四下张望，一边思考着用什么办法稳住他的情绪。

　　就在这时，吕方阳突然指着对面一座山峰说："朱雀在那儿！"

　　我们顺着他手指的地方看去，顿时眼前一亮。山峰顶端呈椭圆形，一旁有一块突出的岩石，模样很像一个鸟头。

　　"雀头，那是朱雀的头！"吕方阳叫了起来。

　　织锦图上，两扇闭合的门正是出现在朱雀的头顶，象征阿尔金山极东。现在，我们在阿尔金自然保护区的最东方发现雀头，是不是说明，那两扇闭合的门就在山峰上？

布朗克眼前一亮，异常兴奋地说："就在那里，宝藏一定就在那里！"

他晃了晃手中的枪，命令我们马上出发。

杨Sir冲我使了个眼色，两只手同时背在背后，比出两个"三"。我立即明白过来，他的意思是：现在我们的人数和布朗克一方的人数是三比三平，人数上我们并不吃亏，接下来就要见机行事。

杨Sir继续打头阵，山峰看着很近，其实一路上同样艰险。杨Sir小心前进，朝距离我们最近的山岩走去。他说："我们最好从山岩上爬过去，这样可以避开地面下陷的危险。"

没有人发表异议，我们依旧保持着最初的队形，我和吕方阳被间隔着夹在中间，布朗克走在第二，每人之间间隔了两米的距离。由于是在碎石滩上行走，后面的人可以清楚看见前面的人。

杨Sir依旧小心前行，一边走，一边不时蹲下来看看。突然，他在接近山崖的地方停了下来。我们跟过去一看，原来前方出现了一条宽度至少四五米的大裂缝，裂缝深不见底，就像被一把巨斧劈开一般，将魔鬼谷拦腰截断，缝隙下是可怕的地下暗流，寒气从漆黑的地底不断上涌，令人不寒而栗。

裂缝对岸倒是有一块可以固定绳索的岩石，不过距离裂缝至少五六米，加上缝隙原本四五米的宽度，想要用手把绳子抛过去是不可能的。布朗克双目一横，冷冷地问："现在该怎么办？"

"没办法，我们只能倒回去，离开魔鬼谷，然后从山外爬上去。"杨Sir说。

"回去？那还要走多远？"布朗克的一个手下嚷嚷起来，"再说了，我们已经死了这么多兄弟，往回走恐怕更危险。"

"没错！"布朗克的眼神有些飘忽不定，"不能回去，再想想，一定有办法过去！"说到这里，他上前两步，站在杨Sir的旁边。我看到杨Sir的眼中闪过一丝异样，顿时反应过来，布朗克的注意力集中在裂缝上，放松了对他的监视。当一个人站在高处往下望时，身体会不自觉地绷紧，这个时候，只需要从背后施与少量的外力，人就会因为惶恐和紧张大乱阵脚，进而摔下悬崖。

不过，杨Sir并没有这样做，虽然这是一个摆脱布朗克挟持的好机会，但他最终下不去手。只是轻叹一声说："缝隙太宽了，除了绕道，没有别的办法！"

"一定有！"布朗克猛地举起枪，对准杨Sir的额头，然后后退两步，将杨Sir逼到悬崖边上。

我再也看不下去了，快步上前说："不要着急！我，我有办法！"

布朗克微眯双眼，似乎并不相信我说的话。

"有，真的有办法。"我咽下一口干涩的唾沫，"裂缝大多呈V字形，越往下就越窄，我们可以先下到一定深度，在缝隙较窄的地方跃过去，然后爬上来。"

"真的？"布朗克想了想，也不知道是认为我说的话有道理，还是想看看我是否有这个本事，"好吧！宋方舟，你来试试！"

"还是我来吧！"杨Sir说，"宋方舟没什么经验。不过，他的话也有些道理。"

布朗克犹豫片刻，轻轻点了点头。

"不行！"我急了。

杨Sir冲我摆摆手，示意自己没事。我忍不住一阵焦虑，我们明明已经从海拔4000多米的高地下到了2000多米，可杨Sir的嘴唇还是紫色，显然并没有摆脱高原反应的困扰。不祥的预感再次涌上心头，不知为什么，我明知道杨Sir有丰富的探险经验，却依旧忐忑不安。

杨Sir非常熟练取出一捆绳子，在自己腰上固定好，然后将另一头拴在旁边一块岩石上，正准备下去，布朗克叫住他："先等等，把钥匙交出来！"

"什么钥匙？"

"别以为我不知道，打开朱雀之巅的门需要钥匙，把钥匙交给我。"布朗克冷冷地说。

杨Sir犹豫片刻，取出装着五颗石头的麻布袋，递给布朗克。布朗克将袋子上下抛了几下，点点头说："现在，你可以下去了。"

杨Sir点点头，蹲下身来，将两块石头垒叠在一起，然后双手合十，非常虔诚地对石头作了个揖，看得出，这是他祈祷成功的小仪式。

作完揖，他顺着缝隙壁一点点移下去，我和吕方阳负责拉绳子，下去两三米后，他对我作了个手势，表示缝隙壁上有着力点，我们只需要带着绳子，不需要用力拉扯。我们点点头，试着将手放松，使绳子随着杨Sir的速度慢慢下滑。就这样，杨Sir逐渐消失在冰冷阴暗的黑暗深渊里，我们只能依靠绳索的下滑速度判断他的状况。

绳索慢慢滑动，大约降到一半时，突然快速下滑。我心头一紧，下意识拉住绳子，吕方阳也来帮忙，可惜我俩已经二十个小时没有吃东西，精神和体力都很差，所以只能减缓速度，不能完全止住绳子的下滑。绳索从我俩手中慢慢滑过，我只觉得掌心火辣辣地疼。另一边，布朗克和他的两个手下只是呆呆地看着我们，没有一

个人上前帮忙。

"不行！"其中一个人面带恐惧地说，"看来，地下暗流也是被魔鬼诅咒的地方，接近它只有死路一条。"

"你们这是怎么了？赶快来帮忙啊！"我忍受着手掌剧烈的疼痛，大声叫了起来。

"没用的。"布朗克摇摇头，"我们都救不了他，只能倒回去了。不管怎么样，我一定要到对面的山峰去！"

眼见布朗克三人转头想走，我急中生智，大声说："不能走，杨Sir不会有事的，我们应该把他救上来。"我话音未落，吕方阳实在受不了，先一步放开了手，立即，我手上的疼痛加剧，终于也跟着放开了手。

绳子飞速下滑，只过了几秒钟就被完全绷直。

吕方阳恐惧地看了我一眼："杨Sir，杨Sir一定出事了！"

布朗克没有说话，只是冲我俩无奈地耸耸肩。

"等等，我可以把他带上来，然后越过这条裂缝。"我指了指身后的无底深渊，"二十分钟，只要二十分钟，我一定会成功的。"

吕方阳疑惑地望着我，正要发问，我赶忙补充说："进阿尔金山前，我们进行过攀岩训练，我一定可以爬上来。"

布朗克想了想，低声说："那好吧，我再给你二十分钟。"

"你行吗？"吕方阳不放心地问。

我掏出一副对讲机，将其中一个递给吕方阳。然后拍拍他的肩膀，也不说话，顺着绳子慢慢向下移去。进到缝隙中，冰冷的寒气立即袭来，将我紧紧包裹，越往下，寒气就越重。突如其来的温差使我的身体很不适应，关节变得僵硬，大脑也不像之前那么灵活，只能绷紧身体，用体内迸发出的力量抵御彻骨的寒冷。

继续往下，光线越来越暗，岩壁也越来越潮湿。好在岩壁并不上像看上去那么光滑，上面有不少凹凸不平的地方可以落脚，我一边抓着绳子，一边踩着岩壁往下移动。很快，光亮完全消失了。我掏出一只荧光棒弯折几下，插进自己的后颈窝里，借助荧光棒冷冷的光芒，我可以继续下移，慢慢地，我摸索出一些技巧，一路上还算顺利。终于找到了杨Sir，他被卡在一个岩石缝隙里，面朝下，已经昏迷过去。我把他翻过来，发现他的脸色异常苍白，嘴唇却变成了乌紫色。一个药瓶滚落在掩饰缝隙里，正是杨Sir进山后一直在吃的药，我拾起来一看，居然是止痛片。

我记得何东曾说过：出现高原反应时，人会出现头疼的症状，但不能一味地服用止痛药，因为这样做虽然能暂时止痛，却掩盖了征兆的加重，从而忽略自己加剧恶化的身体状况，等到身体无法支撑的时候，情况已经非常严重了。比如高原肺水肿和脑水肿，死亡率分别高达40%和14%。杨Sir明明知道这一点，却为了让计划顺利进行，用止痛药掩盖自己越来越严重的高原反应，虽然后来下到了低海拔，但他始终没有好好休息过，加上裂缝里急剧变化的温度，终于使他的身体到达了极限。

如果不做紧急救治，杨Sir肯定会有生命危险。

第三十二章　天猎

这样想着，我赶忙取下背包，拿出对讲机，让吕方阳往上拉绳子，虽然不能把杨Sir拉起来，却可以减轻他的重量，方便我把他背到自己的背上去。紧接着，我解开杨Sir腰间的绳索，把他拴在自己背上，然后四下看了看，果然在斜上方不远的地方发现一个可以跨越的落脚点，在那里，两边岩壁间的缝隙只有不到一米的距离。这个发现让我很兴奋，我借助绳子的力量，慢慢爬过去，下方依旧是漆黑一片，在这种时候，不知道下面的状况反而让我的心情没那么紧张，我深呼吸一口气，用尽全力跳了过去。

杨Sir在我背上嘟哝了两句，但他那一百多斤的重量压在我的背上，我每移动一步都非常费力，根本没听清他在说什么。

往上攀爬是一件非常艰难的事，虽然对面岩壁上的凹凸岩石更多，相对也更容易攀爬，但由于我背着杨Sir，行动起来异常艰难。我取出攀岩工具，按照何东说过的方法，将安全绳套在腰间，把膨胀螺钉钉在岩壁上，挂上挂片，将快挂扣进挂片形成保护点，然后扣入安全绳保护自己。

据说，这是一种在欧洲非常盛行的攀爬方式，需要一边攀爬一边操作，虽然麻烦，但比传统的徒手攀爬要安全许多。尽管如此，我一点儿也不觉得轻松。由于竖直站立，全靠双肩拉起杨Sir的重量，没过多久，一股生生向下拉扯的力量始终折磨着我的肩膀，非常难受。但我俩的身体依旧在一点点向上移动。有人说，人的执念可以创造奇迹：一个老太太在房子着火时用双手抱出一只一百多斤重的铁箱，还有一个女孩儿曾从火场背出比她体重大一倍的父亲。也许我现在就是凭着一股执念在挑战自身的极限吧，我是这样想的。

时间一分一秒地过去，虽然没看表，但我估计早就超过了二十分钟时限，以至于当我从黑暗的深渊中探出头来时，吕方阳几乎用哭腔大喊："上来了，终于上来了！"

我终于把杨Sir背到了对岸，布朗克和他的手下露出惊讶的神情，似乎不相信我能办到。我将杨Sir放下来，又把绳子的一头拴在岩石上，绳索在缝隙上绷直，形成一条可以爬过来的通道。很快，对面的人顺着绳子爬了过来。我立即对布朗克说："把你的直升机开过来，杨Sir现在病得很严重。"

布朗克苦笑一声，指了指四周的山岩说："如果飞机能开进魔鬼谷，我还用得着这么费力吗？"

我又是一惊，这才想起何东曾说过：魔鬼谷的磁场强度非常高，地层里除了有大面积三叠纪火山喷发的强磁性玄武岩外，还有大大小小三十多个磁铁矿脉及石英闪长岩体，正是这些岩体和磁铁矿产生了强大的地磁异常带，如果飞机进入，所有仪器都会失灵，有坠毁的危险。

布朗克一个手下走过来，仔细看了看杨Sir，皱皱眉头说："没用了，魔鬼已经收走了他的灵魂，他虽然还没死，但和死也没什么两样了。"

吕方阳叫了起来："别胡说，这不过是高原反应，只要及时送到医院救治就没有危险。"

"及时？"布朗克苦笑着摇摇头，"我们有可能及时出去吗？还是把杨慕之留在这里吧，他只会拖累我们。"

"不行！"我毫不犹豫地摇摇头，"我一定要带上他。"

"好吧。"布朗克想了想，"我们可以带上他，不过，你要代替他做先锋。"

我点点头，挣扎着爬起来，走到山岩下。四周几乎没有可以向上攀爬的着力点，刚才的攀爬又已经耗尽我全部的力气，尤其双肩，现在火辣辣地疼，如果再用刚才那种一边攀爬一边操作的方式，我估计自己再没有力气往上爬了。更何况还有昏迷不醒的杨Sir，吕方阳的攀登技术非常菜，不可能背杨Sir，布朗克和他那两个手下就更别提，他们不可能多负担一个累赘。

我突然感到前所未有的孤独，没有何东，没有杨Sir，我居然寸步难行。

就在这时，吕方阳指着旁边山崖下的一丛野草说："为什么只有那个地方有野草，这里都没有？"

我松开杨Sir，赶忙走过去，小心刨开野草，居然发现一条隐匿的小道，不是由碎石坡形成的天然小道，而是经过简单夯筑的土制道路。

我慢慢向上走去，这条道路似乎非常古老，吕方阳甚至从夯土层里找到一个原始的打制石器。布朗克等人小心翼翼地跟在后面，自从进入阿尔金山，这是我们第一次见到传统意义上的"路"，不免心生戒备。

道路盘旋而上，直通鸟头形山顶。我们在半山腰发现许多岩画，岩画内容丰富，线条简洁朴实，大多数和狩猎、祈神有关。吕方阳再次恢复他的学者本性，一边走一边如痴如醉地研究起来。布朗克不得不在后面不断催促，虽然他是个文物贩子，可在这种情况下，他实在没有观赏兴致。

突然，吕方阳在一处岩画前停了下来，惊讶地瞪大了双眼："快看这个，这是天猎，居然是天猎！"

我赶忙凑过去，发现这副岩画的确非常怪异，无数鹿形动物伸长脖颈，绷直身体朝天飞越，奇怪的是，所有鹿的嘴都出奇的长，就像鸟喙，也不知是出于艺术考虑还是原始人的画风本就如此，鹿的上方还刻有三条横线。

我问："天猎是什么？"

"天猎是一种至今仍无法解释的自然现象。"吕方阳解释说，"据《人类神秘现象全记录》记载，美国桑迪亚化学研究所科学家理查·蒙蒂斯调查了一件动物遭到猎杀的事件：一个农场主农民看到距离地面一百多米的高空处漂浮着一个闪光物，闪光物直径大约三十米，下方有一头牛被无形的绳索吊吸着离开地面。无独有偶，在《飞碟与外星生命新观察》里记载着另一件事：1980年3月，华盛顿大学瑞欧博士对外公布了一起非常著名的动物猎杀事件，目击者看到一团强光照到汽车上，然后有动物被吸到高空的亮光中，后来又由亮体中被抛下，当场摔死。动物被猎杀后吸入天空的事件曾在十九世纪引起部分国家的关注。近十年来，世界各地出现了许多起动物被猎杀的事件，仅美国就发生了数千头被神秘猎杀并抛尸荒野的事件，这些动物都被抽干了血液，还被割去了舌头，取出了心脏，技艺之精湛，和人类的外科手术医生不相上下。奇怪的是，现场没有发现血迹，周围也没有任何动物挣扎的迹象，更没有人类足迹和车辙，但动物的骨骼严重碎折，与从高处坠落时的损伤情况一致。"

"在中国，早在明代陆容的《菽园杂记》中就记载了这类事件：弘治癸母，蓟州大风雷，牛马在野者多丧其首。人们将这种无法解释的自然现象称作'天猎'。"

"不仅这里，在黑龙江沿岸的原始森林区新石器时代格特坎河畔岩画上，也刻有不明飞行物猎杀鹿头的事件。画中有一个内十字大圆圈，旁边有许多鹿角和盘成一圈的蛇。还有，阿尔泰山附近有许多鹿石，上面的刻绘和这里的最为相似，也是鹿形图腾，无数野鹿腾空而起，嘴向前突出，就像鸟喙。有专家称，古人之所以将鹿唇刻绘得像鸟喙，是因为鹿是一种可以沟通天、地、人的神圣动物，将它刻在石头上有驱邪避祸的意义，也曾被巫师利用。不过，也有人说，当鹿被强力吸入天空时，嘴会被高压气流拉长，远远看去就像长长的鸟喙。有可能，远古的萨满先民看到了神奇的'天猎'现象，无比震惊，认为这一现象通天通神，于是将天猎的情景刻绘在石头上。所以，鹿石被称作'天猎石'也许更加准确。"

"没想到，一幅岩画还隐藏着这么神秘的典故。"我惊呆了，"照你这么说，古人把天猎的情景刻在这里，说明魔鬼谷过去也出现过天猎的场景？"

"这个，只有刻绘岩画的古人知道了。"吕方阳感慨地叹息一声，"来自远古的信息一直保留到现在，也将一段不解之谜留给了我们！"

"你们感叹够了吗？"布朗克催促说，"别耽误时间了，什么天猎，什么未解之谜，等你们出去后慢慢研究吧！"

说到这里，他回头看了杨Sir一眼，他的两个手下正一人扶着杨Sir的一只胳膊，将杨Sir拖着往上走，一边走还一边发牢骚："干吗要带着这个累赘？扔下去算了！"

我有些不忍心，催促吕方阳赶快走。

终于，我们来到了山岩顶端，从近处看，这只是一处非常普通的山峰，和其他山峰并没有不同，我不禁心生迷惑，难道我们找错了地方？

布朗克围着山岩走了一圈，也没发现什么异样，正想发问，一个手下突然指着山岩上一个小凹洞说："快看这里，这个小凹洞好像是人工凿出来的。"

布朗克灵机一动，取出一颗石头放进去，发现尺寸不对，又换一颗，接连换了三次，他终于找到一颗正好和凹洞形状相吻合的凹洞。

"对啊，我怎么没想到？"吕方阳恍然大悟，"五行之中，金木水火土是以五星方式排列的，每种元素各占五星一角。也就是说，我们只需要找到五星的其他四个角，就能放入相应的石头。"

布朗克一听，赶忙照着我的方法寻找，很快在岩石的其他四个角位找到了相应的凹洞，他选出适合的石头放入洞中。当最后一颗石头放进凹洞时，山岩突然发出一声巨响，巨大的鸟喙状山岩瞬间从山峰上落了下来，露出一个山洞。

"就是那里！"布朗克兴奋地叫了起来，他率先冲上山岩，两个手下紧随其后，将依旧昏迷的杨Sir扔在地上。我赶忙冲过去，把杨Sir扶起来，正要叫吕方阳，回头一看，吕教授已经满脸愤愤地跟着冲进山洞，连背包都扔在了外面。在他心

中，国宝的地位永远是第一的。

我无奈地摇摇头，杨Sir的呼吸越发沉重。我突然想起，我们每个人的背包里都有一个便携式吸氧装置，我那个在取登山装备时落进了深渊，杨Sir的背包又不知去向，只剩下吕方阳的背包，他的包打开次数最少，应该还在。于是，我跑过去打开他的包，果然在里面找到一个呼吸器，赶忙替杨Sir戴上。杨Sir吸了几口氧气，神智慢慢清醒，他睁开眼睛，又在我耳边嘟哝了几句，这一回我听清楚了，他让我找两块石头垒起来。

"都什么时候了，你还惦记石头？"我嘴上这样说，还是照他说的，随便找了两块石头垒起来。

杨Sir满意地点点头："你也去吧，不用担心我。"

"怎么能把你一个人扔这儿？"我说，"我和吕方阳不一样，国宝对我不重要。"

杨Sir摇摇头："你必须去，布朗克他们有枪，我怕吕方阳应付不过来。"

我一听也对，吕方阳的个性就是这样，我已经很多次领略过他的书生意气。布朗克现在的情绪又非常不稳定，如果吕方阳真在山洞里发现了什么，和布朗克发生争执，说不定会被一枪打死。

我站起来，仔细检查了一下四周，对杨Sir说："我看过了，这个山峰上没有动物粪便，应该是安全的，你放心，天黑以前我一定回来。"

杨Sir一边吸氧，一边冲我笑了笑："你小子，学得挺快嘛！"

我背上吕方阳的背包，快步爬进山洞，前方立即出现一条向下的斜坡，斜坡不算陡峭，只有三四度，我顺着斜坡下滑，一股寒冷的湿气顿时迎面扑来，我忍不住打了个喷嚏，回声在山洞里幽幽回荡，看样子里面的面积不小。我取出一支荧光棒，弯折几下，冷冷的荧光照亮了周围的石壁，大量岩画顿时映入眼帘。这些岩画和半山腰上的岩画风格一致，内容也以狩猎和祭祀为主，只是这里的岩画更加密集，绘制的内容也更加震撼。我看到三个人高举着手中的木棍向一头野牦牛挥去，野牦牛的前方是一处山崖，一个人被它尖利的双角死死顶在山崖上，那人奋力张开四肢，正在作垂死的挣扎。另一边，一群蛇正在攻击人类，一个人被逼到了悬崖边上，他不得不做出两难的选择，要么纵身跳下悬崖，要么和群蛇作最后的抗争。

看到一幕幕惊心动魄的场景，我被深深地打动，这些线条简朴的岩画赤裸裸勾勒出了古人与自然界抗争的艰苦历程。身处幽暗冷寂的山洞中，我似乎能听见死难者凄厉的叫喊，能看到一张张绝望无助的面孔。他们需要神灵，需要信仰，否则在如此恶劣的蛮荒时代，他们应该如何生存下去？

再往里走，岩画的内容果然有了改变，无数人跪倒在一团篝火前，一个巫师手舞足蹈，他身后的岩石上摆放着一个牛头，这是供奉给天神的祭品。另一幅图上，所有人都在手舞足蹈，他们尽情地跳舞，动作怪诞，极尽疯狂。位于中间的男女正在交合，男根被故意夸大，象征人类对繁衍生殖的渴望。这样的画面非常多，占据了接下来的大半岩壁。

继续下行，岩画的内容又有了变化，人们不再舞蹈，重新回归了跪拜天神的姿势，他们全部头朝东方，动作非常虔诚。就在这时，我突然看到奇怪的一幕，一个独目人出现在他们面前，这个人的四肢描绘非常简陋，唯独头部被夸大，使得圆形中的独眼格外醒目。为什么，独目人会出现在这样的岩画中？

我不禁想起在精绝土城的地下岩壁上，也曾出现过类似的独目人图案，吕方阳曾说过，那些绘画出现在一千多年前，而眼前的岩画历史至少应该在三四千年以上的远古时期，前后时间间隔至少在两千年以上。在年代相隔如此之大的两处壁画上看到同样的图案，不得不让人心生怪异。

难道独目人真的是未知的外来生物？它们早在三四千年前，甚至更早的时候就曾造访过地球，留下了自己的痕迹？那五颗小陨石上留下的独目标记就是证明。想到这里，我的心中产生了巨大的疑惑。

恍神间，幽黑的山洞深处传来一声叫喊，我立即听出是吕方阳的声音，赶忙朝洞穴深处跑去。越往前跑，我的心中越是焦虑，吕方阳没有带任何照明工具，完全只能靠摸黑前进，要不然，他说不定还停留在这附近研究岩画。

大约往里走了五分钟，我突然听见哗哗的流水声，声音不大，在寂静的山洞里却非常震撼。很快，我的视野豁然开阔，一条宽不下十米的地下河流出现在眼前，河流静静流向前方，一股微风从湖面掠过，吹到我的脸上，虽然寒冷，却异常清新，自从进入塔里木盆地，这是我呼吸到最纯净的空气。没有沙尘，没有干燥，只有滋润万物的广博和清凉。

有风就有出口。

源头，这一定就是织锦图上描绘出的水脉源头！

我睁大了双眼。对沙漠之民来说，最珍贵的宝物并不是金银玉石，而是水源，纯净的水源可以哺育一个国家，一个民族。从古至今，水脉始终是决定沙漠之民生死存亡的决定性因素。有了水，才有希望，才有享誉中外的西域文化和丝绸之路。而所有这一切的源头，竟然就在我的脚下。

　　我深呼吸一口气，沿着河流行走，前方的道路变得湿滑，稍不注意就会滑入河中。我不得不小心前进，忽略了两旁的岩壁。不知不觉间，岩壁正在发生着微妙的变化，等我反应过来时，岩壁上多出了许多大小不一的天然坑洞，坑洞有大有小，小的只有一个拳头那么大，大的却相当于一间二十平方米的石室。继续往前走，大小坑洞纵横交错，一些大的坑洞岩壁上还附着了一些叫不出名字的晶体，这些晶体发出幽幽的亮光，虽然光亮不强，在漆黑的山洞里也非常醒目。

　　大约走了半个小时，前方突然出现一片幽绿色的亮光，光亮是从前方一间石室里发出的。我慢慢走过去，顿时睁大了眼睛。

　　石室的墙壁上布满了发光的绿色晶体，将整间石室镀上一层幽幽的绿色。石室正中有一张天然石床，床上躺着一具女性骸骨，遗骨身穿现代服饰，高腰夹克配上浅蓝色牛仔裤，只是登山鞋少了一只。看得出，女人一定曾经过艰苦跋涉，她的裤子上依旧沾着泥土，粘在发丝上的厚重灰尘隐隐可见。

　　我倒吸了一口冷气。这个女人是谁？为什么会躺在这里？就在这时，我突然听到一声叹息，声音显得非常悲伤。我心头一紧，赶忙四下张望，并没有发现其他人，石洞里除了一具遗骨，什么也没有。

　　又是一声叹息，这回我听清楚了，声音是从下方传来的。我赶忙绕到石床背后，吕方阳正坐在地上，眼神涣散地望着面前的绿色晶体，幽暗的光芒在他脸上镀了一层绿色，看不出任何表情。

　　"你怎么在这儿？"我问。

　　没有反应，吕方阳依旧望着石壁发呆。

　　我暗自叫苦，他现在的状态非常奇怪，千万别又犯病了。我冲上去，扶住他的肩膀使劲摇晃，半晌，吕方阳终于张开嘴，幽幽地吐出一句话："你相信人有灵魂吗？"

　　我愣住了，心里盘算着该怎么把犯病的吕方阳弄出去，外面的杨Sir已经是个难题了，现在吕方阳又不对劲，我该怎么办呢？

　　就在我左右为难的时候，吕方阳的眼神突然聚焦，一把拉住我的胳膊说："宋方舟，我想起来了，全都想起来了！"

　　我赶忙问："到底发生了什么事？这个女人是谁？"

　　吕方阳痛苦地摇了摇头，眉心拧成了一团："她是我的妻子，何雅文啊！"

　　"何雅文？你不是说把她的骨灰安葬在老家了吗？怎么会在这儿？"我惊呆了。

"不，我想起来了，全想起来了！"吕方阳望着石床上妻子的遗体，大脑飞速转动，一段遗忘了许久的过往终于从记忆荒墟中显露出来。

　　"宋方舟，在且末古城留下沙漠路标和羊皮卷的人，就是我！"

第三十三章　遗失的记忆（一）

　　吕方阳曾是某著名大学历史系教授，他一心钻研学术，在西域考古学方面颇有建树。几年前，他在见到国家一级文物"五星出东方利中国"织锦图后，被织锦图上的图案深深吸引，认为一位曾力战沙场的精绝王，不会将一件普通的织锦带入自己的坟墓，更何况是绑在自己的手臂上。

　　由此，吕方阳针对织锦图做了大量的学术论证，最后提出一个大胆的猜测，那就是：织锦图并不是普通的织锦，而是一幅水脉图，上面的星纹和云纹互相交错，线条酷似一条条蜿蜒的河流，另外，编制者还用颜色区分了河流的种类，只是一般人根本看不出来。

　　这个推测遭到学术界的普遍否定，因为仅凭图案不能证明这是一张水脉图。吕方阳并不气馁，他查找了许多历史资料，终于发现，在塔克拉玛干、小河墓地、太阳墓地、精绝古城、且末古城和阿尔金山脚下的驿站曾先后遭到不同程度的损坏，其中的精绝和且末还消失得非常蹊跷。而这五个地方在五行中正好对应水、火、木、土、金。就此，又一个猜测在他脑海里形成，也许这五个地点的损毁和织锦图有关，因为织锦图上的文字明确标出：五星出东方利中国。其中的五星同样指代金木水火土五行元素。这个相似点勾起了吕方阳的浓厚兴趣，由此萌生了去沙漠实地考察的念头。

　　和擅长舞文弄墨的吕方阳不同，他的妻子何雅文却是一位女中豪杰，早在十年前就曾徒步穿越罗布泊，还参加过攀登慕士塔格山的女子登山队，是一个性格开朗、行事果断的人。听说吕方阳想去沙漠探险后，她全力支持，还为吕方阳定出了体能训练表。只不过，由于吕方阳工作繁忙，这件事最终被耽搁下来。

　　这之后，吕方阳虽然也去过沙漠，但都是以随队人员的身份参加，并没有亲自组织，当然就不能随心所欲地展开研究，有关织锦图的谜团从此成了他的一块心病。何雅文看在眼里，心里也非常着急。

事情要从去年二月说起：吕方阳生日那天，何雅文送给吕方阳一件神秘的礼物，吕方阳打开一看，居然是一张仿古羊皮卷，这是一张古代西域三十六国的地理位置分布图，地图上，何雅文别出心裁地标出了小河墓地、太阳墓地、精绝古城、且末古城和阿尔金山西北段的位置。吕方阳见了，连声感叹羊皮卷的仿古程度非常高，可以以假乱真。

"这张羊皮卷，你从哪儿来的？"

"一个国外的文物收藏家。"何雅文说，"他早就读过你的著作，非常欣赏你根据织锦图做出的大胆猜测，所以按照你的推断制作了这张地图，还想送给你做礼物。不过，他并不认识你，所以几经周折，找到了我一个做古玩生意的朋友，托他把羊皮卷交给了我，还说希望能和你见见面。"

"还有这么细心的人，那我一定要见见他。"吕方阳笑着说。

就这样，何雅文安排好时间，邀请那位外国的文物收藏家来家中做客，这个人，就是布朗克。

初次见面，吕方阳对布朗克的印象很不错，因为很少有外国人既能说一口标准的普通话，又对中国的文物知识了解颇深。两人聊得非常开心，吕方阳虽然是个知识分子，却也是性情中人，当下留布朗克在家吃饭，还互相交换了联系方式，希望日后还能联系。

一个月后，布朗克又给吕方阳去了电话，说是在若羌发现了一样非常有趣的东西，希望吕方阳能去鉴赏，还主动提出负担他去塔克拉玛干的全部费用。吕方阳有任务在身，原本想要拒绝，何雅文却鼓励他说："反正你也想去沙漠寻找织锦图是水脉图的证据，不如趁此机会。另外，沙漠里暗藏着许多危险，如果能叫上布朗克做伴，当然是再理想不过了。"

吕方阳想想也对，织锦图是他心头的一个谜团，俗话说，人最怕的就是一个"拖"字，时间拖得越久，他去沙漠的可能性就会越小。于是下定决心，以健康为由请了三个月病假，然后和妻子何雅文一起奔赴沙漠。

第一次单独去塔克拉玛干，吕方阳的心情非常激动。布朗克替他安排好宾馆，当天晚上就开车将吕方阳夫妇送到郊区，说是要和他们详细谈谈。

何雅文却发现有些不对劲，谈事情为什么要去郊区？更何况若羌是全国人口密度最小的一个县，它的郊区不比其他城市的郊区，恐怕连个人都碰不上。她将自己的顾虑告诉吕方阳，吕方阳是个单纯的人，对布朗克的提议不以为然，还劝妻子不要瞎想。就这样，他们被布朗克带到一个陌生的地方。在那里，布朗克取出了那件"有趣的东西"，吕方阳一看，居然就是"五星出东方"织锦图，更令他不解的是，经过仔细鉴定，这并不是仿冒品，而是货真价实的织锦图。

"织锦图怎么会在你手上？"他奇怪地问。

布朗克说："别提了，这是我费了很多功夫，从一个小偷手上夺回来的，我想将织锦图还给研究所，不过，如果能在归还以前，解开织锦图上的秘密，那就再好不过了。"

吕方阳这才放下心来，但他总觉得不妥，织锦图是国家一级文物，现在处于失窃状态，按理应该尽快归还，于是说："还是先还给研究所吧！要找出上面的秘密，我们可以从仿制品或照片入手。"

"不行。"布朗克一口回绝，"吕教授，知道为什么你那些同僚都不同意你的猜测吗？就是因为织锦图上有些东西是在仿冒品上看不到的。你利用照片做了这么久的研究，发现其中的奥秘了吗？"

吕方阳一时语塞。一旁的何雅文说："不管怎么样，私自把国宝留在自己手上就是不对的。我们应该把织锦图归还给研究所。"

就这样，双方就织锦图是否应该立即归还的问题争执不下，最后，布朗克只好把问题推到明天再说，他派人将吕方阳夫妇送回宾馆，脸色非常难看。

吕方阳和何雅文回到宾馆时已经十点了，吕方阳肚子饿，想下楼吃点儿宵夜。两人来到宾馆大堂，何雅文突然看见布朗克的两个手下，他俩一个守在大堂门口，一个守在电梯口，样子鬼鬼祟祟。

"我看不对劲。"何雅文说，"布朗克好像派人监视我们。"

"不会吧！"吕方阳大吃一惊。

何雅文说："不行，想来想去，我们应该亲自把织锦图归还给研究所。明天，你一定要让布朗克把织锦图交给你，随便说个理由都行，然后我们再找机会脱身。"

吕方阳认为妻子说得有道理，就点头同意了。第二天，两人再次和布朗克见面，何雅文留心记下了去郊区的路。在那所房屋里，吕方阳假装答应布朗克的提议，说想仔细看看织锦图，布朗克非常高兴，马上将国宝交给他。吕方阳接过织锦图，假装仔细研究，然后告诉布朗克：织锦图是在精绝遗址发现的，如果要解开其中的秘密，恐怕还要再去一趟遗址。

布朗克认为有道理，于是安排车辆，打算沿315国道，经且末到民丰，再从民丰向北进入精绝遗址。快到且末县时，司机要在沿途加油，何雅文乘机拉着吕方阳下车，然后悄悄藏在一辆沿途经过的运输车上，从布朗克的眼皮底下逃了出来。

谁知运输车在车尔臣河北岸抛锚了，如果再继续待在车上，说不定会被布朗克的人找到。两人只好下车，四周是荒无人烟的沙漠，他们不得不徒步前行。四月的塔克拉玛干已经进入沙尘期，大风夹杂着大量沙尘迎面扑来，何雅文随身携带的GPS导航仪出了故障无法使用，夫妻俩只能凭感觉行走，希望能遇上偶尔路过的车辆。转眼到了黄昏，他们喝光了随身携带的水，正在一筹莫展的时候，前方终于开来一辆越野车，夫妻俩非常高兴，赶忙大声呼喊，越野车越开越近，何雅文突然发现，坐在车上的人居然就是布朗克。

立即，她拉上吕方阳转身就跑，身后传来了枪声，刺耳的枪响终于让吕方阳彻底醒悟，原来布朗克接近他，不过是贪图织锦图上的宝藏。顿时，一种受骗上当的感觉涌上心头，他愤怒至极，正想停下来骂布朗克一顿，天空中突然飞卷狂沙，铺天盖地的黑色沙尘瞬间而至。吕方阳只觉得呼吸困难，一股强大的力量将他的身体往上拉扯，他非常害怕，下意识抱紧妻子，两人徒劳抵御着疯狂的沙尘暴，最后双双失去了知觉。

再次醒来时，夫妻俩发现自己出现在一座陌生的古城，这座城市保存非常完好，木骨泥墙的房屋，凹字型的炕，还有屋舍门前悬挂的金黄色麦穗。他们在一座类似衙署的建筑里发现一些文书，从文书上得知，这座古城原来就是传说中的鬼魅魔都——且末古城。

这个发现让夫妻俩又喜又怕，喜的是他们身处的古城至今没有被世人发掘，怕的是他们也许再也走不出去。古城四周笼罩着浓重的沙雾，无法了解外面的情况。而古城里的时间就像停滞了般，几千年来丝毫没有变化。

他们在古城里度过了一个夜晚，第二天，吕方阳突然发现了位于古城西北角的王庭，出于好奇，两人一起踏上台阶，来到王庭。在一间像是王室女眷居住的房间里，何雅文无意中发现一堵墙壁上出现裂缝，缝隙里好像有一只手，她将墙壁打破一个洞，果然发现里面镶嵌着一具干尸，尸体手上还握着一把钥匙和一张羊皮。她取下钥匙，打开羊皮一看，这居然是一张且末王庭的布局图，其中后院工匠房的位置标注了一个红点。两人来到工匠房，很快发现了地下密道。

他们下到地下室里，立即发现了躺在胡杨木床上的女性干尸，干尸神情安详，看上去非常年轻美丽。吕方阳徒生伤感，感慨造物弄人。何雅文取出布朗克送给吕

方阳那张羊皮卷，轻轻放在女尸手中，对吕方阳说："虽然布朗克是个学术流氓，但这张羊皮卷上的内容却是你多年研究的心血结晶，就这样扔掉太可惜，干脆放在这里吧！"

吕方阳立即看出了妻子的心思。布朗克来者不善，她怕自己和吕方阳有一天会遭遇毒手，织锦图和五星齐聚的秘密从此失传，所以想留着羊皮卷，兴许日后会有人发现也不一定。

想到这里，吕方阳索性在工匠房的门上刻上一个铲型符号，然后将钥匙和王庭布局图放回到墙壁里那具干尸的手中。何雅文认为不妥，将布局图取出来撕掉，只留下钥匙。

吕方阳不解，何雅文解释说："如果发现这里的人和布朗克是一类人怎么办？我们不能这么容易让羊皮卷被人找到。"

吕方阳认为有道理。两人离开工匠房，依旧不知道该怎么离开这里。就在这时，吕方阳想起了过去读到过的一个传说：且末是一个小国，每当外敌入侵时，王族的人会从西北角逃走，进入沙漠中，在那里，有一条只有他们知道的地下水源，可以供应人和牲畜。

虽然只是一个传说，但也有必要尝试一下。吕方阳夫妇当即决定穿过王庭后院，寻找出路。但很快他们就发现，想要穿过王庭后院非常困难，因为后院暗藏着许多机关，让人防不胜防。两人费了很大劲才退了回来。

此时吕方阳体力不支，只觉得天旋地转，何雅文赶快把他扶到阴凉处坐下。吕方阳靠在屋檐下，休息了很久，等他再次回到王庭后院和妻子汇合时，看到了惊人的一幕。

错综复杂的藤蔓上挂着许多干尸残肢，这些干尸面目狰狞，被直接挂在不同的地方。吕方阳立即猜到，这些干尸很可能是从墓葬区里挖出来的。由于常年的风沙侵蚀，有些棺木已经呈半敞状态，里面的干尸暴露无遗。

"你干什么？"他睁大了眼睛。

何雅文说："我们必须找东西引出这些机关。"

"那也不能用干尸，这可是文物！"吕方阳心疼死了。

"那你说怎么办？不用也用了。"和吕方阳相比，何雅文显然务实许多，她看了吕方阳一眼，眼神中没有丝毫的愧疚。

吕方阳叹息一声，如果不是体力不支，他可能会和妻子理论一番，不过眼下也没有别的办法，何雅文说得对，不用也用了，当务之急是赶快离开这里，要不然，恐怕他吕方阳不久后也会变成一具干尸。

由于何雅文用干尸引开了机关，露出一条相对安全的道路。两人沿着小道，小心翼翼地走了出去。

接下来的考验更加严峻，两人面对一望无际的浓重沙雾，顿时一筹莫展。

吕方阳已经开始出现脱水症状，浑身乏力，头晕脑胀，精神差了许多。他顿时心生绝望，叹息一声对妻子说："没想到，我们俩会死在这个鬼地方。"

何雅文悲伤地看着丈夫，事到如今，再多的安慰也是徒劳。

"雅文，我不想曝尸荒野。"吕方阳说，"你比我的体能好，一定能走出去。我不想再拖累你，给我做一个坟墓吧！"

"不行，要走一起走！"何雅文毫不犹豫地回答。

吕方阳摇摇头："别忘了，还有织锦图，一定要有人把织锦图归还给研究所，不然我们一切的努力有什么意义？"

何雅文愣住了，丈夫说得对，如果他俩都死在这里，织锦图就会留在这座鬼魅魔都里，说不定什么时候又会被人夺走，从此下落不明。

想到这里，何雅文和丈夫神情对望一眼，吕方阳对她温柔地点点头，鼓励她勇敢一些。何雅文站起来，用从工匠房里带出的铁锹，在地上挖出一个坑，然后亲手劈开一根胡杨木，在上面写上"吕方阳之墓"几个字。做这件事的时候，她的眼泪始终不曾断过，为亲爱的丈夫挖掘坟墓，对她来说有多残忍，恐怕只有她自己能够体会到。

吕方阳站起来，走到挖好的深坑前，慢慢躺了进去。何雅文突然放声大哭起来，就在这时，她的眼角余光扫到旁边的一丛野草，这是沙漠里典型的旱生植物，一丛丛独立生长，彼此间隔很大。

"这里怎么会有野草？"何雅文想了想，顿时破涕为笑，"方阳，我们不会死在这里了。"

第三十四章　遗失的记忆（二）

　　"怎么了？"吕方阳不解。

　　"你看这些植物。"何雅文指着身旁的野草说，"古城里是没有任何植物的，说明古城曾被黄沙掩埋，地势很低。但王庭位于整座城市地势最高的地方，而且我们经过藤蔓丛时，我隐隐觉得地势在逐渐向上。有可能，这里就是古城的边缘，也就是和外界荒漠地段相连接的地方。荒漠大都是水脉与沙漠之间的过渡地区，这里是荒漠，而不是沙漠，说明我们距离水源应该不会太远。"

　　"那又能怎么样？我们还是走不出去。"吕方阳摇摇头。

　　"不，你听我说。"何雅文继续说，"昨天沙漠里刮的是西北风，而且当时我们的位置在车尔臣河以北。你看，这些野草都朝向一个方向，说明这个方向就是西北，我们只要沿着野草的反方向走，就一定能走出去，运气好还能找到车尔臣河。"

　　说完，她取出小刀，顺着野草的根系挖去，很快挖到了潮湿的泥土，她将湿土包裹在衣服里，对准吕方阳的口，使劲拧衣服，经过简单过滤的水一滴滴流下来，滴进吕方阳的口中。有了清水的滋润，吕方阳感觉好了许多，虽然野草根系的水分不算充足，但也胜过没有。

　　两人喝了些水，整顿精神，再次出发。临走前，何雅文将深坑掩埋起来，还在上面垒了个土堆，她说："如果布朗克也到了古城，会以为你已经死了。"

　　吕方阳没想到妻子能想到这一层，忍不住赞叹她的心思缜密，丝毫不逊于男子。

　　接下来，何雅文带着吕方阳进入沙雾，虽然里面的能见度很低，但能明显感觉到时大时小的风。何雅文一路寻找地上的旱生野草，沿着草叶的反方向走，口渴的时候就挖出草根下的湿泥，用衣服过滤了喝，两人终于互相支撑着走出了浓浓的沙雾。而他们身处的位置，正好是车尔臣河东南，距离罗布庄很近。

他们被一辆正好经过的汽车救起，回到了若羌。去宾馆是不可能了，因为布朗克很可能还在这个县城里。何雅文找了一家青年旅馆住下，虽然简陋了些，但也不容易被人发现。

吕方阳提议赶乘最早的车，直接去乌鲁木齐，将织锦图归还给研究所。何雅文认为这条路线太过显眼，很容易被布朗克等人发现，但她一时也想不出别的办法，只好点头同意。当天晚上，吕方阳闲来无聊，取出织锦图研究起来。

何雅文走到他身边，轻声问："发现什么了吗？"

吕方阳指着朱雀头上那扇门说："这个地方很奇怪，为什么镇守南方的朱雀会在东方？"

何雅文笑了笑说："这有什么难的，把图倒过来，朱雀不就在南方了吗？"说完，她将织锦图顺时针旋转了九十度，将朱雀朝下。从这个方向看去，"五星出东方"的"五"字就像一扇闭合的门。

吕方阳恍然大悟，他指着那扇门说："这么简单的道理，我以前怎么就没想到呢？在这里，水脉的源头就在这里！"

见丈夫一脸的兴奋，何雅文不禁有些失落，不管吕方阳再怎么渴望解开织锦图的谜团，只怕以后都很难再有机会了。

"方阳。"何雅文想了想，略带犹豫地说，"你说，这扇门会在什么地方？"

"朱雀镇守南方，塔克拉玛干以南正好是阿尔金山脉和昆仑山脉，这扇门出现在朱雀头顶，应该意味着山脉的极东地区，也就是阿尔金山自然保护区的最东面。"

"你是说，魔鬼谷？"何雅文面色一变，"魔鬼谷是个雷击区，里面到处都是动物骨骸，非常危险。几年前，我的一个朋友进入魔鬼谷探险，再也没有出来。"

"这样啊！"吕方阳面露失望之色，"算了，睡吧，明天一早还要去乌鲁木齐。"

吕方阳失望的表情被何雅文看在眼里，内心里，她真的很希望能实现丈夫的心愿。

第二天一早，两人匆匆赶到汽车站，就在吕方阳排队买票的时候，何雅文突然瞥见一个熟悉的身影，这个人是布朗克的手下。看来，布朗克早就料到他们会去乌鲁木齐，所以派人在这里日夜监视。

趁那人不注意，何雅文拉上吕方阳就走。直到走出汽车站，她才告诉丈夫，这条路不能走。

"那怎么办？"吕方阳急了。

"方阳，我问你，你真的那么想解开织锦图的秘密吗？"

"那还用说。"吕方阳想也不想就回答，"都这么多年了，这可是我的一块心病。"

何雅文点点头："那好，我们就去魔鬼谷，揭开织锦图上的水脉之谜。"

"真的？"吕方阳没想到妻子会冒着生命危险支持自己。

"嗯。"何雅文继续说，"布朗克不会想到我们会去阿尔金山。不过，我们不用横穿阿尔金山自然保护区，那样太麻烦，也太费时。我们可以沿315国道，从若羌到依吞布拉克镇，翻越阿尔金山去茫崖，进入青海地界，然后进入柴达木盆地，经过花土沟、老茫崖，再穿越一片盆地沙漠，到达昆仑山脉。如果顺利，我们可以从那里翻过去，进入魔鬼谷。"

听完何雅文的计划，吕方阳不禁愣了愣："听上去好复杂！"

"没关系，你只要跟着我走就可以了！"说完，何雅文在路边叫了一辆出租车，一路南行，穿城而过，直接停在315国道新修路段旁。何雅文在那里拦下一辆开往茫崖的短途汽车，一开始，道路还算平整，尤其进入海拔2000米的山间高地后，汽车就在一望无际的高原上行驶，只是道路两旁全是荒漠，虽然点缀着大小不一的旱生植物，却只是将荒漠反衬得更加贫瘠。

没过多久，汽车又开进了山间道路，路面突然变成了老315国道，老315国道阿尔金路段曾被司机称作中国最烂的国道，里面道路崎岖、狭窄，而且险峻地段很多，经常有车辆在这里出事。

当汽车一路颠簸着到达茫崖镇时，吕方阳已经吐得七荤八素，是被妻子扶下汽车的。艰难的路段并没有就此结束，何雅文在这里买了许多矿泉水和食物，然后转乘去格尔木市的汽车，在路过老茫崖时下了车。吕方阳原本以为老茫崖是一个还算繁荣的小镇，因为这里是从新疆进入青海后，国道315和格茫公路的必经之地。谁知下车一看，只有几间非常残破的房屋，其中一家是沙漠客栈，客栈同样非常破旧，也是老茫崖唯一一幢两层楼的楼房，一时间让吕方阳想起了《新龙门客栈》里的场景。

天色已晚，何雅文决定在这里住一晚，第二天再启程。待在破旧的房间中，吕方阳突然觉得心神不宁，他不无忐忑地问妻子："我们真的能解开织锦图上的秘密吗？"

"当然了。"何雅文安慰道，"你不是早就迫不及待了吗？"

"不知道为什么，越是接近真相，我就越觉得不安。"吕方阳轻叹一声，"我这样正常吗？"

何雅文摸了摸他的头发："正常啊，每个人都会在真相揭晓时忐忑不安的。"

有了妻子的安慰，吕方阳终于平静下来，迷迷糊糊睡着了。他并不知道，不久后的将来，自己不祥的预感居然变成了残酷的现实。

第二天，两人告别公路，一路前行，开始了漫长的沙漠之旅。一路上风沙阵阵，柴达木盆地的沙漠和塔克拉玛干略有不同，因为这里的海拔在2400米到3000米之间，是中国海拔最高的盆地。里面的沙漠属于零星分布，以复合型沙丘链为主。矮的沙丘5—10米，高的沙丘50米，翻越起来非常困难，一般往上走两步就会下滑一步，速度比在平地上行走慢许多。所以，虽然沙漠并不大，距离祁漫塔格山也不算远，两人却艰苦跋涉了整整一天，等他们终于能远远看到山峦的时候，天色已近黄昏。

这一夜，两人在祁漫塔格山下休息，准备第二天从山间小路穿过去，进入魔鬼谷。

夜幕降临，何雅文点燃了一堆篝火，两人将在茫崖购买的馕取出来烤热了吃。就在这时，一阵山风吹来，篝火随风飘摇，吕方阳原本正对山崖坐着，见火苗吹过来，赶忙朝后退了几步，就在这时，他无意中看见山崖前的一簇野草被风吹得四下摇摆，后面隐隐露出一个山洞。

"这里怎么会有山洞？"吕方阳自言自语道。

何雅文慢慢走过去，小心撩开野草，果然发现后面有一个山洞。洞口不大，仅能容一人弯腰进入，呈四方形，显然是人工雕琢而成。一块石头斜卧在旁边，应该是过去用来遮掩洞口的，只是由于时间太长，这块大石终究还是退让开来。

吕方阳好奇地问："雅文，你看这像不像一条穿越祁漫塔格山的秘密隧道？"

"有可能。"何雅文显然也对这个山洞非常感兴趣，"想不想试试？"

吕方阳点点头，突然又胆怯地问："万一是狗熊窝怎么办？"

"放心吧，狗熊都在山谷里，我们还没翻过去，哪儿来的狗熊。"

两人会心一笑，先后钻了进去。一开始，何雅文只是想看看里面的情形，并没打算真正深入。谁知往里走不超过五米，眼前的视野豁然开朗，竟然出现一条直径不下三米的坡道。吕方阳在坡道两旁发现许多岩画，这些岩画画风淳朴，线条简

单，明显是远古时期的绘画风格。吕方阳兴奋异常，一边走一边研究起来。

再往下走，一条宽阔的地下河流出现在两人眼前，河流非常宽阔，向西北方向静静流淌。吕方阳看得呆了，一时竟不知道该说什么好。反倒是何雅文开心地拍拍丈夫的肩膀说："快看，这条河流向西北，那个方向不正是塔克拉玛干吗？说不定，这就是你要找的水脉。我们只要沿着这条河往前走，就一定能找到真正的水脉源头。"

吕方阳听后非常开心，和妻子一起，顺着河流往前走。一个小时过去了，吕方阳突然发现前方的一些岩壁凹洞中闪烁着微弱的光亮，他走过去一看，原来是一些附着在岩壁上的晶体。

他好奇地问："这是什么晶体，居然会发光？"

何雅文看了看，解释说："有些矿物在受到外来能量激发时，会发出可见光。魔鬼谷是雷击区，经常遭遇闪电，谷里又盛产石英闪长岩体，也许，闪电带来的电荷注入了这些岩体中，达到一定饱和后，岩体就发出了淡淡的光芒。"

"原来是这样。"吕方阳点点头，两人继续向前走，岩壁上的凹洞越来越多，有的甚至是二三十平方米的石室；石壁上的发光晶体也越来越多，原本单调乏味的岩壁散发出暗绿色的光晕，无端多了几分魔幻的色彩。

就在这时，何雅文注意到前方一间石室特别明亮，她快步跑过去，发现石室正中有一张天然石床，石床旁边的整堵岩壁上全都是发光晶体，非常漂亮，她走过去，像小女生一样开心地说："真想把这些晶体采回去放在家里，这样一来，即便晚上熄了灯，房间里也有光芒，你永远也不会怕黑了。"

"好啊，那我们就采些回去！"吕方阳走过去，指尖刚碰到晶石，山洞里突然响起可怕的枪声，声音异常震撼，回音在隧道里一遍遍单调地回放，过了很久才停下来。

吕方阳呆住了，等他反应过来，妻子已经倒在地上，胸前被鲜血染红了一大片。

怎么会这样？突如其来的变故使吕方阳不知所措，他愣愣地抱起妻子，使劲摇晃，妻子的眼睛却再也没有睁开。吕方阳发出一声震怒的吼叫，他放下妻子，发疯般四处寻找，直跑到筋疲力尽，才无助地回到石室，跪倒在地上。

他不知道自己跪了多久，只是一直在和妻子说话，从他俩最初相遇的服装店一直说到现在。那是他们共同经历过的美好时光，吕方阳一点点回忆着。从哽咽到麻木，再从麻木到哽咽，不知反复了多少遍。最后，他将妻子的遗体放到石床上，小心清洗了她的脸颊，然后取出织锦图，轻轻枕在她的身下。

做完这一切，他一步一回头地转身离开，神情非常恍惚，居然不经意间失足落进了河中。冰凉的河水浸入身体，吕方阳忍不住浑身一激灵，求生的本能促使他拼命挣扎，身体却不由自主被冲向前方，然后越来越沉。就在他失去意识的一瞬间，视线中模模糊糊出现二个身影，这二个人身穿白衣，额间只有一只独眼……

第三十五章 织锦图的真相

吕方阳再次陷入了昏迷，醒过来时，他已经出现在陌生的罗布泊，还丧失了过去一年的全部记忆。布朗克第一时间得知了这个消息，他赶忙找到吕方阳所在的医院，还安排一个手下假扮何雅文的好友，将一个骨灰盒交给吕方阳，说这是他妻子的骨灰。失去记忆的吕方阳深信不疑，当即抱着骨灰盒大哭一场，然后将骨灰盒安葬在自己的故乡。

听完吕方阳的叙述，我简直难以置信，没想到这个文弱书生身上居然发生了如此曲折的故事。我这才知道，吕方阳之所以在精绝土城的地下甬道里会突然表现失常，是因为有那么一刹那，甬道壁画上的独目人和他记忆中的独目人影像重合了。而我在且末古城里两次见到的鬼魅身影，就是吕方阳本人。他虽然失去了记忆，潜意识里却对古城非常熟悉，所以独自在古城里转了转。

不过，他的故事里也有许多谜团：杀死何雅文的凶手是谁？吕方阳真的见到独目人了吗？

"没想到，这条地下河流还有另一个入口，早知道我们就不用千辛万苦穿过阿尔金山自然保护区了。"我尴尬地笑笑，不知道该如何安慰悲伤的吕方阳。

谁知吕方阳一脸愤愤地说："布朗克，我就奇怪，怎么我每次见到他，就有见到仇人的感觉，原来雅文就是被他杀死的！"

"真的是他吗？你也没见到凶手。"

"一定是他！"吕方阳弯下身，从妻子身下取出织锦图，在我面前晃了晃，"全是这张织锦图惹的祸，如果没有它如果没有它……"他一边说，一边竟然想要撕掉织锦图。

"你别冲动！"我赶忙冲过去按住他的手，争执中，织锦图掉落到墙角，幽幽绿光照到五彩织锦上，图案中居然显现出一些从未见过的线条和文字。

我心头一动，拾起织锦图，对着发光的墙壁，黯淡的光芒透过织锦图，果然显现出一副脉络复杂的水脉地图，地图上还有许多小字，全是已经失传已久的死文字佉卢文。

终于看到织锦图的真面目，吕方阳却是呆呆的，他没有说话，只是嘴唇不断嚅动着。我知道，他此刻的心情一定非常复杂，就像打翻了五味瓶，无法用语言表达。

就在这时，我们身后传来布朗克张扬的声音："我早就知道，只要躲在暗处，悄悄跟着你们，就一定能找到织锦图。"我们回头一看，布朗克和他的两个手下正站在石室门口，用黑洞洞的枪口指着我们。

我暗自苦笑，从来只有后面人跟踪前面的人，没想到我们这两个走在后面的人居然被走在前面的人反跟踪，看来，我和吕方阳真是笨得够呛。

"你别做梦，我是不会把织锦图交给你的！"吕方阳见到仇人，眼中放射出炙热的怒火，他双手捏紧拳头，丝毫不惧怕布朗克手中的枪，径直冲了过去。只是他的攻击毫无章法，布朗克只轻轻一晃，就再次躲过了吕方阳的进攻。不仅如此，他还反手扣住吕方阳的手腕，一把将织锦图夺了过去。

"你！"吕方阳像头发疯的狮子，一头撞到布朗克身上，这一回，由于布朗克的注意力集中在织锦图上，没有躲过去，于是下意识用握着枪的手横向挡去。本想吕方阳一介文弱书生，没多大力量，谁知吕方阳居然张开嘴，一口咬住布朗克的手臂。布朗克惨叫一声，两个手下立即上前帮忙，将吕方阳使劲往后拉，吕方阳的身体被拉开，却拼死不松口。布朗克情急之下，用枪顶住他的脑袋。我心头一紧，也顾不上危险，快步冲过去，奋力抢起背包，向布朗克猛挥过去，背包里有登山工具，质量不轻，布朗克又是一声惨叫，手腕一松，枪掉落到地上。就在这时，响亮的枪声再次响起，子弹擦着我的耳边飞过。开枪的人是布朗克的一个手下，他握着枪的手还在颤抖，显然并不擅长用枪。

"不要逼我开枪。"他说，"我的手在发抖，很容易走火，如果不想死就马上走开。"

我愣住了。另一边，布朗克对着吕方阳一阵猛踢，吕方阳的额头被踢破，鲜血直流，但他依旧死死咬住布朗克的手臂不放，即便杀不死这个混蛋，也非咬下他一块肉不可。另一个人则使劲把吕方阳往后拉，场面非常混乱。

我急中生智："你们不要急，织锦图还有一个秘密，藏在织锦里的地图必须在

晶体的映照下才会显现出来。"

　　"宋方舟，你混蛋！"吕方阳听到我将国宝的奥秘说了出来，不禁大怒，终于松开口大骂起来，口一松，他立即被拖拽到地上。布朗克走上去，使劲踹了他两脚，也许是太过得意，他一时放松了警惕，没注意到枪就在吕方阳前方，吕方阳不知哪儿来的速度，身子猛地一挺，抢先将枪拾了起来。布朗克顿时失色，眼见着吕方阳用黑洞洞的枪口对准自己，从地上站了起来。

　　吕方阳啐了一口血，一只手用枪口顶住布朗克的额头，另一只手夺过织锦图，冷冷地说："你们两个，马上把枪放下！"

　　布朗克也赶忙冲两个手下使眼色，示意他们放下枪。两个手下互望一眼，重又举起了枪，其中一人说："对不起，布朗克先生，我们已经死了太多弟兄，不能再把主动权让给别人了。"

　　"你们不放下枪，我就马上杀了他！"吕方阳双眼通红，就像一头急红了眼的野兽。

　　布朗克惊讶地睁大眼睛，完全慌了阵脚："你们两个是不是嫌钱少？没关系，要多少，你们可以告诉我。"

　　谁知那两人听了，完全不为所动。

　　我看吕方阳的情绪非常亢奋，真的随时有可能开枪，于是冲到他们中间，对那两人说："我知道你们想要什么，就算你俩不顾布朗克的命，把我们全都杀了，也走不出这个魔鬼谷。不如我们合作，一起离开这里。"

　　两人又互望一眼，问我："怎么离开？我们已经四处看过了，山洞里有很多岔道。根本就不知道哪条路能出去。"

　　我这才知道，刚才布朗克留下跟踪我们的时候，这两个人已经去前面探过路了，可他们发现四周都是岔道，根本辨不清真伪，只好折转回来。

　　"不，真的还有一条路。"我看了看吕方阳，又看看躺在石床上的何雅文的遗骨，"吕方阳夫妇曾来过一次，他们是从另一个出口进来的，这个出口就在祁漫塔格山的山脚下，直通柴达木盆地沙漠。"

　　"宋方舟！"吕方阳怒吼一声，显然不希望我说出来。

　　"吕方阳，你冷静一点儿听我说，如果从原出口返回，再遇上一次雷击，恐怕我们全都要死在谷里。"我朝吕方阳靠近一步，试探着问，"你当时有在进来的路上留下记号，是吗？"

　　吕方阳有片刻的犹豫，最后还是摇摇头说："没有！"他嘴上这么说，慌乱的眼神却出卖了他的想法。他原本就不是个擅长说谎的人。

"明白了。"我点点头，转身对那两人说，"那条路上有标记，是，是铲型符号。我说得对吗？吕方阳。"

"宋方舟！"吕方阳大吼一声，枪口从布朗克的额头移开，指向了我，下一秒，布朗克快速制住他的手腕，吕力阳惨叫一声，手枪随即落地。

布朗克拾起枪，表情几近疯狂："你们都不想要钱了？好，我就让你们全都死在这里。"

话音刚落，嘹亮的枪声再次响起。布朗克发出一声惨叫，手腕被打中，鲜血直流。枪再次掉到地上。

"对不起，布朗克，你已经不是我们的老板了。"那两人中的一个说，"我们现在只想活着离开这里。"

我走过去，拾起地上的枪，拍拍吕方阳的肩膀："即便你杀了布朗克，何雅文也不可能活过来。你经常问我相不相信人有灵魂，是因为你一直认为妻子在天上看着你。我想，她一定不希望看到你现在这个样子。"

吕方阳的声音开始哽咽，半晌，他蹲下来，毫无遮掩地放声痛哭，哭得酣畅淋漓，就像被人抢走了糖果的小孩，肆意发泄自己的悲伤和委屈。

哭累了，他终于站起来，走到何雅文身边，轻声说："雅文，我要走了，不过我很快会回来，把你好好安葬。"

说完，他长长叹了口气，走到我面前说："跟我走吧！"

我们一起朝前走去，布朗克被两个曾经的手下押着，终于老实了许多。吕方阳沿途找到几个来时刻在墙壁上的沙漠路标，顺着路标走，终于来到一个突然变窄的洞口。来自外界的风阵阵吹入，风中夹杂着沙尘，这是只有在沙漠戈壁里才会感受到的风沙。如果在平时，我绝不会喜欢这样的风，但是现在，原本讨厌的风沙可爱到了我无法用语言形容的地步。

那两人激动万分，率先从洞口爬出去，我拉着布朗克跟在最后，吕方阳垫底。当我们再次看到熟悉的戈壁滩时，心情非常激动。那两人跪在地上亲吻大地，然后转过头冲我感激地笑笑，脸上全是劫后余生的喜悦。天已经完全黑了下来，夜色笼罩下的戈壁滩多了几分让人琢磨不透的神秘。

就在这时，枪声再次响起。我心头一紧，慌忙转身，布朗克扑通一声倒在地上，后背迅速被鲜血染红。

我赶忙把他扶起来，一边四处张望，眼前除了无尽的黑暗，还是黑暗。布朗克

急促地喘息着，脸色瞬间苍白。

那两人见了，发出一声恐惧的叫喊，撒腿就往前方跑去，没多久就消失在茫茫的夜色中。

布朗克望着吕方阳，非常费劲地说："吕方阳，我知道我这辈子做了很多坏事，但是，我没有杀死何雅文！"

"你胡说！"提到妻子的名字，吕方阳再次怒火中烧。

"是真的。"布朗克的鼻息变得异常粗重，似乎每一次呼吸都要拼尽全力，"何雅文是在魔鬼谷的地下山洞里被杀死的，如果我曾经来过魔鬼谷，我会这么狼狈吗？"

吕方阳顿时语塞，惊讶地睁大了眼睛。

说完，布朗克一阵猛咳，鲜血从嘴巴里喷涌而出。我一手扶着他的背，能感觉到滚烫的鲜血从伤口汩汩流出。突然，我无意中碰到了他腰间的刀鞘，每次见到这个刀鞘，我都会想起自己在血棺部落里的遭遇。

"这个刀鞘，我见过。"我自言自语说。

"见过？"布朗克一边喘息一边说，"这是我托人特意制作的刀鞘，全世界只有三个，另外两个在兄弟俩手中，据我所知，他们当中的一个已经死了，另一个……"布朗克停顿一下，眼睛骤然睁大，声音也变得歇斯底里，"我明白了，我终于明白了！"他使劲撑起来，紧紧抓住我的衣服，"宋方舟，离杨慕之远一点儿，一定要离他远一点儿……"

"你说什么？"我倒吸了一口冷气。

下一秒，布朗克大睁着的双眼突然凝固，手一松，无力地垂了下去。

他死了，我却依旧没有从震惊中缓过神来，他为什么要让我离杨Sir远一点儿？和另一个刀鞘的主人有关吗？如果杀死何雅文的人不是布朗克，那会是谁？杀死布朗克的人又是谁？

吕方阳显然和我一样震惊，他一直认定是布朗克杀死了妻子，现在这个想法却动摇了。

许久，我叹了口气，将布朗克小心放在地上说："对不起，我只能先把你放在这里，杨Sir还等着我回去。不过，我一定不会让你曝尸荒野的。"

紧接着，我拍了拍吕方阳的肩膀，吕方阳点点头说："知道了，赶快回去吧！"

我们回到山洞中，径直朝另一个出口走去。没走多远，我突然看到前方有星星点点的亮光闪烁。我微微一愣，怎么还有其他人进来吗？

这样想着，我下意识放慢了脚步。突然，前方传来熟悉的声音："是宋方舟和吕方阳吗？"

说话的人，居然是何东。

我俩同时加快了脚步，何东非常激动地说："谢天谢地，你们都没事！"

"何东，真的是你吗？"我简直不相信自己的眼睛，"我还以为你掉进了地下暗流。"

何东笑着说："这是杨Sir想出的计策。经过草丛的时候，我们和布朗克的人间隔开来，人和人之间有两米距离，彼此看不真切。杨Sir让我假装走到土层薄的地方，用背包里的工具在地上敲出一个洞，然后闪到一旁的草丛里去，好让布朗克以为我掉进了地下深渊。等你们走远后，我顺着原路往回走，翻过山找到赵师傅，把你们的情况说了一遍，赵师傅马上用车上的卫星电话联系了祁漫塔格乡的朋友，他们当中有人熟悉魔鬼谷的地形，所以很快组织了一支队伍赶过来。"

"原来是这样。"我恍然大悟，"不过，魔鬼谷这么大，你怎么知道我们后来往什么方向去了呢？"

"杨Sir在你们经过的地方将两块石头垒起来做标记，我才能找到你们。"何东说，"不过，标记在接近山崖的深沟前消失了，我不知道发生了什么事，还好后来我注意到了前方的山峰有些像雀头，杨Sir曾和我提到过，他进魔鬼谷是为了寻找朱雀之巅，所以我猜想是那里，结果还真在外面找到了杨Sir。"

听了何东的叙述，我不得不佩服杨Sir的心思缜密，他为了骗过布朗克，甚至在深沟前对着自己垒起的石头虔诚跪拜，让我们以为这是他用来祈祷的小仪式。

我们一起走出山洞，赵师傅正在对杨Sir进行紧急救治，他从给养车上带来一些药物和针剂，杨Sir的脸色终于好转了些。他见我们出来，微笑着冲我挥挥手。我朝他走过去，脑海里又回想起布朗克歇斯底里的声音：离杨慕之远一点儿，一定要离他远一点儿……

ⓒ 凤舞焰 2014

图书在版编目（CIP）数据

沙海迷锦 / 凤舞焰著. -- 沈阳：万卷出版公司，
2010.5（2014.5重印）
　　ISBN 978-7-5470-0981-9
　　Ⅰ.①沙… Ⅱ.①凤… Ⅲ.①长篇小说－中国－当代
Ⅳ.①I247.5
　　中国版本图书馆CIP数据核字(2010)第089099号

出版发行：北方联合出版传媒（集团）股份有限公司
　　　　　　万卷出版公司
　　　　　　（地址：沈阳市和平区十一纬路29号 邮编：110003）
印 刷 者：北京季蜂印刷有限公司
经 销 者：全国新华书店
幅面尺寸：167mm×234mm
字　　数：300千字
印　　张：16.5
出版时间：2010年5月第1版
印刷时间：2014年5月第2次印刷
策划编辑：朱婷婷
封面设计：陈　蔡
装帧设计：宋晓亮
ISBN 978-7-5470-0981-9
定　　价：32.00元

联系电话：024-23284090
邮购热线：024-23284050　23284627
传　　真：024-23284448
E-m a i l：vpc_tougao@163.com
网　　址：http://www.chinavpc.com